서정적 진실과
시의 힘

윤영천 평론집
서정적 진실과 시의 힘

초판 1쇄 발행/2002년 6월 29일
초판 2쇄 발행/2002년 12월 20일

지은이/윤영천
펴낸이/고세현
편집/유용민 김정혜 문경미 이명애
펴낸곳/(주)창작과비평사
등록/1986년 8월 5일 제10-145호
주소/서울 마포구 용강동 50-1 우편번호 121-875
전화/영업 718-0541, 0542 · 701-7876
     편집 718-0543, 0544 · 기획 703-3843
     독자사업 716-7876, 7877
팩시밀리/영업 713-2403 · 편집 703-9806
홈페이지/www.changbi.com
전자우편/literat@changbi.com
지로번호/3002568

ⓒ 윤영천 2002
ISBN 89-364-6309-8 03810

서정적 진실과
시의 힘

윤 영 천 평 론 집

창작과비평사

책머리에

박사학위논문을 중심으로 『한국의 유민시(流民詩)』를 펴낸 지 꼭 15년 만에, 그것도 평론집 명목으로 책을 엮어내게 되니 여간만 쑥스러운 게 아니다. 비평현장에 밀착하지 못한 채 그저 간간이 청탁에 응해 쓴 글들을 뭉뚱그려 선보인다는 게 자못 마음에 걸리는 것이다. 그러나 게으른 천성에다 워낙 배움이 얇고 공력이 모자란 탓이니 어찌하랴.

지난 세기의 마지막 10년을 경과하여 새로운 밀레니엄 시대에 접어들면서 그새 나라 안팎의 제반 상황은 물론 문학적 추이 또한 우리의 가녀린 영혼이 감당하기 어려울 정도의 격심한 변화를 동반하였다. 탈이념·탈냉전, 중심의 해체, 신자유주의, 세계화 등의 거침없는 흐름 앞에서 우리의 일상은 근본에서부터 크게 동요하였다. 컴퓨터공학의 급속한 발전과 더불어 이젠 현실의 리얼리티보다 가상적 씨뮬레이션이, 인식의 웅숭깊음보다는 쓰레기더미 같은 정보의 외적 풍성이 거의 일방적으로 존중된다 해도 과언이 아닌 이 지식정보화 사회에서 과연 문학의 진정한 활로 모색은 어떻게 가능한 것인가.

근년 우리 시가 비역사적인 경향성으로 급속히 함몰하는 듯하여 크게 저어된다. 인간의 삶을 감성적으로뿐 아니라 사회적으로도 한층 싱싱하게 홍기시키는 본래적 의미의 생태시와도 판연히 구분되는, 일체의 역사적 연관이 증발해버린 진공적인 자연환경시, 알쏭달쏭한 도참(圖讖)을 쉽사리 연상시키는 저급한 관념시, 생활적 서정의 아름답고도 다채로운 음영이 전적으로 배제된 '순수시' 따위가 더욱 기승을 부리며 맹렬히 창궐해나아가는 듯한 형국이기 때문이다. 역설적이게도, 정치경제적 억압이 엄혹했던 과거 군부통치 시절 우리를 가끔 전율하게 했던 '살아있는 시'들을 요즘 좀체 해후하기 어려운 것은 대체 어쩐 연유인가? 베블런(T. Veblen)을 빌려 표현하자면, 아마도 이는 오늘의 시인들이 '품위있는 언어의 과시적 유한(有閑)'에 지나치게 탐닉하고 있는 때문일 것이다. 소모적인 무한분열적 시의식이 아니라 통합적인 시적 감수성에 튼튼히 기초한, 서정적 진실을 풍부히 내장하고 있는 힘있는 시가 정말 긴절하다.

이 책에는 1990년을 전후해서부터 약 10여년 남짓한 기간에 걸쳐 발표한 글들 중 시에 관련된 것 15편을 가리어 3부로 배치했다. 전체적으로 들쭉날쭉한 모양새이니, 여러 글들이 갈피없이 서로 어긋나 있는가 하면, 극히 부분적이긴 하나 간혹 똑같은 이야기를 되풀이한 경우도 없지 않다. 그때그때 주문에 따른 불가피한 현상이기도 하겠지만, 그보다는 오히려 필자 나름의 '문학사적 이해와 비평적 감각'의 적정한 결합을 꾀하는 과정에서 파생한 자연스런 결과라 함이 옳을지 모른다.

제1부에는 '해방' 이전 시기의 작가론, 한국 근대 서정시 및 리얼리즘 시론의 역사적 발단과 전개를 논한 글들, 거기다 미군정기 시인의 문학세계에 대한 단평 한 편을 보태었다. 제2부에는 주로 1960년대 후반～90년대 전반기의 시인론과 작품론, 짧막한 해설 등의 실제비평을 따로 모았다. 솔직히 고백하거니와, 이 책의 출간이 시에 대한 평등한 인식을 결한 지난 시절 필자의 '리얼리즘 시'에 대한 편향성을 새삼 확인할 수

있는 매우 소중한 계기가 되었다. 제3부에는 만주·일본 등지 유이민 시의 차별적 양상을 개괄적으로 검토한 글들과, 현행 중등학교 문학교육에 대한 단상 한 편을 함께 묶어 실었다. 뭔가 핵심이 빠진 듯 허술하다. 앞으로 한층 정심(精深)하게 가다듬어 마땅할 것이다.

외형상 얼핏 다채롭고 현란해 보이기까지 하는 오늘의 문학현상에 대해 나는 무슨 그럴싸한 장밋빛 꿈을 지니고 있지 않다. 그럼에도 아직 현장비평에 깊은 눈길을 던져보고 싶은 다소 염치없는 열망을 거두지 못하고 있으니, 이야말로 내 분수를 넘어서는 일은 아닌지 모르겠다. 이쯤에서 꽤 오랫동안 하릴없이 손놓고 있는 일제강점기 국외 유이민 시의 심층적 재탐색, 특히 1967년 이른바 주체문학 출현 이전 단계 북한 문학의 속사정을 바르게 가닥잡는 작업 등도 새로이 감생심(敢生心)해 본다.

비록 튼실한 것은 아니지만 필자로선 이 저술이 자신의 오랜 나타(懶惰)와 침체를 일깨우는 하나의 거울 같은 존재로 되었으면 한다.

어설픈 이 책을 선뜻 간행해주신 창작과비평사 여러분의 후의에 깊이 감사드리며, 특히 창비 문학팀 실무자들의 따뜻하고도 세심한 노고에 큰 고마움의 뜻을 전한다.

2002년 6월 15일

윤영천

차 례

제3부

제1부

근대 서정시의 확립과 낭만주의

1. 공적(公的) 세계에서 자아의 탐구로

1876년 일본에 의해 강제된 '병자수호조약'은 조선의 주체적 근대화가 왜곡되는 시발점이었다. 이를 계기로 조선은 세계자본주의 체제에 편입되고, 1905년에는 일제의 반식민지로 떨어졌던 것이다. 물론 저간에 근대사의 이같은 기형적 전개에 대한 민족적 응전이 없었던 것은 아니다. 봉건적 질곡의 혁파와 청일세력의 타도를 동시에 겨냥한 갑오농민전쟁(1894), 제1차 반일의병전쟁(1895), 그리고 뒤미처 부르주아 신지식층 주도로 발발한 대중적 독립협회운동 등이 바로 그러한 예이다. 그러나 이것들은 특히 지도층의 계급적·이념적 한계로 말미암아 사태를 되돌리기에는 크게 역부족이었다. 그만큼 광범하고도 조직적인 후속적 대응을 필요로 했던 것이다.

애국계몽기(1905~10)는 바로 이러한 시대적 과제를 해결하기 위한 노력이 비상하게 집중된 시기였다. '을사보호조약'(1905)의 체결에 촉발된 제2차 반일의병전쟁(1906)은 주력 농민군에 해산군인들이 가세(1907)함으로써 국민적 무력항쟁으로 발전하였으며, 다른 한편으로는 도시를 근거로 하여 지식인 중심의 문화투쟁이 폭넓게 전개되었다. 이 문화투쟁을 선도한 시운동의 구체적 표현이 신채호(申采浩, 1880~1930)가 주창한 '동국시계혁명(東國詩界革命, 1909)'이다.

애국계몽기는 뒷시기 역사와 문학의 전개에 있어 하나의 귀중한 디딤돌에 해당한다. 제2차 반일의병전쟁은 나라 밖에서는 만주 등지의 항일무장투쟁으로 이어지고, 국내적으로는 3·1운동 지도부의 비폭력 평화주의를 일정하게 극복한 일반 민중의 항거로 계승되었으며, '시계혁명'이 풍부하게 창출해낸 국민계몽적 시가문학은 1920년대에 본격화된 근대 서정시의 단초를 여는 하나의 초석으로 기능하였다.

애국계몽기 시문학의 근대성은 그것이 표방하는 반외세·반봉건의 이념적 지향에서만 엿보이는 것은 아니다. 오히려 그 적극적 의미는 다름아닌 시적 성취 면에서 드러난다는 점이 중요하다. 이는 '시계혁명'의 한결같은 후원자로서 당시 '최대의 시집'이라 할 수 있는 『대한매일신보(大韓每日新報)』에 수록된 작품들에서 확인된다. 전통적인 시양식(시조·가사·잡가·판소리 등)의 다채로운 변용이 시도되고, 또 새로운 시형식이 활발히 모색되는 과정에서 특히 전대의 문학과는 크게 구분되는 여러가지 발전적 면모들을 보여주고 있는 것이다. 율격적 해방의 몸부림, 꽤 다양한 시적 정서의 표출, 기법의 다기화(은유적 상황의 설정, 상징과 풍자 기법의 도입 등), 온갖 인정물태(人情物態)의 풍부한 형상화 등은 바로 그 구체적인 예들이다. 전반적 수준 면에서 본다면, 이는 물론 1920년대 시에는 크게 미달하는 것이지만 종래 시가로부터는 분명 진일보한 것이다. 애국계몽기 시문학이 한낱 단선적인 이념계몽에 함몰되지 않았음을 잘 말해주는 분명한 지표라 아니할 수 없다. 신체시와 시조 사이를 줄곧 오락가락하다가 시적 파탄에 이른 최남선(崔南善, 1890~1950)의 경우는 여기서 굳이 논할 필요가 없을 것이다.

그러나 조선이 일제 식민지로 완전히 전락한 1910년을 전후하여 애국계몽운동의 핵심적인 주도세력이 국외로 망명하고 국내에서도 더이상의 문화투쟁이 전면적으로 불가능해지면서, 한국시의 근대적 발전은 얼마 동안 답보할 수밖에 없었다. 1910년대 중하반기 일본유학파 시인들의 출현을 기다리지 않으면 안되었던 것이다.

1914~15년 무렵 토오꾜오 유학생회지인『학지광(學之光)』을 중심으로 제한적으로나마 '자유시'에 대한 탐색이 조심스레 이루어졌다. 시적 긴장을 전혀 동반하지 못했다는 점에서 차라리 산문에 가깝다고나 해야 할 이들 작품의 주요한 시적 주제는 '생명의 개체성, 자유, 내면적 고뇌, 방황과 절망' 등이었는바, 이는 그들 유학생이 식민모국에서 체득한 개체적 자유의 가치와 그 사회적 실현 사이의 결코 메울 수 없는 엄청난 간극에 대한 부정적 자기표현에 다름아니었다.

시와 산문의 본질적 차이, 즉 시에 대한 장르의식을 어느만큼 견지하면서 이와같은 시적 주제를 한층 적극적으로 추구해나간 일군의 시인들이 주요한(朱耀翰, 1900~80), 황석우(黃錫禹, 1895~1958), 김억(金億, 1893~?) 등이다. 이들의 시적 출발은 1918년의『태서문예신보(泰西文藝新報)』를 통해서였는데, 이 매체가 특히 서구 상징주의 시의 번역 및 소개에 주력했다는 것은 자못 시사적이다. 이는 한결같은 일본유학생 근대주의자로서 이들이 서구시 또는 서구풍 일본시의 상징주의에서 한국 근대 자유시의 모범을 구하려 했다는 사실과 무관하지 않을 터이다.

이들 시의 공통적 취약점은 다음 몇가지로 요약할 수 있다. 첫째, 지나친 상징성이 되레 시적 상황을 모호하게 할 뿐 아니라 서정성의 고양에도 커다란 장애가 됨으로써, 작품내적 근거를 찾기 힘든 어정쩡한 난해시로 곧잘 귀결되었다. 둘째, 전통시의 운율적 자질에 대한 무지 혹은 그 창조적 가능성에 대한 무관심 때문에 시적 긴장도가 떨어진 일종의 산문으로 낙착되고 말았다. 셋째는, 시적 정서의 근간을 이루는 고통과

번민, 좌절 등에 대한 깊이있는 사회적 탐색이 거의 보이지 않는다는 점이다. 그만큼 이들의 시적 인식이 철저하지 못했음을 잘 말해준다 하겠다.

그러나 이들이 우리 근대시사에서 각별히 주목되는 것은, 문학의 존립근거를 그 자체에서 찾으려는 일종의 순문예의식을 지니고 있었다는 점과, 특히 '서정시'의 대두를 가능케 했다는 점에서이다. 서정시의 일차적 본령이 독특한 주관적 정서의 드러냄에 있다면, 시적 자아의 거침없는 감정 분출이 여실한 주요한의 「불노리」(1919. 2)에서 우리는 그 전형적인 예를 발견하게 된다. 그러나 이 시에서 간과할 수 없는 것은, 정서의 드러냄이 지나쳐 '감정과잉'으로 기울어짐으로써 결과적으로 작품의 미학적 균열이 초래되었다는 점이다. 자유로운 운율의 창출을 가로막는 단조로운 반복적인 리듬의 사용도 지나칠 수 없는 문제이다. 가령 이는 이상화의 「나의 침실(寢室)로」(1923)나 한용운의 「알 수 없어요」(1926)에서처럼, 동일한 시적 진술을 반복할 경우에도 다른 이미지를 적절히 구사함으로써 운율적 단조로움을 교묘히 피해갈 줄 아는 시적 책략에는 사뭇 미치지 못하는 것이다. 게다가 사회적 연관과는 거리가 먼 막연한 애상과 고립감의 시적 정서 또한 간단히 보아넘길 게 아니다. 그렇긴 하지만 주요한은 닫힌 공적(公的) 이성보다는 열린 개인적 감성의 발로를 훨씬 중시한, 그리하여 동시대의 어느 누구보다도 서정시의 본질에 육박할 수 있었던 시인이었다. 바로 이것이 그를 우리 근대시사에서 '낭만주의 시의 대두를 구획한 시인'으로까지 높이 평가하는 소이연(所以然)이다.

2. 백조파와 낭만적 현실부정

우리 근대 민족주의의 역사적 시발이 되는 3·1운동 이후, 역설적이게도 시인들에게는 개인적 서정 표출의 기회가 대폭 확대되었다. 우리의 독립역량을 잠재우고 민족분열을 획책하기 위한 기만적 전술로서 채택된 일제의 '문화정치'가 아이러니컬하게도 외형적으론 작품발표의 자유를 보장하는 것으로 되었던 것이다. 『폐허(廢墟)』(1920), 『백조(白潮)』(1922), 『장미촌(薔薇村)』(1923) 등의 동인지는 바로 이처럼 음울한 정치적 기류 속에서 태어난 것이다. 그러나 그 슬픈 운명은, 절망과 환상이 아무런 갈등 없이 교차돼 있는 듯한 그 명칭들에 이미 강하게 예고되고 있다.

비록 일제의 무력적 외압에 의해 끝내 좌절되고 말았지만, 우리 문학의 전개에서 3·1운동은 한편으론 개아의식(個我意識)의 심화를, 또다른 한편으로는 민족현실의 발견을 추동하는 중요한 역사적 계기가 되었다. 1920년대 시의 전체적 흐름으로 볼 때 이 양자를 가르는 분기점은 신흥하는 사회운동을 배경으로 '신경향파' 문학이 발단 대두된 1923~24년경이다. 그런데 여기서 특히 유념할 것은, 백조파로 대표되는 전(前)단계의 시문학이 탄식과 절망, 퇴폐와 허무, 죽음의식 등의 지극히 부정적인 시적 정서가 주류를 이루는 이른바 '병적 낭만주의'로 일관하고 있다는 점이다.

주지하듯 서구 낭만주의는 프랑스 대혁명의 열기 속에서 폭발적으로 터져나온 자유주의 이념과 태생을 같이한 예술적 쌍생아였으며, 따라서 그것은 기성 제도와 권위 및 일체의 외적 금제로부터 과감히 벗어나고자 한 자유의 투쟁이자 해방투쟁의 성격을 곁들인 것이었다. 몽환적 서정의 발현, 감수성의 발전, 가차없는 자기폭로 등은 이러한 시적 반영이다. 물론 우리의 3·1운동을 프랑스혁명과 단순비교할 수는 없는 노릇이다. 그렇다 하더라도 백조파로 대표되는 1920년대 초반의 한국시가 이 운동을 통과하면서 「불노리」의 막연한 애상을 훌쩍 뛰어넘어 현실과 절연된 자리, 이를테면 박종화(朴鍾和, 1901~81)의 '밀실'(「밀실로 돌아가다」, 1922)과 같은 고립된 시적 공간으로 급격히 퇴각한 현상을 과연 어떻게 설명할 수 있을까? .

우리에게 가장 익숙한 통념적 해석은 그 근본 원인을 문학이 생성된 정치사회적 배경에서 찾고 있다.

> 1919년 이후 조선이 통과한 역사적 조건은 근본적으로 동요 (⋯) 전후 사정을 명료하게 통과해온 이 시대의 지식인들은 지금까지 영도해오던 세력에 대하여는 실망을 하였고, 그렇다고 해서 그것을 인계해서 영도할 세력을 발견하지 못한 것 (⋯) 말하자면, 퇴폐문학이 그러했던 것과 마찬가지로 이 낭만주의도 그 황혼을 지나 심야를 노래한 문학이었던 것이다. (백철 『조선신문학사조사』, 수선사 1948)

놀라운 친연성을 띠고 있는 『폐허』의 퇴폐문학이나 백조파의 극단적 현실부정의 병적 낭만주의 문학이 본질적으로 3·1운동의 전체 과정에서 내내 방관자적 입장에 머물러 있던 당대 지식인들의 허무한 자기소외 의식과 의타적 기대심리의 투사이자, 역사발전에 대한 관념적 조급성의 발로 이외에 아무것도 아니라는 것이다.

그러나 이를 소박한 사회반영론의 소산이라 일축하고, 시인이 속한 계층의 시대적 역할을 특히 강조하는 관점이 제출되기도 했다. 요지인즉, 백조파의 우울한 낭만주의는 역사발전의 적극적 주체로서 구실하지 못하는 식민지 중산층 지식인들의 방황과 무력감, 그리고 고독한 개인주의의 자기표현이라는 것이다. 어찌 보면 위의 두 입장은 상반된 자리에 서 있는 듯하지만, 실은 접근경로만 약간 상이할 뿐 그 결론은 이렇다 할 차별성을 보여주는 것이 아니다.

이 문제의 핵심을 짚어내고 있는 또하나의 유력한 해석방법은 이른바 낭만화의 개념을 통한 것이다. '낭만화'란 무엇인가. 이를 하우저(A. Hauser)는 현실을 유토피아로 간단히 대체시켜버리는 정신적 편향으로 규정한 바 있는데, 백조파의 뒤틀린 낭만주의는 바로 이에서 연유한다는 것이다.

소시민 특유의 시야협애성(視野狹隘性)은 민족부르주아지를 자기의 대립자로 보지 못하는 데서 큰 혼란을 자아내었고, 드디어 현실적 한계를 초월하여 관념상의 해방이 곧 모든 것을 해결지어줄 것이라고 생각하기에 이르렀다. 갈수록 혼돈해가고 모순만을 보여주는 암담한 현실에 대한 소시민의 고조된 혐오는 그대로 주관세계로 승화되어 현실적 지식의 한계를 초월한 '이상화·낭만화'의 경향을 배태하기에 이른 것이다. (한효 「조선적 낭만주의론」, 『신문학』 1946년 8월호)

3·1운동 이후 1924년 신경향파 문학이 대두하기까지 몇년간 우리 시단을 풍미했던 애상과 탄식, 절망과 고뇌의 시적 정서가 실은 자기 시대를 관통하는 역사경험과 유리된 소시민 지식인들의 '낭만화된 관념'에 지나지 않는다는 사실이 명쾌히 지적되고 있다. 두고두고 깊이 음미해볼 만한 날카로운 통찰이다. 후술되겠지만, 백조파의 주축 멤버였던 이상화의 「나의 침실로」도 넓게는 이 범주를 벗어나는 것이 아니다. 그러나 그 나름의 일정한 사회적 계기를 내포하고 있다는 점에서, 이는 앞의 박종화의 경우와는 크게 변별된다.

3. 지식인의 비관적 자기확인과 이상화

주요한이나 김억 등에 비할 때 개인적 서정의 중대성을 더한층 깊게 일깨워준 공로에도 불구하고, 백조파 시인들의 낭만적 현실부정은 우리 근대 서정시의 발전을 주춤하게 만들었다. 그리하여 막중한 문학사적 임무는 그 뒷시기 시인들에게 이월되었으니, 일제강점하 조선의 구조적 모순을 직시하면서 밝은 시적 전망을 열어 보이는 새로운 시형식을 찾아내는 힘겨운 과제가 짐지워진 것이다.

여기서 우리는 근대 서정시의 핵심적 내포를 새삼 확인할 필요를 느낀다. 한국시에 있어서 '근대성'이란 무엇인가. 그것은 형태적으로는 기성의 율격적 구속을 거부하고 시대적 호흡에 맞는 새로운 율동을 창출해내는 것이며, 내용적으로는 감성의 자유로운 발로를 억압하는 규범적 관습과 제도를 타파하면서 아울러 역사적 추이에 대한 균형적인 시적 인식을 담지하는 것을 의미한다. 1920년대 시인들에게 있어서 이러한 시적 근대성의 확보는, 전통적인 율격의 창조적 변용과 국어의 운율적 가능성에 대한 깊이있는 탐색을 결코 포기하지 않으면서, 식민지시대 삶의 구체적 세부를 역사적 지평과 결합시킬 때 비로소 가능한 것이었다. '서정'이란 것도 주관적 정서의 평면적 표출이 아닌, 사물의 본질과 당대적 삶의 구체성을 파고드는 '다양한 감각적 경험'이지 않으면 안 되었다.

이러한 시대적 요청에 예민하게 감응한 시인이 이상화(李相和, 1901~43), 김소월(金素月, 1902~34), 한용운(韓龍雲, 1879~1944)이었다. 우선 그들은 선험적으로 주어진 전통시가의 폐쇄적 형식에 안주하기를 거절하고, 기계적인 공식적 운율을 과감히 해체하였다. 김소월은 민요적 7·5조의 반복적인 3음보 리듬을 호흡률에 의거하여 전면적으로 재조정함으로써 자수율의 단순성을 일거에 깨뜨려버렸다. '듣는 시'로서의 '귀글'(韻文)의 전통에 충실하면서도 시대적 필요에 즉하여 새로운 운율적 변형을 창출해내는 기민함을 보여주었던 것이다. 이와 달리 이상화와 한용운은 운율의 완전한 해체까지를 꿈꾸면서 '보는 시'로서의 '줄글'(散文)로 나아가고자 했는데, 이상화에 비해 한용운은 보다 적극적이고도 일관된 태도를 견지하였다. 그런데 정말 중요한 것은, 이들 시가 우리의 율격적 전통으로부터 무모하게 이탈한 것은 결코 아니라는 사실이다. 그렇기는커녕 오히려 모국어의 운율적 자질에 대한 강한 신뢰를 보여주고 있다. 이상화의 「나의 침실로」나 한용운의 「복종(服從)」(1926) 등에서 보이는, 시적 주제를 강화하기 위한 율독적 띄어쓰기는 바로 이같은 견고한 운율의식의 소산인 것이다. 말하자면 그들은 귀글과 줄글의 조화로운 결합을 통해 새로운 시형식을 모색하려 했던 셈이다.

이들 시의 기본 형식은 님에 대한 '사랑의 노래'이다. 그 사랑의 감정이 얼마나 강렬한 것이었는가는, 만해 시의 경우 자주 눈에 띄는 '키쓰' '가슴' '입술' '껴안다' '입맞추다' '몸바치다' '발가벗다' 등의 시어를 통해 쉽게 짐작할 수 있다. 그런데 사랑의 시적 주제가 유독 1920년대 시인들을 강력하게 견인한 것은 어찌 된 연유인가. 이렇게 된 데에는 사회정치적 이유가 적잖이 작용했을 것이라는 해석이 지배적이다. 그 첫째는, 공동체적 사회질서의 급속한 붕괴와 함께 격심한 감정의 해방을 경험한 이 시대 시인들에게 있어 사랑에 절대적 가치를 부여하는 일은 아주 자연스러운 것이었다는 견해이다. 이 그리움의 노래야말로 신문화의 자유연애와 낭만적 사랑의 이념을 처음 접한 이들 개명한 조혼세대 시인들의 우울한 자기발견과 자기해방에의 충동에 다름아니라는 사회학적 해석이다. 둘째는, 조국의 상실에서 비롯된 불행과 절망에서 벗어나기 위해 임을 설정하고 그와의 관계 회복을 염원한 노래라고 보는 정치적 관점이다.

이들은 동시대의 어느 시인보다도 식민지 현실의 구조적 모순을 깊이 인식하고 있었다. 이런 면모는 당대의 가장 절실한 현안이었던 국내외 유이민(流移民) 문제를 수준 높게 형상한 김소월의 「나무리벌 노래」(1924. 11. 24)나 「옷과 밥과 자유(自由)」(1925. 1. 1), 한용운의 「당신을 보았습니다」(1926), 이상화의 「빼앗긴 들에도 봄은 오는가」(1926. 6) 등을 통해 확인된다.

　1920년대는 '문화정치'라는 근사한 외형적 표피에도 불구하고 그 내용과 질에 있어서 1910년대와는 아예 비교할 수 없을 만큼 일제의 정치적 외압이 한층 가중되었을 뿐 아니라, 전통적 가치질서가 급속히 와해되고 서구문화가 물밀듯 유입되는 문화적 대전환기였던 까닭에, 당대의 지식인들이 겪게 되는 삶의 딜레마는 엄청난 것이었다. 이상화는 이러한 시대적 고통을 동시대의 누구보다도 날카롭게 감수(感受)한 시인이었다.

　그의 의식은 사물의 정황을 예리하게 파악하고자 열망했지만, 그러나 그것은 사물과의 객관적 거리를 유지하는 이성적인 자기조정력이 결핍된 감성적인 것이었다. 그러므로 그가 그토록 갈망하는 자아의 사회적 실현은 번번이 좌절될 수밖에 없었다. 상화 시 전반에서 그 시적 성취가 겨우 「나의 침실로」와 「빼앗긴 들에도 봄은 오는가」 두 편에 한정되고 있음을 볼 때, 아마도 그에게는 삶의 고통을 해결할 수 있는 형이상학이 부재했다 함이 옳을지 모른다. 사실 그에게는 돌아가 자신을 의탁할 만한 만해의 불교정신도, 소월의 한(恨)의 세계도 없었다. 일종의 도덕적 아노미에 직면했다는 뜻이다. 그의 초기시가 보여주는 관능적 세계에의 탐닉은 바로 이런 데서 말미암은 것인데, 「나의 침실로」는 그 전형적인 예이다.

　이 작품 앞머리의 "가장 아름답고 오랜 것은 오직 꿈속에만 있어라"라는 시적 에피그람(epigram)은 시인의 현실세계에 대한 환멸과 꿈에 대한 낭만적 동경을 함께 표현한 구절이다. 여기서의 '침실'은 식민지 상황이 강요한 삶의 실존적 고통을 해소할 수 있는 열락의 시적 공간이라 할 수 있다. 그러나 시적 자아는 결국 이러한 열락의 세계에 이르지 못한다. 애타서 숨가쁘게 부르는 마리아가 오지 않기 때문이다.

이 시에 설정된 '마리아'는 어느 의미에서 시인이 애써 도달하고자 했던 자기 자신의 모습, 곧 근대적인 자아상이라 할 수 있다. 말하자면 그것은 에로스적 욕망의 실현, 유교적 도덕률로부터의 존재의 해방, 식민지적 삶의 탈피 등을 다 함께 꿈꾸는 근대적 자아상이다. "언젠들 안 갈 수 있으랴, 갈테면, 우리가 가자, 끄을려가지 말고!"는 누를 길 없는 이러한 욕망의 시적 집약이다. 이렇게 본다면, 여기서의 거침없는 관능적 표현과 폭발적인 리듬의 분출은 이러한 시적 자아의 자기표현이다.

「나의 침실로」는 꿈과 현실의 행복한 화해가 원천적으로 불가능하다는 사실을 통렬하게 일깨워준 좌절의 시이지만, 이런 좌절은 시인으로 하여금 보다 깊은 자기성찰을 하게 하는 중요한 계기를 마련해주었다. 그의 시적 대상이 식민지 민족현실로 바뀌게 된 것이다. 급기야 『백조』를 붕괴시키고 카프에 가담한 1925년에 집중적으로 발표한 「빈촌(貧村)의 밤」 「가상(街相)」 등이 그러한 예인데, 대체로 그것들은 현실의 산문적 개괄에 머무른 것이었다.

상화 시를 통틀어 볼 때, 「빼앗긴 들에도 봄은 오는가」의 존재는 단연 독보적이다. 이전 작품들에서 보이는 시적 어조의 불안정과 직정(直情)적인 감정 노출, 외래어·관념어의 빈발, 한자의 과도한 노출, 퇴폐적인 시적 정조와 허무주의 등이 말끔히 가시었을 뿐 아니라 경향시의 소재주의로부터도 멀리 벗어난 것이다. 이에 더하여 시행의 길이가 매우 신축적이고 분련의식(分聯意識)도 한결 자유로워졌다는 것도 새로운 시적 특점이라 할 만하다. 아마도 이러한 시적 성취는 그에 앞서서 동일한 시적 주제를 뛰어나게 형상화한 김소월과 한용운에게 얼마간 빚지고 있다 함이 옳을 것이다.

상화 시 일반에 짙게 드리워지기 일쑤인 우수·회의·울분·비통·고민·탄식은 이 시에도 여전하다. 그러나 유의할 것은, 당시 조선의 가장 절실한 현안이었던 이농민 문제를 다루고 있음에도 불구하고, 이 작품은 농민현실 내부로부터 솟아오른 통상의 농민시는 아니라는 사실이다. 그런데 농민적 생활어의 거침없는 구사, 농촌 풍정(風情)의 곡진한 시적 개괄 등으로 미루어본다면, 서정적 주인공의 신원은 필시 농촌 출신 지식인이 아닌가 한다.

이 시는 크게 다섯 단락으로 구분된다. 첫 단락(제1연)에서 시적 자아는 동시대의 '귀 있는 자'들을 향해, "빼앗긴 들에도 봄은 오는가"라고 엄중한 질문을 제기한다. 여기서 '땅'은 한갓 싸늘한 객체로서의 일제 식민지이며, '들'은 공동체적 삶이 실현되는 낙토이자 풍요롭고도 순결한 여성의 육체적 표상이다. 빼어나게 감각적인 여성적 이미지들('가르마 같은 논길' '울타리 너머 아씨' '삼단 같은 머리' '아주까리 기름 바른 이' '살진 젖가슴' 등)이 다양한 변주를 이루며 여러 차례 반복되는 것도 바로 이같은 여성적 형상을 한층 생동하게 각인하기 위한 것이다. 특히 제8연의 "살진 젖가슴과 같은 부드러운 이 흙을/발목이 시도록 밟고 싶다"는 비상한 눈길을 끄는 대목이니, '흙을 밟아 땀흘리다'에서 분명하듯 그것은 남녀간의 성적 결합에 대한 강렬한 시적 암유이다.

둘째 단락(제2~3연)에는 이 순결한 여성 상징으로서의 '들'에 대한 시적 자아의 외경적 태도가 잘 나타나 있다. "꿈속을 가듯 걸어만 간다"가 그 구체적 표현이다. 셋째 단락(제4~6연)에서 시인은, 봄의 들판을 향해 활기차게 나아가는 시적 주인공의 모습을 여러가지 자연물상을 통해 효과적으로 제시하고 있다. '바람·종조리'는 화자에게 들을 향해 힘차게 나아갈 것을 촉구하는 강력한 시적 매개이며, 기나긴 겨울의 혹한과 어둠을 뚫고 나온 새파란 '보리'는 그에게 절망으로부터 꿋꿋이 일어설

것을 강하게 환기시켜주는 위대한 스승과도 같은 존재이다. '들'과 시적 자아는 이제 둘이 아니라 하나로 통합되어 있다.

그러나 넷째 단락(제7~8연)에서 시적 정조는 급전한다. 들판에 힘차게 물결치는 보리의 강인한 생명력에 감복하다가, 문득 서정적 자아는 들판에 홀로 서 있는 자신의 모습을 발견한 때문이다. 그렇다면 여기서 '들'을 "다 보고 싶다"고 한 것은 무엇인가? 일제에 내몰려 이미 저 만주 등지로 유리해갔을 조선농민의 손에 되돌려진 그 땅을 밟아보고 싶다는 뜻이다. 이렇게 본다면, 제9연의 "내 손에 호미를 쥐어다오"는, 혹자가 지적한바 농민에 대한 '선민의식'의 발로가 아니라 바로 그들을 방축(放逐)한 일제를 향한 격렬한 항거의 표현이라 할 수 있다.

마지막 단락(제9~10연)에는 절망적 현실에 대한 시적 주인공의 자조적인 모습이 인상적으로 형상되어 있다. 온전한 '정치적 봄의 실현'에 속수무책인 자신을 그는 "강가에 나온 아해"와 같다고 말한다. 이상적 삶의 실현과 냉엄한 현실 사이의 엄청난 괴리를 쓰디쓰게 확인한 끝에 그는 다시 지식인의 자리로 복귀한다. 그리고는 비장한 어조로 "그러나 지금은——들을 빼앗겨 봄조차 빼앗기겠네"라고 독백처럼 읊조리는 것이다. 바람따라 파동치는 눈앞의 광활한 보리 바다는 그 자체로서는 '푸른 웃음'이지만, "아주까리 기름 바른" 조선여인의 손길이 무망한 그것은 한낱 '푸른 설움'에 불과한 것이다. 이제 그에게 중요한 것은 '마음의 봄'이나마 고결하게 지키는 일이다.

이 시는 1920년대 한국 근대 서정시의 전개에서 중요한 의미를 지닌다. 비록 지식인의 비관적인 자기확인에 그치고 말았지만, 자유분방한 민중적 가락, 시어와 작품적 톤(tone)의 적실한 결합, 당대 민족문제의 핵심으로 떠오른 비극적인 이농민 현실의 적출 등으로 하여 뛰어난 시적 형상을 획득하는 데 성공한 까닭이다. 그러나 안타까운 것은, 이상화의 이러한 시적 성취는 이 작품 한 편으로 마감했을 뿐 더이상 전진하지 못하였다는 사실이다. 이것이 「빼앗긴 들에도 봄은 오는가」가 상화 시의 슬픈 정점으로 되고 마는 이유이다.

4. '존재의 슬픔'과 소월의 수동주의

김소월은 흔히 "한(恨) 많은 유교류의 휴머니스트"(서정주 「김소월과 그의 시」)로 불린다. 그의 의식세계는 과거지향적인 수동주의에 갇혀 있으며, 시의 율격 운용방식 또한 그 기본을 전통시에서 구한다는 대원칙으로부터 크게 일탈하는 일이 드물었다. 그러나 이런 점들이 곧 그의 시에 부정적 요인으로 작용하는 것만은 아니었다. 그의 복고적 의식은 대체로 전환기적 갈등이 한층 첨예해진 1920년대에 새로운 양상으로 전개된 복잡한 인간관계에 제대로 적응하지 못한 데서 나온 것(「나는 세상 모르고 살았노라」, 1925; 「찬저녁」, 1925 등)이므로, 역으로 그것은 인간과 사물의 본질을 새삼 깊이있게 헤아려보는 계기를 마련해주었다. 뿐만 아니라 소월은 전통시가의 균제된 형식을 자기 시의 전범으로 삼은 까닭에, 시의 본령인 언어경제의 묘를 살리고 작품의 미학적 긴장을 높이는 방책을 자연스럽게 터득할 수 있었다. 일견 단순해 보이는 그의 훌륭한 시적 성과물들이 의외로 고도의 시적 의장과 견고한 구조를 지닌 정통 '난해시'의 품격을 유지하고 있다는 사실은 그러므로 전혀 우연이 아니다.

그러나 정작 중요한 것은 그가 과거적 규범을 요지부동의 것으로 못 박는 옹졸한 원칙주의자가 아니었다는 점이다. 무엇보다 그는 유교의 도덕적 강제와 고루한 인습에 오랫동안 억눌려왔던 '사랑'에 새로운 시대적 의미를 부여함으로써 그 공론화를 가능케 하였다. 그가 종종 민요적 형식에 각별한 애착을 보인 것도 단순한 전통추수주의의 결과라고 보기는 어렵다. "자연과 지방적인 풍정(風情)과 향심(鄕心)과 애수를 담는 데 민요적인 시형이 가장 그 내용과 부합"(백철 『조선신문학사조사』)
된다는 휠연성에 근거한 것이기 때문이다. 바로 이러한 이유로 하여, 그
의 시에 구현된 전통적 서정성 및 율격의 재발견은 우리 근대시가 오히
려 적극 계승해야 할 귀중한 문학사적 자산으로 높이 평가되기도 한다.

시의 본질 또는 그 존재이유에 대한 그의 생각은 철두철미 동양적 전
통에 입각해 있는데, 이것은 그의 유일한 시론인 「시혼(詩魂)」에 분명
하게 집약되어 있다.

　도회의 밝음과 지껄임이 그의 문명으로써 광휘(光輝)와 세력을 다
투며 자랑할 때에도, 저 깊고 어두운 산과 숲의 그늘진 곳에서는 외
롭던 버러지 한 마리가 그 무슨 설움에 울고 있습니다. 여러분, 그 버
러지 한 마리가 오히려 더 많이 우리 사람의 정조(情調)답지 않으며
(…) 저 넓고 아득한 바다의 난바다의 뛰노는 물결들이 오히려 더 좋
은, 우리 사람의 '자유를 사랑한다'는 계시가 아닙니까. (…) 우리는
적막한 가운데서 더욱 사무쳐오는 환희를 경험하는 것이며, 고독의
안에서 더욱 보드라운 동정(同情)을 알 수 있는 것…

(『개벽』 1925. 5)

'도회'와 '문명'으로 표상되는 근대화 과정에서 '그늘진 곳'에 철저히
소외되어 있는 극히 미미한 존재에게 지극한 애정적 시선을 보내는 시
인의 태도는 정히 열렬한 휴머니스트의 그것이라 할 만하다. "슬픔이
시인을 일으킨다"(哀怨起騷人)고 이백(李白)이 말하였거니와, 소월은
인간의 온갖 희로애락을 사물을 매개하여 체득하고 있는 셈이다. 위의
인용문에서 쉽게 드러나듯 그의 시적 상상력의 원천은, 그 시적 대상이
사물이든 인간이든지를 불문하고 그것들의 처지에 깊이 공감하여 슬픔
과 고통을 함께하는 동정(同情) 또는 저 맹자(盟子)의 불인지심(不忍之

心)의 세계이다. 소월 시의 주된 시적 정조인 '한'도 따지고 보면 이에 뿌리한 것이라 할 수 있다. 요컨대 김소월 시론의 근간은, 『악기(樂記)』에 이른바 "사람의 마음을 감동시키는 것은 사물이 그렇게 만드는 것"이라는 물감설(物感說)이나, 감정을 촉발시키는 외물(外物)·경상(景象)을 통하여 시인의 독특한 정서와 사상을 기탁하여 표현하는 정물교융(情物交融)의 관점에 토대를 둔 것이라 할 수 있다.

　소월의 이같은 전통적 문학관과 관련하여 주목할 것은, 시적 대상으로서의 사물이 그의 시에서는 거의 예외없이 고도의 감정적 등가물로 되고 있다는 점이다. 가령 「진달래꽃」(1922. 7)의 '진달래꽃'이나 「왕십리(往十里)」(1923. 8)의 '벌새'는 모두 임과의 이별을 전혀 원치 아니하는 서정 주체의 간절한 소망을 대리 전달하는 물적 표상이다. 이는 제3의 시적 매개물을 통해 이별의 고통과 슬픔을 대상화함으로써 떠나가는 임에게 화자의 본심을 깨우쳐주는 고도의 시적 장치인 것이다.

　소월 시의 '한'은 생에 대한 깊은 허무주의, 즉 존재의 슬픔에 대한 시인의 뼈아픈 자각으로부터 비롯된다. 이 시인에게 있어 삶은 "한갓 아름답은 눈얼님의 그림자"(「희망」, 1925. 12)일 뿐이었다. "세상은, 눈물 날일 많아라, 그들은 모르고"(「꽃燭불 켜는 밤」, 1925. 1) 첫날밤의 꽃촛불 밝히는 젊은이들에게 그가 한없는 연민의 눈길을 보내는 것도 이 때문이다.

　지극한 평정 속에서 그윽히 자연물상을 관조할 줄 아는 성숙한 시적 자아의 모습을 그려 보이고 있는 「산유화(山有花)」(1925. 12)를 통하여 우리는 소월 시의 슬픔의 정체와 대면할 수 있다. 격심한 상호 갈등과 대결이 아니라 절대적인 화해와 공생의 기쁨만으로 충만한, '산유화'로 대표되고 있는 자연물상들의 자재(自在)로운 삶에는 결코 이를 수 없다는 비극적 인식으로부터 소월의 슬픔은 싹튼다. '저만치 혼자'는 이처럼 해소 불가능한 고립감의 구체적 표현이다. 이러한 극도의 고립의식은, 복잡한 감정계산이나 상호충돌을 피하고 항상 인생을 수동적으로 살아가게 만든다. 이때 삶의 고통은 여하한 형태의 사회성을 동반할 겨를도 없이 '감미로운 슬픔'으로 쉽사리 해소되어버린다. 바로 이런 점에서 소월의 슬픔은 전통적인 '한'의 세계에 맞닿아 있는, '자족적 슬픔'이라 할 수 있다. 그것은 "사물의 핵심에까지 꿰뚫어보고야 말겠다는 형이상학적 충동"(김우창 「한국시와 형이상학」)을 결한 것이므로 현실에 대한 심층적 탐색으로 이어질 수 없었다. 소월 시의 발전을 저해하는 걸림돌이 되고 만 것이다.

"저리고 아픔이여/살기가 왜 이리 고달프냐./새벽 그림자 散亂한 들풀우흘/혼자서 거닐어라."(「닭소래」, 1925. 12)라고 탄식한 소월에게 현실은 늘 고통만을 안겨다줄 뿐이었다. 그리하여 '임'과의 새로운 결합을 꿈꾸며 과거로 후퇴한다. 그의 사랑의 노래는 바로 이 지점에서 태어난 것이니, 절창 「초혼(招魂)」(1925. 12)은 그 대표적인 예이다. 이 작품은 자칫 시적 긴장을 와해시킬지도 모를 감탄사의 연발에도 불구하고, 아니 오히려 그 때문에 희한한 시적 성취를 이루었다. 우리를 전율케 하는 그 가공할 서정의 극치는, 또다른 의미에서 한국 근대 서정시의 독특한 이정표가 되기에 충분하다고 할 수 있다. 더욱이 이 작품은 "당시에 수입된 '낭만적 사랑'의 이념을 정서적으로 완전히 합법화"(유종호 「임과 집과 길」)시킨 대단히 중요한 문화사적 의미를 지니고 있다. 소월의 복고주의가 그리 간단한 성질의 것만은 아님을 말해주는 증좌라 할 만하다. 사실 그의 복고주의는 현실의 고통스런 삶에 정신적 평형을 유지시켜주는 하나의 저울추와도 같은 것으로, 현실로의 복귀가 언제라도 가능한 양면성을 띠고 있다.

1920년대 한국시사에서 소월은 '근대화의 오염'으로부터 가장 자유로웠던 시인 가운데 하나였다. 그는 당시 진행중인 일제의 왜곡된 근대적 삶을 누구보다도 타기해 마지않았다. 그가 줄곧 꿈꾸고 절실하게 소망한 것은 공동체적 삶의 실현이 가능한 농경사회 바로 그것이었다.

이 풍요로운 농경사회에의 꿈을 강하게 충격하는 것은 자연물상이다. 「들도리」(1925. 12)의 시적 자아는 벌판에 지천으로 흐드러진 들꽃에 깊이 감흥되어 "저 보아, 곳곳이 모든 것은/번쩍이며 살아있어라/두 나래 펼쳐 떨며/소리개도 높이 떴어라"라고 '살아있음의 기쁨'을 격동적으로 노래하고 있다. 이러한 시적 주제는 노동을 통한 '생명의 향상'을 예찬하고 있는 다음 작품에서 또다시 반복된다.

> 오오 빛나는 太陽은 나려쪼이며
> 새무리들은 즐겁은 노래, 노래불러라.
> 오오 恩惠여, 살아있는 몸에는 넘치는 恩惠여,
> 모든 은근스럽음이 우리의 맘속을 차지하여라.
>
> ─「밭고랑 우헤서」(1924. 10) 부분

이러한 시적 성과는 비록 몇몇 작품에 국한되는 것이긴 하지만, 소월 시의 전개에 있어 현실인식의 새로운 시발점으로 되는 중요성을 지닌다. 당시 전조선적으로 발생한 국내외 유이민의 비극적 현실에 대한 구체적인 시적 탐구의 계기가 되었기 때문이다.

「바라건대는 우리에게 우리의 보습대일 땅이 있었더면」(1925. 12)의 시적 자아는 제 땅을 잃고 여기저기 떠도는 농민으로 설정되어 있다. 시인은 그를 통해, 절망적 상황 속에서도 "동무들과 내가 가즈란히/벌가의 하로 일을 다 마치고/夕陽에 마을로 돌아오는 꿈"의 실현을 위해 힘차게 앞으로 나아가고자 하는 강렬한 소망을 피력하고 있다. "밭에는 밭곡석/논에 물베/눌하게 익어서 수그러졌네!"에서 분명하듯, 「옷과 밥과 자유」는 당시 하나의 유행어처럼 되었던 이른바 풍년기아(豊年飢餓) 현상을 생생하게 형상화한 수준작이다.

「나무리벌 노래」는 일제의 수탈로 말미암아 저 머나먼 만주땅으로 내몰린 '나무리벌'(餘勿坪) 농민들의 비애를 새로운 형식의 민요가락에 실어 담담하게 읊조린다. 황해도 재령군 북률면(北栗面) 나무리벌은 비옥한 토질, 완벽한 수리시설, 수백 결(結)의 농지 집결, 재령강(載寧江)의 편리한 수운(水運) 등으로 하여 일찍부터 일제의 수중으로 떨어진 곳이었다. 이는 1930년대 시인 민병균(閔丙均, 1914~?)에 의해 훌륭한 시적 표현을 얻은 바 있다.

> 해빙(解氷)의 붉은 흙탕물이 흘러넘치는
> 2월 재령강반의 풍만히 기름진 유방은
> 언제나 나무리벌 20만 백성들의
> 순진한 마음들을 족히 유혹하고도 남았나니
> 해빙의 재령강반은 너무도 적막에 가득찼구나
> 이제는 옛날에 뼛속까지 스며들던 나무릿벌노래도 끊이고
> ―「해빙기의 재령강반(載寧江畔)」(1935) 부분

일제강점하 식민지 현실에 대한 김소월의 시적 탐색은 그러나 여기서 더 나아가지 못하였다. 무엇보다 그의 '정신의 수동주의'가 적잖이 작용한 탓이 아니었을까 한다. 그러나 김소월은 그의 시에서 동시대의 그 누구보다도 모국어의 아름다움을 정련하고 전통시의 운율적 가능성을 깊이있게 모색하였을 뿐 아니라, 인간회복과 민족회복을 호소한 한국 근대시사의 고귀한 민족시인이었다.

5. 한용운──복종과 자유의 변증법

한용운의 시집 『님의 침묵(沈默)』(1926)은 1920년대 근대 서정시의 전개과정에서 가장 우뚝한 봉우리로 평가된다. 고작해야 시를 '정감의 운율적 표현'쯤으로 생각하던 당시의 문학현실에서 그의 시가 보여주는 사상적 깊이와 유연한 리듬의 창조는 분명 하나의 '전체적 구조'에 근접한 것이었다. 그의 시는 전통시가의 공식적 리듬을 과감하게 해체하고자 하는 집요한 노력과, "일상적인 세계의 지루하고 얼크러진 것들의 밑바닥을 꿰뚫어보고자 하는 형이상학적인 정열"(김우창 「궁핍한 시대의 시인──한용운의 시」)로 충일했다는 뜻이기도 하다.

만해 시의 기본 형식은 님에 대한 시적 자아의 사랑의 노래이다. '님'은 흔히 상징적인 의미폭이 대단히 넓은 시적 표상으로 논의된다. 그러나 시집 앞머리의 「군말」을 잘 살펴보면 꼭 그런 것만은 아니다. 만해에게 있어 님은 자기를 "긔룬 것" 즉 자기 존재근거이다. 그러므로 이 둘의 관계는, 존재근거로서의 님에게 자아를 내맡김으로써만 오히려 진정한 자아를 실현할 수 있는 그러한 관계이다. 그것은 님에게 자기중심적인 '나'를 종속시킬 때 성립된다. 여기서 '종속시킨다'는 것은, 결연한 자기부정을 감행함으로써 진정한 '나'를 획득하는 결단의 자리로 나아가는 것을 의미한다. 그러한 자기결단의 자리에 들어설 때, '나'는 님에 얽매여 있음에도 불구하고 진실로 자유로운 거듭나는 존재가 되는 것이다. 이처럼 만해는 역설적이게도 님에게 나를 전적으로 의탁하는 행위, 님을 위해 즐거이 종노릇하는 것이야말로 진정한 주인으로 되는 요체임을 이 「군말」을 통해 명료하게 제시하고 있는 것이다. '나와 님'이 더불어 공생할 수 있는 이러한 관계를 '사랑'의 문제로 환치시킨 만해의 근본 의도가 여기 있다. 만해 시를 올바로 이해하기 위해선 무엇보다 이

점을 분명히 인식하는 일이 선행될 필요가 있다. 그런데 만해의 사랑의 노래는 실재하는 님을 위한 기쁨의 노래가 아니라, 부재하는 님을 기다리며 부른 괴로움의 노래이다. 자기 존재근거로서의 님이 누군가에 의해 나와 분리되어 있기 때문이다. 이런 경우일수록 님에 대한 진정한 사랑이 그 어느 때보다도 절실히 요청된다. 만해는 1920년대야말로 그러한 사랑을 필요로 하는 기갈의 시대라고 인식하였다. 그 기갈은 정치경제적 의미에서의 기갈이기도 했으며, 아울러 그것은 정신적인 기갈까지 포함하는 것이었다.

만해는 문단이라는 것과는 매우 인연이 먼 사람이었다. 문학을 한 방식이나 문단적 처세가 여느 문학인들과는 달리, 식민지 지식인의 이념적 한계와 취약점을 고스란히 연출해 보여주었던 문단주의로부터 시원스레 벗어난 행동적 시인이었던 것이다. 그의 문학관은 전통적인 문이재도론(文以載道論)에 입각한, 문학과 행위를 일치시키고자 한 일종의 실천문학론이었다. 그가 유달리 강조한 이른바 시중정신(時中精神)은 이를 떠받치는 기본축이었다.

만해 시에서 '이별'은 매우 중요한 의미를 지닌다. 시집 『님의 침묵』 자체가 이별한 임과의 만남을 애타게 절규한 것이라 할 수 있을 정도이다. 그런데 만해 시에서 그것은 순전히 무력적인 외압에 의한 것임이 강하게 암시되고 있다. 이러한 시적 표상은 「당신의 편지」「참말인가요」「당신을 보았습니다」「가지 마셔요」등에서 '칼'이나 '군함'으로 나타난다.

그러나 만해는 이미 기정사실로 굳어져버린 듯한 이별, 즉 '님의 부재'를 결코 수락하지 않는다. 그에게 있어서는 이별이 다름아닌 '현존'으로 되는 까닭이다. 이 부재의 아름다움이 가장 빼어나게 형상되어 있는 작품이 대표작 「님의 침묵」이다.

우선 이 시에서 주목되는 것은 앞부분에서 세 번이나 반복적으로 등장하는 '갔습니다'라는 자동사이다. 얼핏 그것은 시적 자아의 삶의 존재근거이자 그 궁극적인 지향이기도 한 님의 상실을 적극 강조하기 위해 마련된 의도적인 상황설정인 듯 보인다. 그러나 이 시의 전후 문맥을 자세히 판독해보면, 그와는 전혀 다른 것임을 알 수 있다. 시적 화자 '나'는 '갔습니다'라는 자동사적 표상을 반복적으로 거듭 사용함으로써 '이별'이 님의 주체적 결단에 의한 것임을 분명히하고 있기 때문이다. 이 점은 제2행에서 더더욱 명료해진다. "푸른 산빛"은 주기적으로 순환하는 자연현상에 지나지 않으므로 언젠가는 거기에 균열이 가해지게 마련이다. 인간의 처지에서 말하자면, 그것은 '현재상태에 자족하고 안주하는 순응주의적 삶'을 가리킨다. 따라서 그런 상태를 스스로 '깨친다'는 것은 일상적 삶을 결연히 부정하는 실존적 결단행위에 다름아니다. 이때 님은 막다른 궁지 속에 자신을 투신함으로써 고난의 길("단풍나무 숲을 향하여 난 적은 길")을 스스로 선택한 것으로 되며, '이별'은 새로운 만남의 시작으로 되는 것이다. 마지막 2행에서 이 시의 서정 주체가 다음처럼 우렁차고도 단호하게 노래할 수 있는 소이도 바로 여기서 마련된 것이다.

아아 님은 갔지마는 나는 님을 보내지 아니하였습니다
제 곡조를 못이기는 사랑의 노래는 님의 침묵을 휩싸고 돕니다

만해는 마땅히 복종해야 할 대상에게 묵묵히 복종하는, 가장 완벽한 형태의 사랑을 실천적으로 보여주는 시적 전형을 시집 전편을 통해 놀라웁게 형상화하였다. '나'는 복종할 것에 복종하고 헌신적으로 봉사함으로써, 자기 자신 및 일체의 외적 현실에 대해 구부러지고 파탄당한 굴종적인 정신과 정체된 삶을 모조리 부정하는 자이다.
「복종」에는 만해의 이러한 시적 인식이 가장 잘 드러나 있다. 시적 자아는 자신의 궁극적인 존재근거인 님에게 "복종만 하고 싶어요"라고 말

한다. 그러나 여기서의 '자유'는 또다른 의미의 억압과 속박에 지나지 않는다. 그것은 야합·타협·굴종을 일삼기 쉬운 명분만 그럴듯한 허명(虛名)적인 자유, 즉 겉으로만 "아름다운 자유"일 따름이다. 그럼 어떤 것이 진정한 자유인가? 자기 존재근거인 님에게 복종하는 것이야말로 참된 자유라는 것이다. 이때의 사랑은 외형적으로는 비록 수동적인 양상을 보일지 모르지만, 본질적으로는 생산적인 수동성과 전투적인 능동성을 아울러 갖춘 완벽한 형태의 사랑이다. 님에 대한 사랑 때문에 그 임에게 기꺼이 종노릇해야 한다는 논리이다. 사랑이란 근본적으로 '마조히즘적인 열망'(E. 프롬)임을 만해는 이 시를 통해 다시 한번 분명히 보여주고 있는 셈이다.

만해에게는 님에게 전적으로 의탁하여 종노릇한다는 것이 당대 민중과 고난을 함께하며 역사의 중심부에 뛰어들어 민중의 고통을 종식시키는 것 이외에 다른 아무것도 아니었다. 조국이 일제 식민지로 전락한 지 꼭 15년을 맞는 시점(1925년 8월 29일 밤)을 택하여 그가, "독자여,/…/나는 나의 시를 독자의 자손에게까지 읽히고 싶은 마음은 없습니다./…/밤은 얼마나 되었는지 모르겠습니다./…/새벽종을 기다리면서 붓을 던집니다."(「독자에게」)라고 토로한 것은 바로 이런 맥락에서이다.

식민지 현실이 극히 폐쇄적인 것이었음에도 불구하고 되레 거기서 든든한 시적 전망을 도출해냈다는 것은 만해의 남다른 시적 성취라 아니할 수 없으며, 이는 곧 우리 근대 서정시의 개가라 하여 지나침이 없을 것이다. 그러나 그의 시에도 쉽사리 지나칠 수 없는 여러 취약점들이 발견된다. 시적 논리의 불투명성, 시적 긴장을 둔화시키는 관념어의 빈발, 불필요하게 확장된 늘어진 줄글 등이 그것이다. 시사적으로 볼 때, 이러한 시적 결함들은 1926년 이후의 정지용(鄭芝溶), 1930년대 중반 이용악(李庸岳)·백석(白石)·오장환(吳章煥) 등에 이르러서야 비로소 극복될 수 있었던 힘겨운 문학사적 과제였던 것이다. 여기서 우리는, 카프(KAPF) 계열의 시가 특히 '제1차 방향전환'(1927) 이후 지나친 관념적·계급적 편향을 드러냄으로써 결과적으로 한국 근대시의 전개에서 서정성의 후퇴를 자초했다는 사실을 명념할 필요가 있다.

〔『민족문학사강좌』 하, 창작과비평사 1996〕

참고문헌

고미숙 「애국계몽기 시운동과 그 근대적 성격」, 『민족문학과 근대성』, 문학과 지성사 1995.

김우창 「한국시와 형이상학」, 『궁핍한 시대의 시인』, 민음사 1977.

_____ 「궁핍한 시대의 시인——한용운의 시」, 『궁핍한 시대의 시인』, 민음사 1977.

김윤식·김현 『한국문학사』, 민음사 1973.

김흥규 「부서진 세계 안의 자유와 절망」, 임형택·최원식 편 『전환기의 동아시아 문학』, 창작과비평사 1985.

_____ 「'근대시'의 환상과 혼돈」, 『문학과 역사적 인간』, 창작과비평사 1980.

백 철 『조선신문학사조사』, 수선사 1948.

서정주 「김소월과 그의 시」, 『한국의 현대시』, 일지사 1969.

염무웅 「만해 한용운론」, 『민중시대의 문학』, 창작과비평사 1979.

유종호 「임과 집과 길」, 『동시대의 시와 진실』, 민음사 1982.

윤영천 「복종과 자유의 변증법——만해 한용운론」, 백낙청·염무웅 편 『한국문학의 현단계 III』, 창작과비평사 1987.

정한모 「이상화 시의 문학사적 의의」, 『이상화의 서정시와 그 아름다움』, 새문사 1981.

한국 '리얼리즘 시론'의 역사적 전개와 지향

1

요즘 우리 평단은 '시와 리얼리즘' 논의로 자못 활기를 띠고 있다. '서정시에서 리얼리즘 실현은 가능한가' 하는 문제가 뚜렷한 쟁점으로 부각된 것이다.

필자는 이미 지난해 실천문학사 주관 심포지엄(「다시 문제는 리얼리즘이다」, 1991. 9. 27)에 제출된 최두석(崔斗錫)의 「리얼리즘시론」에 대한 토론 과정에서 이 '리얼리즘 시론'이 한국 근현대시의 사적 전개를 일목요연하게 재구성할 수 있는 과학적인 시연구 방법론으로서, 그리고 창작방법론적 전범으로서 얼마나 생산적일 수 있는가에 다소 의문을 제기한 바 있다.[1] 이 논의가 한국 근현대시의 주요한 시적 성과물들에 대한 체계적 연구 및 시창작 면에서 새로운 활로를 개척할 수 있으리라는 점은

---

1) 이에 대해서는 「리얼리즘시론」(『실천문학』 1991년 겨울호), 93~101면의 필자의 토론 부분을 참조할 것.

일정하게 인정하면서도, 자칫 그것이 서정시 특유의 현실반영 방식에 대한 섬세한 고려 없이 시창작의 평판화와 연구의 단선화 경향을 부추김으로써 오히려 소모적인 방향으로 전개될 것을 우려한 때문이다.

논의의 시발이 '연구·창작 방법론' 어느쪽이었든지간에 그 무렵 리얼리즘 시론은 하나의 경향성을 지니고 있었으니, 대개의 논자들이 '시의 독특한 현실반영 방식에 대한 최대한의 적극적 고려'를 유달리 강조했음에도 불구하고, 실제로는 거의 예외없이 소설에나 적용됨직한 엥겔스(F. Engels)의 고전적 명제 즉 "세부의 진실성 외에도 전형적 환경에서의 전형적인 성격들의 진실한 재현"에 긴박되었다는 점이 바로 그것이다. 말하자면 이 논의가 엥겔스 유의 명제에 얽매임으로써 자칫 시인의 창작에 장애가 되거나, 규격적이며 싸늘하기 이를 데 없는 교조적 이론으로 전락할 위험성을 내재하고 있었던 것이다.[2]

이러한 사정은 다음 두 가지 사항을 유념할 때 어느정도 이해된다. 결코 평지돌출이랄 수 없는 이 논의를 추동한 현실적 계기로 우선 지난 1988년 7월의 '월북문인 해금'을 들 수 있는데, 이를 시발점으로 하여 그들 작품세계에 대한 연구는 아연 활기를 띠게 된다. 그런데 문제는, 대다수 논자들이 '논의의 깊이'는 확보하지 못한 채 쉽사리 '이념적 편향'에 빠져든 데 있다. 이때 '리얼리즘 시론'이란, 강한 현실성을 띤 시일수록 리얼리즘적 성취도가 높은 작품으로 재단하는 편내용주의적 비평의 다른 이름에 불과하다. 둘째는, 이 논의가 번역서들을 통한 서구 리얼리즘 미학이론이 우리 평단에 폭넓게 수용되는 과정에서 산생되었

---

2) 이는 언뜻, 일찍이 1957년부터 7년간에 걸쳐 줄기차게 행해진 북한학계 '사실주의 논쟁'의 성과와 한계를 총괄(1963. 2. 29)한 이웅수의 비판적 입장을 상기시킨다. 그는 서정시에까지 엥겔스나 고르끼(M. Gorky)의 사실주의 개념을 무역사적으로 적용하는 부당성을 예리하게 지적하였다(심경호 「주체적 문예이론과 서정시론」, 『다시 문제는 리얼리즘이다』, 실천문학사 1992, 319면 참조).

다는 점을 고려할 수 있다. 일단 '연구' 차원에만 국한해 말하자면, 특정 문학이론을 작품의 해석·평가에 극히 도식적으로 적용하는 비평적 통폐 속에서 이 리얼리즘 시론은 미처 강한 현실적 정합성을 동반할 수 없었던 것이다.

그렇다면 현단계 리얼리즘 시론은 어떠한가. '리얼리스트'들의 엇나간 예단을 비웃기라도 하듯 소연방의 붕괴와 동구 현실사회주의의 몰락이 이미 엄중한 현실로 드러난 터에, 시에서의 리얼리즘 성취 가능성 운운하는 것 자체가 오히려 문학적 호사가들에게는 한낱 때늦은 사치쯤으로 여겨질 가능성마저 있는 것이다.

사회주의 체제가 무너지고 있다. 소비에트가 붕괴되었다. 이 충격적인 사태 앞에서 '리얼리스트'들은 침묵으로 혹은 '전략'의 이름으로 관망한다. 이 역사의 엄청난 지각변동 앞에서, '리얼리스트'들은 관망하고, 하나둘씩 보따리를 싸고, 이곳저곳을 기웃거린다. '사회주의 건설'의 기치는 어디로 사라졌는가?[3]

준엄하기 이를 데 없는 '리얼리즘 폐기 선언'의 한 전형을 보는 듯하다. 이 논자에 의하면, 지금 우리는 '리얼리즘 창작방법론'이 사라진 시대에 살고 있다. 그러할진대, 이러한 현실적 추이에 도무지 무신경한 듯한 오늘의 리얼리즘 시론가들이야말로 영락없는 '기계주의자'일 수밖에 없다.

그러나 이즈음의 '시와 리얼리즘' 논의는 중대한 시대적 의미를 함축하고 있다. 무엇보다 그것은 김종철(金鍾哲)의 온당한 지적처럼, "민족

---

3) 임우기 「왜 리얼리즘인가── '흔적'의 문학에 대한 인식」, 『문학과사회』(1992년 봄호), 64면.

민중시 계열의 문학적 작업이 어떤 심각한 한계에 직면해 있음을 인정하는 자기반성적 노력의 하나"[4]라는 점에서 그러하다.

사실 오늘의 대다수 독자들은 특히 1980년대 이래로 저질의 '민중시 공해'에 적잖이 시달려온 터이다. 시적 매개를 통한 생활적 서정의 압축적 제시라는 서정시 특유의 기율로부터 멀찍이 벗어난, 시적 개성과는 무관하게 목청만 높은 '구호시'의 위세에 떠밀려 한동안 '시적인 것' 또는 '짤막한 정통 서정시'에 잔뜩 기갈들었던 것이다. 고은(高銀)·신경림(申庚林)·송기원(宋基元)·이시영(李時英) 등의 근작들에서 두드러지는 '단형 서정시에의 지향, 밀도 높은 서정성의 회복, 사물시의 탐색, 선시(禪詩)적 경향' 등은 바로 이 점에서 주목에 값하는 것이니, 서정시의 본령에 대한 깊은 양식적 자각의 소산으로 보아 무방한 까닭이다.

창작방법론의 관점에서 이루어진 지난 몇년 사이의 '시와 리얼리즘' 논의는 주로 서정시의 특점은 살리되 기왕의 단형 서정시로써는 현실의 복잡성을 바르게 형상하기 어렵다는 인식 아래 새로운 시적 양식을 탐색하는 데 치중했는바, 이 또한 민족시의 진로를 새롭게 타개하고자 한 진지한 노력이었음은 두말할 나위조차 없다.

이 글의 주된 목적은 한국 '리얼리즘 시론'의 역사적 전개를 비판적으로 검토, 그 올바른 지향점을 가늠해보는 것이다.[5] 이를 위해 필자는 지금까지 이루어진 논의과정에서 몇몇 주요 논점을 적출, 극히 제한적으로나마 이를 실제의 작품적 현실에 결부시켜 논하고자 한다.

---

4) 김종철 「인간, 흙, 상상력」, 『녹색평론』(1992. 3~4), 98면.
5) 필자는 이미 다른 기회에 '시와 리얼리즘' 문제에 대한 관견을 두어 차례 피력한 바 있다. (1) 「1990년도 하반기 현대시 연구동향」(『민족문학사연구』 창간호, 민족문학사연구소 1991)과, (2) 「리얼리즘시론」(『실천문학』 1991년 겨울호)에서의 필자의 토론 부분이 바로 그것이다. 따라서 이 글에서 언급되는 내용 중 일부는 이전 것과 중복되는 것임을 여기서 미리 밝혀둔다.

2

한국 근대시사에서 리얼리즘 시론의 단초를 연 것은 임화(林和)의 「우리 오빠와 화로」(『조선지광』 1929. 2)라 할 수 있는데,[6] 이는 시인 자신의 다음 언명에서도 잘 드러난다.

> 우리 예술에는 '사실주의 길로'라는 스로간이 내걸렸다. (…) 시에 대해서만 기억에 좇아서 검토해가면, 1929년 초경부터 성질은 여하간 미미하나마 '리알리크'('리얼리스틱'의 잘못—필자)한 현상이 나타난 것이 사실이다. (…) 그것은 임화의 「우리 오빠와 화로」의 출현으로 명확해졌다고 말하여도 별 폐단이 없을 것 (…) 이때부터 과거의 개념적인 절규의 낭만주의는 일변하여 소위 사실주의적 현실(?)로 족보(足步)를 옮기기 시작하여 현대에 이르기까지 이 경향이 만연…[7]

한마디로 한국 근대시의 사적 전개에 있어 「우리 오빠와 화로」가 "개념적인 절규의 낭만주의" 시에서 '사실주의 시'로 이행하는 결정적 계기를 이루었다는 것이다. 백철(白鐵)이 '프롤레타리아 서정시'의 한 전형이라고 할 만큼 이 작품은 우수한 시적 특성을 지닌 것으로 평가되었다. 즉 기왕의 "서정 단시'에 비하면 서술과 설명이 승(勝)한 경향이 있

---

6) 일제강점기 '시와 리얼리즘' 논의는 주로 창작방법론의 차원에서 이루어졌는데, 여기서는 그 역사적 전개를 임화의 주요 평론들을 중심으로 간략히 검토하는 편의적 방식을 취하기로 한다. 이 기간 동안 임화는 창작과 비평 양면에 걸쳐 줄곧 이 논의의 중심축을 이룬 인물이기 때문이다.

7) 임화 「시인이여! 일보 전진하자——시에 대한 자기비판·기타」, 『조선지광』(1930. 6) 참조.

긴 하나 (…) 이 시대에 유행된 다른 프롤레타리아 시와 같이 이념이나 사건을 세계관에 의하여 설명한 '개념시'"를 일정하게 극복한 평판작이라는 것이다.[8]

　삼남매 '노동일가'의 삶의 모습이 사뭇 구체적으로 점묘되어 있는 「우리 오빠와 화로」는 복역중인 노동운동가 오빠에게 화자가 편지를 띄우는 시적 형식을 취하고 있다. 역사변혁 주체를 당시의 성장하는 노동계급으로부터 곧장 확인하려는 시인의 '주관적 조급성의 발로',[9] 도식적 인물구성에 말미암은 부자연스러운 시적 상황 등의 취약점에도 불구하고, 이 시는 여성화자가 '질화로와 화젓가락'이라는 시적 매개[10]를 통해 당대의 열악한 노동현실과 그 열렬한 극복의지를 직정적으로 절실하게 노래했다는 점에서 그야말로 '문제적'이라 할 수 있다. 이 점을 누구보다도 예리하게 간파한 김기진(金基鎭)은 당시의 '극도로 재미없는 정세'[11]를 돌파해나갈 수 있는 하나의 바람직한 시적 양식으로 특히 「우리 오빠와 화로」를 염두에 두었던 듯한데, 얼마 뒤 그는 이를 '단편서사시'로 명명하였다. 당시 객관정세의 긴절한 요청사항, 즉 '현실의 구체

---

8) 백철 『조선신문학사조사——현대편』(백양당 1949), 143면.
9) 선진적 노동계급에 대한 임화의 관념적 경사는, 무려 12회에 걸쳐 사용된 '위대한, 용감한, 성스러운' 등의 시어에서 분명하게 드러난다.
10) 여기서의 '깨어진 질화로와 여전히 남아 있는 두 개의 화젓가락'은 각각 복역중인 노동운동가 오빠와, 그를 통해 점차 강고한 노동의식의 소유자로 단련되어가는 두 남매의 시적 표상이라 할 수 있다.
11) 이는 당시 일제가 가한 폭압적인 '사상탄압'을 가리켜 김기진이 「변증법적 사실주의——樣式問題에 대한 小考」(『동아일보』 1929. 2. 25~3. 7)에서 쓴 표현이다. 여기서 그는, '연장으로서의 문학'이 시대적 임무를 다하기 위해서는 무엇보다 작가의 정치투쟁이 작품현실에 생경하게 직역되는 현상이 지양돼야 한다는 의미있는 발언을 한 바 있는데, 물론 이 견해는 임화에 의해 즉각 반격되었다. 그것이야말로 당시의 주류적 "예술운동을 지배하는 맑스적 원칙의 포기를 강요"(임화 「탁류에 抗하여——문예적 시평」, 『조선지광』 1928. 8)하는 일종의 기회주의라는 것이다.

적 묘사를 통한 시적 정서의 호소'를 이 시가 상당 부분 충족시켜줄 수 있다고 판단했던 것이다. 요컨대, 속도감을 결한 시적 상황의 산문성, 몇군데서 드러나는 불투명한 시적 의미 등에도 불구하고 '화젓가락'을 매개로 한 두 남매의 외로운 형상 및 "고난 속에서 오빠의 새 솜옷을 장만하는 근로하는 여성——미래사회를 가져오고야 말 여성"의 시적 전형을 훌륭하게 제시했다는 것이다.[12]

단편서사시는 비교적 선명한 서사적 골격을 지닌 일종의 '이야기시'라 할 수 있다. 악화일로만을 치닫던 당대의 객관적 정세에 비추어볼 때 그것은 하나의 절실한 시대적 요청의 산물, 즉 종래의 '서정 단시'로는 급변해가는 서사적 현실의 충실한 반영 및 '대중성 확보'에 상당한 난점이 따른다는 시적 인식의 소산이었던 셈이다. 합법적 차원에서는 어떤 형태의 정치운동도 전적으로 불가능했던 시대에, 바로 그러한 정치운동의 대체이념적 성격을 강력히 표방하면서 문학이라는 간접회로를 통한 정치적 운동을 목표했던 프로문학이 그 목적의식을 한층 명백히 한 시기, 즉 적극적인 문호개방과 조직확대를 통해 프로문학의 반제국주의적 지향을 가일층 공고히한 카프의 제1차 방향전환(1927) 이후, '당대 현실의 생생한 반영'을 겨냥하면서 심중하게 모색된 시적 양식이 바로 이 단편서사시인 것이다. 따라서 그것은 "프로예술의 참된 방향성의 모색이면서 대중화론을 겸할 수 있는 가능성을 보여주었다는 점"[13]에

---

12) 김기진 「단편서사시의 길로——우리의 시의 문제에 대하여」, 『조선문예』(1929. 5). 오성호의 지적처럼, 김기진의 '단편서사시론'은 1920년대 전반기를 풍미한 감상주의 시와, 시인의 관념적 세계관을 생경하게 표백하는 데 급급했던 신경향파 시를 동시에 극복하는 하나의 이론적 대안을 제출했다는 점에서 매우 중요한 비평사적 의의를 지닌다. 오성호 「식민지시대 리얼리즘시론 연구——'단편서사시론'을 중심으로」, 『문학과 논리』(태학사 1991), 64~66면 참조.
13) 김윤식 『한국 근대문학사상사』(한길사 1984), 174면.

서 매우 중요한 시사적 의미를 지니는 것이라 할 수 있다.

그러나 이 시는 훗날 임화 자신도 분명히 시인한 것처럼 값싼 '감상주의'를 현저하게 노출시킨 작품이었다. 이 시의 주요 인물(삼남매 및 여성화자의 '연인' 등) 구성을 노동자 일색으로 평판화시킴으로써 결국 이 작품이 시인의 '소시민적 흥분'의 대리충족물 정도로 전락, "일개의 낭만적 개념을 형성"하는 데 그치고 말았다는 것이 자기비판의 주된 내용이다. 이 시기 임화 문학인식의 궁극적 지향점이 '문예운동 곧 정치운동'이라는 극단적인 볼셰비끼적 대중화론이었음을 상기할 때, 여기서의 '일보 전진'이 "프로레타리아의 생활 속으로 들어가는 것"[14]과 같은 일종의 기계적인 정치투쟁으로 될 것은 쉽사리 짐작할 수 있는 일이며, 실제 그것은 '리얼리즘 시' 생산에 치명적인 걸림돌로 기능하였던 것이다.

1932년에 들어 이러한 공식주의에 대한 강력한 반론 형식으로 새롭게 제출된 이른바 '유물변증법적 창작방법'[15]은 당시의 현실적 추이를 가장 잘 드러내주는 것이니, 신유인(申唯仁)의 다음 견해는 그 전형적 사례라 할 만하다.

> 프로레타리아 문학은 분노하고 투쟁할 뿐만은 아니다. 프로문학은 웃고 울고 슬퍼하고 오뇌하고, 그리고 연애할 수 있으며, 또 창공의 월색(月色)과 잔잔히 흐르는 하천(河川)의 물결을 노래할 수 있고, 봄날의 밭 위에서 우는 종달새의 소리에 귀를 기울일 수가 있다. (…) 한 권의 정치교정(政治敎程)이나 유물사관을 가지고 소설과 시를 쓰려는 만용은 인제 버리지 않으면 아니된다.[16]

---

14) 임화 「시인이여! 일보 전진하자──시에 대한 자기비판·기타」 참조.

15) 신유인의 「창작의 고정화에 抗하여」(『중앙일보』 1931. 12. 1~8) 및 백철의 「창작방법 문제──계급적 분석과 시의 창작문제」(『조선일보』 1932. 3. 6~20)는 그 대표적인 논의에 해당한다.

위의 주장의 핵심은 '반문학적인 기계주의적 편향' 즉 특정의 정치적 교조나 유물사관을 현상적으로 작품에 대입시키는 창작방법의 부당성에 집중되고 있다. 그같은 방법으로는 생동하는 현실의 다채로운 굴곡과 삶의 미묘한 실감을 온전하게 형상하기 어렵다는 것인데, 임화 유의 빽빽한 '리얼리즘 시론' 또한 여기서 예외일 수 없음은 자못 분명한 일이다.

그러나 이 창작방법론이 "모든 것을 사회발전의 구체면에로 파악·제시하지 못하고, 이른바 '멘셰비끼'적인 관념론에 떨어져 있다"고 비판[17]되면서, 1933년에 들어서는 새로운 창작방법론으로서 '사회주의 리얼리즘'이 강력하게 대두된다. 이 논의의 출현에 쏘비에뜨 사회주의 리얼리즘의 추동력이 크게 작용하였음은 물론이다. 그런데 문제는 이 논의가 앞단계에 제출되었던 '유물변증법적 창작방법론'과 함께 이렇다 할 작품적 성취를 이루어내지 못했다는 점에서 실제 창작과 크게 유리되어 있었다는 사실이다.

임화의 날카로운 문제제기는 바로 이런 시점에서 이루어졌다. 당시 리얼리즘 작품 창작의 극심한 빈곤현상은 무엇보다 '리얼리즘 창작방법'을 절대적인 것으로 간주하고, 막연히 그 실천만을 일방적으로 강제한 데 기인한다는 것이다. 이때의 리얼리즘은 소박한 모사론 또는 기계적 반영론을 가리키는 것인데, 그것이 실제 작품창작에 하나의 교조로 작용한 때문이라는 지적이다.

문학이 현실을 반영하는 성질·한계에 대하여 전혀 추상적인 객관

---

16) 신유인 「예술적 방법의 정당한 이해를 위하여」, 『신단계』(1932. 1).
17) 백철, 앞의 책 149면.

주의의 망령에 사로잡혀 '리얼리즘'을 마치 맑은 호수가 하늘의 별을 반영하는 것같이 절대몰아(絶對沒我)의 사실(寫實)로 이해 (…) 사실주의적 방법만 가지면 호수가 날으는 새도 지나가는 구름도 공허한 하늘도 모두 있는 그대로 무엇이고 반영할 수 있는 것과 같이, 문학은 현실의 전부를 그 가운데 반영할 수 있으며, 반대로 현실이란 아무것을 그려도 훌륭한 문학이 될 수 있다는 기괴한 견해에 도달… 18)

  문학의 기능을 오직 '직접적인 이데올로기의 반영'이라고 규정하는데 요지부동이었던 1930년경 임화의 경직된 태도가 새롭게 변모되었음을 확인시켜주는 대목이다. 예술적 형상화에 관여하는 '주관'의 역할, 자칫 트리비얼리즘으로 낙착되기 쉬운 기계적 모사론의 통폐, 문학의 '형상적 인식'의 중요성 등에 대한 진전된 인식을 보여주고 있기 때문이다. 반영대상의 선택과 그 형상화 방법에 개재되는 주관의 작용 때문에 '리얼리티'란 결국 한정적인 개념으로 머물 수밖에 없다는 사실을 당시 논의가 전적으로 망각하고 있었다는 지적이다. 그런데 주목할 것은, 이같은 변모가 당시 소설 위주로만 진행된 사회주의 리얼리즘 창작방법론에 대한 일정한 불만 속에서 이루어졌다는 점이다. 여기서 마침내 임화는 '낭만적 정신'을 제창하기에 이른다.
  임화에 의하면, '문학적 현실'은 '현실적인 것'(객관)과 '낭만적인 것'(주관)의 합성이다. 여기서 전자는 '사실성', 후자는 '서정성'에 각기 해당하는 개념으로, 이 둘은 문학의 양대 원리적 범주를 형성한다는 논리이다. 그런데 "문학의 사실(寫實)적 이상의 실현이란 것은 작자가 인식하고 사유한 객관적 현실과, 독자가 그 작품을 통해서 인식하고 사유

---

18) 임화 「낭만적 정신의 현실적 구조──신창작이론의 정당한 이해를 위하여」, 『조선일보』 (1934. 4. 19~24).

한 현실이 근사(近似)하고 접근하고 조화"[19]될 때 비로소 가능한 것이라면, 애당초 작가의 객관적 현실인식에 의한 리얼리티의 획득이 쉽지 않은 터에 "문학의 사실적 이상의 실현"을 기대하기란 참으로 무망한 노릇이 아닐 수 없다. 이렇게 되면 '낭만적인 것'의 올바른 실현은 더욱 까마득한 일로 될 수밖에 없으니, 그것은 "일정한 상태의 사실적 형상을 제시하지 않고는 불가능하기 때문"이라는 것이다.[20]

물론 '문학적 현실'을 이처럼 양대의 원리적 범주로 획정하는 임화의 입장에는 문제가 있다. 신두원이 지적했듯, 무엇보다 그것은 "인식과정의 보편적 범주를 문학의 형상화 방식에 곧바로 대입시켰던 데 있다. 주관성을 낭만성으로, 객관을 사실성으로 대체한 것인데, 이들은 대체될 수 있는 개념이 아니다."[21] 어쨌든 임화는 '낭만적 정신'에 한층 적극적인 의미를 부여하면서 본격적인 '낭만주의론'으로 내닫는다.

임화가 주창하는 진정한 '낭만정신'이란 '창조적 몽상' 즉 "미래에의 지향"을 꿈꾸는 정신이다.[22] 이런 정신이 작품현실에 관철될 때 진정한

---

19) 같은 글.

20) 양자 중 '현실적인 것'에 선차적 의미를 부여하고 있는 임화의 입장에서 우리는, 아직도 그가 단편서사시 유의 시적 양식과 절연관계에 있지 않음을 어렴풋이 확인할 수 있다. 리얼리즘의 뚜렷한 시적 성과물을 내놓지 못하고 마냥 정체해 있던 당시 시단에 활력소가 될 만한 생신(生新)한 시적 양식으로 아마도 임화는 '서사와 서정'의 통일적 구현이 가능한 어떤 모델을 생각한 듯한데, 그것이 구체적으로 어떠한 것이었는가는 잘라 말하기 어렵다. 그러나 분명한 것은 그것이 「우리 오빠와 화로」에서 이미 내보였던 시적 결함들, 예컨대 도식적인 시적 상황, '생활적 서정'과는 무관한 감상주의의 노출, 시인의 주관적 조급성의 발로 등이 일정하게 극복되는 수준에서 이루어질 것이라는 점이다.

21) 신두원 「임화의 현실주의론 연구」(서울대 석사학위논문 1991), 14면. 훗날 임화는 '예술적 인식과정에서의 주관성의 역할에 대한 불철저한 인식'에서 이같은 오류가 빚어졌음을 엄중하게 자기비판한 바 있다(임화 「사실주의의 재인식」, 『동아일보』 1937. 10. 13).

22) 임화 「嘗來할 조선문학을 위한 신 제창—위대한 낭만적 정신」, 『동아일보』(1935. 1. 1~4).

낭만주의가 성립될 터인데, 이것을 그는 특별히 '몽상의 낭만주의'(또는 '신로맨티시즘')라 일컬으면서, "몽상의 낭만주의는 결코 작품에 있어서의 사실성(寫實性)을 제외하는 것은 아니다. (…) 단지 현실을 (…) 위대한 몽상에 종속시킴으로써 그것에 보편적 성질을 부여"할 뿐이라고 강조한다. 바로 이런 경우 "강하게 역사적이고 무비(無比)하게 사회적이며 근본 성격에 있어 '리얼리즘'으로서 자기를 형성"하게 되고, 이것이야말로 진정한 의미에서 "리얼리즘 가운데 시를 존재케 하는 것"이라고까지 말한다. 이에 이르면, 예술적 인식과정에서의 '주관성'은 한층 강화된 셈인데, 그 시적 실현이 구체적으로 어떻게 가능한가에 대해서는 더이상 입을 다물고 있다.[23] 객관현실과 시인의 주관적 계기 사이의 변증법적 교호를 가능하게 하는 창조적 상상력의 작품내적 작용에 대한 언급이 전혀 이루어지지 않고 있는 것이다.

한층 엄혹해진 일제의 사상탄압, 모더니즘 시의 압박, 카프의 와해(1935. 4) 등 극도로 불안했던 1935년경의 문단 내외적 상황은 당시 '프롤레타리아 시인'들로 하여금 "개인적·내성적인 자기추구"의 시적 경향에 탐닉하도록 만들었다.[24] 당시의 이러한 시단상황을 고려할 때, 안용만(安龍灣)의 「강동(江東)의 품――생활(生活)의 강(江) 아라가와(荒川)여」(『조선중앙일보』 1935. 1. 1)는 임화에게 각별한 의미를 지니는 것이었다. 임화는 이 시를 종래 "조선 프롤레타리아 시의 최초의 발전"을 보

---

23) 신두원은 임화의 이같은 태도를 당파성 문제에 관련하여 비판하고 있는데, 당파성을 객관현실로부터 찾지 않고 '몽상'에서 구하고자 한 것이 문제라는 것이다. 이런 점에서 볼 때, 자신의 로맨티시즘이 '주관주의적 일탈'임을 시인한 임화의 태도는 매우 정당한 것이라 할 수 있다. 그는 이러한 과오가, "당시 유형적 만네리즘에 빠졌던 시의 상태가 대단히 딱했던 사정과, 현상을 통하여 본질을 적출(摘出)하는 예술적 인식과정 중에서 주관적·추상적·예술적 상상력 등이 연(演)하는 역할에 대하여 명백한 이해를 가지지 못한 데 인(因)한 것이라고 하였다(임화 「사실주의의 재인식」 참조).
24) 임화 「曇天下의 시단 1년――조선의 시문학은 어디로」, 『신동아』(1935. 12).

여주었다고 극찬하면서 "진실한 낭만주의의 전형"이라고까지 높이 평가했는데, "자연·인간·감정 모두가 골수에까지 밴 '생활의 냄새'로 용해되고 시화 (…) 진정한 민족성, 그 가장 큰 것으로 향토에 대한 한없는 사랑이 표시"된 때문이라는 것이다.[25]

일본 토오꾜오의 '아라가와'(荒川) 강 부근에 집주하고 있던 '조선인 특수부락'을 시적 공간으로 하여, 도일 조선인 노동자 2세의 간난어린 개인사를 대화체의 이야기시 형식을 통해 노래하고 있는 이 시의 특점은, 날카로운 생활적 서정의 편린들이 서사적 골격에 싱싱한 생동감을 부여해주고 있다는 것이다.[26] 이 시는 서정적 자아가 식민모국 일본에서 각성된 노동자로 성장, 마침내 '눈물의 현해탄'을 건너 자신의 조국 식민지 조선의 '얄루'(압록강) 강반으로 돌아간다는 줄거리를 지니고 있다.

서정 주체의 신원, 비장한 시적 어조, 주제의 현실성, 서정과 서사의 결합, '전망'의 제시[27] 등의 차원에서 볼 때, 임화에게는 이 시가 족히 "진실한 낭만주의의 전형" 즉 '리얼리즘 시'의 한 전범으로 상정되었음 직하다. 그러나 이후 임화는 '시와 리얼리즘' 문제를 더이상 천착하지 않았다. 가령 이용악(李庸岳)·백석(白石)에 의해 발전적으로 전개된 '이야기시'나 짤막한 서정시 등에서 리얼리즘 실현이 어떻게 가능할 것인가에 대해서는 거의 주목하지 못했던 것이다.

'시와 리얼리즘' 논의는 '해방'이라는 역사적 전기를 맞으면서 새로운 국면에 접어들게 되는데, 대체로 그것은 부르주아 민주주의 혁명론에 입각한 "문학에 있어서의 민주주의적 개혁과 진보적인 민족문학의

---

25) 같은 글.

26) 이에 대해서는 윤영천 『韓國의 流民詩』(실천문학사 1987), 163~72면을 참조할 것.

27) 임화는 이를 '낭만정신' 또는 작품현실에 반영된 "미래에의 지향"이라 불렀다(「當來할 조선문학을 위한 신 제창——위대한 낭만적 정신」 참조).

수립", 즉 "조선사회의 근대적 개혁의 운동과 조선의 민주주의적 국가 건설의 사업"에 복무[28]하는 '민족문학의 창작'으로 주장되고, 김남천 (金南天)에 의해 "혁명적 로맨티시즘을 내포하는 진보적 리얼리즘"이라는 표현을 얻는다.[29] 한효(韓曉)에 따르면 이는 당시의 "새롭고 장엄한 현실 (…) 진보적 현실을 그리는 새로운 창작방법"으로서 "오늘의 인민대중의 거보(巨步) 속에서 싹트기 시작하는 새로운 진보적 사회관계의 산물"이다.[30]

이 '진보적 리얼리즘'의 실현 요건으로 한효는 두 가지를 들고 있다. 하나는 "모든 제국주의적 문화잔재와 봉건적 질곡에 항쟁하고, 민족의 해방, 국가의 완전 독립, 토지문제의 평민적 해결을 위한 인민대중의 투쟁에 참가하려고 하는 작가의 의식적 노력"이며, 다른 하나는 "평속(平俗)한 사실(寫實)"과는 엄격하게 차별되는, '예술적 진실'을 확보하는 높은 수준의 형상력이다. 요컨대 작가에게 중요한 것은 인민해방투쟁의 대오에 동참하는 것과 일종의 예술적 '당파성'을 견지하는 일이라는 것이다.

---

28) 임화 「조선민족문학 건설의 기본과제에 대한 일반보고」, 조선문학가동맹 『건설기의 조선문학』(백양당 1946), 38~42면 참조.

29) 김남천 「새로운 창작방법에 의하여」, 『건설기의 조선문학』(백양당 1946), 164면. 물론 여기서의 '혁명적 로맨티시즘'이란 이른바 '전망'의 문제와 직결되는 것인데, 식민지시대 임화의 '신로맨티시즘'과 동질의 것이라 할 수 있다. 원래 쏘비에뜨 사회주의 리얼리즘의 영향 아래 1933년경 한국 '사회주의 리얼리즘 창작방법'의 일환으로 제창된 '혁명적 로맨티시즘'에 대해서는 일찍이 안함광이 거론(「사회주의적 리얼리즘과 혁명적 로맨티시즘에 대하여」, 1933, 백철 『조선신문학사조사——현대편』, 148면 참조)한 바 있으나, 개괄적인 소개에 그쳤을 뿐 구체적인 작품론으로 이어진 것은 아니었다. 이런 사정은 해방기의 경우도 별반 다를 바 없었으니, 무엇보다 이 논의가 전혀 현실적 정합성을 지니지 못한 때문이다. 이 시점에서 우리가 정작 눈여겨보아야 할 것은, 이것이 실제의 작품창작에 오히려 커다란 장애로 되었으리라는 점이다.

30) 한효 「진보적 리얼리즘에의 길——새로운 창작노선」, 『신문학』(1946. 4).

여기서 우리는, 외형상으로는 좌우익의 첨예한 대립, 계급적 이해의 상충 등 극심한 난맥상을 연출했지만, 내용적으로는 민족사의 전진적 구심점을 모색하기 위한 민중의 비상한 열정과 고투로 점철된 격동의 시대가 다름아닌 '해방기'(남한의 경우, 더 정확한 용어는 '미군정기'이다)였음을 새삼 상기할 필요가 있다. 일제로부터의 해방이 우리의 주체역량으로 전취한 것이 아니라 전후 세계질서 재편과정에서 주어진 것이었으므로 불가피하게 또다른 제국주의 세력의 개입을 허용, 결국 민족분단을 자초하였으나 이 역사적 질곡을 깨고 통일된 자주적 민족국가 건설을 위해 모든 세력이 일로매진한 시대였던 것이다. 특히 유의할 것은, 당시의 민중 제계층의 아래로부터의 욕구를 촉발한 경제적 토대의 미비, 정치적 상부구조의 불안정이 필연적으로 기민한 현실대응력을 지닌 시 장르의 전술적 우위를 확고하게 보장해주었다는 점이다. 그 시대에 있어 시는 기동성 있는 하나의 '투쟁의 무기'로 될 수 있었던 것이다.

　이같은 상황에서 해방기 시인들은 당대 현실의 제반 모순을 적실하게 반영하는 효과적인 시적 양식을 모색하는 데 진지한 노력을 경주하였으니, 가령 대중성·현장성의 확보 및 선전선동성 제고를 위해 대규모의 시낭송회를 개최한 것은 그 현저한 예라 할 수 있다. 그러나 무엇보다 특기해야 할 것은, 더이상 짤막한 서정시 양식으로는 예컨대 미군정의 노골적인 좌익탄압과 좌파에 대한 '민족우파'의 집요한 파괴공작, 노농대중의 정당한 계급적 요구에 가해지는 엄혹한 물리적 철퇴 등에 대한 집단적 대응으로서의 서사적 민중현실을 바르게 형상할 수 없다는 장르인식이 일군의 진보적 시인들 사이에 깊이 자각되고, 결국 그것이 하나의 서사적 경향성을 형성하기에 이르렀다는 점이다.

　해방기 시는 전반적으로 한효가 내건 작품적 기준, 즉 단순한 현실반영을 뛰어넘는 '예술적 진실'에는 미달하는 것이었다. 그러나 부분적으로는 상당 수준의 리얼리즘적 성취를 보여준 것도 사실이었는바, 문제는 그나마에 대한 논의마저 변변히 이루어지지 못했다는 점이다. 식민지적 모순이 지양되지 않은 채 남한 단독정부로 귀착되고 만 해방 직후 3년간의 숨막히는 반동화 과정에서는 미처 그러할 겨를조차 허락되지 않았을 것이다.

3

완강한 반공이데올로기의 족쇄와 두터운 '순수문학주의'의 벽 때문에 남한사회에서는 오랫동안 리얼리즘론이 하나의 문학적 금기가 되어왔으나 1970년대 후반에 들어 점차 뚜렷한 자기복권을 꾀하게 되는바, 염무웅(廉武雄)의 「리얼리즘론」(1973)[31]은 그 이론적 정초를 튼튼하게 세운 하나의 이정표라 할 만하다.

4·19의 역사적 체험, 외세의존적인 군사독재체제의 등장, 월남 파병, 급속한 농민분해와 그에 따른 대규모 이농민의 도시유입, 노동계급의 성장 등으로 요약되는 1960년대의 어지러운 국내외적 상황에 대한 자기객관화 노력이 문학 부면에서도 만만찮은 성과물들을 내놓았다. 신동엽(申東曄)의 「껍데기는 가라」(1967), 김지하(金芝河)의 『황토』(1970), 황석영(黃晳暎)의 「객지」(1971), 신경림의 『농무(農舞)』(1973) 등이 바로 그러한 예라 하겠는데, '민중'의 역사변혁력에 대한 긍정적 인식이 이미 사회 제부면에 걸쳐 광범하게 고조돼 있던 1970년대 후반에는 이런 작품들의 리얼리즘적 성취에 대한 체계적 검증이 절실하게 요구되었으며, 염무웅의 위의 글은 이와같은 현실적 필요에 의해 입론된 것이라 할 수 있다.

---

31) 염무웅 「리얼리즘론」, 백낙청 편 『문학과 행동』(태극출판사 1974).

그의 리얼리즘론에서 특히 눈길을 끄는 것은, '현실의 객관적 재현 또는 그럴듯한 묘사' 문제와 관련하여 제기되는 '변형'과 '상상력' 개념을 명확하게 정립했다는 점이다. 그에 의하면, '문학적 현실'이란 실제 현실의 기계적 반영이 아니라 작가의 상상력에 의한 '창조적 변형'이다. 문학의 매체인 언어라는 것이 이미 사물의 구체성으로부터의 일정한 추상일 뿐 아니라 문학의 여러 형식들은 그러한 추상을 또다시 양식화해서 표현하기 때문에 필연적으로 '변형'일 수밖에 없으며, 따라서 흔히 말하는 "'객관적' 묘사는 현실 전체에 대한 '주관적' 강조가 될 수 있고, 사물의 일부분에 대한 '정확'한 묘사는 자연과 인간현실 전반의 문제에 대한 '부정확한' 과장이 될 수도 있다"는 것이다. 바로 이 점에 대한 투철한 인식이 전제되지 않을 때, 작품의 리얼리즘적 성취와 불가분의 관계에 있는 '상상력'에 대한 올바른 이해는 전적으로 불가능하다.

올바른 뜻에서의 작가적 상상력은 객관적 현실의 전체성을 그 발전적 경향에 있어서 정확·예민하게 포착하는 능력을 가리키는 것이며, 객관적인 사회적·역사적 현실로부터 벗어나 우연과 자의와 주관 속으로 해방되는 것일 수 없다. (…) 그것은 현실과의 상호관계 속에서 기능하며, 구체적 현실을 매개로 해서, 오직 현실을 매개로 해서만 활동한다. 따라서 상상력은 현실초월적인 것이 아니라 탁월한 의미에서 현실규정적 내지 존재구속적인 것이다.[32]

'리얼리즘적 상상력'이라 불러 마땅함직한 위의 상상력은, 바흐찐 (M. Bakhtin)이 말한바 "대지와 육체에 뿌리박고 있는 것으로 세계의 이러한 물질적·육체적 근원으로부터 떨어져서 고립적으로 자기 자신

---

32) 같은 글 369~74면 참조.

속에 폐쇄시키는 여하한 움직임과도 대립하여, 대지와 육체로부터 해방된 독립적인 의의를 가졌다고 참칭하는 온갖 입장을 부정"하는 '민중적 상상력'[33]이며, 함석헌의 용어를 빌리면 이웃과 진정으로 동고동락할 줄 아는 마음 즉 '동정(同情)'[34]의 원천을 제공해주는 창조적 정신작용에 다름아닙니다. 염무웅은 바로 이같은 리얼리즘적 상상력에 의해서만 작가는 "개인적인 것과 사회적인 것을 자기 속에 올바르게 통일한 예술적 형상"으로서의 '전형'을 창조할 수 있다고 말하고 있다.

염무웅의 리얼리즘론이 특히 소설양식을 염두에 둔 것이면서 다분히 일반론적 성격을 띤 데 비해, 백낙청(白樂晴)의 「리얼리즘에 관하여」 (1982)는 비록 부분적인 것이긴 하지만 '시와 리얼리즘' 문제를 신경림의 『농무』가 거둔 시적 성과와 관련하여 다소나마 언급하고 있다는 점이 다르다. 시에서는 현실의 구체적 세부묘사가 사실상 불가능하다는 것, 따라서 시의 리얼리즘적 실현 여부를 판가름하는 주요 관건은 "현실에 대한 정당한 인식과 정당한 실천적 관심"[35]이라는 지적인데, 문제는 그 '실천적 관심'이라는 것이 실제 작품에서 대체 어떤 방식으로 어느 수준에서 실현되는 것인가 하는 점이다.[36] 어쨌거나 백낙청의 이러한 견해는 당시 문단에서 별다른 주목도 받지 못한 채 단순한 일과성 문제제기로 머물고 말았으며, 그후 한동안 잠잠하다가 1989년을 고비

---

33) 김종철 「블레이크와 민중문화」, 백낙청 편 『리얼리즘과 모더니즘』(창작과비평사 1984), 85면에서 재인용.

34) 함석헌 「씨알의 설움」, 『함석헌 인생론』(정우사 1978), 65면.

35) 백낙청 「리얼리즘에 관하여」, 김윤수 외 편 『한국문학의 현단계 I』(창작과비평사 1982), 316면.

36) "현실에 대한 정당한 인식과 정당한 실천적 관심"이 양자를 아우르는 개념으로 최근 백낙청은 '지공무사(至公無私)' '사무사(思無邪)' 등의 용어를 사용한 바 있는데, 이는 이른바 당파성에 대체될 수 있는 개념이다(백낙청 「시와 리얼리즘에 관한 단상」, 『실천문학』 1991년 겨울호, 115~17면 참조).

로 이 논의는 자못 폭발적으로 분출되는바 『오늘의 시』(1989년 상반기, 현암사)의 좌담 「시의 정치성과 리얼리즘의 가능성」은 그 뚜렷한 예에 속한다.

6공의 일시적인 유화국면 속에서 이루어진 제한적인 '월북문인 해금'(1988)을 외적 계기로 하여 표면화되고 그후 점차 구체화되어간 이 리얼리즘 시론의 기본 구도는 대략 두 가지로 대별할 수 있다. 그 하나는 엥겔스주의적 반영론의 시각이고, 다른 하나는 이 관점의 협애성을 비판하거나 또는 그 이론적 구도를 근저에서부터 회의하는 다소 너그럽고 열려 있는 입장인데, 아래에서 각각의 주요 논의들을 가려 비판적으로 개괄하려 한다.

앞의 관점을 취하는 논자로 우리는 먼저 최두석을 들 수 있다. 일찍이 시에서의 현실묘사 가능성을 1930년대 이용악의 「낡은 집」(1938)을 통해 가늠[37]코자 했던 그는, 짤막한 서정시의 경우도 그 시적 정서를 촉발시키는 이야기적 상황이 거의 예외없이 내재돼 있다는 데 착안, "소설에서의 전형은 주로 인물의 창조와 관련되지만 시에서는 대체로 이야기와 관련"된다는 견해에 도달[38]하였으며, 이 논점을 확대시켜 구체화한 「리얼리즘시론」(1991)[39]을 내놓기에 이른다.

시인으로서 당초부터 철저한 창작방법론의 관점에서 이 문제에 접근한 최두석의 '이야기시론'이 안고 있는 가장 큰 문제점은, 그것이 시의 리얼리즘 실현을 위한 하나의 방법으로 안출된 것임에도 불구하고 그 효능을 지나치게 과신하고 있다는 점이다.

그런데 엥겔스주의적 반영론자들의 리얼리즘 시론의 시시비비를 가

---

37) 최두석 「시와 리얼리즘」, 『5월시』(청사 1984), 207~15면 참조.
38) 최두석 「이야기시론」, 『오늘의 시』(1989년 상반기), 260~65면.
39) 앞서 언급한 바대로 이는 실천문학사가 주관한 심포지엄 「다시 문제는 리얼리즘이다」의 발제문으로 『실천문학』(1991년 겨울호)에 재수록되었다.

리기에 앞서 특히 강조되어야 할 사항이 있다. 일반적으로 우리가 '시'라 할 때 그것은 거의 예외없이 서정시를 지칭한다는 지극한 상식이 바로 그것이다. 이는 우리가 결코 최두석이 이름하는 '서정지상주의자'를 자임해서가 아니다. 가령 공자(孔子)가 "시에서 감흥한다"(興於詩, 『論語』「泰伯」篇)거나 "시는 감발하여 흥기시킬 수 있다"(詩可以興, 『論語』「陽貨」篇)고 했을 때 그 '감흥'은 시의 서정적 주체가 시적 대상을 매개하여 드러내는 생활적 정서에 독자가 깊이 공감함을 이르는 것[40]으로, 한시에서 '비흥(比興)'[41] '탁물기흥(托物起興)' '탁물우정(託物寓情)' 등은 모두 이러한 시적 언어의 비유적 특성을 함축하고 있는 말이다.

최두석의 논의에서 우선 문제되는 것은, '리얼리즘 시'의 하위개념으로서 양식적 의미까지 부여받고 있는 '이야기시'가 과연 서정시 일반과는 일정하게 구별되는 독립적 의의를 지니고 있는가 하는 점이다. 이야기시가 리얼리즘적 성취를 강화하는 유력한 방편임에는 틀림없지만, 그것이 결코 서정성의 고양을 포기하는 것이 아닐진댄 이야기시를 서정시로부터 따로 떼어내는 분리주의적 시각은 잘못된 것이다. 여기서, 이야기시가 비교적 선명한 서사적 골격을 지니고 있다 하더라도 어디까지나 그것은 하나의 '이야기적 경향성' 즉 강한 서사지향성을 내보인다는 정

---

40) 주자는 집주(集注)에서, "감흥한다는 것은 '일깨움'이니, 시란 정서에 근본을 두는 까닭이다"(興, 起也, 詩本性情)라고 했고, '흥취시킨다'는 것은 "인간의 정서 및 의지를 감발한다"(感發志意)는 뜻이라고 평석(評釋)하였다.

41) 臺靜農 編 『百種詩話類編(下)』(臺北: 藝文印書館 1974, 1378~79면)에 의하면, "소위 '비·흥'이란 모두 사물에 의탁하여 정서를 표현하는 것이다. (…) 시가 '정서'를 귀하게 여기고 '사실'을 가볍게 여기는 이유이다"(所謂比與興者, 皆託物寓情, 而爲之者也. (…) 此詩之所以貴情思, 而輕事實也)라고 했는데, 시를 논하는 데 경청할 만한 대목이다. 시가 독자를 감발할 수 있는 것도 다름아닌 정서 때문이라는 것인데, "무릇 '정'은 능히 사물을 움직이게 할 수 있으니, 시 또한 족히 사람을 감동시킬 만하다. (…) 시란 '바람'이니, 바람이 불매 풀이 반드시 쓰러지는 이치와도 같은 것이다"(夫情能動物, 故是足以感人. (…) 詩者, 風也, 風之所至, 草必偃焉, 같은 책 1381~82면)라는 구절이 특히 돋보인다.

도이지, 가령 서사시에서처럼 '성격 발전'을 보여주는 것은 아니라는 사실이 새삼 강조될 필요가 있다. 주지하다시피 이야기시는 시인이 대개 작품 배후의 단순한 '사실전달자'로 머물러 있으면서 시적 대상에 대해 이러저러한 태도를 표명하는 서정시의 한 분파일 뿐이다. 최두석이 '서정'과 '이야기'를 상호대립적인 것으로 파악, 소위 '절창'이라 불리는 시를 리얼리즘 시와 사뭇 별개적인 것으로 차별하는 무리한 양분법에 빠져든 것도 바로 이런 점을 간과한 데서 비롯된 것이 아닌가 한다.[42] 요컨대 시의 리얼리즘적 성취의 관건은 이야기적 요소의 과다(寡多)가 아니라 독자에게 생생한 리얼리티를 감득시킬 수 있는 '서정적 매개의 유무'라 할 수 있다.

'문학은 현실의 반영'이라는 기본 전제하에 1920~30년대 리얼리즘 시의 '현실인식 수준 및 형상화 방법'을 전체적으로 조망하고 있는 윤여탁[43]은 양자의 작품적 성취도를 판가름하는 각각의 준거로서 '시적 지향의 현실성'과 '문학적 진실의 구현 여부'를 앞세우고 있다. 그러나 객관현실의 올바른 형상적 반영, 즉 '시적 현실'에 '예술적 전이'가 얼마나 잘 이루어졌는가 하는 후자의 문제는 실제 논의에서는 별달리 천착되지 않고 있기 때문에, 자연 문제의 초점은 전자에 맞추어지게 마련

---

42) 「이야기시론」에서 최두석이 높이 평가하고 있는 백석의 「여승」에서 그 시적 효과를 극대화시키는 데 그 서사적 뼈대에 해당하는 '여승의 기구한 가족사'가 중요한 역할을 담당함은 물론이다. 그러나 이에 못지않게, 아니 그보다 오히려 큰 비중을 갖는 것은 독자의 시적 감수성을 예리하게 충격하는 '서정성의 발현'이다. 시적 대상들을 빈틈없이 통할하는 화자의 절제된 목소리 속에 간간이 배치된 서정적인 시적 매개('불경' '가을밤' '도라지꽃' 등)들로 하여 시의 독자 또한 시적 주인공의 비극적인 삶에 대한 지극한 연민과 한없는 동정에 휩싸이게 된다는 점을 감안할 때 그 의미의 심중함을 쉽게 간파할 수 있다.
43) 윤여탁 「1920~30년대 리얼리즘 시의 현실인식과 형상화 방법에 대한 연구」(서울대 박사학위논문 1990). 여기서의 '리얼리즘 시'란 경향시·프로시를 통칭하는 용어이며, 1930년대 후반에 등장한 시인들의 "진보적인 내용"을 담은 시도 이에 포함된다.

이다. 이 논자가 서정시의 가장 중요한 형상수단인 '상징'이나, 극히 제한적인 경우의 '슈프레히콜'[44]보다 서사지향성을 지닌 '서술시'를 월등하게 중시하는 것도 바로 여기서 연유한 것이라 하겠는데, 이런 부류의 시에서 리얼리즘의 달성이 용이하다고 판단한 이유이다.

물론 이러한 판단은 '서정시에서 과연 리얼리즘적 성취가 가능한가'라는 근본적 질문 끝에 얻은 것인데, 그 결론의 대요는 다음과 같다. "서정시에서 묘사의 진실성은 가능할 수 있으나 묘사의 세밀성은 쉽지 않다. 시인들이 시적 장치로서의 비유·상징 등에 크게 의존하는 것은 이 때문이다. 또한, 시는 인물의 전형성보다는 상황의 전형성을 창조하는 데 한결 수월하다." 이러한 논의구도가 엥겔스의 고전적인 소설적 리얼리즘 개념에서 원용한 것임은 두말할 필요조차 없다.

그러나 여기서 몇가지 의문이 제기되는데 특히 본질적인 것은, 시적 대상을 '묘사'하기보다는 그것을 주정(主情)과 결합, 직정적으로 '토로'하는 서정시 특유의 주제표출 방식이 전혀 고려되지 않고 있다는 점이다. 또한 '묘사의 진실성'에서 '진실성'의 내포가 분명치 않은 것도 간단히 지나칠 수 없는 문제이다. 그것은 현실의 정당한 예술적 전이가 달성된, 실제 현실과는 본질상 대립되는 예술적 형상으로서 독자로 하여금 바로 그 현실을 비판적으로 인식하게 해주는 아도르노(Theodor W. Adorno)의 이른바 '미적 가상'일 수도 있으며, 아니면 흔히 말하는 '개연성'이나 '현실의 기계적인 모사' 등 그 의미의 층위가 다를 수 있는 것이다.

극히 짤막한 서정시는 일단 논외로 하고 논자가 특히 중시하는 '서술시'[45]에 국한할 경우, '성격 발전'의 작품내적 계기가 이렇다 하게 주어

---

44) 슈프레히콜(Sprechchor)은 시와 연극의 특성을 효과적으로 통합한, 현장성이 강한 송시(頌詩)·송극(頌劇)을 지칭하는 용어이다.

지는 것은 아니라는 점에서 '인물의 전형성'보다 '상황의 전형성' 창조
가 상대적으로 용이하다는 것은 충분히 인정될 수 있다. 그러나 그것도
어디까지나 상대적으로 그러할 뿐이라는 의미이지 서정시 일반과 견주
어볼 때 사정은 금세 달라질 수 있는 것이다.

이러한 점을 감안할 때, 그야말로 미묘하기 이를 데 없는 복잡한 형
태의 시적 언술을 지니고 있는 서정시를 깊이있게 논하기 위해 정작 필
요한 것은 리얼리즘적 실현에 관여하는 제반 시적 책략, 즉 시적 주제를
강화하는 데 일정하게 기여하는 모든 미학적 장치들에 대한 섬세한 고
려이다. 가령 시의 '서정적 주체' 문제만 하더라도 그의 계급적 신원,
그에 걸맞은 시어 구사의 적절성, 시적 어조의 통일적 전개 또는 작품내
적 필연에 의한 '어조의 변화' 양상 등에 대한 정밀한 검증을 통해 그것
들이 리얼리즘의 실현에 기여하는 정도를 바르게 판별하는 일이 무엇보
다도 선차적인 것이다. 이를 소홀히하면서 '전형성' 개념에 필요 이상
으로 집착하는 것은 브레히트(B. Brecht)의 정확한 지적처럼 리얼리즘
을 하나의 '형식문제'로 뒤바꿔버리는 또다른 형식주의 비평에 다름아
닌 것이다.[46]

이런 점에서 오성호의 「시에 있어서의 리얼리즘 문제에 관한 시론」

---

45) '서술시'를 윤여탁은 "사건을 진술"하는 '사건시'와 '이야기시'를 포괄하는 것으로 개념
규정하고 있는데, 양자의 차별성이 분명한 것은 아니다. 필자의 생각으로는 '이야기시'로
일원화함이 옳을 듯하다. 만약 여기서의 서술시가 이른바 이야기시(narrative poem)를
가리키는 것이라면 더더욱 그러하다.
46) 임화의 「우리 오빠와 화로」를 논자가 "서정 장르의 서정적 순간성에 머물지 않고 서사
적 총체성의 객관성을 구현"한 리얼리즘 시의 탁월한 성과로 높이 평가(윤여탁, 앞의 글
114면)한 것은 이런 점에서 재고되어야 할 것이다. 그러나 그가 「시의 서술구조와 시적
화자의 기능」(『문학과 논리』, 태학사 1991)에서 시의 리얼리즘적 성취 수단(이야기시, 독
특한 상징적 형상, 풍자시) 및 시적 화자의 기능 등을 좀더 깊이있게 논한 것은 주목을 요
한다. 향후 논의의 귀추가 기대된다.

(『실천문학』 1991년 봄호)은 1990년대 리얼리즘 시론의 발전적 전개에 하나의 전기를 마련해준 것이라 할 수 있다. 리얼리즘 미학이론의 서정시 일반에 대한 적용 가능성을 현단계 시연구 현실의 통폐를 점검·반성하는 차원에서 매우 논쟁적으로 제기하고 있는 이 글의 배경에는, 일제강점기 및 해방기 '리얼리즘 시'(식민지시대 '경향시·프로시'와 해방기의 진보적 내용을 지닌 시)에 대한 근년의 논의들이 대개 시 장르의 특수성을 고려하지 않고 속류사회학의 관점에 긴박됨으로써 서정시의 리얼리즘적 실현 문제를 너무 단선적으로 파악하는 오류를 드러내고 있다는 비판적 시각이 자리잡고 있다. 따라서 이 글은 '과학으로서의 엄밀성과 객관성을 갖춘 리얼리즘 시 연구방법론'의 체계화를 모색한 매우 값진 시도라 하겠다.

이 글의 요점을 아래에 간단히 정리해보기로 한다. 첫째, 리얼리즘 시론의 기본 원리를 해명하기 위해서는 우선 시가 여타 장르에 비해 강한 '주관적 특성'을 지니고 있다는 사실에 대한 깊이있는 인식이 전제돼야 한다. 그런데 이때의 '주관성'이란 객관현실이 시인의 의식 속에 반영됨으로써 형성된 것이므로, 그것이 객관현실의 본질을 심도있게 인식한 것이기만 하다면 오히려 강화될 필요가 있다. 리얼리즘 미학에서 가장 중요한 '전형의 형상화' 문제와 관련시켜 생각할 때 이 강화된 주관성이야말로 '내포적 총체성'의 달성을 보장해줄 수 있는 하나의 관건으로 되기 때문이다. 또한 시인의 주관이 수행하는 역할과 의미가 시에서 결정적이라는 사실은 시적 '전형의 형상화' 문제를 해명하는 데 귀중한 단서를 제공해주는데, 여기서 '서정적 주체'의 존재가 매우 중요하게 부각된다. 왜냐하면 이 서정 주체의 존재의미를 정확하게 파악하는 것이야말로 시의 현실반영 문제, 특히 전형의 문제를 바르게 이해하는 요체가 되는 까닭이다. 어째서 그런가? (1) 시인을 대리해서 서정적 주체는 "객관현실과의 상호작용을 통해서 고양되고 집중된 시인의 인식과 정서적 반응, 그리고 세계에 대한 태도" 등을 드러내준다. 굳이 엥 겔스의 명제에 얽매일 필요가 여기서 사라진다. 이렇게 본다면, 이야기 시는 이 명제에 부분적으로만 합당한 형상방법일 뿐 그 자체가 전일적 인 의미를 보유하는 것은 아니다. (2) 서정적 주체는 "주객관계를 통해 획득된 시인의 주관에 전적으로 종속된 존재"이므로, 시인에 의해 '전 형적인 서정적 주체'가 창조되기만 한다면 시의 리얼리즘적 성취는 보 장된다. 여기서 '세부의 진실성'은 그리 중요한 것이 아니다. (3) 서정 적 주체가 환기하는 시적 정서 혹은 정서적 체험이 "구체적이고 개별적 인 인간의 정서로 형상화되었으면서도 동시에 그 시대와 사회의 객관적 인 삶"에 토대한 것일 때 '시적 정서의 전형화'는 달성된다. 요컨대 '서 정적 주체의 전형화에 의한 시적 정서의 전형화', 이것이 바로 리얼리즘 적 성취의 관건이라는 것이다.

크게 보아 이 글은 서정시의 현실반영 방식의 특수성에 대한 섬세한 고려를 전제하였음에도 불구하고 엥겔스의 정식화를 너무 대타적으로 의식, 세 가지 명제를 차례로 각개격파해나가는 방식을 취함으로써 결 국 그것에 갇혀버리는 형국을 자초한 것이 아닌가 한다. 이용악의 「낡 은 집」 정도로 리얼리즘 시론의 주요 얼개를 짜놓음으로써 글의 제목이 말해주듯 '시론'의 차원에 머무르게 된 것 또한 큰 아쉬움이 아닐 수 없 다. 여기서 몇가지 의문을 떠올려본다. 무엇보다, 서정적 주체가 과연 시의 리얼리즘적 성취를 전적으로 담보할 수 있는가, 리얼리즘 실현에 일정하게 기여하는 독특한 시적 언술[47] 등은 어떻게 보아야 할 것인가,

---

47) 간혹 작품에 삽입되는 '대화'나, 시인의 직접적 관여에 의한 '해설'적 성격의 시적 언술 등이 이에 해당할 것이다. 가령 두보(杜甫)의 「신안땅의 관리(新安吏)」의 경우 시인은 '시적 주인공의 개성화 및 시적 현실의 객관성'을 드높이기 위해 대화를 활용하는가 하 면, 그의 또다른 시 「석호의 관리(石壕吏)」에서는 서정적 주체의 주관적 슬픔을 직접적으 로 토로하는 대신 '서경묘사'를 통해 고도의 서정성을 획득하고 있는데, 한결같이 이들은

시에서의 '총체성'[48]이 그 규모와 질에 있어서 결코 소설에서의 그것에 필적할 수 없을진대 그것을 과연 '총체성'이라 이름할 수 있는가, 시에서도 '전망'의 제시가 마치 소설에서와 똑같은 비중을 지니는 요목이 될 수 있는가, 이에 너무 집착할 때 자칫 '사이비 전망' 또는 턱없는 낙관주의에 함몰, 결국 반리얼리즘으로 떨어지는 것은 아닌가 하는 점들이 그것이다.

이 논의의 작품적 근거로 제시되고 있는 이용악의 「낡은 집」의 시적 구조는 유년시절 나라 밖으로 기약없는 유랑의 길을 떠나간 '털보네 일가'의 불행한 가족사를 몸소 지켜본 서정 주체가 상당 기간이 경과한 성년의 시점에서 그 '불행'의 시대적 의미를 곰곰이 되짚어보는 방식을 취하고 있다.[49] 튼튼한 서사적 짜임을 지닌 이 시는 식민지시대 조선농민의 몰락상을 '낡은 집'에 견주어 명료하게 형상하고 있다. 시적 대상과의 미학적 거리를 적절히 유지, 불필요한 감정유입을 엄격히 통제하는 시적 어조에 힘입어 만주·시베리아 등지로 이주해간 일제강점기 조선세궁민의 참상이 리얼하게 노래되고 있는 이 시에서 유독 우리의 눈

___

'시의 리얼리즘 실현'에 중요한 몫을 하고 있다.

48) 김성윤(「시에 있어서 전형의 문제」, 『문학과 논리』, 태학사 1991)은 시에서의 '총체성'이 '명확한 계급적 입장에서의 현실인식'으로만 가능하다고 보는 까닭에 서사적 구조를 지닌 시(가령 임화의 「우리 오빠와 화로」나 이용악의 「전라도 가시내」 등)에 지나칠 정도의 우월적 지위를 부여하고 있다. 그에 의하면 시에서의 서사적 요소는 "정서의 환기를 일으키는 근본 동력"이자 전형성을 담보할 수 있는 주요 관건이라는 것인데, 여기서 새삼 충실한 루카치주의자 또는 전투적 엥겔스주의자의 면모를 보는 듯하다. 이런 경우의 '총체성'이라는 것도 소설의 그것에 견줄 바가 못 된다는 점을 유념한다면, 시의 리얼리즘적 성취를 논할 때 굳이 총체성·전형 등의 개념을 사용할 필요가 있는가 의심된다.

49) 오성호는 이 시의 구조를 액자소설적인 것으로 설정, "'낡은 집'과 관련된 서정적 주체의 정서를 집중적으로 표현"하는 표면구조(첫연과 끝연)와 독자의 관심을 집중시키는 내면구조(제2~7연)로 양분하여 이해하고 있으나, 시적 대상을 통할하는 서정 주체가 동일한 목소리의 주인공이라는 점에서 굳이 그럴 필요는 없으리라 본다.

길을 끄는 것은 제7연의 '오랑캐령·아라사(俄羅斯: 러시아—필자)'이다. 시적 리얼리티를 드높여줄 뿐 아니라, '털보네 일가'의 불행이 당대 민중의 역사적 현실임을 즉각 일깨워주는 역동적인 시적 매개로 작용, 시의 리얼리즘적 성취에 결정적으로 기여하고 있기 때문이다.[50]

엥겔스의 정식화를 창작자의 관점에서 깊이있게 활용, 리얼리즘적 성취에 도달하는 방안을 모색하고자 한 김형수의 관점[51]은, 오성호의 '서정적 주체론'에 거의 전적인 지지와 공감을 표명하면서도 일정하게 구별된다. "구체적인 생활계기에서 발현된 인간의 사상감정과 정서" 즉

---

50) 레닌혁명의 시베리아 제압으로 극동 러시아령의 쏘비에뜨화가 구체화될 조짐을 보이자 이를 크게 우려한 일제에 의해 국경봉쇄가 한층 삼엄해지면서, 1922년경부터는 이 방면으로의 조선인 집단이주가 사실상 불가능하였음을 고려한다면, 시적 현실 속의 '털보네 일가'의 국외이주 시기는 바로 이 무렵으로 보아 무방할 듯하다. 그런데 유념할 것은 이 시기에는 만주이주도 결코 용이한 것이 아니었다는 사실이다. 일제가 훈춘사건(1920)을 도발, 만주지역의 조선유이민 및 항일투쟁단체에 대하여 이른바 '참빗질토벌'이라 불리는 '경신년 대토벌'(1920)을 야수적으로 감행하였던 것이다. 이러한 시기에 털보네 일가가, "더러는 오랑캐령 쪽으로 갔으리라고/더러는 아라사로 갔으리라고/이웃 늙은이들은/모두 무서운 곳을 짚었다"라고 한 시적 상황이야말로 1920년대에 이르러 전조선적으로 발생한 국내외 유이민 현실의 참모습을 명징하게 드러낸 것이라 할 수 있다. 당시 '오랑캐령'은 일제강점기 만주지역 조선유이민의 전형적인 이주통로였다. 함경북도 회령과 마주한 두만강 건너편의 삼합(三合)을 거쳐 오랑캐령까지는, 윤해영(尹海榮)의 「오랑캐고개」의 일절 "회령 팔십리 황혼에 떠나면/령마루 풀숲에 식은 땀 씻을 땐/북두칠성도 기울어져서"에서 보듯 팔십릿길이다. 일명 '아흔아홉 굽이'라고 일컬어질 만큼 오랑캐령은 만주유이민들의 눈물과 한숨이 깊게 배어든 통한의 고개였다는 점에서, 그것이 환기하는 리얼리티는 생생한 역사성을 동반하는 것이라 하겠다(윤영천 「일제강점기 만주지역 조선유이민 시와 '오랑캐령'」(『도곡 정기호 박사 화갑기념논총』, 인하대 국어국문학과 1991 참조). 이런 점을 감안할 때, 이 시의 전형성은 '털보네 일가'로 대표되는 "당대 민중들의 삶과 관련된 것이라기보다는, 오히려 그러한 현실의 객관적 본질을 인식하면서도 (⋯) 전망의 부재 상태에서 허덕이는 서정적 주체와 그것이 환기하는 절망적인 비애와 관련된 것"이라 논한 오성호의 견해는 재고의 여지가 있다. 이 시의 지배적인 시적 정조가 무엇보다 '절망적인 비애'와는 일정하게 차별되는 것이기 때문이다.

51) 김형수 「서정시의 운명을 밝히는 사실주의」, 『한길문학』(1991년 여름호).

'생활적 서정'52)과 결합된 서경묘사의 중요성을 강조한다는 점이 그러한데, 이런 견해가 '전형환경'을 "사회환경의 문제로만 이해해 자연환경과의 관계에 의해 발생되는 서경묘사를 배타시"하는 일반적 오류를 지적하면서 제출되었다는 것은 큰 의미를 지닌다 하겠다. 최두석 시적 방법(이야기시)의 주개념인 '서사적 거리의 확보' 문제에 대해, 그것이 현실의 생동감을 오히려 훼손할 수도 있다는 점에서 논자가 비판적인 태도를 보이는 것도 따지고 보면 이와 전혀 무관하지 않다.

김형수의 글에서 정말 깊이 음미되어야 할 것은, "그릇된 사실주의 이론이 올바른 사실주의 시를 가로막는 역설적인 현상을 참으로 많이 보았다. '세부묘사의 생활적 진실성' 때문에 가락이 해체되고, '전형환경' 때문에 서경묘사가 무시되고 '전형인물' 때문에 서정적 주인공이 증발해버린다면, 그것은 이미 서정문학도 시도 아닌 것이다"라는 대목이 바로 그것이니, 마땅히 그것은 오늘의 리얼리즘 시 연구자들에게 고스란히 되돌려져야 할 것이다.

4

엥겔스주의적 반영론의 협애성 또는 그 이론적 구도의 도식성은 비판하지만 '시와 리얼리즘' 논의의 현실적 필요와 그 존립근거에 대해서는 기본적으로 전혀 의구심을 품지 않는, '열려 있는 리얼리즘 시론' 또한 최근 들어 상당히 활기를 띠어가고 있다.

---

52) 이것을 그는 '사실주의적 서정'이라 하여 '모더니즘적 서정'과 분명하게 구분하고 있다. 김형수 외 좌담 「'오늘의 시'에 있어서의 리얼리즘과 모더니즘」, 『한길문학』(1991년 여름호), 32면.

특히 1980년대 후반 이래 한국 근현대시 연구의 일반적 경향 중의 하나는, 시와 현실의 관계에 대한 기계론적인 인식 또는 자연주의적인 단순반영론의 통속적 사회학주의이다. 따라서 작품해석에 있어 단순한 '현상적 번역'을 지양, 작품 내에서 독특하게 획득된 시적 진실을 예민하게 해독함으로써 소재주의의 한계로부터 벗어나는 일이 무엇보다 중요한 현안으로 제기되었다. 바로 이런 점에 착안하여 그 연구대상을 동시기 북한작품들에까지 확장, 해방기 시의 리얼리즘적 양상과 그 이데올로기적 배경을 체계적으로 고찰한 것이 신범순의 「해방기 시의 리얼리즘 연구——시적 주체의 이데올로기와 현실성에 대한 기호적 접근」(서울대 박사학위논문 1990)이다. '시와 리얼리즘' 논의에 있어 이는 연구사적으로도 주목할 만한 것인바, 아래에 그 대요를 간추린다.

문단사적 관점 또는 사회정치사의 주변적인 시각에서 이루어진 종래의 연구경향, 특히 맑스주의적인 반영론의 교조적이며 편협한 시각으로는 시적 주체의 개성적 발현을 속속들이 해명하기 어렵다는 비판적 견지에서 출발하는 이 관점은 프로이트(S. Freud)적인 반영론의 기초 위에서 크리스떼바(J. Kriesteva) 등이 그 이론적 출로를 열어놓은 정신분석학적 기호학의 방법에 크게 의존하고 있다. 이 관점에 따르면, 시적 텍스트는 단지 현실의 외연을 지시·반영하는 것만이 아니라 시적 주체의 '욕망'이 투여된 것이다. 여기서 '욕망'이란 물질적 객체성이 결여된 것으로서, 그것은 시적 주체의 '이데올로기적 실천'을 일종의 미학적 장치를 통한 여과 없이 곧이곧대로 보여주는 '시의 현상적 텍스트(phenotext)'에 깊이 침투하여 극히 은밀한 방식으로 그 물질적 지향(정치적·사회경제적 지향) 즉 '충동'의 흐름을 '시의 발생적 텍스트(genotext)'에 기록한다는 것이다. 이와같이 시적 텍스트의 심층적 층위에서 실현되는 '충동의 기호화 과정'이 다름아닌 새로운 실천 개념으로서의 '시적 주체의 의미화 실천'이다.

그에 의하면, 해방기 남한 시단에서 이용악은 시적 리얼리즘의 본질을 시의 발생적 텍스트를 통해 깊이있게 탐색한 매우 탁월한 존재이다. 무엇보다 그는 공식적 이데올로기의 지평을 활발하게 넘나드는 주관적이며 창조적인 시적 지향성을 확보, 시적 대상을 자신의 경험한계 내에 국한시키지 아니하고 당대인의 보편적 욕망체계 속에서 벼려내어 형상화하였기 때문이다. 용악 시의 욕망체계는 '공동체적 친근성'으로 요약될 수 있는데, 그 원초적 기표는 시 「나라에 슬픔 있을 때」(1946. 4)에서 '동포'라는 시적 표현을 얻는다. 그러나 이것은 당대 지배세력(미군정 및 이와 악수관계에 있었던 반민족세력)의 부르주아적 욕망체계를 강력히 비판하는 것이었다는 점에서 간단히 반체제적 욕망체계로 간주되었다는 것이다.

가장 복잡한 담론양식으로서의 시적 텍스트를 구성하는 갖가지 기호들은 무엇보다 그 자체로서 연구되어야지 외부 현실의 반영물처럼 평면적으로 인식되어서는 안된다는 생각, 다시 말해 작품의 사회적 의미연관을 단절하고 시적 텍스트를 하나의 체계로서 자족적 구조물로 파악하는 이 관점은, 그 연구대상을 해방기 북한작품들에까지 확대시켰다는 남다른 특징뿐 아니라 그 방법적 참신성으로 하여 연구수준을 한단계 전진시켰음은 사실이다. 그러나 그 관점은 기호들이 지시하는 의미는 가볍게 취급하는 대신 그것들 상호간의 내적 관련에는 불필요할 정도로 집착, 결국 반리얼리즘의 방향으로 함몰할 우려가 없지 않다.

또한 종래 리얼리즘 시론의 기본 구도가 주로 '전형·반영' 등의 소설분석 개념에 의존하는가 하면, '서사화 경향을 통한 전형성의 획득'에 과도하게 편향됐던 점을 비판, 서정시의 리얼리즘적 실현에 기여하는 또다른 형상원리에 대한 접근 필요성이 제기되기도 했는데, 심선옥의 「박세영 시의 현실주의적 연구——형상화 방법을 중심으로」(성균관대 석사학위논문 1991)가 그런 예에 속한다. 이 논의의 핵심은, 서정시의 형상화 방법을 해명하는 데는 '전형화의 원리'만으로는 미흡한 까닭에 반드시 '이상화의 원리'가 추가되어야 한다는 것으로 집약되겠는데, 중요한 문제제기라 할 수 있다. 말하자면 기왕의 시연구가 서정시의 두 가지 형상화 방법 중 '객관적 현실묘사 원리로서의 전형화'에만 매달린 나머지 '주관적 표현형상 원리로서의 이상화'의 중요성을 너무 간과했다는 것이다. 간명하게 정리하자면, 이상화의 원리란 시인의 '이념적·정서적 지향성이 응축된 시적 형상'들이 작품적 성취를 기율하는 주도적인 계기로 작용하는 것을 말하는데, 상징은 그 주요한 형식적 장치이다.

　이러한 문제의식 아래 논자는 박세영(朴世永, 1902~89) 시의 리얼리즘적 양상을 검토하고, 나아가 서정시 일반의 리얼리즘적 성취 가능성을 탐색하고자 한다. 그러나 아쉽게도 이 글은 논자가 애써 강조하고 있는 서정시의 주관적 표현형상 원리로서의 '이상화'가 박세영 시에 어떤 양상으로 실현되어 있는가가 심도있게, 그리고 조직적으로 논의되지 못한 결과 기왕의 상징론의 차원에 머물고 말았다.

　1990년 이래 『실천문학』의 집중기획 아래 리얼리즘론이 전문단적으로 꾸준히 전개되어오는 과정에서 하나의 독립적 분파로 뚜렷이 떠오른 리얼리즘 시론은 그 일차적 결산의 의미를 지닌 1991년 심포지엄을 통해 또다시 새로운 단계로 접어든 감이 있다.

　민족문학론의 발전적 전개에 있어 늘 생산적 구심점이 되어온 백낙청은 '시와 리얼리즘' 논의에 있어서도 예외는 아닌데, 그러한 면모는 실천문학사 심포지엄에서의 「리얼리즘시론」에 대한 그의 단상에서 다소 윤곽이 드러난다.

　"시라는 구성물의 세부사항과 그것이 독자의 심신에 미치는 효력을 젖혀둔 채 막연히 '세계관'을 따지고 '현실반영'을 논하는 일이야말로 관념주의 비평"이라 하여 근년의 리얼리즘 시론에 내재된 이념적 도식주의 편향을 그는 날카롭게 꼬집고 있다.[53] 여기서 주목되는 것은 "시라는 구성물의 세부사항과 그것이 독자의 심신에 미치는 효력"이라는 구절인데, 작품의 '감동'적 기반에 대한 깊이있는 해석 및 그에 따른 엄정한 평가의 필요성을 무엇보다 강조하는 건강한 문학주의의 한 입장을 확인시켜주는 대목인 까닭이다. 이런 측면은 특정의 개념 사용에 있어서도 그대로 이어지고 있으니, 시의 리얼리즘 성취를 위한 최대 관건이라 할 수 있는 '시인의 객관적 현실인식'을 가리키는 개념으로, 그가 교조적 강제를 쉽게 연상시키는 '당파성' 대신 '지공무사(至公無私)' 또는 '사무사(思無邪)'[54]라는 말을 사용하는 데서 여실하다.

염무웅의 「'시와 리얼리즘'에 대하여」(1992)는 현단계 리얼리즘 시론이 안고 있는 문제점을 바르게 개괄하고 그 올바른 지향을 모색해 보임으로써 여러모로 매우 유익한 시사점을 던져주고 있다. 스스로 '진보적 연구진영'의 일원임을 자처하는 상당수 논자들에게 가장 뼈아프게 다가오는 것은, "카프 계열의 작가들이나 해방 직후의 좌익 문인들을 다루는 것 자체가 연구내용의 진보성을 보장해주지 못한다"는 지적이다. 도식적 사고의 횡행과 부정확한 용어 사용의 범람, 현실의 추이와는 거리가 먼 교과서적 원칙론의 고수, 치밀한 작품론과 결부되지 아니한 비평적 형식주의의 활보, 허술하기 짝이 없는 작품해석력, 계급투쟁적 언어의 남발 등 오늘의 대다수 리얼리즘 논자들이 골고루 나누어 지니고 있

---

53) 백낙청, 앞의 글 117면.
54) 이는 원래『詩經』「魯松」篇에 나오는 말로, 공자가『論語』「爲政」篇에서『시경』시의 본질을 한마디로 평결한 말이다. 주자는 이를, "무릇 시의 말이 착한 것을 말한 것은 사람의 착한 마음을 감발할 수 있고 악한 것을 말한 것은 사람의 常道를 벗어난 뜻을 징계할 수 있으니, 시의 쓰임이 사람으로 하여금 性情의 바른길을 얻게 하는 데 돌아갈 따름이다"(凡 詩之言, 善者, 可以感發人之善心, 惡者, 可以懲創人之逸志, 其用, 歸於使人得其情性之正而 已)라고 풀이했다. 한 논자에 의하면, 이는 '시인의 어질고도 공평무사한 시적 자세'를 일컫는 말(정요일『한문학비평론』, 인하대 출판부 1990, 17~19면 참조)로서, 시적 현실에 발현된 시인의 객관적 현실인식에 상응하는 것이라 할 수 있다.

는 취약점들을 또한 그는 낱낱이 들춰내고 있다.

백낙청의 경우처럼 우리는 그에게서도 건강한 문학주의자의 면모를 어렵지 않게 확인할 수 있다. 시는 "다른 무엇 아닌 '시'로 승화되지 않으면 안된다. (…) 짧은 시든 긴 시든 중요한 것은 그 길이에 합당하게 최선의 '시'를 이루어내는 것"이라는 언명에서 이런 점은 잘 드러난다. 따라서 그는 엥겔스 유의 정식화에 긴박되어 있는 여하한 리얼리즘 시론도 결코 신뢰하지 않는다. 도대체 짤막한 서정시에서 '총체성'을 기대하는 것 자체가 무리라는 것, "서사지향성과 시적 화자의 존재 자체가 자동적으로 리얼리즘의 실현을 담보할 수 없음"[55]을 분명히하고 있는 것이다.

오늘의 리얼리즘론이 기대고 있는 이념적 기반은 근대화 또는 산업화를 '발전'으로 규정하는 잘못된 직선적 진보관으로서 이를 극히 비판적으로 바라보는 김종철 리얼리즘 시론의 구도는 앞서 논한 것들과는 규모와 질에 있어서 근본적으로 유를 달리한다. 그에 의하면, 오늘의 리얼리즘론은 "인간생존의 문제를 순전히 사람과 사람 사이의 사회적 관계에서만 보아왔고, 좀더 근원적인 인간생존의 테두리라고 할 수 있는 자연이나 우주적 연관에서 삶과 세계를 보는 일은 경시되거나 도외시"하는 지나치게 인간중심적인 것으로서 거기서는 "인간 존재의 궁극적인 근원이나 절대적 지평에 대한 초월적 인식은 배제"된다.[56] 그러므로 그는 앞으로 있어야 할 리얼리즘론의 올바른 방향 또는 리얼리즘 시의 합당성 여부를 "인간과 자연 간의 관계에 대한 새로운 인식"의 지평을 얼마나 잘 보여주고 있는가에 따라 판별해야 할 것이라고 말한다. 인간은 대지와 자연 또는 우주와 따로 떨어져 있는 존재가 아님을 근원적으

---

55) 염무웅 「'시와 리얼리즘'에 대하여」(『창작과비평』 1992년 봄호), 121~24면 참조.
56) 김종철 「인간, 흙, 상상력」, 앞의 책 111~12면.

로 일깨워주는 '원시적 사고'의 생생한 예술적 발현, 그것이 바로 리얼리즘 시라는 주장이다.

황정산(黃貞産)의 「'시와 현실주의' 논의의 진전을 위하여」(『창작과비평』 1992년 여름호)도 열려 있는 리얼리즘의 한 본보기에 속한다. 최두석과 오성호의 입론이 지닌 제반 문제점을 비판적으로 개괄하고 있는 이 글에서 논자는, '시와 리얼리즘' 논의의 요체는 짤막한 정통 서정시가 "어떻게 당대의 역사적 현실의 생생함을 포착·형상화해낼 수 있는가, 그리고 그 방법적 원리가 무엇인가"를 밝히는 것이라고 말하고, 리얼리즘 시론에서 과연 '전형' 개념이 필요한가 하는 근본적인 의문을 제기한다.

시의 현실주의적 성격 즉 정서의 생생한 현실성이라는 것이 이러저러한 사실주의적 기법으로 도달될 수도 없고 전형성이나 현실반영 등의 개념으로도 파악할 수 없는 것이라면, 그것은 궁극적으로 현실주의적 예술정신의 획득을 말하는 것이 아닐까 한다. 또한 현실주의적 예술정신이란 단순한 세계관이나 정치적 이념이 아닐진대 그것은 형상성을 통해서만 도달될 수 있는 것이다. 그렇다면 시의 현실주의를 논구하는 작업은 결국 시를 시답게 하는 모든 요소, 즉 시의 형성자질인 언어 사용의 여러 측면들 이를테면 운율, 이미지, 비유법, 어조 등과 그를 통한 시적 책략들이 어떻게 한 작품이 예술적이며 시적으로 형상화되는 데 관계하고, 더 나아가 그를 통해 또 어떻게 한 작품이 현실주의적 정신에까지 도달하게 되는가를 밝히는 작업이 되어야 할 것이다.

지금까지의 리얼리즘 시론을 전개해온 상당수 논자들이 비록 정도의 차이는 있을망정 시의 기본 원리를 망각한 채 마치 주객이 전도된 듯한 논리를 펴는 데 급급했음을 정당하게 비판하면서 여기서 논자는 무엇보다 진정한 문학주의의 회복을 힘주어 강조하고 있는데, 판에 박은 듯한 기계적인 반영론이나 전형론으로는 리얼리즘 시론의 발전적 전개가 불가능하다는 것이 그 핵심이다.[57] '도식적 사고'에 지나치게 얽매여 있는 오늘의 리얼리즘 시론은 심각한 자기 변신(變身)을 꾀해야 한다는 것, 만약 이를 가벼이 여기거나 외면한다면 필연적으로 그것은 "항상 변해가는 사회환경의 항상 새로운 요구사항들에 비추어볼 때 낡은 관습적 형식들을 고수"하는 하나의 '형식주의'로 전락하고 말 것이라는 브레히트의 견해와 깊이 상통하는 정당한 주장이라 할 수 있다. 요컨대, 이 시점에서 절실히 요구되는 것은 현실의 추이를 가장 예각적으로 반영할 줄 아는 수시처중(隨時處中)의 정신에 입각한 리얼리즘 시론이다. 그러나 앞으로는 이러한 입장 역시 폭넓은 작품적 논의를 동반할 때 비로소 그 정당성을 제대로 확보할 수 있을 것이다.

5

이상에서 우리는 1980년대 후반 이래 지금까지 전개되어온 리얼리즘 시론의 양대 흐름, 즉 엥겔스주의적 반영론의 입장과 그에 대해 일정한 비판적 시각을 견지하는 '열려 있는 리얼리즘'의 관점의 대요를 간추려보았다. 진정한 리얼리즘 시론은 정통의 단형 서정시에서 새롭게 구축되어야 한다는 것, 부분적 궤도수정으로는 결코 해결될 수 없으므로 그 논의구도가 원천적으로 재검토되어야 한다는 것이 향후 '시와 리얼리

---

57) 오늘의 리얼리즘 시론이 지지부진한 주된 이유가 근본적으로 반영론적 접근법에서 말미암은 것으로 못박고 있는 윤지관의 입장(최원식 외 좌담 「리얼리즘, 포스트모더니즘, 민족문학」, 『창작과비평』 1992년 여름호, 55~56면 참조)도 이 점에 있어서는 전적으로 동일하다.

즘' 논의의 올바른 지향이라는 것도 어느정도 확인된 셈이다. 그러나 몇가지 문제는 아직도 여전한 상태에 머물러 있는 것 또한 부인할 수 없는 사실이다.

우선 떠오르는 것은 실제 현실과 '시적 현실' 또는 '단순모사'와 '개연성' 사이의 차별성에 대한 올바른 이해의 문제이다.

> 헛청벽 거미줄 속에 묻혀
> 긴 겨울을 울던
> 삽 쇠스랑 호미 낫, 괭이 가래 경운기까지
> 흙살에 날 씻지 않으니 녹슬어가는 것들
> 흙살에 발 딛지 않으니 지분거리는 몸으로
> 한나절 빠듯이 농구를 닦노라니
> 봄은 벌써 헛간 옆
> 매화 꽃망울로 울먹이고
> 일년농사에의 그리움 또한 문전맥답으로 푸르다.
> (…)
> 햇살은 토방으로만 가득 밀려들어
> 기름칠해 빛내놓은 농구들 괜히
> 저마다 날끝 세워 눈시린 한낮이 위험스럽다
>
> —고재종 「농구를 닦는 날」(1988) 부분

이른바 '기름 논쟁'을 불러일으킨 문제의 작품인데, 리얼리즘을 "그럴듯함에 종속된 한 방편" 정도로 편협하게 이해하는 복거일[58]은 여기

---

58) 복거일 외 좌담 「시의 정치성과 리얼리즘의 가능성」, 『오늘의 시』 창간호(1989), 21~26면 참조.

서의 "기름칠해 빛내놓은 농구들"이라는 구절이 '개연성' 즉 '현실성'을 몰각한 표현이라고 단호하게 비판한다.

이 시의 서정 주체는 농민이다. 그에게 있어 '농구들'은 자신의 분신에 다름아니니, 이는 "흙살에 날 씻지 않으니 녹슬어가는 것들/흙살에 발 딛지 않으니 지분거리는 몸으로"라는 구절에서 너무나 분명하게 드러난다. "긴 겨울을 울던" 서정적 자아와 '농구들'은 바야흐로 제철 맞을 채비에 여념이 없는데, 여기서 그것은 강렬한 성적 이미지로 구체화되고 있다. 삶의 굳건한 터전이자 영원한 모성의 상징이기도 한 '흙살', 이를 힘차게 파고드는 '날'과 '발'의 건강한 남성 이미지, 그리고 풍요로운 생산을 기약하는 성적 결합의 시적 표상이라 할 수 있는 '기름칠' 등이 바로 그것이다. 이런 점을 특히 유념할 때 이 시에서 '닦는다'라는 시어는 매우 중요한 함축을 지닌 것이라 할 수 있다. '농구들'에게는 노동을 위한 결코 빼놓을 수 없는 준비동작이자 "저마다 날끝 세워"에서 보듯 결전을 앞두고 새롭게 전열을 가다듬는 행위이며, 서정 주체에게 있어서 그것은 "어두운 마음 구석"(같은 시)까지도 닦아내는 중대한 자기 결의의 의미를 지니는 것이기 때문이다. 따라서 이러한 표현은 이 작품의 리얼리즘적 실현에 크게 기여하는 강한 '현실성'을 동반하는 것이라 할 수 있다.

둘째는 서정의 문제이다. 문자 그대로 이는 '주관적 정서를 펴낸다'는 뜻인데, 서정시에서의 그것을 우리는 '구체적인 감각적 정서 즉 감정을 충격하는 생활적 정서'로 고쳐 말할 수 있을 듯하다. 가령 다음 시의 경우는 어떠한가.

나 하늘로 돌아가리라.
새벽빛 와 닿으면 스러지는
이슬 더불어 손에 손을 잡고,

(⋯)

　　나 하늘로 돌아가리라.
　　아름다운 이 세상 소풍 끝내는 날,
　　가서, 아름다웠더라고 말하리라⋯

—천상병 「귀천(歸天) ── 주일(主日)」(1970) 부분

　　우리는 이 시에서 굳이 '역사'니 '계급'이니 하는 거창한 추상을 떠올릴 필요가 없다. 우리를 한없이 편안하게 만드는 이 시의 진정성은 시인 자신의 지극히 순정한 마음, 삶에 대한 마음속 깊은 곳으로부터의 외경, 죽음을 자연의 일부로 받아들일 줄 아는 무한한 겸양의 태도 등에서 우러나는 것인데, 바로 이것이 독자를 은근한 감동으로 이끈다. 그러나 이런 경우의 '서정'은 구체적이고 생활적인 시적 매개 위에 구축된 것은 아니며, 따라서 김형수가 말한 '사실주의적 서정'과는 일정하게 구별될 성질의 것이다.

　　정을 주는 일이 이제는 무섭지 않아요.
　　지아비도 자식도 없이
　　몸팔아 살아온 지 벌써 스무 해!
　　한번도 마음속 옷고름 푼 적 없이
　　숱한 밤과 숱한 사내들만
　　먼 강물처럼 흘러왔다 흘러가고
　　말라붙은 개울의 모랫바닥으로 혼자 누워 있지만

　　정을 주는 일이 이제는 무섭지 않아요

사는 일이 추워서 떠는 이를 만나면
썩은 몸뚱어리 저 깊숙이 살아오는 온기,
끝끝내 마음속 옷고름 풀게 하며
마른 모랫바닥 적시는 흥건한 온기.

—송기원 「옷고름」(1990) 전문

시사적으로 보아 일제강점기 이용악의 「전라도 가시내」(1939), 1970
년대 김지하의 「서울길」(1970)의 후속 작품이라고도 할 수 있는 이 시의
서정적 주인공은 사회의 가장 밑바닥 인생이라 할 수 있는 창녀이다. 비
록 "썩은 몸뚱어리"의 소유자라 할지라도 결코 "한번도 마음속 옷고름"
은 푼 적 없는 진정으로 순결한 여성이자, 기꺼이 즐거운 마음으로 어떠
한 고통도 감내할 준비가 되어 있는, 싸르트르(J. P. Sartre)적 의미의
「존경할 만한 창녀」(1946)인 것이다.

이 시는 위에 든 천상병의 작품과는 엄격히 차별되는 남다른 서정성
을 그 바탕에 깔고 있다. 말하자면 그 서정은 일종의 강한 민중적 삶에
튼튼히 기초한 것이라 하겠는데, '활등같이 굽은' 그녀의 기구한 인생
역정, "사는 일이 추워서 떠는 이"라는 시적 표현 등이 이러한 사실을
잘 밑받침해주고 있다. 시적 현실로부터 유추해볼 때, 서정 주체의 신원
은 1960년대 후반에 급속적으로 진행된 공업정책의 최대 희생자인 농
민의 딸임이 분명하다. 그런데 이 시에서 간과할 수 없는 또다른 중요한
시적 요소들이 있으니 살아있는 민중적 가락, 생기발랄한 성적 이미저
리(imagery), 화자의 신원에 부합되는 시적 어조 등이 그것이다.

셋째는 '시적인 것'이란 과연 무엇을 뜻하는가 하는 점이다. 아마도
진정한 리얼리즘 시란 바로 이런 경지에서 이룩되는 것이 아닌가 여겨
지는데, 추후 이 점에 대한 엄정한 논의들이 뒤따라야 할 것이다. 오늘
의 수많은 시인들에 의해 양산되고 있는 저질의 '시 공해'로부터 하루

빨리 벗어나기 위해서도 이러한 논의는 시급한 것이 아닐 수 없다. 이를 최원식은 '이형사신(以形寫神)'이라는 고전비평 개념에 의거, "우리가 어떤 뛰어난 예술작품을 만났을 적에 받게 되는 정신적인 기쁨, 육체적인 떨림까지도 포함하는 그런 것 (…) 시에서 언어, 이미지, 이런 것들이 긴장하고 충돌하면서 (…) 사람들에게 생동하는 생기를 주는 그런 경지"[59]라고 요령있게 설명하고 있는데, 경청해야 할 지적이라 생각한다.

앞으로 더욱 풍부한 작품적 논증을 통한 심도있는 리얼리즘 시론이 한층 폭넓게 그리고 생산적으로 전개되기를 희망하면서, 매우 미흡한 상태에서나마 논의를 끝맺기로 한다.

[『민족문학사연구』 2호, 1992]

---

59) 최원식 외 좌담, 앞의 책 58~59면.

민족시의 전진과 좌절

이용악론

1

　일제강점기 한국 근대시사에서 이용악(李庸岳, 1914~71)만큼 그 시기에 대규모적으로 발생한 국내외 유이민(流移民)의 비극적 삶을 깊이 있게 통찰하고, 또 이를 민족모순의 핵심으로 명확히 인식, 자기 시에 정당하게 형상한 시인은 드물다. 이러한 긍정적 평가는 이른바 해방공간에서 이루어진 그의 시적 작업에 대해서도 그대로 적용될 만한 것이다. 이데올로기적 편견 없이 그 작품세계만을 두고 볼 때 이 시인이야말로 "진정한 순수시인"[1]으로 일컬어져 마땅하기 때문이다. 일제강점하 식민지시대의 국내 유랑민과 국외 유이민의 집단적 비극, '해방조국'의 품을 찾아든 숱한 '귀향유이민'의 현실적 질곡을 다름아닌 자기 자신의 그것으로 통절하게 인식하는 통합적인 시적 감수성에 힘입어 성취된 그

---

[1] 임헌영 「해방후 한국문학의 양상──시를 중심으로」, 『해방전후사의 인식』(한길사 1979), 465면.

의 시의 건강성이 무엇보다도 이를 잘 입증해준다.

　그러나 분단 40년이 지났어도 민족통일에 대한 전망은 극히 불투명하기만 한 이 시점에서 용악이 그처럼 집요하게 탐색한 시적 노력의 역사적 중대성을 갈피잡고자 하는 우리의 입장은 결코 편안한 것이 못된다.

> 누가 우리의 가슴에 함부로 금을 그어 강물이
> 검푸른 강물이 굽이쳐 흐르느냐
> 모두들 국경이라고 부르는 38도에 날은
> 저물어 구름이 모여
>
> 　　　　　　　　　　　　　　　　—「38도에서」 부분[2]

　여기서 '38도'선은 인적 및 물적 기초의 단순한 양적 분단이 아니라 민족의 동질성을 원천적으로 망각하게 하고 역사의 전진을 역류시키는 "검푸른 강물"로 명료하게 형상되어 있다. 그것은 민족자해(民族自害)적인 냉전이데올로기에 덮씌워진 역사의 암흑과, 깊고도 날카롭게 각인된 분단의 한(恨)을 동시적으로 표상하는 데 그치지 않고, 그러한 역사의 어둠과 아픔이 간단히 사라지지 않을 것임을 강력히 암시해주기까지 한다.

　이 시가 보여주는 역사예측력의 정확성은 우리의 기형적인 해방후사가 웅변적으로 말해주는 바이니, 곧 없어질 줄 알았던 그 38도선은, 외형상으로는 동족전쟁이었으나 본질적으로 중요한 이데올로기적 측면에 있어서는 남북에 각기 진주해온 양대 정치열강의 대리전쟁에 다름아니었던 '6·25'를 거치면서 한층 견고한 현실선으로 고착되어 오늘에 이르고 있는 것이다. 그렇다면 앞서 말한 그 '불편함'은 대체 어디서 오는

---

2) 『신조선보』(1945. 12. 12).

가. 말할 것도 없이 그것은, 정치적 난민(難民)으로서의 일제하 집단유
이민 현상이 해방과 더불어 일거에 종식된 단순과거사가 아니라 그 겉
모습만을 달리하면서 지금껏 엄히 계속되고 있는 바로 이 시대의 가장
중대한 현안이라는 현실인식에서 비롯한다. 요컨대, 우리는 체제와 이
념을 달리한 채 민족적 저류에 통합하기를 거부하는 '분단모국'의 주요
한 양대 구성체의 어느 한쪽에 속해 살면서 "모두들 국경이라고 부르는
38도" 저 너머의 다른 한쪽과 원수처럼 절연·대립하고 있는 정치적 유
이민인 것이다. 그러기에 망국민의 설움을 안고 나라 밖을 떠돌다가
'해방'의 감격을 안고 고국을 찾아온 한 시적 자아가, 그를 포함한 대다
수 조선민중을 만주·시베리아 및 일본·남양 등지로 방축(放逐)한 저
폭압적인 일제 식민통치에 의해 철저히 도륙당한 황폐한 고향산천을 향
하여 "백두산 높게 솟고 동해물 넘치는 오늘/내가 자라온 고향이여 풀
어주리라 그대의 아픔을"[3]이라고 결연히 외친 40여년 전의 절규가 새
삼 우리의 귓전을 아프게 때리는 것이다.

이런 점에 다소라도 유념한다면, 용악 시에 관한 우리의 논의가 결국
오늘의 분단현실을 똑똑히 인식하는 문제에 자연스럽게 연결되는 것임
을 깨닫게 된다. 무엇보다도 그 기본 지향에 있어 그의 시는 반(反)분단
주의에 토대한 민족해방문학의 면모를 지니고 있다는 점에서 그러하다.
그러나 여기서 간과할 수 없는 것은, 자기 시대 민족모순의 예각적인 시
적 반영에도 불구하고 때로는 이를 일정하게 제약하고 저해하는 모더니
즘에의 유혹이 그의 시에는 지속적으로 크게 자리잡고 있었다는 사실이
다. 이용악의 경우 이는 일종의 '계층적 불안'에 근사한 의식의 부동성
(浮動性)의 소산으로 여겨지는데, 결과적으로 그것이 작품으로 하여금
확고한 세계전망과 형식적 견고성을 확보하지 못하게 할 뿐 아니라 진

---

3) 박산운 「고향에 돌아와서」 부분, 『신천지』(1946. 6).

정한 예술적 형상의 창조를 거스르는 하나의 인과적 고리로 작용하였음은 물론이다. 사정이 이러했던 까닭에 그의 시는 "조선시에서 가장 난해한 부류"[4]로 논의되기도 하였다.

용악 시에서 드러나는 이러한 양면성은 그가 조선문학가동맹의 여타 시인들과는 달리 늦게까지 월북하지 않고 남한에 머물러 있었던 이유를 해명하는 문제와도 긴밀히 연관되는 것이므로 그 정신적 토대가 섬세하게 가려져야 할 것이다.

이 글에서 필자는 다음 몇가지 사항을 중점적으로 논하고자 한다. 첫째 비록 그 정도차는 있을지언정 그가 마지막까지 시원스레 떨쳐버리지 못한 '모더니즘에의 유혹'이 그의 시에 영향을 미친 역기능적 측면 그리고 이와 그 개인사와의 상관관계, 둘째 친일문학 논의와 관련한 용악 시 해석의 새로운 시각, 셋째 일제강점기 '집단유이민 현실'의 시적 양상과 그 서사지향성의 의미, 넷째 용악 시에 있어서의 '고향'의 의미, 다섯째 해방 이후의 '귀향유이민 시'를 통해 본 용악 시의 민족문학적 성격 등을 규명하고자 한다. 이와같은 논점들을 다룸에 있어 특히 유효한 것은, 그의 개인사에 관한 증언과 단편적인 기록, 그리고 시인의 자전적 성격이 짙게 반영된 작품을 적절히 활용하는 것이다. 일찍이 최재서(崔載瑞)가 지적한 대로, 이 시인이야말로 정히 "생활을 생활대로 생활에서 우러나는 말로 노래한다는 의미에 있어서의 인생파 시인"[5]이었

---

4) 김광현 「내가 본 시인——정지용·이용악 편」, 『민성』(1948. 10). 좌우익 사이의 문학노선 대립이 첨예하게 전개된 해방 직후의 문단상황에서 이용악은 그 쌍방으로부터 종종 엉뚱한 오해의 표적이 되곤 하였다. 이 글의 필자에 의하면, 청년문필가협회에서는 그를 '시인상 후보자'로 내세우는 난센스를 연출하기까지 하였다 한다.

5) 최재서 「시와 도덕과 생활」, 『문학과 지성』(인문사 1938), 200면. 이 글에 인용된 모든 작품은 그 시적 의미가 손상되지 않는 범위 내에서 현대식으로 표기하였다. 용악 시의 서지 사항에 대해선 (1) 장영수 「오장환과 이용악의 비교연구」(고려대 박사학위논문 1987), (2) 최두석 「민족현실의 시적 탐구——이용악론」(서울대 박사과정 발표논문 1987)과, 특

기 때문이다.

2

이용악은 1914년 함경북도 경성(鏡城)에서 한 적빈한 가정의 5남 2
녀 중 3남으로 태어났다. 그의 할아버지는 금을 얻기 위해 일찍부터 몸
소 달구지에 소금을 싣고 러시아 영토를 넘나들었으며[6] 이런 생활은 아
버지대에도 계속되었다. 이 과정에서 그의 아버지는 러시아에서 객사한
듯하다.

용악과 동향(同鄕) 시인 이수형(李琇馨)[7]은 이런 사정을,

바닷가 파랗게 내다뵈이는 고향 아라사(俄羅斯) 가까운 해풍(海
風)에 열기꽃이 뻘게 피어난 모래밭엔 그렇게도 원통히 죽어간 애비

히 (3) 이정애 「이용악 시 연구」(서울대 석사학위논문 1990) 등이 크게 참조될 수 있다.
그러나 좀더 완벽한 서지 작성은 앞으로의 과제에 속한다.

6) 이하의 진술은 주로 그의 고향 후배 시인인 유정(柳呈)과 필자와의 여러 차례에 걸친 면
담에 의한 것이다. 이 자리를 빌려 면담에 기꺼이 응해주신 유정 선생께 깊이 감사드린다.
유정은 신석정·김광현 등과 더불어 용악의 제3시집 『오랑캐꽃』(아문각 1947)을 펴내는
데 직접 관여한 바 있는데, 용악이 그에게 보내는 시 「유정에게」를 훗날 『이용악집』(동지
사 1949)에 수록하고 있음이 주목된다.

7) 해방후 미군정기 남한의 좌우파 연합전선적 성격의 문학단체였던 조선문학가동맹의 회
원이기도 했던 이수형은 이른바 '4·3제주민중항쟁'(1948. 4. 3)에 참여한 일반 민중들의
삶을 형상화한 「산(山)사람들」(『문학』 1948. 7), 귀향유이민들의 집단적 비극을 훌륭하게
노래한 「행색(行色)——고국을 찾은 사람들」(임학수 편 『시집』, 한성도서주식회사 1949)
등의 기억할 만한 작품을 남겨놓고 있다. 시집 『산맥』(헌문사)의 발간이 조선문학가동맹
기관지 『문학』(1947. 7)에 예고된 바 있으나 실제 간행 여부는 불분명하다. 그는 6·25동
란중 월북하였다.

들이 묻혀 있었다.[8]

고 노래하고 있다. 그런가 하면 그는 특히 용악의 어린시절 또는 그 성장사를,

　　행인지 불행인지 젖먹이 때 우리는 방랑하는 아비 어미의 등곬에서 시달리며 국경 넘어 우라지오 바다며 아라사 벌판을 달리는 이즈보즈의 마차에 트로이카에 흔들리어서 갔던 일이며, 이윽고 모두 다 홀어미의 손에서 자라올 때…[9]

라고 쓰고 있다. 이 점은 그의 가족사적 면모가 생생하게 반영된 작품 「우리의 거리」(1945)[10]에 "타향서 돌아가신 아버지"라는 시적 표현을 얻고 있다.[11] 필자가 추정하건대 아마도 그의 부망(父亡) 시기는 아무리 늦더라도 1922년 이후로 내려잡기는 곤란하다고 생각된다. 왜냐하면 레닌혁명의 시베리아 제압으로 '극동 러시아령의 쏘비에뜨화'가 구체화된 1922년 이후부터는 조선인의 쏘비에뜨화를 극도로 경계한 일제에 의해 국경봉쇄가 매우 삼엄해졌으며, 따라서 이 방면으로의 '가족이주, 집단이주'는 사실상 불가능하였기 때문이다.[12] 아버지의 객사로 그의

---

8) 이수형 「아라사 가까운 고향」 부분, 『신천지』(1948. 8).
9) 이수형 「용악과 용악의 예술에 대하여」, 『이용악집』(동지사 1949), 160면.
10) 이 시의 제1~2연은 아래와 같다. "아버지도 어머니도/젊어서 한창 땐/우라지오로 다니는 밀수꾼//눈보라에 숨어 국경을 넘나들 때/어머니의 등곬에 파묻힌 나는/모든 가난한 사람들의 젖먹이와 다름없이/얼마나 성가스런 짐짝이었을까".
11) 집안의 기둥인 아버지의 객사가 그의 가족사를 얼마나 참담한 것으로 몰고 갔는가가 일정하게 반영된 것으로는 「달 있는 제사」(1941), 「풀버렛소리 가득차 있었다」(1937) 등이 있으며, 「푸른 한나절」(1940)도 동일한 부류라 할 수 있다.
12) 고승제 『한국이민사 연구』(장문각 1973), 31면 참조.

어머니는 국수장사·떡장사·계란장사 등으로 어렵게 생계를 꾸려야 했지만, 그 와중에서도 아들 5형제만은 모두 고급학교에 진학시키는 억척스런 생활인의 면모를 보여주기도 하였다.[13]

가난이 몸에 밴 그는 일본 죠오찌(上智)대학 유학시절(1934~38)[14]에 "부두 선박 노동을 빼놓고는 온갖 가지의 품팔이 노동꾼으로 피땀을 흘려 이역(異域)의 최하층 생활권 내를 유전하면서 학비를 조달"[15]하는 어려움을 겪은 바 있는데, 이수형은 그 일단을 '해방' 이후 극도로 혼란스럽고 희망없는 서울에서의 절망적인 삶에 대비시켜 다음과 같이 읊고 있다.

    어찌하여 시바우라 같은 데서 군대 잠빵을 먹으며 모군하면서 싸

---

13) 두 딸의 경우 이 점은 불분명하다. 이수형에 의하면 용악의 중형(仲兄) 송산(松山)은 미술학도이다. 유정은 그가 이억(李億)이라는 필명으로 당시 서울에서 발간되는 여러 신문에 종종 시를 투고한 문학지망생으로 회고하고 있다. 용악의 데뷔작 「패배자의 소원」(『신인문학』 1935. 3) 말미에 '억형(億兄)께'라고 부기한 것은 바로 그를 지칭한 것이 아닌가 한다. 동생 용해(庸海)는 시인 유정과 경성고보(鏡城高普) 동기동창으로 『국민문학』 등에 시를 발표하였으니, 백형(伯兄) 밑으로 3형제가 내리 시인이었던 셈이다. 말제(末弟) 용호(庸昊)는 유정의 경성중학 후배이다. 이용악의 개인사에 관련된 대부분의 사항은 시인 유정 선생의 회고 및 김요섭의 글(「눈보라의 궁전──나의 문학적 자서전」, 『한국문학』 1988년 4월호)에 의한 것임을 밝혀둔다. 그런데 여기서 우리가 유념할 것은 그가 몇대에 걸친 장사군의 후예라는 것, 그리고 일찍부터 가난에 매우 익숙해 있었다는 사실이다. 이러한 가족사적 상황은 그로 하여금 장사군 특유의 기민한 현실적응력을 지닌 도시적 생활인이 되게끔 하였을 것이다. 또한 그것은 문학적으로 '생활과 시' 또는 단형 서정시와 서사지향성의 긴 이야기시를 적절히 통합하는 시적 능력 또는 이와는 정반대로 분열적인 도시적 감수성의 온존이라는 상호 모순된 양면을 공유하게 하는 주된 요인으로 작용했으리라 생각된다.

14) 이용악은 1936년 4월 '죠오찌대학 전문부 신문학과'에 입학, 1939년 3월 같은 대학 '신문학과 별과 야간부'를 졸업했는데, 이는 그의 「죠오찌대학 졸업성적증명서」에 의거하여 작성된 이정애의 「이용악 시 연구」에서 확인되고 있다.

15) 김광현, 앞의 글.

워오던 용악과 너희들 청춘은 또다시 서울 골목을 쫓겨다니다 진고 개나 넓은 길에선 그저 아무렇지도 않은 체하는 다만 그럴듯한 주정 뱅이 구실을 해야만 하느냐.[16]

죠오찌대학 소재지인 일본 토오꾜오 근교의 해군도시 시바우라(芝浦)에서 공사판의 품팔이꾼(모군꾼)으로, 군부대에서 반출되는 음식찌꺼기(殘飯) 등으로 목숨을 부지하면서도, 『2인(二人)』이라는 동인지를 발간[17]하는 문학적 정열을 불태우기도 하였다. 이 기간중 방학 때면 으레 귀향, 우리 동포들이 밀집해 거주하는 북간도(北間島) 등지를 몸소 답파함으로써 만주유이민들의 비극적인 삶의 전모에 깊이 주목했으니, 이 유학시절에 잇따라 발간한 시집 『분수령(分水嶺)』(동경: 삼문사 1937) 과 『낡은 집』(동경: 삼문사 1938)은 그 구체적 결실이었던 것이다. 또한 이 시기에 그는 단순한 문학주의자로서 처신하지 않고 "조선민족을 해방시키려는 혁명운동에도 참가하여 여덟 번이나 일제의 악독한 경찰에 붙들리고, 그 무서운 고문"에 시달리기도 하였다.[18]

일본 유학생활을 마치고 귀국, 『인문평론』 잡지사에서 근무하던 기간 중 그는 맏형의 느닷없는 죽음을 맞은 듯하다.

　　몰아치는 바람을 안고 어디루 가면
　　눈길을 밟어 어디루 향하면
　　당신을 뵈올 수 있습니까

16) 이수형 「아라사 가까운 고향」 부분, 『신천지』(1948. 8).
17) 서정주 편 『현대 조선명시선』(온문사 1950), 266면. 유정에 의하면 이 동인지는 용악이, 함경북도 명천(明川) 출신으로 뒷날 『문장』을 통해 등단한 시인 김종한(金鍾漢)과 함께 펴낸 것인데 등사판으로 5~6회 정도 발간되었다고 한다.
18) 김광현, 앞의 글.

아편에 부은 당신은 얼음짱에 볼을 붙이고
얼음짱과 똑같이 식어갈 때
기어 기어서 일어서고저 땅을 허비어도
당신을 싸고 영원한 어둠이 내려앉을 때

그곳 뽀구라니-츠나야의 밤이
꺼지는 나그네의 두 눈에
소리없이 갈앉혀준 것은 무엇이엇습니까

당신이 더듬어 간
벌판과 고개와 골짝을 당신의
모두가 들어있다는 조그마한 궤짝만 돌아올 때
당신의 상여 비인 상여가
바닷가로 바닷가로 바삐 걸어갈 때

—「바람 속에서」부분[19]

　"나와 함께 어머니의 아들이던 당신 뽀구라니-츠나야의 길바닥에 엎
디어 길이 돌아가신 나의 형이여"라는 부제가 붙은 위의 시에서 분명하
듯, 그의 맏형 또한 아버지를 좇아 저 소련땅에서 객사했던 것이다.
　『인문평론』폐간(1941. 4) 후 그는 『춘추』『국민문학』등의 친일적 성
향이 짙은 잡지에 이따금 작품을 발표[20]하기도 하였으나, 이미 전시체
제로 돌입한 일제에 의해 조선인 전체의 삶이 무참하게 훼손되기 일쑤

---

19) 『삼천리』(1940. 6).
20) 이 때문에 그의 시는 후일 '친일문학' 논의의 표적이 되기도 하였다.

였던 그즈음 마침내 그는 서울생활을 청산하고 귀향하기에 이른다.

'해방'과 함께 용악은 급거 서울로 귀환, 그 얼마 후 조선총독부도서관(현 국립중앙도서관 전신)의 일본인 도서관장의 관저를 적산가옥으로 접수하였다 한다. 1947년에 들어 적산불하를 반대하는 여론이 분분, 특히 '조선노동조합전국평의회'(全評, 1945. 11. 1) '민주주의민족전선'(民戰, 1946. 2. 15) 등에서 그 반대성명이 치열(1947. 7. 1)했던 그 무렵 그가 재빨리 거물급 일본인 관리의 가옥을 접수한 데서 우리는 생활인으로서의 그의 민첩성을 읽어내게 된다. 말하자면 그는 단순히 글줄이나 쓰는 얌전한 책상물림이 아니라, 시세의 추이를 예리하게 꿰뚫어보는 현실주의자로서의 정확한 안목과 남다른 정치적 식견을 지니고 있었던 것이다.

다른 한편 그는 중앙신문·문화일보 등에 근무하는 한편 임화(林和) 등의 '문건'(조선문화건설중앙협의회, 1945. 8. 18)과 조선문학가동맹(1946. 2. 9) 등에 깊이 관여한다. 이용악은 조선문학가동맹 시부 위원으로 활동하면서 1946년의 '9·24 철도총파업'에 직접 참여하는가 하면, 1947년 7월에는 "일체의 반동음모를 분쇄하고 최후 승리의 순간까지 부절(不絶)한 투쟁을 결의"[21]하면서 발족한 '문화옹호공동투쟁위원회'의 실제 사업기구로서 '인민에 복무하는 문화'를 내건 문화공작대 활동의 제일선에 나서기도 하였다.[22] 이용악의 이같은 좌익 문화전사적 면모는 그러나 남한 단독정부하의 극우적 상황에서는 결코 용납될 수 없는 것이었으니, 네번째 시집 『이용악집』(동지사 1949. 1)을 상재하기 이전에 이미 그는 수배의 몸이었던 것이다. 결국 그는 1950년 2월 6일 '남로당 서울시문화예술사건'으로 피체(被逮), 징역 10년을 선고받고 서대문

---

21) 『민성일보』(1947. 2. 16).

22) 김용직 『해방기 한국 시문학사』(민음사 1989), 137면. 이용악은 월북 극작가 황철(黃澈)을 대장으로 한 문화공작대 제3대 소속으로, 주로 강원도 일원에서 활동하였다.

형무소에서 복역중 북한군의 '6·28 서울점령'으로 석방[23]되고 끝내 '궁색한 귀향'으로서의 월북행을 감행하기에 이른다.

월북 후 이용악은 남북한 휴전협정 조인 직후인 1953년 8월 6일 이승엽(李承燁)·임화 등 '남로당계 숙청사건'의 여파로 "공산주의를 말로만 신봉하고 월북한 문화인"으로 지목돼 반년 이상 '집필금지' 처분[24]을 당하기도 하였다. 소부르주아적·자유주의적·지방주의적 잔재를 온존한 종파주의자로 지목돼 북한 문단에서 제거된 그들 남로당계[25]에 연루되었음에도 불구하고 이용악은 비교적 가벼운 처벌을 받은 셈이다. 그후 마치 책임생산량을 기계적으로 양산해내듯 일종의 문학적 부역에 종사한 대부분의 월북문인들과 꼭 마찬가지로 그 또한 메마르고 척박한 언어로 적잖은 작품들을 발표하였으며, 그 작품적 결실로서 『리용악 시선집』(조선작가동맹출판사 1957)을 거두었다.

북한문학사에서 '전후복구건설과 사회주의기초건설을 위한 투쟁시기'(1953. 7~1960)로 일컬어지는 기간중 발표한 그의 연작시 「평남관개시초(平南灌漑詩抄)」(1956. 8)는 "위대한 역사적 전변을 가져온 농촌의 벅찬 현실을 높은 사상예술적 경지에서 시적으로 일반화"한 하나의 문학적 전범[26]으로 논의되는 평판작이다. 1963년 그는 월북시인 김상훈(金尙勳)과 『풍요선집』(1963)을 공역·출간하기도 하였다. 1971년, 화가인 그의 아들이 임종한 자리에서 "조국통일은 곧 우리 문학이 하나가 되는 그날"이라는 유음을 토하고 지병인 결핵으로 일생을 마감[27]하기까지, 비록 간간이나마 시작활동을 멈춘 바 없었다. 그만큼 민족통일문

---

23) 정영진 『통한의 실종문인』(문이당 1989), 97면 참조.

24) 이철주 『북의 예술인』(계몽사 1966), 326~29면 참조.

25) 스칼라피노·이정식, 한홍구 옮김 『한국공산주의운동사 3』(돌베개 1986), 551면.

26) 박종원·류만 『조선문학개관』 2(평양: 사회과학출판사 1986), 189면.

27) 황석영 「조국은 하나이며 문학도 하나다!」, 『창작과비평』(1990년 봄호).

학에 대한 통절한 염원을 죽음의 순간까지 순결하게 간직하고 있었던
것이다.

3

　1930년대 우리 시사에서 광범한 영향력을 행사한 바 있는 모더니즘
적 경향에 특히 주목했던 백철(白鐵)은 '모더니즘의 후예들' 속에 이용
악을 위치시키면서도 "일종의 경향시인"이라고 덧붙이기를 잊지 않았
다.[28] 말하자면 그의 시인적 좌표를 모더니즘과 리얼리즘 시의 중간에
설정해놓은 셈인데, 그것은 약간 표현을 달리하여 '현대파와 인생파의
중간'[29] 또는 '회화적 경향과 윤리적 경향의 절충적 입장'[30]으로 설명
되기도 한다. 그러나 그의 시의 우수성은 그 양면적 요소의 어정쩡한 절
충에서 오는 것은 아니고, 후자의 현저한 우위에서 비롯된다는 견해가
지배적인 것으로 되어왔다. 즉 그의 시는 삶의 존재론적 의미를 천착하
는 데 치중하는 '존재'의 시가 아니라, 인간 상호간의 갈등적 삶을 선명
하게 개괄해내는 투철한 현실인식을 강조하는 "생활의 거짓없는 기록"[31]
이라는 것이다. 전자에 대한 시적 지향이 수준 이하의 관념시로 쉽게 떨
어지는 통폐를 일찍부터 날카롭게 간파한 최재서는, 용악 시가 "침울한
패배적인 반면(半面)에 있어서만 우수하고, 일보 쾌활한 혹은 명랑한
건설과 미(美)의 세계로 들어가면 약점을 폭로함은 수긍은 되면서도 저

28) 백철 『조선신문학사조사——현대편』(백양당 1949), 355~57면.
29) 조지훈 「한국 현대시의 관점」, 『조지훈 전집』 3(일지사 1973), 167~70면 참조.
30) 김윤식 『한국 근대문예비평사 연구』(한얼문고 1973), 378면 참조.
31) 이규원 「서(序)」, 『분수령』(동경: 삼문사 1937).

으기 섭섭한 일이다. 그리고 사색적 관념적 시도 시작(試作)하였으나 거개가 실패라고 본다. 작자는 이 유혹을 물리침이 좋을 듯하다"[32]고 정확히 지적하기도 하였다. '생활의 시인'의 기본 입지점에서 조금이라도 비켜서거나 이탈하고자 하는 경향을 내보이는 경우, 그는 영락없이 '생명력있는 내용'과 '정치(精緻)한 언어구사'를 별다른 소득 없이 맞바꾸는 기교주의자로, 결국 대중과 유리되는 형식주의자로 경계[33]되기 일쑤였으며, 통상적으로 이러한 경계는 정당한 것이었다. 여기서 중요한 것은 용악 시에서 드러나는 이러한 양면성이 상호보족적 필요를 제공하는 두 가지 상이한 측면의 통합적 공유인가, 아니면 단순히 서로 상반되고 대척적이기까지 한 두 측면의 분열적 공존, 다시 말해 아무런 세계관적 기초 없이 당시 문단에서 일종의 문학적 관습으로까지 되었던 모더니즘 시운동에 그가 쉽사리 유인된 결과 빚어진 일시적인 공존인가를 판별해내는 일이다.

    정열이 익어가는 林檎園에는
    너그러운 향기 그윽히 피어오르다

    하늘이 맑고 林檎의 표정
    더욱 천진해지는 오후
    길 가는 樵童의 수집은 노래를
    품에 맞아들이다

    나무와 나무에 방울진 정열의 使徒

---

32) 최재서, 앞의 글 203면.
33) 임화 「시와 현실과의 교섭」, 『인문평론』(1940. 5) 및 김광현, 앞의 글 참조.

너희들이 곁에 있는 한——있기를 맹세하는 한
영혼의 영토에 비애가
침입해서는 안될 것을 믿다

오——
林檎나무 회색 그늘 밑에
'창백한 울분'의 埋葬處를 가지고 싶어라

—「임금원의 오후」 전문[34]

이 시를 지배하는 정신적 분위기는 한마디로 자기위안의 성격을 짙게 곁들인 극도의 주관주의이다. 나무에 주렁주렁 매달린 능금 열매를 보고 "방울진 정열의 사도"로 쉽게 등식화하거나, 생산적인 삶의 현장을 간단히 "영혼의 영토"로 추상하는 시적 자아의 극히 상투적이고 관념적인 시선은 농민적 정서와는 전적으로 무관한, 창백한 식민지 지식인의 그것에 다름아니다. 거기에는 어떠한 형태의 사회적 의미연관도 개재될 틈이 없으며, 따라서 작중화자의 '비애'와 '울분'은 시적 공감대를 형성하는 기본축으로 바르게 기능하지 못한다. 그 대신 작품 전면에 두드러지는 것은 몇몇 감각적 표현에 가까스로 의존해 있는 화자의 극히 주관적인 감정의 파편들뿐이다. 일본 유학기간중 방학을 틈타 귀향한 시인의 감회가 음울하게 표백된 듯한 이 시(작품 말미에 "경성鏡城에 돌아와서"라고 부기되어 있다)는 관념어의 빈발, 시어 표기의 철저한 한자 편향성,[35] 작품의 주제화를 되레 저해하는 율독적 구속력의

---

34) 『조선일보』(1935. 9. 14).

35) 기간(旣刊) 시집에 수록되지 않은 초기시 및 『분수령』 시기 작품들의 경우, 표기 가능한 것은 거의 예외없이 한자로 썼을 만큼 그 편향성은 극단적이다. 과다한 감상주의의 노출, 외래어의 남용 등이 현저히 감소되거나 거의 완전하게 극복되어 있는 『낡은 집』 시기의 작품들과 대비할 때, 이 무렵 이용악의 모국어 인식은 그리 투철하지 못했던 듯싶다.

행사36) 등으로 그 예술적 형상의 창조에 실패하고 있다.

이러한 작품적 실패는 희망없는 도회적 삶의 권태 또는 그 허망함을 노래하는 경우, 가령 "흙냄새 잃은 포도(鋪道)에/백주(白晝)의 침울이 그림자를 밟고 지나간다"37) "바다 없는 항해에 피곤한/무리들 모여드는/다방은 거리의 항구"38)에서처럼 삶의 경험적 세부가 시인의 조급한 추상화에 짓눌리는 형국으로 나타나기도 한다.

처녀의 젖꼭지처럼 파묻혀서
여러 봄을 어두움게 지낸 마음… 그러나
(…)
깨끗이 커가는 오월을 깊이 감각할 때
계집스런 우울은 암소의 울음처럼 사라지고

—「오월」 부분39)

뛰어나게 감각적인 이미지를 구사하여 오월의 계절감을 인상적으로 부각시키고 있는 이 시는 이용악의 '회화파'적 면모를 단적으로 드러내 준다. 그러나 작품의 주제적 시어라 할 수 있는 "여러 봄을 어두움게 지낸 마음" "우울" 등이 강렬한 감각적 이미지에 압도된 나머지 정작 중요한 작품적 주제화, 즉 '어두운 마음'의 사회적 의미 획득은 실패로 끝나고 있다. 형식적 기교의 우위가 결코 높은 예술적 수준을 보장하는 것은

---

36) 예컨대 임금원(林檎園)의 평화롭고 한가한 정취가 상대적으로 강조되어야 할 전반부에서 그 원래 시행 배열을 "향기그윽히피어오르다" "더욱천진해지는오후" 따위로 1음보화한 것이 그 좋은 본보기이다.

37) 「오정(午正)의 시」 부분, 『조선중앙일보』(1935. 11. 8).

38) 「다방」 부분, 『조선중앙일보』(1936. 1. 17).

39) 『낭만』(1936. 8).

아니라는 증좌이다.

용악 시에서 엿보이는 모더니즘적 취향은, 20세기 자본주의하 시장경제체제의 중심부에서 소외된 특정 계층에 의해 생산되고 강화된 예술적 태도로서의 일반적 모더니즘과는 일정하게 구분되는 것으로 이해될 수 있다. 본질적으로 모더니즘은 "역사창조에의 신념을 잃은 기득권자들의 정신적 고뇌를 표현한 것 이상이 못되"는 '독단적 문학주의'[40]로 규정되기도 하는데, 그것이 보여주는 지적 엘리뜨주의 또는 사회와 격절된 고립주의 등과 관련시킬 때, 1930년대 한국 모더니즘 시 일반이 이런 평가를 모면할 수 없음은 물론이다.

역사발전에 대한 낙관적 전망의 결여, 암담한 시대현실에 말미암은 사회적 절망감과 위기의식 등이 복합된 예술적 결과물로서의 모더니즘 시가 갖는 사회적 및 미학적 제한성은 그 발생의 단초에서부터 스스로 예비된 것이라고도 하겠는데, 이런 점에 비추어볼 때 용악 시의 모더니즘 지향성은 선뜻 이해되기 어려운 특점을 지닌다. 우선 흥미로운 것은, 그의 계층적 입지와 그러한 지향에서 드러나는 근본적 상반성에도 불구하고 어떻게 그 양자가 문학적 악수관계에 들어갈 수 있었는가 하는 점이다.

무엇보다도 그 작품을 통해 확인되는 바이지만, 용악 시의 모더니즘적 취향은 그에 대한 확고한 세계관적 기초 아래 이루어졌다기보다는 당시의 문단적 추이에 민감하게 반응한 데 따른 일종의 문학적 관습의 소산이라 여겨진다. 따라서 그 양자의 어설픈 공존은 이 시인의 정신적 지향이 그만큼 자신의 계층적 뿌리에 충실하기보다는 상층 기득권자로 부상하는 데 남다른 적극성을 보여주었음을 의미한다. 그러한 위기적

---

40) 백낙청 「모더니즘에 대하여」, 『민족문학과 세계문학 II』(창작과비평사 1985), 410~40면 참조.

공존의 양상을 내보이는 작품들에서마다 이용악이 시적 무기력을 노출시키는 것은 그러므로 하나의 당위에 속하는 것이라 할 수 있다. 어느 의미에서 그것은, '생활의 시인'이기를 멈추고 섣부른 모더니스트를 지향한다는 것, 즉 자신이 속한 계층적 삶의 토대를 배반하고 쉽사리 다른 형태의 삶을 흉내낸다는 것의 자기모순이 결과한 것이라는 점에서, 일찍부터 예정된 것이라 할 수 있다. 그런데 주목할 것은 그 양자 사이의 방황이 해방후 그의 시에서도 철저히 청산돼 있지 않다는 점이다. 앞서 지적한 대로 '조선시에서 가장 난해한 부류'로 논의될 만큼 그의 시는, 역사적 현실의 복잡성에 창조적으로 대응하는 유연한 시적 양식의 개발이라는 측면에서 이렇다 할 전진을 성취해내지 못하는 형식주의자적 면모를 내보이는 것이다. 잘못된 문학적 경향에의 일시적 중독이 작품적 대세를 판가름하는 데 때로는 치명적일 수도 있다는 하나의 교훈적 사례로 기억됨직하다.

4

　민족해방운동에 대한 원천적 봉쇄, 침략전쟁 수행을 위한 인적 및 물적 자원의 강도적 약탈과 동원, 황국신민화 정책의 조직적 강제, 그리고 민족문화에 대한 철저한 탄압 등으로 특징지어지는 일제 식민통치 말기에 있어서, 시인의 글쓰기란 자칫 고립된 자아의 자리로의 도피이기 일쑤였다. 일체의 조선어 신문·잡지가 폐간당한 1940년 이후부터는 국어를 통한 어떤 형태의 문자행위도 허용되지 않았으며, 설혹 그 부분적 허용이 가능했다 하더라도 한결같이 그것은 친일문학으로 강제되었다. 따라서 이 무렵의 '한글시 발표'는 그 자체가 바로 친일문학 행위로 쉽사리, 그리고 단정적으로 매도되었으며, 이용악 또한 그 날카롭고 엄격하기 이를 데 없는 '친일'의 낙인으로부터 결코 자유스러울 수 없었다.

그러나 잘 따져보면, 1940년대적 상황하에서의 시인의 절필행위 또는 미발표를 전제한 작품생산 행위는 역사변혁의 떳떳한 주체 되기를 시인 스스로 포기하는 것에 다름아니다. 오히려 그러한 시대일수록, 브레히트(B. Brecht)가 말한 바처럼 진실을 독자대중에게 광범하게 유포시킬 수 있는 교묘한 시적 장치 또는 문학적 책략을 다양하게 개발함으로써 그를 질곡하는 억압적 체제에 방법적으로 저항함이 절실히 요청된다. 바로 이 점과 관련하여, 그의 문학에 대한 일부 논자들의 '친일논의'[41]에도 불구하고, 용악 시는 그 시대적 요청에 민감하게 부응한 적절한 예라 할 만하다.

> 여덟 구멍 피리며 앉으랑 꽃병
> 동구란 밥상이며 상을 덮은 흰 보재기
> 안해가 남기고 간 모든 것이 그냥 고대로
> 한때의 빛을 머금어 차라리 휘휘로운데
> 새벽마다 뉘우치며 깨는 것이 때론 외로워
> 술도 아닌 차도 아닌
> 뜨거운 백탕을 홀홀 마시며 차마 어질게 살아보리
>
> 안해가 우리의 첫애길 보듬고
> 먼 길 돌아오면
> 내사 고운 꿈 따라 횃불 밝힐까
> 이 조그마한 방에 푸르른 난초랑 옮겨놓고

---

41) 임종국 『친일문학론』(평화출판사 1966), 467면 및 장덕순 『한국문학사』(동화출판사 1980), 459면 참조.

나라에 지극히 복된 기별이 있어 찬란한 밤마다
숱한 별 우러러 어쩌야 즐거운 백성이 아니리
　　　　　　　　　　　　　　　　　　　—「길」부분42)

　"싱가포르 함락이라는 '지극히 복된 기별'을 듣고 별을 우러러 '즐거
운 백성' 된 것을 노래"함으로써 일제의 침략전쟁을 합리화43)했다는 엉
뚱한 평가를 받기도 한 이 시의 진정한 주제는 그러나 그러한 평가와는
무관한 데 있다. 이 작품을 통해 이용악이 은밀하게 드러내고자 한 것
은, 고통스런 시대를 살아가는 식민지 지식인의 부끄러운 자기확인의
사회적 의미이다. 작중화자의 슬픔은 단순히, 제2연에서 드러나는 바와
같은 소망스런 삶의 개인적 성취 여부에 달려 있지 않다. "뜨거운 백탕
을 훌훌 마시며 차마 어질게 살아보리"라는 구절이 적절히 암시하듯,
그것은 억누를 길 없는 분노의 감정을 동반하는 사회적 저항의 의미로
자연스런 질적 상승을 이룰 만한 것이다. '차마'라는 절대부정어는 이
를 한층 촉진하면서, 어느 의미로는 대동아주의의 망상에 사로잡힌 일
제가 걸핏하면 내세웠던 '일시동인(一視同仁)'의 기만적 정략에 정면으
로 대치하는 시적 내포로까지 기능한다고 할 수 있다.
　그러나 더 중요한 시적 무기는 마지막 연에 그 구체를 드러내고 있
다. 여기서 작품해석상의 오류를 명시적으로 제공해주는 구절은 "나라
에 지극히 복된 기별이 있어" "즐거운 백성" 등인데, 이는 아시아 침략
전쟁에서 연전연승을 구가하던 일제의 필리핀 점령(1942. 1), 싱가포르
함락(1942. 2) 등의 시사적(時事的) 의미와 쉽게 연결되면서 이 작품을

---

42) 『국민문학』(1942. 3).
43) 장덕순, 앞의 책 459면.

간단히 '친일시'로 못박는 데 결정적인 구실을 한다. 그러나 이러한 시적 진술의 명백성은 당시의 검열제도라는 현실적 제약조건을 벗어나기 위해 그 조건을 일단 만족시키는 것처럼 위장하는 시적 장치를 시인이 의도적으로 마련해놓은 데서 나온 표면적 의미일 뿐이다. 그렇다면 마지막 연을 관통하는 반어적 어조에 힘입어 이룩된 시적 주제 또는 그 배면적 의미란 무엇인가. 한마디로 그것은 일제에 의한 침략전쟁의 전면확대에 따라 날로 강도 높은 압박에 시달려야 하는 한국인의 통한어린 삶의 비극성이다. 이용악 특유의 이와같은 시적 책략은 "나치시대 지배계층에 순응·동조할 수 없는 문인·언론인 들이, 지배자들에게는 어떤 공격 가능성도 제시하지 않으면서 독자들에게는 그들의 참뜻을 전달하기 위해 사용"한 이른바 "노예언어"[44]의 그것과 흡사하다.[45]

> 휘몰아치는 눈보라를 헤치고
> 오히려 빛나는 밤을 헤치고
> 내가 거니는 길은 어느 곳에 이를지라도
> 뱃머리에 부딪쳐 둘로 갈라지는 파도소리요
> 나의 귓속을 지켜 길이 사라지지 않는 것
> 만세요 만세소리요
>
> 단 한번 정의의 나래를 펴기에
> 우리는 얼마나 많은 세월을 참아왔습니까

---

44) 김숙희 「노예언어와 지배언어──독일 제3제국의 언어」, 『오늘의 책』(1984년 가을호, 한길사), 218면.
45) 실제 작품은 일제강점기에 집필했지만 그 발표는 미뤄둔 채였다가 '해방' 직전에 작고함으로써 그 작품적 전모는 그 뒤에야 알려지기에 이른 윤동주의 경우와 이는 극히 흥미로운 대조를 이룬다.

이제 오랜 치욕의 사슬은 끊어지고
잠들었던 우리의 바다가 등을 일으켜
동양의 창문에 참다운 새벽이 동트는 것이요
승리요
적을 향해 다만 앞을 향해
아세아의 아들들이 뭉쳐서 나아가는 곳
승리의 길이 있을 뿐이요
　　　　　　　　　—「눈 내리는 거리에서」 부분[46]

　작품발표를 거절함으로써 시인으로서의 사회적 책무를 아예 포기하는 대신 이른바 '검열의 사회학'적 측면을 교묘히 역용하여, 조금이라도 세심한 비평적 독자라면 금방 알아차릴 수 있는 그 본래의 시적 의미를 지식인 부류의 독자층에게 은밀하게 전달하는 일종의 수용미학적인 독자사회학의 방법이 이 시에서도 원용되고 있다. "동양의 창문에 참다운 새벽이 동트는 것" "아세아의 아들들이 뭉쳐서 나아가는 곳" 등의 구절을 통해 우리가 쉽사리 유추할 수 있는 것은 일제의 대동아주의를 명백하게 뒷받침하는 문학적 임전보국 즉 전형적인 '황민(皇民)문학'의 모습이지만, 이 시의 진정한 주제는 이러한 표면적 의미를 전적으로 배반하는 곳에 놓인다. 고통스런 현재를 딛고 일어서 아름다운 미래적 비전을 실현하고자 하는 시적 자아에게 궁극의 목표로 되는 것은 "오랜 치욕의 사슬"로부터의 온전한 해방이며, 그를 위해 부단한 자기희생적 삶을 스스로 격렬히 고무하는 것, 이것이 이 시의 진짜 주제인 것이다. 식민지 지식인에 대한 철저한 사상통제가 극에 달했던 당대 상황으로

---

46) 『조광』(1942. 3).

미루어볼 때, 이처럼 협소하고 궁색한 문학적 응전으로나마 현실적 질곡을 돌파하고자 한 이용악의 시적 노력은 그 나름의 중요한 뜻을 지니는 것이라 할 수 있다. 이는 앞서 언급한 나찌하 '노예언어'가 "궁극적으로 보수시민층 문학의 범주에 드는 대내(對內) 망명문학"[47]의 본질적 한계에도 불구하고 그 역사적 중요성은 결코 감소될 수 없다는 논리와 동일한 맥락에서 이해될 성질의 것이기도 하다.[48]

5

용악 시의 탁월함은 모더니즘에의 유혹이 축소·완화되고 그 대신 구체적인 자기 삶에 굳건히 토대한 '이야기시'를 지향할 때 잘 드러난다. 우리 근대시사에서 강력한 서사지향성의 이 이야기시의 출현이 지니는 의미는 대단히 심중한 것인데, 이용악의 경우 우리가 특히 주목할 것은, 그의 시가 1929년 무렵 문단의 핵심적 쟁점으로 떠올랐던 '단편서사시'의 뚜렷한 작품적 결실로 평가되었다는 사실이다.[49]

---

47) 김숙희, 앞의 글 218면.

48) 이용악의 이 작품은, 일제가 획책한 '남방공영권(南方共榮圈)'의 조속한 정책적 실현을 문학적으로 접수한 것에 다름아닌 소위 '남방시'의 광적인 주창자였던 주영섭(朱永涉)의 시들과 사이좋게 그 지면을 함께한 데서 의심할 나위 없는 '황민시'로 규정되었다. 그러나 이러한 평가가 명백한 오류라는 것은 다음 글에서도 잘 입증된다. "남방으로 가면 나도 돌이랑 모아놓고 절하는 사람이 되는 것일까. 철철이 새로운 내 고장이 비길 데 없이 좋긴 하지만 한번은 지나고 싶은 섬들이다. 한번은 살고 싶은 섬들이다. 그러나 내사 남방엘 가지 않으련다. 평화로운 때가 와 혹이사 꿈의 나라를 다녀오는 친구들이 있으면 고운 조개껍질이랑 갖다 달래서 꿈을 담아놓고 한평생 내 고장에서 즐거운 백성이 되고저"(「지도를 펴놓고」, 『대동아』 1942. 3).

49) 이해문 「중견시인론」, 『시인춘추』(1938. 1).

임화의 「우리 오빠와 화로」(『조선지광』 1929. 2)를 논하면서 김기진(金基鎭)이 명명[50]한 이 '단편서사시'는 비교적 선명한 서사적 골격을 지닌 일종의 이야기시라 할 수 있겠는데, 악화일로만을 치닫던 당대의 객관적 정세에 비추어본다면 그것은 절실한 시대적 요청의 결과임에 분명하다. 단순하기 짝이 없는 기성 서정시로써는 미처 급변해가는 서사적 현실의 복잡성을 일정하게 반영하는 것이 아무래도 역부족이라는 양식적 자각, 여러 개의 지배적인 이미지들이 파편적인 형태로 널려 있게 마련인 기성 서정시가 그러한 분산적 이미지들을 통합적으로 바라보는 재구성력이 미급한 일반 독자들로부터 대중성을 확보하는 데는 상당한 난점이 뒤따른다는 인식 등이 복합적으로 작용, 그 결과물로 나타난 것이 바로 이른바 단편서사시이다. 어떠한 형태의 정치운동도 합법적 차원에서는 전적으로 불가능했던 시대에, 바로 그러한 정치운동의 대체이념적 성격을 강력히 표방하면서 문학이라는 간접회로를 통한 정치적 운동을 목표했던 프로문학이 그 목적의식을 한층 명백히한 시기, 즉 적극적인 문호개방과 조직확대를 통해 프로문학의 반제국주의적인 정치적 지향을 가일층 공고히한 카프의 제1차 방향전환(1927) 이후, 당대 현실을 심도있게 수렴하고자 문학 내부에서 활발히 모색된 시적 양식의 구체에 해당하는 이 '단편서사시' 유는, 어느 의미로 "프로예술의 참된 방향성의 모색이면서 대중화론을 겸할 수 있는 가능성을 보여주었다는 점"[51]에서 문학사적으로 매우 중요한 의미를 지니는 것인데, 양식적 측면에서 그것은 서정시와 소설의 중간적 성격에 드는 "이야기를 가진 장시"[52] 지향의 서술시라 할 수 있다.

---

50) 김기진 「단편서사시의 길로──우리의 시의 문제에 대하여」, 『조선문예』 (1929. 5).

51) 김윤식 『한국 근대문학사상사』(한길사 1984), 174면.

52) 김윤식 「한국문학에 있어서의 마르크스주의의 충격──프로문학에 관하여」, 『동아연구』 제7집(서강대학교 동아연구소 1986), 151면.

김기진의 지나친 찬사에도 불구하고, 임화의 일련의 단편서사시는
그 자신도 분명히 시인한 것처럼 시적 대상에 대한 값싼 감상주의를 현
저히 노출시킴으로써 문학이 마땅히 지향해야 할 '사실성'(임화가 자신
의 「우리 오빠와 화로」에 대해 자기비판하면서 쓴 용어)으로부터 크게
후퇴하는 구조적 취약성을 명백히 보여준다. 그러나 이러한 단처에도
불구하고 그의 시는 종래의 프로시처럼 "이념이나 사건을 세계관에 의
하여 설명한 개념시"를 부분적으로 극복, "프롤레타리아 서정시의 일
전형을 예시"[53]하는 새로운 지평을 열어주었으니, 그 양식적 후속 작업
은 안용만(安龍灣)[54]과 이용악 등에 의해 이루어졌던 것이다. 말하자면
임화가 시도한 이러한 시적 양식을 기폭제로 하여 그 시기 한국시의 진
정한 방향성 및 대중성 획득에 관한 논의가 활발하게 전개[55]되고, 1930
년대에는 그것이 하나의 중요한 시사적 경향성을 드러내게 된 것이다.

용악의 이야기시가 이러한 시사적 경향성에 정당하게 연결된 소산임
은 거의 분명한 듯하다. 그런데 여기서 조심스럽게나마 지적하고 넘어
갈 것은, 용악의 경우에 국한시켜 말한다면 그의 '시의 서사화 현상'이
한시(漢詩)적 전통에 깊이 연관되는 것이 아닐까 하는 점이다.[56]

---

53) 백철, 앞의 책 143면.

54) 이 점은 임화 자신이 「담천하(曇天下)의 시단 1년」(『신동아』 1935. 12)에서 선언적으로
　　분명히 밝힌 바이다. 서정과 서사의 예술적 통합에 남다른 시인적 자질을 보여주었던 안
　　용만의 시적 특성에 대해서는, 윤영천 『한국의 유민시(流民詩)』(실천문학사 1987), 163~
　　72면을 참조할 것.

55) 김기진의 「단편서사시의 길로――우리의 시의 문제에 대하여」 및 「프로시가의 대중화」
　　(『문예공론』 1929. 6), 그리고 박완식의 「프롤레타리아 시가의 대중화 문제 소고」(『동아
　　일보』 1930. 1. 7~10) 등은 그 대표적인 예가 될 것이다.

56) 월북 후 그가 김상훈과 함께 『풍요 선집』(1963)을 번역 · 발간한 것으로 보아 한문학에
　　대한 그의 소양은 꽤 높은 수준이었으리라 생각된다. 애당초 민중적 정서가 생생하게 반
　　영된 민간 악곡(樂曲)으로서의 풍요(風謠)는 뒷날 '긴 이야기 형식'의 변체(變體)인 악부
　　(樂府)로 발전하였다. 악부는 두보(杜甫)의 시에서도 잘 나타나듯 서사적 현실의 복잡성

시의 서사화 현상은 이를테면 다산(茶山)을 비롯한 조선후기 시인들의 여러 시편들에서도 쉽게 확인할 수 있는, 우리에게는 결코 낯설지 않은 오래 전부터의 건강한 문학적 관습에 속하는 것인데, 조선정부의 말기적 증상이 현저해짐에 따라 그 복잡다단한 체제내부적 모순을 적실하게 형상할 수 있는 시적 대응양식으로서 많은 시인들로부터 폭넓게 애호될 만큼 충분히 역사적인 의미를 지니는 것이었다. 이러한 시적 양식이 그 표현매체를 달리하면서, 1930년대 일제 식민통치 시대에 이용악에 의해 깊이 자각되고, 바로 그것이 당대 민족모순의 핵심이었던 국내외 유이민 현실의 비극성을 매우 심도있게 형상한 그의 이야기시로 그 모습을 드러낸 것이 아닌가 생각되는 것이다.

용악의 이야기시가 제공하는 가장 중요한 매력의 하나는, 식민지시대 한국인의 삶을 긴박하는 정치경제적 강제를 그의 구체적인 경험적 세부에 긴밀히 관련시켜 하나의 분명한 예술적 형상 또는 문학적 전형을 창출해 보이는 데서 찾아진다. 이용악의 경우 그것은 가장 확실한 경험적 기반이라 할 수 있는 공동체적 삶의 원형적 단위로서의 '가족이야기'로부터 한층 폭넓은 시적 공감대를 형성하고자 했다.

> 달빛 밟고 머나먼 길 오시리
> 두 손 합쳐 세 번 절하면 돌아오시리
> 어머닌 우시어
> 밤내 우시어
> 하아얀 박꽃 속에 이슬이 두어 방울
>
> —「달 있는 제사」 전문[57]

을 효과적으로 수용할 수 있는 훌륭한 시적 양식인바, 이용악이 이같은 한시 양식에 대해 구체적인 관심을 지니고 있었다는 것은 우리에게 여러모로 중요한 시사점을 제공해주는 것이라 아니할 수 없다.

일찍 아버지를 여읜 어린 아들의 시선에 잡힌 "달 있는 제사"의 휘휘하고도 애절한 정경이 극히 단순명료하게 형상된 이 시의 미덕은 슬픔의 감정을 엄격히 통제하는 리얼리즘적 정신의 높이에서 획득된 것이다. 지아비와 사별한 청상(靑孀)의 깊은 비애, 어린 자식들과의 곤궁한 집안살림에도 불구하고 생활의 때에 찌들지 않은 어머니의 순결한 모습 등을 "하아얀 박꽃 속에 이슬이 두어 방울"이라는 시적 이미지로 집약한 데서 그러한 시적 미덕이 여실하게 드러나고 있다. 단지 5행에 불과한 이 시가 높은 수준의 시적 공감을 성취할 수 있는 것도 따져보면 이 시인의 뛰어난 현실개괄력에 상응하는 시적 형상력, 즉 간결하면서도 견고한 시적 형태 때문에 가능한 것이다.

　　　　바람이 거센 밤이면
　　　　몇번이고 꺼지는 네모난 장명등을
　　　　궤짝 밟고 서서 몇번이고 새로 밝힐 때
　　　　누나는
　　　　별 많은 밤이 되려 무섭다고 했다

　　　　국숫집 찾아가는 다리 위에서
　　　　문득 그리워지는
　　　　누나도 나도 어려선 국숫집 아이

　　　　단오도 설도 아닌 풀버레 우는 가을철
　　　　단 하루

---

57) 『매일신보』(1941. 12. 3). 원제(原題)는 「달 있는 제사——北方詩抄 2」이다.

아버지의 제사날만 일을 쉬고
어른처럼 곡을 했다

—「다리 우에서」 전문[58]

　간고했던 어린시절의 삶을 아무런 감정적 수식 없이 노래하는 이 시
의 핵심적인 화제는 '이중적 결손'에 시달리는 오누이를 중심축으로 하
여 이루어지고 있다. 아버지의 요절에 따른 가정적 결손, 국숫집에서 힘
겹게 일하는 어머니를 밤늦게까지 기다리며 겪어야 하는 심리적 불안과
극심한 경제적 결손이 바로 그것이다. 제1연에서 그것은 어렵사리 불밝
힌, 처마 끝에 매달린 장명등(長明燈)을 계속 강타하는 거센 "바람"으로
암시되는가 하면, 마지막 연에서는 그러한 정황이 마치 풍요의 가을을
설워하는 듯한 "풀버레"의 애처로운 울음소리로 표상되기도 한다. 자칫
작품의 기본적 정조를 망그러뜨릴지도 모를 과도한 감정주의를, 다른
시적 매개물을 통하여 철저히 단속하고 있는 것이다. 이런 점은 다음 시
에서도 역력하다.

우리집도 아니고
일가집도 아닌 집
고향은 더욱 아닌 곳에서
아버지의 침상 없는 최후 최후의 밤은
풀버렛소리 가득차 있었다

露領을 다니면서까지
애써 자래운 아들과 딸에게

---

58) 『오랑캐꽃』(아문각 1947).

한마디 남겨두는 말도 없었고
아무을灣의 파선도
설룽한 니콜리스크의 밤도 완전히 잊으셨다
목침을 반듯이 벤 채

—「풀버렛소리 가득차 있었다」 부분[59]

1930년대 전반기 한국 시단에 폭넓게 형성되어 있었던 모더니즘 기류에 근접하고자 한 것일수록 거의 예외없는 작품적 실패를 보여준 이 시인은, 그러나 만주·시베리아 유이민의 '침울하고 패배적인 생활사'를 형상하는 데 있어서는 동시대의 어느 시인보다도 탁월한 역량을 발휘[60]하였다. 시인의 "심절(深切)한 육체를 거쳐 나오는 인간생활의 노래"[61]라는 점에서 사뭇 긍정적인 평가를 받은 바 있는 이 작품에서도 그러한 역량은 잘 드러난다.

죽어서 드러누울 알량한 땅뙈기조차 없는 "침상 없는 최후"를 "우리 집도 아니고/일가집도 아닌 집/고향은 더욱 아닌" 남의 나라 땅 아라사(俄羅斯)에서 마치고 간 아버지의 주검이 놀랍도록 싸늘한 객체로서 형상되어 있다. 그 아들이자 시적 화자인 '나'의 아버지에 대한 시선은 무서우리만큼 차갑고 엄격하다. 이러한 사실전달적 어조와 냉정한 시선을 통해 그 시기 시베리아 유이민 현실의 참담한 실상을 예리하게 형상한 것이다. 더욱이 그것은 "아버지의 침상 없는 최후 최후의 밤은/풀버렛소리 가득차 있었다"라는 구절에서 폭발적으로 드러나는 서정성에 매개되어 한층 명료한 이미지를 획득하고 있다. 바로 이런 점이 이른바

---

59) 『분수령』(동경: 삼문사 1937).
60) 최재서, 앞의 글 196~204면 참조.
61) 한식 「이용악 시집 『분수령』을 읽고」, 『조선일보』(1937. 6. 26).

"이민문학을 쓴다는 작가가 자칫하면 빠지기 쉬운 과장과 감상"[62]을 시원스럽게 떨쳐버린 대표적 사례라 할 수 있다.[63]

> 양털모자 눌러쓰고 돌아오신 게 마지막 길
> 검은 기선은 다시 실어주지 않았다
> 외할머니 큰아버지랑 계신 아라사를 못 잊어
> 술을 기울이면 노 외로운 아버지였다
>
> 거세인 파도 물머리바다 물머리 뒤에
> 아라사도 아버지도 보일 듯이 숨어 나를 부른다
> 울구퍼도 우지 못한 여러 해를 갈매기야
> 이 바다에 자유롭자
>
> ―「푸른 한나절」 부분[64]

제 나라 제 땅은 남(일제)에게 빼앗긴 채 남의 나라 땅에 얹혀 욕된 삶을 잔명해가는 식민지 백성의 간난이, 갈가리 찢기듯 나라를 달리하면서까지 뿔뿔이 흩어져 살아가는 한 가족의 비극을 통해 압축적으로 제시되어 있다. 한때 단란했던 가족공동체에 파멸적인 균열을 가하고 그 구성원들에게 한결같은 운명적 고난을 들씌운 자들 때문에 누를 길 없는 울분 속에서 일찍 죽어간 아버지와, 아버지를 속박했던 삶의 부자유와 고통스런 굴레에서 아직도 해방되지 못한 아들, 그리고 여전히

---

62) 최재서, 앞의 글 203면.
63) 이러한 문제의식의 연장선상에서, 한국 근현대시사에서 만주·시베리아 유이민 문제를 주요한 시적 소재로 취급한 바 있는 김동환·서정주·노천명 등의 작품에 대한 심중한 논의가 절실히 요청된다.
64) 『여성』(1940. 8).

'아라사'에 묶여 있는 "외할머니 큰아버지" 등의 유랑적 삶의 이미지들은 그러한 비극적 형상을 이룩하는 데 각기 균분적인 시적 기능을 수행한다. 그리고 이 가족사적 비극을 한층 객관적인 것으로 강화시키는 매개물이 '갈매기'이다.

용악 시에 자주 보이는 '가족이야기'는 그의 치열한 현실인식의 중핵적 요인을 이루면서, 그들 가족과 똑같은 처지에 있는 이웃에로의 수평적 확대를 적극 꾀하는 시적 구심점과 같은 것이다.

재를 넘어 무곡을 다니던 당나귀
항구로 가는 콩실이에 늙은 둥글소
모두가 없어진 지 오랜
외양간엔 아직 초라한 내음새 그윽하다만
털보네 간 곳은 아모도 모른다

찻길이 놔이기 전
노루 멧돼지 쪽제비 이런 것들이
앞뒤 산을 마음놓고 뛰어다니던 시절
털보의 세째아들은
나의 싸리말 동무는
이 집 안방 짓두광주리 옆에서
첫울음을 울었다고 한다

"털보네는 또 아들을 봤다우
송아지래두 붙었으면 팔아나 먹지"
마을 아낙네들은 무심코
차그운 이야기를 가을 냇물에 실어보냈다는

그날 밤
저릎등이 시름시름 타들어가고
소주에 취한 털보의 눈도 일층 붉더란다

그가 아홉살 되던 해
사냥개 꿩을 쫓아다니는 겨울
이 집에 살던 일곱 식솔이
어데론지 사라지고 이튿날 아침
북쪽을 향한 발자옥만 눈 우에 떨고 있었다

더러는 오랑캐령 쪽으로 갔으리라고
더러는 아라사로 갔으리라고
이웃 늙은이들은
모두 무서운 곳을 짚었다

—「낡은 집」 부분[65]

튼튼한 서사적 골격 위에 식민지시대 조선농민의 몰락상, 더 나아가 전 조선인의 파멸적인 삶의 실상이, 이제는 더이상 퇴락할 여지조차 없는 까닭에 "마을서 흉집이라고 꺼리는 낡은 집"(같은 시 제1연)의 파행적인 '근대화'의 허구, 그 과정에서 가혹하게 행해진 양민수탈상의 상징적 묘파, 시베리아·만주 등지로 기약없는 유랑의 길을 떠나는 조선세궁민의 참상 등이 균형있게 노래된 이 시는 식민지시대 조선민중의 가장 핵심적인 과제로 떠올랐던 국내 유랑민과 국외 유이민 문제와 직결시켜볼 때 그 시적 의미는 단연 빛나는 것이다. 그 누구도 어찌지 못할

---

65) 『낡은 집』(동경: 삼문사 1938).

만큼 마치 '저 혼자 힘차게 내닫는 굴렁쇠' 형상의 악순환에 다름아니었던 이들 유이민의 비극을 그 어떤 작품보다도 생생하게 묘파했기 때문이다.

일제 식민지수탈의 가장 명징한 공간적 지표인 "항구"를 쉴새없이 드나든 나머지 너무나 일찍 늙어버려 늠름하고 당당하기만 했던 옛날의 기품은 아예 찾아볼 수조차 없이 된 "둥글소"나, 약한 바람에도 금방 꺼질 듯한 "저릇등"과 마찬가지로, 이제는 어디에서도 그 건장했던 모습을 털끝만치도 찾아볼 수 없을 정도로 늙고 쇠잔한 '털보'의 보기 흉하게 일그러진 시적 이미지는 "흉집이라고 꺼리는 낡은 집"의 퇴락한 그것과 기묘하게 어우러지면서, 만주·시베리아 등지의 "무서운 곳"으로 떠나간 털보네 일가의 결코 심상치 않은 암담한 미래를 강하게 암시해준다.

여기서 특히 감동적인 것은, 아낙네들의 "차그운 이야기" 속에 잘 표현되었듯이 어느 의미로는 송아지 신세만도 못한 그 "세째아들"의 생동하는 형상이니, 언뜻 이 부분은 두보(杜甫)의 「병거행(兵車行)」이나 다산의 「애절양(哀絶陽)」의 한 대목을 쉽게 연상시킨다. 그런데 정작 이 시가 지니는 중요한 의미는 이보다 훨씬 심대한 것이니, 말할 것도 없이 그것은 '낡은 집'의 시적 내포가 크게 증폭될 수 있는 것이기 때문이다. 일곱 식솔의 털보네 일가가 겪는 불행은 한 가족 단위의 그것이 아니라 당대 민족모순으로 어김없이 확장되는 집단적 비극이다. 1930년대에 중국을 무대로 하여 뛰어난 항일혁명운동 역량을 보여주었으며, 만주·시베리아 유이민 문제에 대해 남다른 통찰을 지녔던 김산(金山)이 "쪽발이가 한 놈 들어오면 삼십 명의 한국인이 나라를 쫓겨났고"라고 술회[66]한 바 있는데, 이 시에서 드러나는 털보네 일가의 이향(離鄕)은 바

---

66) 님 웨일즈, 조우화 옮김 『아리랑』(동녘 1984), 78면.

로 그런 경우에 해당하는 것이다.

　아들이 나오는 올겨울엔 걸어서라두
　淸津으로 가리란다
　높은 벽돌 담 밑에 섰다가
　세 해나 못 본 아들을 찾아오리란다

　그 늙은인
　암소 따라 조이밭 저쪽에 사라지고
　어느 길손이 밥 지은 자친지
　끄슬은 돌 두어 개 시름겨웁다

　　　　　　　　　　　　　　　　　　　　―「강ㅅ가」 전문[67]

　일제의 강도적 토지약탈로 말미암은 조선농민의 광범한 궁민화 현상
이 한층 두드러지고, 또 그나마의 생존을 유지하기 위해 외압적 농촌이
탈을 완강하게 거부하는 움직임이 첨예하였던 1920~30년대 식민지 현
실에 상도할 때, 이 시에 등장하는 어느 이름없는 농민의 '아들'이야말
로 소작쟁의 등을 통한 대지주(對地主) 농민투쟁의 시적 주인공이라 할
수 있다. 그러나 유의할 것은 그 시적 주제의 정치적 성격에도 불구하고
그것을 드러내는 방식이 전혀 고압적이지 않다는 점이다. 작품의 주제
화에 적절히 기능하는 간접화법적 진술방식(제1연), 서정과 서사의 균형
적 통합(제2연) 등이 바로 그러한 예에 속한다. 비유적으로 말하자면 그
것은 무익한 싸움을 방법적으로 완충하면서 궁극적으로 적을 제압하는
전술적인 공격기제와도 같은 것이다. 우리의 상상을 절할 만큼 대규모

─────────────

67) 『시학』(1939. 10).

적으로 발생한 그 시기 국내외 유이민의 희망없는 삶의 모습을 "어느 길손이 밥 지은 자췬지/끄슬은 돌 두어 개 시름겨웁다"라고 군더더기 없이 형상한 데서 그런 면모가 여실하게 드러난다.

위의 시도 그 예외는 아니지만, 동시대의 가난한 이웃에 대한 이용악의 강한 민족적 연대의식은 단순한 고정적 시각이 아니라 줄곧 움직이면서 그 시적 대상을 다각적으로 조명하는 역동적인 이동시점을 통해 다양하게 표현된다. 시적 자아의 경험공간이 만주·일본 등지로 증폭되면서, 당대 유이민 현실의 문제적 단면들을 단순한 관찰자적 입장 또는 형상하고자 하는 시적 대상에 스스로를 합치시키는 일인칭 화자의 관점에서 명시적으로 보여주고 있는 것이다.

나는 죄인처럼 수그리고
나는 코끼리처럼 말이 없다
두만강 너 우리의 강아
너의 언덕을 달리는 찻간에
조고마한 자랑도 자유도 없이 앉았다

아무것두 바라볼 수 없다만
너의 가슴은 얼었으리라
그러나
나는 안다
다른 한 줄 너의 흐름이 쉬지 않고
바다로 가야 할 곳으로 흘러내리고 있음을

잠들지 말라 우리의 강아
오늘 밤도

너의 가슴을 밟는 뭇 슬픔이 목마르고
얼음길은 거츨다 길은 멀다
　　　　　　　　　—「두만강 너 우리의 강아」 부분[68]

"만주·간도 등지를 배경한 침통한 북방의 정조"를 날카롭게 각인[69]
하는 데 탁발한 시인적 역량을 보여주었으며, 한때는 만주유이민의 비
극적 삶을 장편서사시[70]로 엮어낼 계획을 지녔던 시인으로 얘기되기도
할 만큼, 이 시인이 지녔던 만주·시베리아 "유맹(流氓)에의 애수"는 깊
고도 큰 것[71]이었다.

　만주행 이민열차에 몸을 싣고 두만강 무쇠다리를 건너가는 "뭇 슬픔"
을 극히 냉정하게 노래하고 있는 이 시의 작중화자는 분명 깊은 산속에
서 화전을 일궈먹다가 그나마도 여의치 못해 만주행을 결행했음직한,
"북간도로 간다는 강원도치"(같은 시 제5연)의 외면할 수 없는 고통스런
현실과 정직하게 대면한다. 부자유한 상황, 티끌만큼도 자랑할 것 없는
"욕된 운명"(같은 시 제3연)적 조건 등에 절망하고 있는 이 작중화자에게
서 특히 두드러지는 것은 "죄인처럼 수그리고" 언제 끝날지도 모를 머
나먼 유형(流刑)의 길을 떠나는 불구적 형상이다. 말할 것도 없이 이는
역사와 현실에 대한 이 시인의 '정신의 부끄러움' 또는 '죄의식'의 시적
표현에 다름아니다. 우선 그것은 "북간도로 간다는 강원도치"로 표상된

---

68) 『낡은 집』(1938).

69) 백철, 앞의 책 356면.

70) 이에 해당하는 거의 유일한 작품으로 김억의 『먼동 틀 제』(백민문화사 1947)를 들 수
　　있을 것이다. 이 작품은 원래 1930년 『동아일보』에 20여 회 걸쳐 발표한 것으로 상당 부
　　분이 개작돼 단행본으로 간행되었다. 북조선문학예술동맹 기관지 『문학예술』 창간호(문
　　화전선사 1948. 8)에 의하면, 북한의 경우 이 방면의 것으로 한명천(韓鳴泉)의 『북간도』
　　가 있다. 이는 '북조선문학예술축전' 수상작품으로 알려진 장편서사시이다.

71) 최재서, 앞의 글 200면 및 이수형, 앞의 글 161면 참조.

당대 조선민중의 현실적 고통으로부터 일정하게 비켜서 있다는 뼈아픈 자각, 나약한 지식인으로서 어떤 의미에서건 그와의 완벽한 통합은 불가능하리라는 일종의 계급적 한계의식과 동류라 할 수 있다. 그러나 보다 엄중한 것은, 두만강의 "가슴을 밟는 뭇 슬픔"을 원천적으로 제거하지 못한다는 데 따른 회한어린 자기질책, 즉 역사의 '밤'을 종식시키지 못하는 것에 대한 심각한 자기반성적 사고이다. 그러므로 그의 죄의식은 거짓된 자기합리화로 떨어지지 않고, 자연스럽게 역사에 대한 건강한 낙관주의와 결합한다. 고통스런 현재만을 보지 않고 오히려 그 발전적 연장으로서의 미래에 대해 확고한 전망을 지녀야 한다는 것, 이것이야말로 '두만강'과의 내밀한 대화형식을 빌려 이 시가 드러내고자 한 진정한 시적 주제이다. 각 시행의 특이한 배열이 잘 보여주는 바이지만, 형태상의 점층적 확장구조를 통해 역사의 흐름이 마땅히 "가야 할 곳으로" 전진할 것임을 짙게 암시하고 있음도 간과할 수 없다. 여기서 두만강은 정신의 명징한 각성을 촉구하고 중대한 역사적 결단을 견인하는 시적 상관물로 된다.

그러나 용악 시에 있어 두만강은 다른 한편으론 일제에 내몰린 조선민중의 깊은 한과 설움의 문학적 징표이기도 하다.

> 국제철교를 넘나드는 武裝列車가
> 너의 흐름을 타고 하늘을 깰 듯 고동이 높을 때
> 언덕에 자리잡은 砲臺가 호령을 내려
> 너의 흐름에 선지피를 흘릴 때
> 너는 초조에
> 너는 공포에
> 너는 부질없는 전율밖에
> 가져본 다른 동작이 없고

너의 꿈은 꿈을 이어 흐른다

너를 건너
키 넘는 풀속을 들쥐처럼 기어
색다른 국경을 넘고저 숨어다니는 무리
맥풀린 백성의 사투리의 鄕閭를 아는가
더욱 돌아오는 실망을
墓標를 걸머진 듯한 이 실망을 아느냐

—「천치(天痴)의 강(江)아」 부분[72]

　여기서 '강물'은 이중적인 이미지로 나타난다. 제국주의 열강의 고압
적인 힘에 짓눌린 채 숨죽여 지내는 식민지 백성의 시적 표상이 그 하나
인데, 그것은 "무장열차"와 "언덕에 자리잡은 포대"에 압도되어 공포에
떨며 "선지피"를 흘리는 형상으로 처리되어 있다. 이에 관련하여 특히
우리의 눈길을 끄는 것은, 생명의 젖줄에 다름아닌 그 '강물'의 주인공
으로서의 조선민중은 온데간데없고 격렬한 이전투구의 국면을 방불케
하는 제국주의 열강 사이의 혈전장으로 변한 "국제철교"의 약탈적인 이
미지만이 유별나게 도드라진다는 사실이다. '강물'의 보다 엄중한 또다
른 시적 의미는, 그와 그 주인인 '백성'들의 삶에 차꼬를 채우는 외압에
투쟁적으로 맞서기보다는 오히려 그에 쉽게 순치되고 굴종하는 저열한
노예근성인바, 이는 "너는 부질없는 전율밖에/가져본 다른 동작이 없고/
너의 꿈은 꿈을 이어 흐른다"라는 구절에 명료하게 집약되고 있다. 이
를 통해 이 시인이 극력 경계하고자 한 것은 역사에의 무관심 또는 극단
의 개인주의라 할 수 있다. 멀쩡한 제 땅을 두고도 들쥐처럼 몰래 숨어

---

72) 『분수령』(1937).

다녀야 하는 당대의 무수한 국외 유이민들의 서글픈 운명, 마치 죽음의 묘표(墓標)를 앞세우고 돌아오는 듯한 만주·시베리아 '귀향유이민'의 낙담어린 모습 등에는 아랑곳없이 "냉정한 듯 차게 흐르는"(같은 시 제1연) 강물을 간단히 '천치'로 규정하는 데서 이 점은 잘 드러난다.

이용악의 탁월함은 일제에 내쫓겨 나라 밖을 떠돌다가 다시 귀환할 때마다 운명적으로 지나쳐야 하는 마지막 관문이었던, 그 시기 만주·시베리아 유이민들에게는 실로 저 유태인들의 '애통의 벽'(The Wailing Wall)에 충분히 비견될 만한 두만강이나 압록강을 단순한 '애통의 강'으로만 인식하지 않았다는 데서 찾아진다.

그렇다면 용악 시에 형상된 만주유이민의 생활사는 어떤 것인가. 우선 주목되는 것은, 궤멸적인 농민분해에 따른 경제적 파탄 때문에 '이민열차'에 짐짝처럼 실려 만주 등지로 팔려간 조선여인들의 비극적인 삶의 시적 반영이다.

감았던 두 눈을 떠
입술로 가져가는 유리잔
그 푸른 잔에 술이 들었음을 기억하는가
부풀어오를 손등을 어찌려나
윤깔나는 머리칼에
어릿거리는 애수

胡人의 말몰이 고함
높낮어 지나는 말몰이 고함──
뼈자린 채쭉 소리
젖가슴 감어 치는가
너의 노래가 어부의 자장가처럼 애조롭다

너는 어느 凶作村이 보낸 어린 희생자냐

—「제비 같은 *少女*야」 부분[73]

뼈빠지게 일해도 줄곧 적빈을 모면할 길 없는 어느 소작농의 참담한
실상이 마치 입도선매(立稻先賣)되듯 어리디어린 나이로 남의 땅에 팔
려와 술집작부로 잔명해가는 그 딸의 기구한 삶을 통해 선명하게 부각
되고 있다. "부질없이 감정을 과장하거나 떠들어대지도 않고 오로지 그
리려는 대상 위에 모든 생활감을 부조(浮彫)"[74]하고 있는 것이다. 그러
므로 이 시는 단순한 "어린 희생자"의 노래에 머물지 않고 하나의 시적
전형을 창출하는 데까지 나아간다. 그녀의 젖가슴을 휘감는 "뼈자린 채
쭉"이야말로 그 시기 만주유이민들에게 가해진 중국인 지주로부터의
가혹한 수탈, 마적의 폐해, 중국 관헌의 무서운 압박, 게다가 일본 관동
군의 괴뢰정권인 만주국(1932)의 완전무결한 정책적 비호 아래 만주유
이민을 조직적으로 유린했던 일본인 지주 및 '무장이민'의 횡포 등을
총합적으로 표상한 것이라 할 수 있겠기 때문이다.
    일제하 조선농민 현실에 한층 굳건히 토대하면서 그 구조적 모순의
연장에 불과한 만주유이민 현실에 주목한 이용악의 다음 작품도 '팔려
간 여인'을 그 시적 소재로 다루고 있다.

알룩조개에 입맞추며 자랐나
눈이 바다처럼 푸를뿐더러 까무스레한 네 얼골
가시내야
나는 발을 얼구며

---

73) 『분수령』(1937).
74) 최재서, 앞의 글 198면.

무쇠다리를 건너온 함경도 사내

온갖 방자의 말을 품고 왔다
눈포래를 뚫고 왔다
가시내야
너의 가슴 그늘진 숲속을 기어간 오솔길을 나는 헤매이자
술을 부어 남실남실 술을 따르어
가난한 이야기에 고히 잠거다오

네 두만강을 건너왔다는 석 달 전이면
단풍이 물들어 천리 천리 또 천리 산마다 불탔을 겐데
그래두 외로워서 슬퍼서 초마폭으로 얼굴을 가렸더냐
두 낮 두 밤을 두리미처럼 울어 울어
불술기 구름 속을 달리는 양 유리창이 흐리더냐

—「전라도 가시내」 부분[75]

　모든 일의 형세가 흉흉하기만 한 까닭에 "두터운 벽도 이웃도 못미더운 북간도"(같은 시 제2연)의 어느 허름한 술막에서, 매서운 추위에 발을 얼리며 두만강 "무쇠다리를 건너온 함경도 사내"와, 석 달 전 그 두만강을 먼저 건너와 이제는 이름없는 술집작부로 전락한 "전라도 가시내"가 엮어내는 서사적 짜임은 무엇보다도, 그 시기 만주유이민 문제가 가장 절실한 핵심적 현안이었다는 점에서 우리에게는 참으로 친숙한 것이다. "천리 천리 또 천리", 삼천리 강토에 뿌리박고 살아가는 일제하 조선민중에게 있어서는 이들 둘 사이에 개재되어 있는 지극히 사소한 일들까

---

75) 『시학』(1939. 8).

지도 곧장 자기 자신의 그것으로 되는, 어느 것 하나라도 결코 간단히 지나칠 수 없는 역사적 중대성을 지닌 것으로 되기 때문이다.

서정 주체 '나'에게 있어 전라도 가시내는 잠시 마주쳤다 쉽사리 헤어질 남과 같은 존재가 아니다. 그는 이 시적 대상에 강하게 연대되어 있다. 그들의 삶은 분리된 개체로서 따로 떨어져 있지 아니하고 튼튼한 공동운명체로서 강하게 결속되어 있다. 저 천형(天刑)의 땅처럼 오랜 역사의 기간 동안 혹독한 지방차별주의와 정치적 무관심 속에 방치돼왔던 조선 최북단 함경도의 한 사내와, 제가 거둔 알곡은 정작 손도 못 댄 채 삼천리 강산이 단풍으로 아름답게 수놓아진 풍요의 가을을 뒤로 하고 낯선 북간도 술막까지 흘러든 조선 남단 전라도의 어느 이름없는 소작농의 딸 사이는 그만큼 견고한 통합을 성취하고 있는 것이다.

오직 가난으로 얼룩진 그녀의 지극히 불행한 개인사를 바로 자기 자신의 것으로 통렬하게 인식하는 이 시의 작중화자 '나'가 "너의 가슴 그늘진 숲속을 기어간 오솔길을 나는 헤매이자"라고 절규하는 것도 그렇기 때문에 조금도 허튼수작으로 여겨지지 않는다. 문법적 호응관계를 파기하는 청유형 어사를, 스스로 전진적인 삶을 굳게 결의하는 데 동원한 것도 이와 관련시킬 때 매우 유효적절한 시적 장치이다. 요컨대 여기서의 '나'와 '전라도 가시내'의 관계는 오누이와 같은 육친적인 것으로 형상되어 있다. 그녀와의 삶의 고리에 단단히 묶여진 그의 현실인식은 이미 고립분산성을 벗어나 있다. 이는 '전라도 가시내'에 매개됨으로써 그가 속해 사는 역사적 상황에 대한 보다 온전한 객관적 통찰을 통해 이를 수 있었던 작중화자의 다음과 같은 마지막 연의 시적 진술에서 명료하게 드러난다.

이윽고 얼음길이 밝으면
나는 눈포래 휘감아치는 벌판에 우줄우줄 나설 게다

노래도 없이 사라질 게다

　　자욱도 없이 사라질 게다

　　여기서의 '나'는 이미 감상적 치기를 온존한 관념주의자가 아니다. 전라도의 어느 적빈한 농민의 딸이 걸어온 "가슴 그늘진 숲속을 기어간 오솔길"을 철저히 답파함으로써 그는 자연스럽게 냉철한 현실주의자로 변모한 것이다. 이때의 현실주의자란 역사의 "불술기"(태양)의 필연적 도래에 대한 굳건한 믿음 속에서 고통스런 현재적 삶을 부단히 갱신함으로써 그 필연적 도래를 앞당겨 현실화하는 종말론자에 다름아닙니다. 자국도 없이 스스로를 무화시킴으로써 역설적으로 자신의 모습을 온전히 드러내는 종말론적 삶을 전취하기 위하여, 격동하는 역사적 현장의 한복판으로 결연히 내닫는 것이다. "이윽고 얼음길이 밝으면"이라는 구절이 명시하듯, 그가 처한 현재적 상황은 '역사의 밤'이다. 그러나 그 밤은, 비유적으로 말하자면 그를 한층 강고하게 단련하고 거듭나게 함으로써 그로 하여금 종말론적 삶으로 나아가게 하는 용광로와도 같은 것이다.

　　"만주에 있는 조선사람은 모든 국제적 소용돌이 속에서 스스로 자기를 굳세게 하며, 능히 자기의 길을 개척해나갈 힘을 길러야 할 것"[76]이라는, 만주유이민의 당면 현실은 싹 무시되고 원칙론에 입각한 상투적 표현으로 일관하는 관념론적 발언과, "재만동포는 마땅히 모든 정권에 초월하여 오직 경제적·문화적으로 뿌리를 깊이 박도록 노력할 것"을 특히 강조[77]하는 저열한 비정치주의가 난무했던 저간의 사정을 고려할 때, 용악이 이룩한 시적 성취는 매우 값진 것이 아닐 수 없다. 그 요체는

---

76) 주요한 「만주문제 종횡담」, 『동광』(1931. 9).

77) 이광수 「재만동포에게 급고(急告)」, 『동광』(1931. 11).

한마디로 '건강한 현실성'이라 이름할 수 있을 터인데, 물론 그것은 용악의 명확한 현실개괄력 또는 이를 가능하게 하는 치열한 현실인식에 깊이 토대한 것이다.

> 잠잠히 흘러내리는
> 개울을 따라
> 마음 섧도록 추잡한 거리로 가리
> 날이 갈수록 새로이 닫히는
> 무거운 문을 밀어제치고
>
> 욕된 나날이 정녕 숨가뻔
> 곱새는 등곱새는
> 엎디어 이마를 적실 샘물도 없이
>
> ─「해가 솟으면」 부분78)

여기에 형상된 시적 자아의 모습은 생장이 완전히 정지된 채 욕된 나날을 살아가는, 보기 흉한 곱사등이의 그것79)이다. 그의 삶은 이중적인 의미에서 구부러지고 파탄당한 삶이다. 그의 삶의 조건은 "엎디어 이마를 적실 샘물"조차 허용되지 않을 만큼 극히 왜소하게 압착되어 있으며, 따라서 그 삶은 "날이 갈수록 새로이 닫히는/무거운 문"에서 강하게 암시되듯 외적 강제에 의한 고통의 연속이며 그 가속적 심화에 다름아니다. 이 "새로이 닫히는 무거운 문" 안쪽에 묶여 있는 한, 그의 정신 또

---

78) 『인문평론』(1940. 11).
79) 이는 얼핏 『시경』「낭발(狼跋)」장에 나오는, 앞으로 내닫자니 턱밑에 늘어진 군살덩이가 밟히고, 뒤로 물러서자니 긴 꼬리가 밟혀 옴쭉달싹 못하는 늙은 승냥이의 처지를 연상시킨다.

한 격심한 구부러짐과 자기파탄을 모면할 길이 없다. 이 점에서 그의 정신과 삶을 옥죄는 압박의 사슬을 끊고 진정으로 아름다운 "추잡한 거리"로 나아가고자 하는 그의 결의는 의미심장하다. "멀어진 모오든 사람들의 이름을 부르며/호올로 거리로 가리"(같은 시 제3연)라는 그의 선언적 결의는, 스스로에 폐쇄된 정체적 삶을 격파하고 '필연적 도래'를 선취하는 종말론적 삶의 자리로 나아감을 뜻하는 것이기 때문이다. 인간과 세계에 대한 낙관적 전망에서만 가능한 이러한 종말론적 관점은 용악 시에서, 인간의 '죽음'은 누구나 "한번은 만나야 할 황홀한 꿈"[80]이라는 아름다운 시적 표현을 낳고 있다. 이 시인에게 있어 그것이 강력한 창조적 긴장으로 작용하고 있음을 알게 된다.

6

용악 시에는 '고향 상실감'에 관련된 결코 단순치 않은 시적 정서가 두드러져 보이는데, 중요한 것은 그것이 이 시인의 현실인식을 일정하게 강화·충격하고 있다는 점이다. 따라서 그의 고향은 단순한 향수대상이 아니라 그가 처한 현실적 상황을 총체적으로 가늠하게 하는 예민한 시적 감응체로 기능한다.

北쪽은 고향
그 북쪽은 女人이 팔려간 나라
머언 山脈에 바람이 얼어붙을 때
다시 풀릴 때

---

80)「죽음」부분,『매일신보』(1942. 4. 3).

시름 많은 북쪽 하늘에
마음은 눈감을 줄 모르다

—「北쪽」 전문[81]

여기서 고향은 독특한 시적 정조 또는 단순한 회고적 감정을 드러내기 위한 배경물이 아니라, 고통받는 삶과 역사의 시적 등가물로 치환되어 있다. "북쪽은 여인이 팔려간 나라" "시름 많은 북쪽" 등의 구절에서 이 점은 적절히 암시되고 있는데, 그 주된 이미지가 다분히 한시적 모티프에 깊이 연관된 듯한 양상을 보여주고 있어 주목된다. 마지막 두 행에 잘 표상되어 있듯이, 시적 자아의 의식은 '북쪽 고향'을 향해 늘 명징하게 깨어 있는 형상을 취하고 있는바, 이는 남의 나라 땅에서 노예적 삶을 강요당하면서도 고향땅으로부터의 '북쪽 바람'에 즉각 예민하게 반응하는 호마(胡馬)의 이미지[82]에 아주 근사한 것이다. "여인이 팔려간 나라"로 그 시적 내포의 비극적 확장을 이루고 있는 고향 이미지 또한 결코 예사로운 것은 아닌 것처럼 보인다. 무엇보다도 그것은, 정치적 볼모로서 오랑캐땅에 끌려가 구차한 첩살이로 잔명하면서도 통한의 "춘래불사춘(春來不似春)"을 읊조려야 했던 저 왕소군(王昭君)의 애절한 형상[83]에 그대로 통하는 것이기 때문이다. 양자를 구분짓는 차이점이

---

81) 『분수령』(1937).
82) 고향을 그리워하는 마음이 통절하게 반영된 고시(古詩)의 다음 구절과 이는 일정하게 연관된다. "호나라 말은 북쪽 바람에 소스라치고, 월나라 새는 남쪽 가지에 둥지를 트네" (胡馬依北風, 越鳥巢南枝).
83) 당나라 시인 동방규(東方虯)의 「왕소군의 원망(昭君怨)」 중 제4~5연에서 특히 그녀의 깊은 애국적 충정이 통렬한 서정적 표현을 얻고 있는데, 이 시의 기본적 정조는 이와 긴밀한 연관을 지닌 것처럼 보인다. 그리고 이 작품을 바르게 이해함에 있어 특히 중요한 것은 고구려·발해 시대에는 만주지역이 우리의 옛땅이었다는 것, 그리고 그곳은 일제하 조선 이농민의 딸들이 수다히 '팔려간 나라'이기도 했다는 점을 분명히 기억하는 일이다.

있다면, 여기서는 그녀의 슬픔이 다른 시적 자아에 의해 극히 간결하고
도 투명하게 객체화되어 노래되고 있다는 점이다.

　서정주에 의해 "망국민의 절망과 비애를 잘도 표현했다"는 절찬을 받
은[84] 바 있는 「오랑캐꽃」 역시 용악의 건강한 고향의식이 발전적으로
확장된 하나의 구체적 사례에 속한다.

　　아낙도 우두머리도 돌볼 새 없이 갔단다
　　도래샘도 떳집도 버리고 강건너로 쫓겨갔단다
　　고려 장군님 무지 무지 쳐들어와
　　오랑캐는 가랑잎처럼 굴러갔단다

　　구름이 모여 골짝 골짝 구름이 흘러
　　백년이 몇백년이 뒤를 이어 흘러갔나

　　너는 오랑캐의 피 한 방울 받지 않았건만
　　오랑캐꽃
　　너는 돌가마도 털메투리도 모르는 오랑캐꽃
　　두 팔로 햇빛을 막아줄게
　　울어보렴 목놓아 울어나 보렴 오랑캐꽃

　　　　　　　　　　　　　　　　　　　—「오랑캐꽃」 전문[85]

　작품 서두에 '오랑캐꽃'의 명칭에 관한 역사적 유래담을 간략히 소개

---

84) 서정주 「광복 직후의 문단」, 『조선일보』(1985. 8. 25) 참조.
85) 『인문평론』(1939. 10).

하고 있는 이 시는 우리에게 특이한 독법을 요구한다. 역사의 오랜 기간 동안 주변 강대국들로부터의 끊임없는 정치적 압박에 시달려야 했던, 항상 미개한 야만인으로 극심한 멸시와 천대만을 받아온 힘없고 가난한 백성의 형상이 제1연의 '오랑캐'이다. "고려 장군님 무지 무지 쳐들어와"라는 구절에는 그러한 정치적 피압박의 의미가 잘 반영되어 있는데, 유의할 것은 '오랑캐'와 '고려 장군님'의 시적 의미가 민족적 대립관계를 형성하는 것이 아니라는 사실이다. 여기서의 '오랑캐'는 역사의 변방민을 표상하는 시적 징표로서 '고려 장군님'과의 교묘한 의미의 전위(轉位)를 이룬 끝에 그 자리바꿈한 시적 의미를 고스란히 '오랑캐꽃'에 이월하고 있다. 이러한 시적 장치는 우리 민족문화에 대한 원천적 말살이 일제에 의해 조직적이고도 광범하게 자행되었던 당대 정치상황에 대한 이 시인의 방법적 저항의 산물이라 할 수 있다.

이렇게 볼 때, 제2연의 '오랑캐꽃'이 함축하는 시적 의미는 매우 심중하다. "돌가마도 털메투리도 모르는 오랑캐꽃"의 연약한 형상이야말로 일제 식민통치 아래 신음하는 그 시기 조선민중의 객관적 상관물에 다름아니기 때문이다. 남몰래 어둠 속에서 혼자 목놓아 울어야 하는 오랑캐꽃의 가엾은 처지가 충분히 이런 생각을 가능하게 해준다.

고향의 확장적 또는 축소적 이미지라 할 수 있는 '북쪽' '오랑캐꽃' 등에 대한 시적 자아의 눈길이 깊은 연민으로 충만한 데서도 알 수 있듯, 이용악에게 있어 고향은 그로 하여금 항상 정신의 각성에 머물게 하는 시적 매개물의 의미를 지닌다.

몇천년 지난 뒤 깨어났음이뇨
나의 밑 다시 나의 밑 잠자는 혼을 밟고
새로이 어깨를 일으키는 것
나요

불길이요

―「벌판을 가는 것」부분86)

　여기서 고향 이미지는 사회적 삶으로부터 스스로를 절연시키는 내향
적 인간을 지양하고 진정한 공동체적 삶이 실현되는 '벌판'으로 자신을
온전히 개방하는 정신의 "불길"로 나타난다. 그것은 혼곤한 의식의 최
면상태를 격파하고, 심하게 왜곡되고 흐트러진 삶의 전열을 가다듬어
"새로이 어깨를 일으키는" 힘을 촉발하는 정신적 구심력의 원천과도 같
은 것이다.

　　손뼉 칩시다 정을 다하여
　　우리 손뼉 칩시다

　　노새나 나귀를 타고
　　방울소리며 갈꽃을 새소리며 달무리를
　　즐기려 가는 것은 아니올시다

　　누구나 한번은 자랑하고 싶은
　　모든 사람의 고향과
　　나의 길은 황홀한 꿈 속에 요요히 빛나는 것

―「노래 끝나면」부분87)

　이른바 대동아전쟁(1940)을 시발로 일제의 대외 침략전쟁이 전면 확

---

86) 『춘추』(1941. 5).
87) 『춘추』(1942. 2).

대되면서 조선인에 대한 파쇼적 탄압이 그 극점에 달했던 1940년대적 상황에서, 시인의 글쓰기란 한낱 고립된 개인적 삶으로의 자기위안적 후퇴 또는 비극적 자기확인 이상의 의미를 지니기 어려운 것이었다. 급기야 용악이 붓을 꺾고 마치 쫓겨가듯 고향으로 돌아가야 했던 바로 그 무렵에 씌어진[88] 이 시에서 '고향'은 또다시 시적 자아의 정신적 각성을 전투적으로 고취하는 매개적 구실을 떠맡고 있다. 그런데 주목할 것은, 누군가에 의해 갈가리 찢기고 고통받는 '고향'은 새롭게 전취되어야 한다는 당위적 확신과, 반드시 이룩될 승전의 기쁨을 앞질러 노래하는 시인의 전진적 의식에 힘입어 그 고향의식은 한층 고양된 전투성을 발하고 있다는 것이다.

시인으로 하여금 마침내 고향으로 돌아가게 한 것은 무엇인가.

> 우러러 받들 수 없는 하늘
> 검은 하늘이 쏟아져 내린다
> 왼몸을 굽이치는
> 병든 흐름도 캄캄히 저물어가는데
>
> 예서 아는 이를 만나면 숨어버리지
> 숨어서 휘정휘정 뒷길을 걸을라치면
> 지나간 모든 날들이 따라오리라
>
> ―「뒷길로 가자」 부분[89]

스스로를 에워싼 거대한 외적 구속에 속수무책인 식민지 지식인의

---

88) 김광현, 앞의 글.
89) 『조선일보』(1940. 6. 15).

암담한 내면풍경이 간명하게 제시되어 있는 이 시에서 특점을 이루는 정신적 태도는 쓰라린 자기질책과 견고히 맞물려 있는 엄격한 자기반성의 태도이다. 자신의 삶은 물론, "외치며 쓰러지는 수없이 많은 나의 얼굴"(같은 시 제3연)로 표상된 민중적 삶을 통틀어 긴박하는 외압적 강제에 올바르게 응전하지 못하는 데 대한 고통스런 자각과 격심한 갈등, 역사적 삶의 현장으로부터의 자기이탈과 그 의미있는 잔류 사이에 계속적인 방황 등의 이미지들이 그러한 태도를 잘 밑받침해준다. 여기서 우리는 이 시인이 처한 현실적 토대가 결코 소망스런 것이 아님을 확인하게 된다.

> 모두 어질게 사는 나라래서
> 슬픈 일 많으면 부끄러운 부끄러운 나라래서
> 휘정휘정 물러갈 곳 있어야겠구나
> 스사로의 냄새에 취해 꺼꾸러지려는
> 어둠속 괴이한 썩달나무엔
> 까마귀 까치떼 울지도 않고 날러든다
>
> 이제 험한 산빨이 등을 일으키리라
> 보리밭 사이 노랑꽃 노랑꽃 배추밭 사잇길로
> 사뿟이 오너라 나의 사람아
>
> ─「슬픈 일 많으면」 부분[90]

딱딱한 파열음('ㄲ')의 반복에 의해 강화되는 작중화자의 폐쇄적 현실은 "모두 어질게 사는 나라"라는 아름다운 외적 수사에도 불구하고 온

─────────────

90) 『문장』(1940. 11).

통 '슬픔'과 '부끄러움'으로 얼룩진 오욕의 나라에 다름아니다. 그것은 자기파멸의 탐닉을 음험하게 추동하는 강한 견인력으로서의 '죽음'의 세계와 전적으로 동질적이다. 그런데 중요한 것은, 이러한 암흑적 현실로부터 화자가 "휘정휘정 물러갈 곳"이 단순한 도피의 자리는 아니라는 사실이다. 제2연 첫행을 통해 유추되는 그것은, 극심한 착취와 억압으로 철저히 파탄된 삶을 스스로 곧추세우는 거듭남의 자리이다. 자력으로 힘차게 직립하는 시적 자아의 모습이 여기서는 잔뜩 구부러진 등을 일으켜세우는 험준한 산맥으로 형상되어 있음이 특히 인상적인데, 그럼에도 불구하고 그 모습은 여전히 수동주의자의 면모에 머무르는 한계를 지니고 있다.

용악에게 있어 그의 훼손되고 상처받은 삶을 새로운 힘으로 충전시키고 거듭나게 하는 자리 또한 재언할 필요 없이 '고향'이다.

> 내 곳곳을 헤매여 살 길 어두울 때
> 빗돌처럼 우두커니 거리에 섰을 때
> 고향아
> 너의 부름이 귀에 담기어짐을
> 막을 길이 없었다
>
> 나는 그리워서 모두 그리워
> 먼 길을 돌아왔다만
> 버들방천에도 가고 싶지 않고
> 물방앗간도 보고 싶지 않고
> 고향에 가슴에 가로누운 가시덤불
> 돌아온 마음에 싸늘한 바람이 분다
> ─「고향아 꽃은 피지 못했다」 부분[91]

신약성서의 '돌아온 탕자' 이야기와 흡사한 서사적 골격을 지녔음에도 불구하고, 비교적 긴 형식의 이 시 후반부는 본질적으로 성서적 모티프[92]를 벗어나는 차별적 양상을 드러낸다. 타관으로의 오랜 유랑 끝에 결행된 귀향은, 앞의 시 제2연에서 볼 수 있듯 운명적 고난의 종지부가 아니라 그 순환적 고리의 하나일 뿐임을 의미한다. 남의 수중에 완전히 장악된 황폐한 고향의 모습을 "가슴에 가로누운 가시덤불"로 형상한 데서 이 점은 명료하다.

1942년 귀향 이후 '해방'되기까지의 약 3년여에 걸친 이용악의 경성(鏡城)생활은 그로서는 실로 견디기 어려운 욕된 세월이었던 것 같다. 그는 이때의 심경을, "몇마디의 서양말과 글짓는 재주와/그러한 것은 자랑삼기에 욕되었도다"[93]라고 읊고 있다.

도시적 사고와 생활습속에 이미 깊숙이 침윤된, 식민지 지식인으로서의 그의 고향생활은 일종의 유배적 삶으로 이해될 성질의 것이다. 가령 그가 "멀어진 서울을 그리는 것은/도포 걸친 어느 조상이 귀양 와서/일삼는 버릇일까"(「두메산골 3」부분, 『오랑캐꽃』, 동지사 1949)라고 노래하면서 자기합리화에 가까운 회고적 귀족주의를 은밀하게 표명하는 데서 그런 면모는 단적으로 드러난다.

　　모든 벼슬 없이 이웃이래서
　　은쟁반 아닌

---

91) 『낡은 집』(1937).

92) 용악 시의 한 특점을 이루는 '종말론적 삶'의 관점과 여러 작품들에서 은밀하게 드러나는 성서적 모티프는 일본 유학시절 그가 재학했던 죠오찌(上智)대학이 가톨릭계 학교였음을 유념할 때 어렵잖게 이해될 수 있다.

93) 「시골사람의 노래」부분, 『해방기념시집』(중앙문화협회 1945).

아무렇게나 생긴 그릇이 되려
머루며 다래까지도 나눠 먹기에 정다운 것인데
서울 살다 온 사나인 그저 앞이 흐리어
멀리서 들려오는 파도소리와 함께
모올래 울고 싶은 등잔 밑 차마 흐리어

—「등잔 밑」 전문[94]

관념적 대응으로써는 결코 자기통어가 불가능할 만큼 강력한 '서울
지향주의'가 이 시 전편에 속속들이 배어 있다. "아무렇게나 생긴 그릇"
이 아니라 값진 "은쟁반"이기를 의식의 심층에서부터 충동하는 "파도소
리"야말로 이 시인의 강한 서울지향을 드러내는 물적 표상이다. 서울적
삶에 묶여 있는 그의 의식은 비록 상대적이긴 할지라도 현실투시력의
깊이를 상당 부분 스스로 마모시키는 결과를 초래하였다 하겠는데, 두
번씩이나 씌어진 "흐리어"의 시적 내포가 그러한 사정을 잘 뒷받침해준
다. 해방되자마자 즉각 서울행을 단행한 이용악의 처지가 여기서 웬만
큼은 수긍될 만하다. 그의 서울행은 그 자신도 민망하게 여겨질 정도로
"어쩌자고 자꾸만 그리워지는"[95] 통제 불능의 지난한 과제였던 것이다.

7

해방공간의 용악 시가 보여주는 주된 특성 중의 하나는 이른바 '귀향

---

94) 『매일신보』(1941. 12. 24). 원제는 「등잔 밑——北方詩抄 3」이다.
95) 「막차 갈 때마다」 부분, 『매일신보』(1941. 12. 1). 원제는 「막차 갈 때마다——北方詩抄
    1」이다.

유이민'의 비극적 현실을 예각적으로 형상한 데서 찾아진다. 이는 이미 일제강점기에 이루어진 국내외 유이민 문제에 대한 그의 정당한 시적 관심의 훌륭한 연장임에 틀림없지만, 극도로 혼미했던 해방정국 또는 당시의 분열적 문단상황과 관련시켜본다면 그 시기 "우리나라 인민들만이 지니고 있는 비범한 전형적인 분노와 원한을, 심각한 상경(狀景)을 생생하게 발랄하게 노래"[96]한 용악 시의 의미는 훨씬 배가될 만한 것이다.

'연합국'측의 승리에 따른 덤의 형식으로 일단 손쉽게 주어진 듯한 '해방'이었던 까닭에 더욱 그러했겠지만, 특히 국외 유이민에 대한 정치적 및 문학적 관심은 식민지시대에 비해 현저히 약화되었다. 그것이 중요한 민족적 관심사로 진지하게 논의되기에는 해방 직후사가 너무나 숨가쁘게 진행되었던 것이다. 전후 한국문제를 둘러싼 국제열강 사이의 복잡미묘한 정치경제적 이해관계의 첨예한 표출, 민족적 대동단결과는 사뭇 동뜬 방향으로 틀잡혀간 국내 좌우익 사이의 '민족 에네르기 소모전', 남북한에 각각 진주해온 미·소 정치세력들에 재빨리 편승한 정치 모리배의 군웅할거, 숨죽여 정세의 추이를 예의 관망한 끝에 새로이 발호하기 시작한 막강한 정치적 실세로서의 '친일 잔재세력'의 반민족적 작태 등으로 요약되는 이 시기의 어두운 상황하에서는, 어떤 의미에서 국외로부터의 '귀향유이민' 또는 전재민(戰災民) 문제 따위는 아예 논의의 쟁점으로 부각될 가치조차 없었을는지도 모른다. 이 점은, 예컨대 만주문제에 대한 다음과 같은 발언을 통해 살펴볼 때 아주 분명해진다.

> 만주는 과연 어디로 가는가? 우리의 영토의 일반(一半)이 38선이라는 불의의 경계로 적화(赤化)가 되어가고 있지 않으냐? "38선, 38

---

96) 이수형, 앞의 글 166면.

선" "남북통일, 남북통일" 이것만이 요사이 정치가들의 구호이요, 우리 겨레의 화제 같다. (…) 그러나 오늘의 사태는 38 이북과 만주는 이신동체(異身同體)의 형상이다.[97]

해방된 지 고작 3년밖에 안된 그 무렵에 벌써 싸늘한 이데올로기 문제로 너무 손쉽게 치환됨으로써 그 존재의미 자체가 무화되어버린 국외 유이민[98]의 암담한 정치적 운명이 이 글에 강력하게 예고되고 있음을 본다. 결코 원한 것이 아님에도 불구하고 그들은 이미 '남북통일' 논의에서 절단되었을 뿐 아니라 "적화가 되어가고 있"는 동족 아닌 '적(敵)'과 같은 존재로 곧장 규정되는 무서운 논리를 접하게 되는 것이다. 그 무렵 사정이 이러하였으므로, 해방 직후 재만동포를 비롯한 국외 유이민 문제는, 그들의 고통스러웠던 과거를 간단히 역사의 괄호 속에 묶어 없애는 파렴치한 논리 위에서 자연히 모든 부면에서 관심권 밖으로 밀려나게 되었으며, 따라서 이에 실망한 나머지 귀향유이민의 상당수는 되짚어 만주·일본 등지로 돌아가는, 오늘의 우리로서는 실로 상상하기조차 어려운 기이한 사태가 대거 발생했던 것이다.

이런 점들에 상도할 때, 일제 식민통치의 정책적 산물로서 '해방' 뒤에도 계속 국외에 머물러 있어야 했던 숱한 정치적 유이민들에 대한 대국적 통찰에는 이르지 못한 명백한 한계에도 불구하고 이용악의 '귀향유이민 시'는 주목될 필요가 있다.

---

97) 서범석 「조선민족과 만주」, 김정환 편 『현대문화독본』(문영당 1948), 222~25면.
98) 이는 공산권에 속한 만주·시베리아 유이민의 경우가 특히 그러하다. 더욱이 스딸린 정권에 의해 '일본 제국주의자들의 위험한 전위'로 낙인찍혀 1937년 중앙아시아 지역으로 강제 이송당한 시베리아 유이민의 경우는, 그들의 운명을 좌우하는 정치적 주체가 다름 아닌 38 이북에 진주해온 '붉은 군대'였다는 점에서 애당초 문제 밖으로 내돌려진 것이나 마찬가지였다.

무엇을 실었느냐 화물열차의
검은 문들은 탄탄히 잠겨졌다
바람 속을 달리는 화물열차의 지붕 우에
우리 제각기 드러누워
한결같이 쳐다보는 하나씩의 별

푸르른 바다와 거리 거리를
설움 많은 이민열차의 흐린 창으로
그저 서러이 내다보던 골짝 골짝을
갈 때와 마찬가지로
헐벗은 채 돌아오는 이 사람들과
마찬가지로 헐벗은 나요
나라에 기쁜 일 많아
울지를 못하는 함경도 사내

—「하나씩의 별」 부분[99]

짐짝처럼 '이민열차'에 실려 만주 등지로 떠나갔을 때보다 한층 비참
하게 소련군[100] "화물열차의 지붕" 위에 마치 성가신 덤처럼 볼썽사납
게 얹혀져 오는 귀향유이민의 가엾은 모습이 생동한 표현을 얻고 있다.
그러나 그것은, '해방'의 감격 때문에 잠시나마 지나간 고난의 세월을
잊고 민족의 앞날에 대해 제각기 아름다운 "하나씩의 별"을 너무나 쉽

99) 『민주주의』(1946. 8).
100) 이는 같은 시 제4연의 "총을 안고 뽈가의 노래를 부르던/슬라브의 늙은 병정은 잠이
    들었나"라는 구절에서 쉽게 유추된다. 그런데 여기서 유의할 것은, 이용악의 이념적 지향
    이 매우 낭만적 성격을 띠고 있다는 점이다.

게 가슴속에 아로새기는 그 정치적 순진성에 선명히 대비되면서 그들 귀향유이민의 미래가 결코 순탄치 않을 것임을 짙게 암시해준다. 그들을 단호히 거절하듯 탄탄히 잠겨진 "화물열차의 검은 문들", 미처 고향 땅에 당도하기도 전에 세차게 몰아닥칠 "눈보라", 그리고 전혀 "고향과는 딴 방향"의 또다른 타향 등의 차갑고 폐쇄적인 이미지들이 그들의 암담한 미래를 운명적으로 예고해주는 듯하다.

그런데 여기서 또하나 주목할 것은 이용악 자신임이 거의 분명한 시적 자아 '나'에게서 확연하게 드러나는 서울지향주의이다. 오장환에 의해 일찌감치 '병든 도시'로 진단된 바 있는, "언제나 눈물없이 지날 수 없는 너의 거리마다/오늘은 더욱 짐승보다 더러운 심사에/눈깔에 불을 켜들고 날뛰는 장사치와/나다니는 사람에게/호기있는 먼지를 씌워주는 무슨 본부, 무슨/본부/무슨 당, 무슨 당의 자동차"[101]로 들끓는 바로 그 "서울이 그리워/고향과는 딴 방향으로 흔들려 간다"는 작중화자의 시적 진술이 뜻하는 바는 무엇인가. 친일 민족반역자들의 안락한 피난처, 미군정에 빌붙어 매족(賣族)적 이득을 취하는 데 혈안인 간상모리배들의 소굴, 그리고 정치 브로커들의 음험한 담합처 등으로 간단히 요약됨직한 "오예(汚穢)의 수도"[102] 서울로 간다는 것의 의미는 결코 단순한 것이 아니다. 이 시인에게 있어 그것은 문화적 중앙집권이 가장 확실하게 살아 움직이는 현장에서의 문학적 두각을 열망하는 조급성의 한 표현, 달리 말하자면 민중적 삶의 세부를 아무런 관념적 왜곡 없이 정확하게 포착할 수 있는 생생한 지방주의적 관점으로부터의 때이른 일탈일 수도 있겠기 때문이다.

---

101) 오장환 「병든 서울」 부분, 『신조선보』(1945. 11. 13).
102) 박치우 「'서울' 과신과 정당편중」, 『사상과 현실』(백양당 1946), 193면.

누가 우리의 가슴에 함부로 금을 그어 강물이
검푸른 강물이 굽이쳐 흐르느냐
모두들 국경이라고 부르는 38도에 날은
저물어 구름이 모여
물리치면 산 산 흩어졌다도
몇번이고 다시 뭉쳐선
고향으로 통하는 단 하나의 길
　　철교를 향해
　　철교를 향해
　　떼를 지어 나아가는
　　피난민들의 행렬

——야폰스키가 아니요 우리는
　　거린채요 거리인채
한 달두 더 걸려 만주서 왔단다
땀으로 피로 지은 벼도 수수도
죄다 바리고 쫓겨서 왔단다
이 사람들의 눈 좀 보라요
이 사람들의 입술 좀 보라요

그러나 또다시 화약이 튀어
제마다의 귀뿌리를 총알이 스쳐
또다시 흩어지는 피난민들의 행렬

모두들 국경이라고 부르는 38도에
어둠이 내리면 강물에 들어서자

정갱이로 허리로 배꼽으로 모가지로
마구 헤치고 나아가자
우리의 가슴에 함부로 금을 그어
굽이쳐 흐르는 강물을 헤치자

　　　　　　　　　　　　　　—「38도에서」부분103)

　김동석(金東錫)의 지적대로 이 시는 "조선을 허리동강낸 북위 38도
선을 저주하는 노래"104)이다. 그런데 문제는 김동석에 의해 "자본주의
와 사회주의가 균형을 얻은 실력선"으로 명명된105) 바 있는 이 38도선
을 확정한 주체가 누구인가 하는 것이다.

　이미 앞의 시에서 살펴본 만주로부터의 귀향유이민들의 "하나씩의
별"은 이 시에서 '화약'과 '총알'로 일거에 산산조각나고 만다. 그렇다
면 "땀으로 피로 지은 벼도 수수도/죄다 바리고 쫓겨서" 필사적으로 고
향길을 찾아나선 이들에게 총부리를 들이대는 자는 과연 누구인가. 여
기서 그것은 남한점령군으로 진주한 미군으로 강력히 암시되고 있으니,
'일본인이 아니요 우리는/조선인이요 조선인'이라는 통절한 울부짖음
이 바로 그 시적 언명인 것이다. 이는, 1948년 독도를 폭격연습지로 택
한 미군 비행기의 무차별 폭격으로 어로작업중 숨져간 '조선인' 14명의
비참한 죽음을 노래한 이병철(李秉哲)의 다음 시를 곧장 연상시킨다.

　　일천 구백 사십 팔년 유월 팔일 오후 두시의 해도(海圖) 우에 원수
　의 피빨선 눈이 히뻔덕이던 날.

---

103) 『신조선보』(1945. 12. 12).
104) 김동석 「시와 정치—이용악의 시 「38도에서」를 읽고」, 『예술과 생활』(박문출판사
　　1948), 149면.
105) 같은 글 150면.

바다 먼 바다의 물결을 헤치며 미역 따던 우리동포의 어진 열넷 목
숨을 비말(飛沫) 속에 묻던 날.
아모리 태극기를 흔들어도 흔들어도 비오듯 탄자(彈子)는 하냥 멈
추지 않더란다.

청천백일하에 하늘이 도와 살아 온 두 사람 분명히 보았다는 검은
날개에 '흰별표'의 비행기여… 너 제국주의의 상징이여.
　　　　　　—이병철 「수장(水葬)——독도의 악보(惡報)를 받고」 부분[106]

어쨌든 이용악의 위의 시에 보이는 "고향으로 통하는 단 하나의 길"
은 민족분단으로 끊기고 말았으니, "오늘도 행길을 동무들의 행렬이 지
나는데/뒤이어 뒤를 이어 물결치는/어깨와 어깨에 빛 빛 찬란"(「우리의
거리」 부분, 『이용악집』, 1949)했던 '해방'의 감격도 그저 잠시뿐이었던 것
이다.
그러면 이용악의 시선에 잡힌 귀향유이민의 시적 현실은 어떠했는가.

거북네는 만주서 왔단다 두터운 얼음장과 거센 바람 속을 세월은
흘러 거북이는 만주서 나고 할배는 만주에 묻히고 세월이 무심찮아
봄을 본다고 쫓겨서 울면서 가던 길 돌아왔단다

띠팡을 떠날 때 강을 건늘 때 조선으로 돌아가면 빼앗겼던 땅에서
농사지으며 가 갸 거 겨 배운다더니 돌아와도 집도 고향도 없고

106) 임학수 편 『시집』(한성도서주식회사 1949).

거북이는 배추꼬리를 씹으며 달디달구나 배추꼬리를 씹으며 꺼무
테테한 아배의 얼굴을 바라보면서 배추꼬리를 씹으며 거북이는 무엇
을 생각하누

첫눈 이미 내리고 이윽고 새해가 온다는데 집도 많은 집도 많은 남
대문턱 움 속에서 이따금씩 쳐다보는 하늘이사 아마 하늘이기 혼자
만 곱구나

—「하늘만 곱구나」 부분[107]

만주유이민 3세대에 속하는 '거북이'[108] 일가의 귀환 후 삶의 실상이
이 시에는 잘 압축돼 있다. 일제에 내몰려 만주로 쫓겨간 조선이농민의
시적 전형이라 할 수 있는 거북네의 옛 가장이었던 "할배"는 이미 만주
에 뼈를 묻었으며, 정치경제적 "봄"을 온전히 누리기 위하여 해방된 조
국을 찾아온 거북 "아배의 얼굴"은 중국인 예하에서 띠팡(움막)생활하
던 시절처럼 가난에 쪼들려 여전히 거무데데하기만 한 것으로 그려진
그 무렵 귀향유이민의 모습은 하나의 역사적 축도이다. 부모는 "빼앗겼
던 땅에서 농사지으며", 거북이는 목청 높여 "가 갸 거 겨"를 읊조린다
던 '해방조국'은 한낱 헛된 꿈으로 사라지고, 집도 고향도 없이 혹심한
추위에 떨며 움 속에서 거지처럼 살아가는 귀향유이민의 비참한 현실이
압축적으로 형상되어 있는 것이다. (작품 말미에 "1946년 12월 전재동
포 구제 '시의 밤' 낭독시"로 부기된 점으로 미루어, 이 시가 당시의 귀
향유이민을 위해 발표된 행사시임을 알 수 있다.)

---

107) 『개벽』(1948. 1).

108) 이 민담적 명명법(命名法, appellation) 속에는 거북이 걸음처럼 좀체 앞으로 나아가지
　　 못하는 답답한 심정과, 끝내는 약삭빠르고 날랜 토끼를 앞질러 승리해야 한다는 시인 자
　　 신의 굳은 결의가 일정하게 반영되어 있는 듯하다.

해방의 기쁨을 맞이하여 일본 또는 멀리 남북 중국으로부터 자유 독립을 간절히 염원하여 그리운 고국에 돌아와 각기 인척관계를 찾아 방 한간, 또는 공동 숙박소, 전재민수용소, 이나마도 차례에 가지 않아 왜놈들이 파놓은 방공호에서, 또는 한강철교 밑에서, 이것도 차지하지 못하고 거리에서 오늘은 이 집 문전에서 거적을 깔고 살을 에이는 열한풍(烈寒風)을 바라보며 한하는 이들 수천 명을 이 참경 앞에 놓고서, 우리는 무엇이라고 변명하며 무엇이라고 위로를 하여야 할까? 호화로운 지난날에 왜적들이 침래(侵來)하여 쓰고 있던 주택·유곽·여관은 지금 누가 차지하고 있는가? 애국자이면 동포를 사랑하여야 할 것이다. 우리의 자주독립은 이러한 악질적 모리 행동에서 먼저 양심적 반성이 있어야 할 것이다.[109]

당시의 어지럽던 사회상이 또다른 설명을 전혀 필요로 하지 않을 만큼 이 글에 잘 요약돼 있다. 어느 좌파 시인은 이런 현실을 두고, "추울세라 따뜻한 골방에서 왜놈은 길러줘도/고국이라 찾아온 동포들은/갈 곳 없어 한데서 잠자거니/칠칠한 놈들의 집 누가 다—들었느냐"[110]라고 읊기도 하였다. 당시 전체 경제규모의 90%를 상회할 만큼 엄청난 규모의 '적산'이 일제 잔재세력의 모리배적 책동으로 마구 분탕질당하는 현실적 모순 등에 대한 시적 발언이 이처럼 원색적으로 튀어나왔던 것이다.

앞에 든 시의 '거북네' 일가처럼 "추야장장 긴긴 밤에 엄동설한 과동(過冬) 걱정으로 잠 못 이루는 전재동포의 설움이야말로 남조선 2천만

---

109) 「추위에 떠는 전재동포를 구하자」, 『한성일보』(1946. 12. 1).
110) 박세영 「서울 부감도(俯瞰圖)」 부분, 『신문학』(1946. 11).

인민의 다 같은 시름이며 해방조선의 설움"[111]이었다는 점에서, 이용악의 '귀향유이민 시'가 지니는 시대적 의미는 자못 크다. 산문적인 유연한 어조에 힘입어 한결 천진스럽고 느긋한 모습으로 형상된 거북이를 통해 그 가족사적 비극을 오히려 심도있게 각인함으로써, 그 시기 민족현실의 핵심에 보다 가까이 이르고자 한 위의 「하늘만 곱구나」의 경우가 특히 그러하다.

해방기는 유례없는 '시의 시대'였다고 할 수 있다. 민중 제계층의 아래로부터의 욕구를 촉발한 경제적 토대의 미비, 정치적 상부구조의 불안정은 필연적으로 기민한 현실대응력을 지닌 시 장르의 전술적 우위를 확고하게 보장해주었다. 비록 그것이 '운동'의 즉각성에는 미치지 못하지만, 반드시 얼마간의 시간적 경과가 소요되는 소설보다는 훨씬 기동성 있는 실천적 매개, 즉 '투쟁의 무기'로 될 수 있었던 것이다. 이런 점에서 볼 때 대규모의 시낭송회는 대중성·현장성의 확보와 선전선동성 제고를 위해 필수불가결한 존재였다. 해방기 용악 시도 대부분 이 문제와 일정한 관련을 맺고 있다.

그러나 유의할 것은, 용악이 아무런 매개 없이 대뜸 이러한 문제의식에서 출발한 것은 아니라는 점이다. 요컨대 이용악은, 해방 직후 문단의 가장 핵심적인 쟁점으로 부각되었던 '문인들의 자기비판' 문제로부터 한치도 비껴서지 않았다는 것이다. 이는 1946년 조선문학가동맹이 주관한 '해방문학상' 시부문 후보작으로서 "낡은 자기에 대한 부정을 자신의 시의 낡은 형식을 빌려서 표현"했다고 높이 평가된 바 있는 「오월에의 노래」(『문학』 1946. 7)를 통해 명징하게 드러난다. 이 작품을 계기로 하여 그는 '소시민적 난해시'를 청산, "새로운 시대의 현실 가운데로 들어감으로써 자기의 시적·정신적 세계를 개조"하는 단계로 진입했다는

---

111) 「거리에서 헤매는 전재동포」, 『독립신보』(1947. 9. 19).

것이다.[112] 이는 그가 혁명적 상황의 한복판에서 몸소 체험한 바에 굳건히 기초한 작품들을 산출하였음을 뜻한다. 「노한 눈들」(『서울신문』 1946. 12. 5), 「거리에서」(『신천지』 1946. 12), 「빗발 속에서」(『신세대』 1948. 1) 등이 한결같이 이 범위에 드는 작품들이다.

해방기 용악 시가 보여주는 또다른 주요한 측면은 다름아닌 민족 내부로부터의 시각에 의한 민중현실의 구조적 통찰이다.

자유의 적 꼬레이어를 물리치고저
끝끝내 호을로 일어선 다뷔데는 소년이었다
손아귀에 감기는 단 한 개의 돌멩이와
팔맷줄 둘러메고
원수를 향해 사나운 짐승처럼 내달린
다뷔데는 이스라엘의 소년이었다

나라에 또다시 슬픔이 있어
떨리는 손등에 볼타구니에 이마에
싸락눈 함부로 휘날리고 바람 매짜고
피가 흘러
숨은 골목 어디선가 성낸 사람들
동포끼리 옳잖은 피가 흘러
제마다의 가슴에 또다시 쏟아져내리는
어둠을 헤치며
생각는 것은 다만 다뷔데

---

112) 「1946년도 문학상 심사경과 급(及) 결정이유서」, 『문학』(1947. 4).

이미 아무것도 갖지 못한 우리
일제히 시장한 허리를 졸라맨 여러 가지의
띠를 풀어 탄탄히 돌을 감자
나아가자 원수를 향해 우리 나아가자
단 하나씩의 돌멩일지라도 틀림없는
꼬레이어의 이마에 던지자

—「나라에 슬픔 있을 때」 전문[113]

　여기서 "자유의 적"으로 규정된 꼬레이어(골리앗)와 그에 맞서 싸우는 다뷔데는 말할 것도 없이 제국주의 열강과 그 압제의 사슬 아래 고통스럽게 신음하는 약소민족을 각각 표상하는 것이라 할 수 있다. 그중에서도 전자는, 극단적인 이데올로기적 대립과 공격이 좌우익 쌍방에 의해 격렬하게 전개된 그 시기의, '해방군' 아닌 점령군으로 남북한을 분할한 미소 양대세력의 약탈적 이데올로기 그 자체를 가리키는 것이라 할 수 있다. '해방'은 되었어도 일제 식민통치 시대와는 또다른 '슬픔'과 '어둠'에 속박당해야 하는 한국인의 서글픈 운명에 그것들은 긴밀하게 맞닿아 있는 것이다. 그러나 그 "자유의 적 꼬레이어"의 시적 의미는 이에서 한정되는 것만은 아니다. "제마다의 가슴에 또다시 쏟아져내리는 어둠"을 척결하기 위해서는 무엇보다도 '우리' 내부의 적 "꼬레이어의 이마"를 향해, 너나할것없이 "단 하나씩의 돌멩이"를 힘차게 던져야 한다는 것이다. 요컨대 그것은 "동포끼리 옳잖은 피"를 흘리며 싸우는 것을 일거에 중지함을 뜻한다.

　"이미 아무것도 갖지 못한 우리"에게 들씌워진 견고한 압박의 굴레를 풀어, 마치 저 이스라엘의 이름없는 양치기 소년 다뷔데가 강대한 불레

---

113) 『신문학』(1946. 4).

셋 장수 골리앗을 "틀림없는" 돌팔매로써 간단히 제압했듯이, "탄탄히 돌을 감자 (…) 꼬레이어의 이마에 던지자"라고 단호히 결의하는 마지막 연에서 이 성서적 인유(引喩)의 이중적인 시적 내포는 잘 드러난다. 그러나 잘 따져본다면, "자유의 적"으로 명시된 꼬레이어의 속뜻은 좀 더 그 범위를 확대시켜 풀이할 수도 있다. 어떤 의미에서 그것은 '밖으로부터 온 것이 아니라 안에서 발생한 적'인 정치모리배나 반민족적 친일 잔재세력, 그리고 더 나아가 그 시기에 첨예하게 대립한 양대 정치이데올로기 사이의 극히 비생산적인 '민족적 에네르기 소모전' 등을 한꺼번에 묶어 표상한 것이라 생각되기 때문이다.

최근 해방 직후 시를 체계적으로 고찰한 한 의욕적인 연구자에 의하면, 해방기 남한 시단에서 이용악은 시적 리얼리즘의 본질을 가장 깊이 있게 추구한 매우 뛰어난 시인이다.[114] 무엇보다 그는 시적 대상을 자신의 경험한계 내에 국한시키지 아니하고 당대인의 보편적인 욕망체계 속에서 벼려냈기 때문이라는 것이다. 뿐만 아니라 그의 시는 격앙된 시적 어조의 구호시나, 경직된 '공식적 이데올로기 체계'에 갇혀 있기 일쑤인 한갓된 관념시 어느쪽에도 함몰하지 않았다고 본다. 정곡을 찌른 지적인데, 이는 다음 시에도 잘 들어맞는다.

　　핏발이 섰다 집마다 지붕 위 저리 산마다 산머리 위에 헐벗고 굶주린 사람들의 핏발이 섰다

　　누구를 위한 철도냐 누구를 위해 동트는 새벽이었나 멈춰라 어둠을 뚫고 불을 뿜으며 달려온 우리의 기관차 이제 또한 우리를 좀먹는

---

114) 신범순 「해방기 시의 리얼리즘 연구──시적 주체의 이데올로기와 현실성에 대한 기호적 접근」(서울대 박사학위논문 1990) 참조.

놈들의 창고와 창고 사이에만 늘여놓은 철길이라면 차라리 우리의
가슴에 안해와 어린것들 가슴팍에 바퀴를 굴리자

 피로써 부르리라 우리의 것을 우리에게 돌리라고 요구했을 뿐이다
생명의 마지막 끄나푸리를 요구했을 뿐이다

 그러나 아느냐 동포여 우리에게 총부리를 겨누고 다가서는 틀림없
는 동포여 자욱마다 절그렁거리는 사슬에서 너이들까지 완전히 풀어
놓고저 인민의 앞재비 젊은 전사들은 원수와 함께 나란히 선 너이들
앞에 일어섰거니
　　　—「기관구에서—남조선 철도파업단에 드리는 노래」 부분115)

 이 시에서 주목할 것은 어설픈 관념의 강제가 아니라 민중현실에서
솟구쳐나온 시어들(집·안해·어린것들·동포 등)에 의해 극히 은근하
고도 자연스럽게 선전선동성의 급속한 제고가 실현되고 있다는 점이다.
바로 이러한 과정 속에 또다른 계열의 시어들(창고·총부리·원수 등)이
녹아들면서 진정한 공동체적 삶이 진지하게 모색되고 있다. 시인이 속
해 있던 특정 문학단체의 공식 노선을 단순추수하는 기계주의적 사고로
부터도 훨씬 벗어나 있다는 증좌라 할 만하다.
 위의 작품들에서 드러나는 이용악의 시적 지향은 반제국주의116) 민

---

115) 『문학』(1947. 2).
116) 여기서 제국주의는 '꼬레이어'로 표상돼 있는데, 그것이 배인철(「노예해안」, 1947. 1)
　　에게서는 약소민족을 무참히 유린하는 '새로운 노예상'으로서의 거대한 백인주의로, 박
　　인환(「인천항」, 1947. 4)에게 있어서는 해방조선의 인천항을 압도하듯 당당히 나부끼는
　　'성조기'로, 그리고 김용호(「승리의 횃불을」, 1948. 4)에게는 "낯선 군함" 등의 매우 다양
　　한 시적 표현을 얻고 있다.

족문학에 깊이 연관되어 있다. 이는 본질적으로, 앞의 시에 강하게 암시된 것처럼 '해방'은 현재적 상황에서 향유될 것이 아니라 미래에 새롭게 전취되어야 할 것이라는 적극적인 현실인식의 토대 위에서만 가능한 민족해방문학과 동궤이다.

그것(조선문학—필자)이 수입품이냐 자국제냐는 물을 필요 없이, 그것이 브랜디의 레텔을 붙였더냐 워카의 레텔을 붙였더냐 막걸리병에서 나왔느냐는 더욱 물을 필요도 없이, 그것이 메티루가 섞인 이라면 아무리 아름다운 컵에 따른 것일지라도 우리는 단연코 거부하지 않으면 안될 것이다. (⋯) 민주주의 국가의 건설과정에 있어서 조선문학의 자유스럽고 건전한 발전을 위하여 전국문학자대회가 무엇을 결의하고 시사했다 할지라도, 그것이 문학이나 문학자만의 이익을 위해서가 아니고 또한 말로만이 아니고, 우리의 문학 실천이 진실로 민족 전원의 이익을 존중해서의 무기가 될 수 있을 때에만 비로소 그 의의가 클 것이다.[117]

민족모순의 문학적 탐색을 특히 중시한 조선문학건설본부(1945. 8. 16)와, 그보다는 계급모순에 주된 관심을 집중시킨 조선프롤레타리아문학동맹(1945. 9. 17)이 여타 운동부문의 발전적 추이에 발맞추어 조선문학동맹(1945. 12. 13)으로 통합되고, 그 전진적 의의를 새롭게 확인하기 위한 전국문학자대회(1946. 2. 8~9)[118]에 그 일원으로 동참한 이용악의 위의 글에서 우리는 이 시인의 민족(해방)문학론적 지향의 구체를 어렵지 않게 읽어낼 수 있다. 이는 "문학운동은 정치운동과 별개라든가, 문학

---

117) 이용악 「전국문학자대회 인상기」, 『대조』(1946. 6).
118) 여기서 그 단체명은 '조선문학가동맹'으로 개칭되었다.

은 정치나 사회에 관심하지 않아도 좋다든가, 혹은 문학은 독자의 길을 걸어야 한다든가 하는 유의 견해 즉 문학주의"[119]와 명백히 구분될 뿐 아니라, 정치적 첨병으로서의 문학을 강조하는 정치주의 문학노선과도 일정한 차별성을 지닌다. 진정한 조선문학의 기준은 '문학주의냐 정치주의냐'에 있지 않고 얼마나 '민족적'이냐에 근거한다는 논리이다. 그만큼 그는 문학주의와 정치주의 양자에 똑같이 일정한 비판적 거리를 유지하면서 "민족 전원의 이익"을 실현하는 데 구체적으로 기여하는 실질적인 민족해방문학을 지향했던 것이다. 그러나 앞서 언급한 「나라에 슬픔 있을 때」를 통해서도 알 수 있듯, 그의 시는 '해방현실'을 다른 약소민족들의 암담한 정치적 국면에 긴밀히 연대시키는 보다 개방적인 민족의식의 선진성을 확보하는 데까지 이르지는 못하였다.[120]

제2차 미소공동위원회가 별다른 진전 없이 결렬(1947. 7. 10)되고 미국의 주도로 유엔 감시위원단 감시하에 선거를 치를 것이 결정(1947. 11. 14)되면서 남한만의 단독정부 수립이 거의 확실해질 즈음부터 이용악 시에는 비장한 허무주의적 정조가 조금씩 내비친다. 그러나 "나라여 어서 서라/우리 큰놈이 늘 보구픈 아저씨/유정(柳呈)이도 나와서/토장국 나눠 마시게/나라여 어서 서라"(「소원」부분, 『독립신보』 1948. 1. 1)에서 엿볼 수 있는 바처럼, 그것은 아직 크게 우려할 만한 것은 아니다.

해방기 시를 끝막음하는 것으로 생각되는 다음 작품을 통해 용악 시

---

119) 「문학주의와의 투쟁」, 『문학』(1947. 4).

120) 아마도 그는 자기 내부에 암처럼 끈덕지게 도사리고 있는 소시민의식, 문학주의에 토대한 사이비 현실인식 등을 떨쳐버리는 데 힘겨운 고투를 치렀던 것 같다. 이런 점은 "낡은 자기에 대한 부정"을 비교적 명료하게 보여줌으로써, 오장환의 시집 『병든 서울』(정음사 1946)과 더불어 조선문학가동맹의 '1946년도 해방기념 조선문학상' 시부문 후보작으로 오른 「오월에의 노래」에서 잘 드러난다. 「해방문학상에 대한 심사보고서」, 『문학』(1947. 4) 참조.

의 강한 민족통일문학적 지향을 다시 한번 음미해봄직하다.

이가 시리다
이가 시리다

두 발 모두어
서 있는 이 자리가 이대로
나의 조국이거든

설이사 와도 그만 가도 그만인
헐벗은 이 사람들이 이대로
나의 형제거든

말하라 세월이어
이제
그대의 말을 똑바루 하라

—「새해에」 전문[121]

8

민족분단에 따른 고통스런 질곡을 누구보다도 가슴아파한 이용악 시의 우수성은 무엇보다도 일제강점기에 대규모적으로 발생한 국내외 유이민의 집단적 비극을 민족모순으로 명확하게 인식, 이를 그 시에 정당

---

121) 『제일신문』(1948. 1. 1).

하게 형상하였다는 점에서 찾아진다. 해방 직후 귀향유이민들의 비극적 현실을 예각적으로 부각시키고자 한 그의 시적 작업이 그 훌륭한 연장임은, 극도의 혼미를 거듭했던 해방정국 또는 당시의 분열적 문단상황에 비추어볼 때 새삼 분명하다.

그러나 쉽사리 간과할 수 없는 것은, 자기 시대 민족모순의 올바른 시적 반영에도 불구하고 때로는 이를 일정하게 제약하고 저해하는 모더니즘에의 유혹이 그의 시에는 간단히 떨쳐버리기 어려운 망령처럼 지속적으로 자리잡고 있었다는 사실이다. 그의 시에서 드러나는 모더니즘적 취향은 일종의 뚜렷한 세계관적 기초 아래 이루어진 것이라기보다는 당시의 문단적 추이에 민감하게 반응한 하나의 부산물 같은 것임에도 불구하고, 그러나 역사변혁에 대한 낙관적 믿음에 근거하지 아니한 잘못된 문학적 경향에의 섣부른 중독이 결국 작품적 대세를 판가름하는 데 매우 부정적인 폐해를 초래할 수도 있다는 하나의 문학사적 사례로 용악 시를 떠올려봄은 매우 유익할 것이다. 자신의 계층적 뿌리에 대한 근거없는 배반 또는 일종의 '계층적 불안'에 근사한 무소속적 주변의식은 그의 시로 하여금, 역사적 현실의 복잡성에 창조적으로 대응하는 유연하고도 전진적인 시적 양식의 실현을 근본적으로 제한하는 일종의 형식주의에 머물게 하기도 하였다. 그렇긴 하나, 민족모순의 시적 탐구라는 그의 일관된 민족시인적 시각은 그를 긴박하는 억압적 체제에 대한 방법적 저항을 시도하게 하였으니, 당시의 검열제도라는 현실적 제약조건을 벗어나기 위해 교묘하게 고안된 문학적 장치로서의 '노예언어'적인 시적 방법의 원용이 바로 그것이다.

그가 속한 계층적 토대에 충실하고자 했을 때 이용악은 이른바 이야기시의 예술적 성취를 이룰 수 있었다. 자신의 살아있는 경험적 구체에 입각하여, 비교적 선명한 서사적 골격을 지닌 긴 형식의 이야기시로 나아간 것은, 그가 단순하기 짝이 없는 기성 서정시로는 미처 급변해가는 서사적 현실의 복잡성을 제대로 반영하는 것이 아무래도 역부족이라는 양식적 자각을 일정하게 획득했음을 의미한다. 여기서 흥미로운 것은, 그의 이러한 명민성이 한시적 전통과 밀접한 연관을 지녀 보인다는 점이다.

해방기 용악 시는 가령 일제 식민통치의 산물로서 '해방' 뒤에도 계속 국외에 머물러 있어야 했던 숱한 정치적 유이민들에 대한 대국적 통찰에 이르지 못했다든가, '해방현실'을 다른 약소민족의 암담한 정치적 국면에 긴밀히 연대시키는 개방적인 민족의식의 선진성을 확보하는 데까지 이르지 못한 한계를 지닌다. 그러나 그가 문제의 핵심을 '문학주의냐, 정치주의냐'로 파악하지 않고, 그 양자에 똑같이 비판적 태도를 견지하면서 "민족 전원의 이익"을 실현하는 데 구체적으로 기여하는 실질적인 민족해방문학을 강력히 지향하였음은 대단히 중요한 현재적 의미를 지닌다. 진정한 민족시의 전진과 그를 위한 의미있는 좌절이 어떤 것인가를 가늠하는 데 그의 시는 매우 유효한 시금석이 되고 있기 때문이다.

〔『한국 근대 리얼리즘 작가 연구』, 문학과지성사 1988(개고, 1990. 5. 30)〕

배인철의 흑인시에 대하여

1

　매우 때늦고 제한적인 것이긴 하나, 정부가 1988년 7월 120여 명의
월북작가를 '해금'함으로써 순전한 연구 차원에서조차도 철저히 억제
당해왔던 온전한 민족문학 논의가 요즘 들어 자못 활기를 띠기에 이른
것은 퍽 다행한 일이다. 물론 기형적인 해방후사의 주요한 원인적 부분
을 이루는 까닭에 한층 예리한 현실주의적 시각과 섬세한 문학사적 조
명을 요청하는 '해방공간'이 이렇다 할 이유 없이 떼쳐졌다는 점에서,
그 해금의 한계는 분명하다.

　그런데 이 해금 문제와 관련하여 절실히 요구되는 것은, 월북문인들
의 작품적 성과가 과연 민족문학의 튼튼한 골격 형성에 얼마나 중요한
것인가를 과학적으로 검증하는 일이다. 지난 40여년간 엄청난 문학외
적 강제로 작용해온 반공주의에 대한 일종의 적개심이 자칫 그들 작품
세계를 왜곡해서 바라보게 할 수도 있기 때문이다. 그들 중 상당수가 일
제강점기 친일문학에 깊이 연루되어 있다는 점, 미군정기에 국한해볼

때 월북시인들의 작품 또한 시적 형상력이 보잘것없고 목소리만 높은 수준 미달의 '민중시'가 의외로 많다는 점 등이 쉽게 간과될 수 있는 것이다. 문학운동적 측면이 유달리 강조될 수밖에 없었던 당대적 특수성이 마땅히 고려되어야 하겠지만, 그러나 작품적 실천이 뒷받침되지 않는 문학운동이란 공허로 떨어지기 쉽다. 이런 뜻에서 배인철(裵仁哲, 1920~47)의 시는 각별히 주목될 필요가 있다.

배인철은 월북문인도 아니고 '명망가 시인'은 더욱 아니다. 그럼에도 불구하고 몇편 안되는 그의 시가 그 나름의 문학사적 의미를 획득할 수 있는 것은 무엇 때문인가. 아마도 그것은, 세계지배를 목표한 제국주의 국가간의 식민지 재분할 전쟁에 다름아니었던 제2차대전의 전승국으로서 전후 자본주의권의 주도세력으로 뚜렷이 부상, 분단된 남한에 진주한 미국의 실체적 의미를 그의 '흑인시'에서 바르게 형상했기 때문일 것이다. 가령 그의 시 「노예해안」(1947)에서 우리는, 미국의 주도하에 세계자본주의 체제의 유지 및 재편성을 줄기차게 모색하고자 한 전후 미국의 역사적 실체에 대한 날카로운 시적 통찰을 어렵지 않게 읽어낼 수 있다.

여기서 필자는 이 시인의 개인사, 문단활동, 그리고 그의 흑인시가 지니는 주요한 특성 등을 간략히 살펴보고자 한다.

일찍이 1920년대에 부산에서 인천으로 솔가한 배명선(裵明善, 본관은 金海)의 4남 5녀 중 3남으로 인천에서 태어난 배인철은 인천 제일공립보통학교(현 창영초등학교)를 졸업하고, 중앙고보(1934. 4. 1~1940. 3. 5)를 거쳐 니혼(日本)대학 영문과에서 수학(1940~42)하였다. 이 시인의 니혼대학 시절 및 흑인시를 쓰던 해방후의 일을, 주로 영문학 관계의 글들을 번역하면서 간혹 시도 발표했던 윤태웅(尹泰雄)은 아래와 같이 회고하고 있다.

배인철군이 해방후에 흑인을 주제로 하는 시를 들고 나왔을 때 여러가지로 시비의 말들을 했다. 신기한 것을 가지고 인기를 끌어보려는 것이라고도 했다. 내가 배군을 처음 안 것은 8~9년 전 동경에서였는데, 그때 군은 권투선수이며, 한편 대학에서 영문학 공부를 하고 있었다. (…) 그러다가 해방후에 우리는 다시 알게 되었다. (…) 그의 흑인을 주제로 하는 시가 어떤 기분적인 자세에서 생겨진 것이 아니라, 그의 정신적인 의식의 오랜 준비와 발전을 통하여 태생된 것임을 알게 되었다. 그는 흑인문제에 대해 많은 관심을 가지고, 그 방면의 많은 서적을 읽었고, 새로 각성해가고 있는 흑인들의 사회의식의 반영적 표현으로서의 흑인문학과 그 문학운동을 숙지하고 있었다. 그러므로 그가 흑인을 주제로 한 시만을 쓴 것은, 어떠한 현실도피를 위한 기분적인 자세에서가 아니라, 그것이 우리가 직면한 현실에 대한 인식으로서의 적극성을 띠고 있는 것같이 내게는 보이는 것이다. (…) 그가 씨를 뿌린 탓인지 이 방면에 우리 사회에서도 관심이 커진 바 있어, 이번 『신천지』에서도 '흑인문학'을 특집…

(윤태웅 「고 배인철군에 대하여」, 『신천지』 1949. 1)

좀 긴 인용이지만, 윗글에서 우리는 흑인문학에 대한 이 시인의 관심이 이미 일본 유학시절에 형성된 매우 뿌리깊은 것임을 확인할 수 있다. 또한 그가 흑인문제 또는 흑인문학의 올바른 이해에 현실적 계기를 강하게 촉발시켰다는 점, 그리고 그의 흑인시가 잘못된 해방조국 현실과 미국 흑인의 역사적 질곡을 긴밀히 연대시켜 노래한 시편들임을 분명히 알게 해준다. 바로 이런 점에서 "배인철은 민족시인이고 반서정주의 모더니스트였다"고 한 김차영(金次榮)의 지적(「암흑시대를 흑인의 아픔으로 조명—배인철 스토리」, 『시문학』 1988. 6)은 적실하다.

그의 일본 체류기간이 2년을 넘지 않는 것으로 보면, 아마도 그는 니혼대학에서의 수학을 중도에서 폐한 것 같다. 귀국(1942) 후 일제의 징용을 피해 중국 상하이(上海)로 간 그는, 거기서 무역업에 종사하던 맏형 배인복(裵仁福, 1911년생)씨 곁에 머물면서, 3개월 남짓 상하이 영미조계(英美租界) 내의 영국계 쎈죤스대학에 다니다가, 그해 초여름 밀선을 타고 급거 충남 서산땅으로 잠입, 1년여를 은거하다가 바로 거기서 '해방'을 맞았다.

해방 직후 잠시 인천중학교에서 교편을 잡았으며, 그 뒤 얼마간은 진해 해양대학에서 근무하기도 한 배인철의 시작활동은, 조선문학가동맹에서 펴낸 『1946년판 조선시집』(아문각 1947)에 「인종선(人種線)——흑인 쫀슨에게」를 발표한 시기부터 1947년 5월 10일, 서울 남산에서 불의의 총격을 받고 급작스런 의문의 죽음을 당하기까지 고작 1년도 채 못 되는 극히 짧은 기간에 이루어졌으니, 그가 남긴 작품 편수의 적음이 이로써 쉽사리 이해됨직하다. 발생 사흘 만에 사건을 서둘러 종결짓고 그 전모를 발표한 경찰은 배인철의 죽음을 두고, 당시 이화여대 문과 2년생이던 김모 양과의 '치정에 얽힌 살인사건'으로 규정, 그 주된 혐의자로 시인 박인환·김수영 등 다수를 지목하기도 하였다. (문제의 여대생은 金顯敬으로, 『민성』 1946년 7월호에는 그녀의 투고시 「시집」이 실려 있는데, 뒷날 그녀는 김수영의 부인이 되었다. 『한성일보』 1947. 5. 14 및 최남진 『명동야화』, 신원문화사 1982 참조.)

그러나 배인철의 죽음은 우익에 의한 테러일 가능성을 배제하기 어려운 측면도 있다. 그가 남로당(1946. 11. 23 결성)의 조직에 깊이 관여했다는 점, 월북시인 이병철(李秉哲)과 우익 청년단체를 이끌었던 김두한(金斗漢)의 밀회장면을 목격한 뒤부터 신변 위협에 시달려왔다는 점 등을 시인 자신이 직접 그의 맏형 배인복씨에게 토로했다는 데서 이러한 유추는 강한 현실성을 부여받을 수 있겠기 때문이다.

2

시인 배인철의 개인적 행적 또는 당시 문인(예술가)들과의 교유관계
는 좀 특이한 데가 있다. 우선 두드러지는 것은 그가 해방 직후 몇달을
빼고는 철저히 서울 중앙문단에 속해 있었다는 점이다. 아마도 이는, 그
자신이 태어나 성장한 인천 지역문화 또는 인천 지식인사회에 대한 경
멸적인 태도의 한 표현이었다기는보다는 당시 인천의 문학예술인 사이
에 폭넓게 형성되어 있던 강한 계급주의적 지향과 자신의 문학노선 간
의 지나칠 수 없는 차별성 때문에 빚어진 자연스런 귀결일는지 모른다.

인천 지식인사회에 광범한 영향력을 행사했던 가장 핵심적인 인물은
죽산(竹山) 조봉암(曺奉岩)과 훗날 남로당의 제2인자가 된 이승엽(李承
燁)이었다. 그리고 해방 직후 인천사회를 실질적으로 주도한 세력도 이
들과 깊은 관련하에 있던 '건준'(건국준비위원회, 1945. 8. 15 결성) 지방
지부였던 인천인민위원회였던바, 이들은 패망 일제가 최후의 발악으로
인천의 산업경제 시설을 파괴하려는 준동을 노동자들과 연대하여 격파
하였으며, '인공'('건준'의 국호 '조선인민공화국'의 약칭, 1945. 9. 6 결성)
이 수립된 이후에는 그 지방행정 기구로서 착실히 기능하고자 하였다.
이런 분위기 속에서 인천의 진보적 지식인들은 '신문화협회'(1945. 8. 16)
를 발족시켰다. 그러나 한민당을 비롯한 민족우파의 집요한 파괴공작은
인천 지식인사회에도 그대로 주효, 신문화협회도 결국 분열되고 만다.
건준 인천인민위원회 외곽단체였던 신문화협회는 그 전열을 재정비,
'인천문학동맹'(1945. 12. 18)으로 새롭게 출범한다. 그 핵심 멤버는 소설
가 엄흥섭, 송종호(인천 근해 대부도 출신으로, 해방 직후 인천에서 발
간된 『대중일보』에 몇편의 작품을 보임) 등인데, 김차영의 경우만 예외
일 뿐 엄흥섭으로 대표되는 이들의 문학노선은 '프로문맹'(조선프로레

타리아 문학동맹, 1945. 9. 17 결성)의 기본적 지향과 일치한다고 보아 틀림없을 것이다. 이는 신문화협회 산하 '인천음악협회'가 '프로음악동맹 인천지부'로 추인(1945. 11. 10)된 사실과도 무관하지 않다. (이상 이야슬 「반동파와 싸우는 인천의 문화운동」, 『문화통신』 1946. 1; 이종호 「지방정세 보고—인천편」, 『신세대』 1946. 7 참조.)

기본적으로 강한 계급적 성향을 지녔던 이 단체에 대해 배인철은 유달리 냉소적이었던 듯하다. 그의 주된 관심사는 민족예술의 깊이있는 탐색이었으며, '조선문화건설중앙협의회'(1945. 8. 18)가 표방하는 기본 이념이 그의 이런 생각과 잘 부합되는 것으로 보았다. 그리하여 그는 '신예술가협회'(1945. 10. 22)를 결성하여 그 모임을 주도하였으며, "인천에서 제일 큰 일본인 요정 '긴스이'(銀水)를 접수해 '예술가의 집' 간판을 내걸고 중앙의 시인 화가 조각가 20여 명을 모아 한때 공동생활을 영위"(김차영, 앞의 글)하기도 하였다. 이 신예술가협회의 주요 인물로는 오장환(吳章煥), 함세덕(咸世德), 김영건(金永健, 평론가), 조규봉(曺圭奉, 인천 태생으로 토오꾜오 미술학교 출신의 조각가), 김만형(金晩炯, 개성 태생으로 토오꾜오 제국미술학교 출신의 화가), 최재덕(崔載德, 경남 산청 태생으로 토오꾜오 태평양미술학교 출신의 화가), 서정주(徐廷柱), 그리고 흑인으로 추정되는 린우드 E. 브라운 등이 있었다(『대중일보』 1945. 10. 22 참조). 이런 분위기 속에서 배인철의 흑인시 및 그 동류라 할 수 있는 오장환의 「가거라 벗이여—흑인병사 L. S. 쁘라운에게」(『병든 서울』, 정음사 1946) 등이 씌어졌다.

뒤이어 배인철은 그 당시로서는 제법 큰 규모의 '문화강연회'를 문학〔林和・金南天・李源潮〕, 미술〔金周經〕, 연극〔安英一〕, 영화〔金正革〕 등 여러 분야에 걸쳐 개최(1945. 10. 27)했는가 하면, 오장환의 '시낭독 및 강연회'(1946. 1. 28)를 가지기도 했으나, 그 활동이 후속적으로 활발히 이어지지는 못하였다.

1946년에 들어서면서부터 작고하기까지 배인철의 활동무대는 서울로 옮겨진다. 아마도 그것은 '문건' 계열의 조선문학가동맹 회원과, 박인환이 경영한 서점 '말리서사' 중심의 모더니스트들 주변에서 주로 이루어진 듯한데, 그는 그 어느쪽에도 기울지 않는 절충적 입장을 취했던 것으로 보인다. 배인철의 모더니스트적 측면은 김수영의 다음 글에서, 다소 부정확하기는 하지만 어느정도 드러난다.

> 그(박인환―인용자)의 시에는 내가 모르는 요란스러운 현대용어들이 마구 나열되어 있었다. 요즘의 소위 '난해시'라는 것을 그는 벌써 그 당시에 해방후 처음으로 본격적으로 시작하고 있었다. 그의 책방에는 그 방면의 베테랑인 이시우(李時雨)·김기림(金起林)·김광균(金光均) 등도 차차 얼굴을 보이었고, 그밖에 이흡(李洽)·오장환·배인철·임호권(林虎權) 등의 리버럴리스트도 자주 나타나게 되어서 (마치 그의 책방은―인용자) 전위예술의 소굴 같은 감을 주게 되었지만… (김수영 「茉莉書舍」, 『김수영 전집』 2, 민음사 1981, 72면)

'말리서사 멤버'였으며 그 자신 난해시를 썼으면서도 바로 그 점을 들어 박인환을 극도로 경멸했던 김수영의 윗글에서 우리가 취할 만한 대목은, 말리서사에 모여든 시인들이 리버럴리스트였다는 부분이다. 배인철의 경우에만 국한시켜 분명히해둘 것은, 그의 흑인시가 그 별스런 시적 화제 때문에 천박한 소재주의 또는 가짜 전위예술 등의 이름으로 간단히 매도되어서는 안된다는 점이다. 어디에 얽매이기를 싫어한 그의 리버럴리스트적 면모는 '남로당'의 결성과 함께 문학적 정치주의 노선을 급격히 강화시킨 조선문학가동맹과도 보조를 같이하기 어렵게 했을 것이다. 어쨌든 이 모더니스트들 사이에서 배인철에의 헌시 두 편이 태어나게 되니, 김광균의 「시를 쓴다는 것이 이미 부질없고나」(1947)와, 임호권의 「검은 슬픔」(1948)이 바로 그것이다. 이들은 인천에 내려가 배인 철의 상여를 메었으며, 오장환의 구슬픈 조사(弔辭)와 함께 인천 주안 묘지에 묻힌 그의 무덤 앞에 '인민의 시인 배인철의 묘'라는 비명의 조 그만 빗돌을 세워놓기도 하였다.

3

1910년대에 들어 미국은 세계대전을 거치면서 엄청난 물질적 역량을 축적하였다. 이를 가능하게 한 결정적인 요인은 그 물량과 질적 측면에 서 두루 충분한 가치를 인정받고 있던 흑인노동력이었으며, 이는 흑인 자신의 정체성을 실현하고자 한 1920년대 미국 '신흑인운동'의 원천적 동력의 주류를 형성하였다(김종욱 「흑인문학개관」, 『신천지』 1949. 1 참조). 그 러나 파농(F. Fanon)에 의해 '열등한 가치의 원형'으로 명명되고 어느 흑인시인에게서는 백인을 위한 '휴대용 묘지'라는 시적 표현을 얻기도 했던 흑인은, 오랫동안 미국에서 '제2급시민'으로서 오직 비인간적인 착취와 압박의 대상으로서 존재해왔을 따름이다.

그중에서도 미국군대 내의 흑인차별은 유별난 것이었다. 이는 "미국 이 주둔하는 전세계 인민에 대하여 미국식 민주주의가 얼마나 편협한 것인가를 구체적으로 보여줄뿐더러, 군대 자체는 흑백 양 인종의 소격 도장(疏隔道場)"에 다름아님을 여실하게 보여주는 움직일 수 없는 증좌 이다(김상형 「흑인과 미국공산당」, 『민주주의』 1947. 6. 29 참조). 2차대전에 내몰 린 근 100만의 흑인병사들은 거의 예외없이 기계적인 미숙련노동인 포 탄작업과 화물운반 등에 동원되었는바, 배인철이 제 집처럼 드나들던 인천 월미도 흑인부대의 인적 구성도 필시 이러하였을 것이다. 그런데 배인철이 흑인시에 특유의 열정을 내보인 까닭은 어디에 있는 것일까.

미국의 남한 진주에 관련된 제현상 중 가장 중요한 것은 혁명을 정지
시킨 것이라고 간명하게 지적한 스노우(E. Snow,『독립신보』1946. 5. 1)의
말을 빌릴 필요도 없이, 그들 '정복한 해방자 혹은 해방한 정복자'는 한
국인의 역사와 그 기본 성향에 철저히 무지하였다(리처드 라우터백『한국
미군정사』, 1948 참조). 1947년 1월 8일 호남선 열차에서 '5명의 미군병사
에 의한 조선부녀 능욕사건'이 발생하자, 이를 계기로 "미군이 각 점령
지역에서 부녀 능욕을 하는 사건이 빈발"(『독립신보』1947. 1. 11)함을 극력
탄핵하는 반미여론이 전국적으로 비등했던 것은 그 부분적 사태에 불과
한 것이라 할 수 있다.

그런데 "일제의 인종차별의 우민화정책에 화근(禍根) 되어 우리들은
흑인을 멸시하며, 그들을 우매스런 인종으로 간주"(김종욱 편역『흑인시
집—강한 사람들』, 민교사 1949. 150면)하기 일쑤였으므로, 남한에 머무는 흑
인병사들은 한층 복잡한 형태의 인종적 편견과 냉대를 감수해야만 하였
다. 말하자면 그들은 이른바 '개화된 지옥' 미국을 벗어나려는 순간에
다시 '미개한 연옥'으로 떨어진 셈이었다.

배인철의 흑인시가 갖는 진정한 의미는, 흑인에 대한 인종적 편견이
궁극적으로 정치경제적 착취의 문제와 긴밀히 맞물려 있다는 것, 해방
후 남한 현실이 미국 내 흑인문제와 전적으로 동일한 맥락 속에 있다는
것, 미군정하 한국인에게서 뚜렷이 드러나는 '흑노(黑奴)'적 형상의 시
적 실현을 동시대 시인들에게 훌륭히 매개했다는 점 등에서 찾아질 수
있다. 가령,

　　머얼리 출장 온
　　월 스트리트 상관(商館) 옥상에 꽂은
　　깃발에 예의를 드리기 위한
　　우리의 힘찬 건설이 아니다

어째서 우리의 땅을 달라고
넘실거리는 것이냐
어째서 우리더러
흑노(黑奴)의 노래를 부르라는 것이냐
　　　　—김상오 「우리는 모멸로써 그것을 돌려보낸다」(1948) 부분

이나, "억눌린 뱃전에/스사로 노를 젓든/그 옛날, 흑인의 부르던 노래/어찌하여 우리는 이러한 노래를/다시금 부르는 것이냐"(오장환 「찬가」 부분, 『문학』 1946. 7)에서 우리는 배인철의 그것과는 또다른 목소리의 흑인시와 마주치게 되는 것이다.

아프리카 연안 SLAVE COAST는 아직도 울고 있는가
깊은 바닷속 물결이 일 때마다 늬들의
울음소리 내고 있는가

동무들이여
또한 내 흑인부대여
이 고장 떠난 자유로운 내 땅에서도
또다시 새로운 노예상
아니 낯설은 손님마저
SLAVE COAST를 그리고 있다
　　　　—「노예해안」(1947) 부분

　16세기 중엽부터 19세기 중반까지 약 3세기 동안, 유럽 '문명국'들 사이에 경쟁적으로 행해진 야만적인 노예무역 까탈로 적게 잡아도 6천

만 명, 많게는 1억 명을 훨씬 상회하는 아프리카 흑인들이 미국을 비롯, 서양의 거의 전지역에 '수출'되었음은 주지의 사실이다. 한 자료에 의하면 그 흑인 "노예들은 7~8명이 한 조로, 쇠와 나무로 된 칼을 목에 쓰고, 다리에는 족쇄를 차고서 소와 양처럼, 갖가지 형태로 된 소유주의 소인(燒印)을 팔뚝과 가슴팍에 찍히고 배에 실렸다. (…) 대서양 횡단시에 노예 1명에게 할당된 공간은 길이 2.25미터 폭 0.4미터 정도였고, 책꽂이의 책처럼 처넣어진 채로 숨이 콱콱 막히는 뜨거운 대서양으로 송출되었다. (…) 어떤 노예선의 선장은 항해중에 음료수 부족을 이유로 132명의 노예를 바닷속으로 던져넣어 수장해버렸다"(小澤有作『민족해방과 교육운동』, 백산서당 1985, 17면)고 한다. 위의 시는 이러한 상황적 세부에 대한 비교적 명료한 시적 표현까지도 간직하고 있다.

그러나 이 작품이 획득한 최대의 시적 미덕은, 피압박 흑인 현실과 "새로운 노예상"의 진정한 시적 내포인 신식민주의 세력에 점차 속박되어가는 '해방조선' 현실을 절묘하게 통합시킨 데 있다. 미국 남부 흑인들의 민요, 예컨대 "이 세상에 껌둥이들은/무엇이나 하려고 나왔다/목화를 딸 사람이 없어서/우리 껌둥이가 나왔다네"(한흑구 「흑인문학의 지위 1」, 『예술조선』 1948. 2에서 재인용)의 한국적 재판임을 실감나게 하는 것이다.

유리야!
막상 알고 보면 너도 이런 것에 하나이다
뉴기니, 하와이, 필리핀
누구를 위하여 돌아다니며
짓밟힌 몸이냐
이 땅에서도 우리의 누이들
낯설은 이토(異土)에서
원수에게 꺾인 꽃들이

해방이 되었다는 고향에
다시금 창살 없는 우리[檻]에
네 몸을 함부로 던지는구나

———「흑인녀(黑人女)」(1947) 부분

자존자위(自存自衛)의 성전(聖戰)이라고 선전한 것과는 달리 실은
아시아의 식민지배와 자원약탈을 폭력적으로 자행했을 뿐인 '대동아
전쟁'(1941)을 도발, 하와이를 기습적으로 공격함과 더불어, 개전 후 불
과 5개월 동안에 서남태평양에서 뉴기니, 필리핀을 포함한 동남아시아
전역을 점령한 일본 제국주의 병사들의 '군수품'으로서 그들의 성적 노
리개감으로 내몰린 조선 여자정신대의 슬픈 역사가 이 시에는 압축적으
로 형상되고 있다. 여기서 특히 우리의 눈길을 끄는 대목은 그들 "원수
에게 꺾인 꽃들이/해방이 되었다는 고향에/다시금 창살 없는 우리에/네
몸을 함부로 던지는구나"라는 뒷부분이다. 한낱 허울뿐인 '해방조국'은
거대한 감옥으로 암시되고, 거기서 여전히 무자비한 성적 폭력과 혹심
한 인간적 모멸을 감내해야 하는 "우리의 누이들"은 정확히, "시퍼런 눈
알 무지한 사나히/술취한 힐쓱한 허연 놈에게/값싼 알콜에 네 살결 맡
기는"(같은 시) 흑인녀로 생동하게 형상되고 있는 것이다.

그러나 간과하지 말아야 할 것은, 이 시인의 인종주의적 시각이 단순
히 흑인과 백인을 고정된 양분법으로 바라보는 데서 시원스럽게 벗어나
있다는 점이다. 어떤 의미로 그는 이미 미군정기에 '제3세계 문학'의 현
실적 필요를 민감하게 각성한 최초의 시인이라 할 수 있으며, 이런 점에
서 배인철이 "흑인의 설움을 대변하는 시인이 되고 만 것"(이봉구『명동』,
삼중당 1967. 45면)은 하나의 당위였다고 하겠다. 가령 전설적인 흑인 권
투왕 '조 루이스'를 향하여 그가,

굳건히 살아라, 늬 몸이
늬 하나의 몸이 아니라
너와 함께
새로운 세계를 향하여
BLACK AMERICA는 아니
온세계 약소민족은 싸우고 있다

—「쪼 루이스에게」(1947) 부분

라고 한 데서도 이는 그대로 드러난다. '권투'라는 시적 화제에 걸맞게 끔 속도감 있는 시적 진행을 보여주고 있는 이 작품에서 배인철은 약소민족의 설움을 대변하는 시인으로 비쳐진다. 그가 「인종선(人種線)— 흑인 쫀슨에게」에서, "쫀슨이여/홀어머니의 자식이여, 그렇다/인종선은 늬 곳에만 있는 줄 아느냐/동무들이 찬미하던 이 땅에서도/나라 있는 곳마다/온 세계에 전선(戰線)은 펼쳐 있는 것이다"라고 단호한 목소리로 말할 때 그는 그러나 진정한 한국 시인으로 된다.

물론 그의 흑인시는, 해방 직후의 우리 민족문제와 흑인 현실을 지나치게 단순도식적인 연결고리로 묶어 평면적으로 처리했다는 점, 미군정기 남한 현실을 좀더 구체적인 시적 형상으로 창출하는 데는 미흡했다는 점 등의 한계를 지닌다. 그러나 이 땅에 진주한 미국의 실체적 의미를 그나마의 시적 성과로 가늠하고자 한 배인철의 존재는 고귀하다. 작품적 실천을 가볍게 여기는 어설픈 문학운동적 구호주의나, 분단된 민족현실을 애써 외면하는 문학주의 어느쪽으로부터도 현명하게 비켜설 줄 알았던 그의 시인적 입지 또한 값진 부분으로 기억됨직하다. 바로 이런 점 때문에도, "인철이는 왜 세상에 태어나 흑인문학도 내던지고, 똑똑한 시집 하나 남기지 못하고 늦은 봄 길가에 피었다가 지는 들꽃 같은 가련한 일생을 마쳤는가"고 한 김광균(「이미 죽고 사라진 사람들」, 『동서문학』

1988. 8)의 탄식이 절로 생각난다.

　(이 글을 작성함에 있어 배인철의 행적 및 문단활동 부분은, 중앙고보 학적부 및 이 시인의 백씨 배인복 선생, 시인 김차영 선생의 도움말이 크게 참고되었다. 이 자리를 빌려 두 분께 감사드린다.)

〔『창작과비평』 1989년 봄호〕

제2부

관념의 사물화, 종교시의 가능성

김현승의 시

  우리 근대시사에서 김현승(金顯承, 1913~75) 시는 두 가지 남다른 특
점을 지닌다. 우선 돋보이는 것은, 관념적인 시적 대상까지도 뚜렷한 이
미지로 포착하여 명징하게 드러내는 뛰어난 형상력이다. 거꾸로 말하자
면 이는 사물에 내재하는 '인간적 관념'을 날카롭게 감수(感受)해내는
감성적 능력과 상통하는 것으로, 시인의 고도한 직관적 투시력의 소산
이라 할 만하다. 가령 긴 겨우내 응달에서 모진 고통을 감내해야 했던
산골짜기와 흰 눈을 창백한 병적 이미지로 선명하게 조형화하고 있는
시 「사월」(『옹호자의 노래』, 1963)의 인상적인 한 구절, "깊은 상처에 잠겼
던 골짜기들도/이제 그 낡고 허연 붕대를 풀어버린 지 오래이다"는 그
단적인 예인데, 이 시인의 모더니스트적 면모가 유감없이 발휘된 대목
이라 하겠다.
  「양심의 금속성」에서 '양심'은 지상적 삶의 오예(汚穢)와는 결코 동
화될 수 없는 "모나고 분쇄"되지 아니하는 '은빛' 이미지로 형상되는가
하면, 달리 그것은 한낱 개인주의적인 "나의 꿈과 사랑과 나의 비밀을,/
살에 박힌 파편처럼 쉬지 않고" 찌르는 예리한 "금속성 무기"에 비유되

기도 한다. 이처럼 출중한 관념의 조소(彫塑)화 능력은 김현승 시에서 산견되는 참신한 비유적 표현들에서 두루 확인되는 터이다.

그런데 여기서 간과할 수 없는 것은 김현승의 시적 상상력의 원천이 저 맹자(孟子)의 '불인지심(不忍之心)'과 동류일 뿐 아니라, 그 시적 태도는 열렬한 도덕주의에 굳건히 기초해 있다는·사실이다. 6·25 동족전쟁의 상흔이 채 아물기 전의 어수선한 사회상을 자못 사실적으로 점묘해 보이고 있는 「슬픈 아버지」(『옹호자의 노래』)는 바로 이러한 시적 태도의 여실한 반영이라 할 수 있다. 라이프 잡지에 실린, "외인부대의 깡통"을 가지고 놀면서도 굳이 "경쾌한 에메랄드빛 세단차와/선연한 저 수은빛 날개"의 장난감 비행기를 고집하는 '한국 아이' 얘기를 접한 아버지의 슬픔을 담담하게 표백하고 있는 이 작품에서 특히 주목되는 것은 전쟁에 대한 시인의 극도의 혐오감이다. 이는 작품 말미의 7행에 걸쳐 집중적으로 형상화돼 있다. 그러나 안타깝게도 이 시인은 강렬한 사회성을 지닌 이런 계열의 작품들에 대하여 더이상의 시적 관심을 투여하지 아니하고, 이른바 '고독 시편'으로 깊이 침잠하고 만다.

여기서 우리는 김현승 시의 두번째 특점과 조우하게 된다. 그것은 다양한 성서적 인유를 통한 기독교적 '형이상 시'의 가능성을 제시했다는 데서 찾아진다.

이 시인에게 있어 지상적 삶은 고작해야 "황금으로 굳고 무쇠로 녹슨 땅"이자 "엉경퀴로 마른 땅"(「흙 한 줌 이슬 한 방울」, 1974)에 지나지 않는다. 그곳은 살아 숨쉬는 "꽃 한 송이"조차 발견할 수 없는, 온통 죽음만이 미만해 있는 사자(死者)의 나라와도 같다. 김현승 시에서의 '사라짐의 예찬' 또는 '소멸의 미학'은 바로 이 지점에서 생성된다.

그렇다면 시의 존재의미란 과연 무엇인가. 이를 시인은,

　　천사들에 가벼운 나래를 주신 그 은혜로

내게는 자욱이 퍼지는 언어의 무게를 주시어,
때때로 나의 슬픔을 위로하여주시는
오오, 지상의 신이여, 지상의 시여!

—「지상(地上)의 시」 부분

라고 읊조린다. 요컨대 시란 간신히나마 '존재의 슬픔과 고독'을 위로
해주는 "지상의 신"이라는 것이다. 계절적으로 말하자면, 그것은 겨울
로의 "먼 길을 예비"하는 '가을', 즉 "사람마다/찬란턴 마음의 샹들리에
를 졸이고,/저녁에 우는 쓰르라미가 되는/지금은 폐회(閉會)와 귀로의
시간"(「가을이 오는 시간」,『옹호자의 노래』)에 해당한다.

이쯤에서 우리가 김현승 시의 '겨울·침묵·어둠' 이미저리(imagery)
가 하나의 동심원을 이루는 '고독'의 다른 이미지들임을 알아차리는 것
은 별반 어렵지 않다.

이 어둠이 내게 와서
요나의 고기 속에
나를 거둔다
새 아침 낯선 눈부신 땅에
나를 배알으려고,

—「이 어둠이 내게 와서」(1973) 부분

내 이름에 딸린 것들
고향에다 아쉽게 버려두고
바람에 밀리던 플라타너스
무서운 잎사귀 되어 겨울길을 떠나리라.

—「겨울 나그네」(『견고한 고독』, 1968) 부분

위에서도 분명하듯, "요나의 고기 속"의 어둠은 위대한 부활의 공간이며, '겨울'은 "더 멀리" 영원으로 직통하는 길목 같은 것이다.

김현승 시세계에서 하나의 뚜렷한 시적 지향으로 되고 있는 '견고한 것에의 집착' 또는 '고독의 사물화' 경향 역시 이 연장선상에서 충분히 해명될 수 있는 성질의 것이다. 그러면 이 시인이 일련의 '고독 시편'들을 통해 궁극적으로 목표하는 것은 무엇인가. '인간적 감정'의 배제를 통한 영원에의 귀의, 바로 그것이다. 이런 의미에서,

> 씁쓸한 자양(滋養)
> 에 스며드는
> 네 생명의 마지막 남은 맛!
>
> —「견고한 고독」(1965) 부분

에서 엿보이는 '고독'의 모습은 아직은 "영원의 먼 끝", 즉 '절대 고독'에는 이르지 못한 불철저한 고독이라 해야 할 것이다.

[『한국대표시인선 50: (1)』, 중앙일보사 1995]

예술가의 사회적 책무

신경림론

1

신경림(申庚林)의 첫 시집 『농무(農舞)』(1973)의 출현은 당시 시단에 하나의 신선한 자극제로 작용하였다 할 수 있다. 그 첫째는, 시와 독자 간의 바람직한 관계에 대한 사회적 성찰의 계기를 마련하였다는 점이다. 이것은 시가 시인의 단순한 지적 소유에 머무는 것을 거부하고 그 지적 경험을 독자에게 개방, 그로 하여금 그것을 창조적으로 공유하게 하는 이 시인의 특이한 시적 방법과 긴밀히 관련된다. 신경림의 시는 일반 독자의 접근을 예사롭게 허용하는 넉넉한 시적 미덕으로 하여 독자에게 더이상 내밀한 사적 담화 또는 난해한 개인적 어법으로 비쳐지지 않는다. 그만큼 그의 시는 독자 위에 위압적으로 군림하지 않는다. 어느 의미에서 이는 시의 기본적 지향에 대한 예리한 정치적 통찰을 보여주었음에도 불구하고 시의 난해성 문제로부터는 미처 자유롭지 못했던 1960년대 김수영(金洙暎) 등과 일정하게 차별되는 특점이라 할 만하다. 백낙청(白樂晴)이 이 시집의 간행을 두고 '민중적 경사'라 이름한 까닭이 바로 여기 있다.

둘째는 서정시의 기존 통념에 근본적인 이의를 제기, 그 개념을 혁신 코자 했다는 점이다. 삶의 구체성이 배제되고 일체의 상황적 의미가 사상된 초역사적 순수서정이 아니라, "삶과 밀착되어 있는 것, 삶에서 생기는 때와 얼룩이 묻어 있는 것"(신경림·김사인 대담 「신경림의 시세계와 한국시의 미래」, 『오늘의 책』 1986년 봄호)으로서의 '생활서정'에 특히 주목함으로써, 진정한 서정시란 삶의 구체적 세부가 명징하게 개괄되는 현실주의 시와 전적으로 동일한 것임을 분명히 한 것이다. 신경림 시의 특징이 서사적 골격을 지닌 이야기시를 겨냥할 때 한층 돋보이는 것도 이와 무관하지 않을 것이다.

셋째, 시적 소재를 민중적 차원으로 확대시켰다는 점인데, 신경림의 경우 이것은 주로 여행하는 시적 자아를 통해서 이루어진다. 농민의 궁핍상, 피폐한 광산촌 이야기, 떠돌이 노동자와 도시로 유입된 이농민의 실상 등을 적실하게 시화한 것이다.

이 세 가지 측면은 『농무』 이후의 시집들——『새재』(1979) 『달 넘세』 (1985) 『가난한 사랑 노래』(1988)가 있는데, 장시집 『남한강(南漢江)』 (1987)은 여기서는 논외로 한다——을 통해 한층 깊이있게 천착되고 있다. 민요가락의 도입, 서사무가의 수용 등에 의한 민중현실의 창조적 반영, 이야기시의 양적 확장을 통한 장시 제작이 모색되는가 하면, 시적 화자의 발길이 전국 곳곳에 두루 미치면서 그 소재 영역 또한 수몰지구 이농민, 영세 어민, 도시빈민, 때로는 무가 형식을 빌려 원통하게 죽은 넋——휴전전·민통선을 떠도는 혼령, 수유리 무덤 속의 4·19혼령 등——을 노래함으로써, 그 시적 주제도 민족분단의 비극을 포괄하는 등 다양성을 확보하는 데까지 나아가고 있다.

이 글은 특히 시인의식의 변모과정과 관련하여 신경림 시의 이야기적 성격과 고향의식, 그리고 그의 시를 일관하는 국가허무주의의 시적 양상을 간략히 살핌으로써, 그가 지향하는 시인적 입지는 어떤 것인지를 가늠해보고자 한다.

2

　신경림 초기시의 지배적인 정조는 '슬픔'이다. 사회적 성격이 극히 불투명한 이 슬픔은 숙명론의 성격을 띠고 있다. 삶에 대한 적극적인 의미 부여가 완강하게 거부되고 역사의 발전적 전망이 완전히 차단되는 이와 같은 시적 공간에서 오직 삶이란 쓸쓸한 것으로 인식될 뿐이다.

　　언제부턴가 갈대는 속으로
　　조용히 울고 있었다.
　　그런 어느 밤이었을 것이다. 갈대는
　　그의 온몸이 흔들리고 있는 것을 알았다.

　　바람도 달빛도 아닌 것.
　　갈대는 저를 흔드는 것이 제 조용한 울음인 것을
　　까맣게 몰랐다.

　　─산다는 것은 속으로 이렇게
　　조용히 울고 있는 것이란 것을
　　그는 몰랐다.

　　　　　　　　　　　　　─「갈대」(1956) 전문(『농무』)

　"산다는 것은 속으로 이렇게/조용히 울고 있는 것"이라는 명제적 진

예술가의 사회적 책무　171

술에서 분명히 드러나듯, '울음'은 갈등적 삶의 소산이 아니라 존재론적 차원에서 규정될 성질의 것이다. "온몸이 흔들리고 있는 것"이 순전히 자기내인(自己內因)적이기 때문에, 그 흔들림의 외인을 이룸직한 '밤·바람'으로부터 사회학적인 해석을 이끌어내려는 것은 애당초 부질없는 노릇이다. 그런데 유의할 것은, 시대의 구체적 삶과 절연된 '순수 서정'으로서의 존재론적인 슬픔을 노래하고 있는 이 작품이 그 시적 방법에 있어서는 갈대의 개인사를 서술하는 '이야기시'의 형식에 의존하고 있다는 점이다. 아직은 그 슬픔이 구체적인 삶에 매개되지 않아 그러할 뿐, 일단 현실적 계기가 주어지기만 하면 억제된 서사적 욕구가 쉽사리 외화될 수 있는 형국을 취하고 있는 것이다. 이는 신경림의 시인의식이 아직은 역사적 삶의 지평과 맞닿아 있지 않음을 드러내는 것일뿐더러, 다르게는 그 무렵 시단의 문학적 관습 즉 '순수 서정시'적 규율과의 갈등 또는 타협을 반영하는 것이라 할 수 있다. 이러한 지적은 같은 시기의 작품 「묘비」(1965)에도 동일하게 적용된다. 신경림이 등단 이후 거의 10여년간 전혀 작품을 발표하지 않은 것이나, 뒷날 자신의 어두운 가족사를 시적 소재로 한 작품 「폐광(廢鑛)」(1971)을 회고하면서 "나를 틀 속에 제한시키고 있는 서정시라는 장르는 몹시 불만"스런 것(신경림 『삶의 진실과 시적 진실』, 전예원 1983)이었다고 토로한 데서 저간의 사정이 잘 드러난다.

　기존 서정시와의 양식적 갈등은 그의 시작활동이 재개되는 1960년대 후반에 이르러 생활적 서정을 담은 '이야기시'로써 상당 부분 해소된다. 기존 서정시로는 급변해가는 서사적 현실의 복잡성을 바르게 형상하는 것이 아무래도 역부족이라는 양식적 자각의 시적 성취물이라 할 수 있는 강력한 서사지향성의 이 이야기시는, 우리 근대시사에서 이미 1920년대 말엽 임화(林和)의 「우리 오빠와 화로」(1929)를 비롯한 일련의 '단편서사시'에서 그 싹을 보였으며, 1930년대 안용만(安龍灣)·이용악(李

庸岳)·백석(白石) 등에 의해 그 작업은 착실하게 진행되었던 것인데, 뒤늦게 신경림에 와서 그 문학적 복권이 실현된 것이다.

> 이제 나는 시골 큰집이 싫어졌다.
> 장에 간 큰아버지는 좀체로 돌아오지 않고
> 감도 다 떨어진 감나무에는
> 어둡도록 가마귀가 날아와 운다.
> 대학을 나온 사촌형은 이 세상이 모두
> 싫어졌다 한다. 친구들에게서 온
> 편지를 뒤적이다 훌쩍 뛰쳐 나가면
> 나는 안다 형은 또 마작으로
> 밤을 새우려는 게다. 닭장에는
> 지난 봄에 팔아 없앤 닭 그 털만이 널려
> 을씨년스러운데 큰엄마는
> 또 큰형이 그리워지는 걸까. 그의
> 공부방이던 건넌방을 치우다가
> 벽에 박힌 그의 좌우명을 보고 운다.
> 우리는 가난하나 외롭지 않고, 우리는
> 무력하나 약하지 않다는 그
> 좌우명의 뜻을 나는 모른다. 지금 혹
> 그는 어느 딴 나라에서 살고 있을까
> ──「시골 큰집」(1966) 부분(『농무』)

1966년에 발표된 이 작품을 통해 우리는 무엇보다도, 농업부문의 일방적 희생을 담보로 한 공업자본의 축적과, 이를 토대로 이룩된 고도성장의 혜택으로부터 철저히 소외당한 채 하강분해만을 거듭하면서 급속하게 몰락해간 5·16 군사정권 아래의 농민의 비극적 형상을 똑똑히 보게 된다.

행구분 표시를 없애면, 형태적으로 이 시는 영락없는 한 편의 산문적 이야기다. 가끔 "싫어졌다 한다. 친구들에게서 온"'밤을 새우려는 게 다. 닭장에는" 등에서처럼 무리한 행갈이를 감행, 시행의 길이가 고만고만한 단정한 서정시의 모습을 갖추고 있지만, 명백히 이 시는 "단편소설이 시사하는 바와 같은 무대설정이나 분위기, 혹은 이야기의 뼈대" (유종호 「슬픔의 사회적 차원」, 『동시대의 시와 진실』, 민음사 1982)를 지닌 이야기 시인 것이다. 아직 온전한 것은 아니지만, 앞에서 본 「갈대」에 비하면 '슬픔'이 농민의 구체적 삶에 매개되면서 한층 명료한 사회성, 즉 시인이 말하는 "참다운 서정성"을 간직하기에 이른 것이다. 신경림에게 있어 이것은 "이용악·백석·오장환(吳章煥) 등에 의해 부분적으로 성취된 서정성을 시 속에서 다시 되살리는 것"(신경림·김사인, 앞의 대담)에 다름아니다.

> 답답하고 고달프게 사는 것이 원통하다
> 꽹과리를 앞장세워 장거리로 나서면
> 따라붙어 악을 쓰는 건 쪼무래기들뿐
> (…)
> 산 구석에 처박혀 발버둥친들 무엇하랴
> 비료값도 안 나오는 농사 따위야
> 아예 여편네에게나 맡겨 두고
> 쇠전을 거쳐 도수장 앞에 와 돌 때
> 우리는 점점 신명이 난다
> 한 다리를 들고 날라리를 불거나
> 고갯짓을 하고 어깨를 흔들거나
>
> —「농무」(1971) 부분(『농무』)

서사의 골격은 분명하지 않지만 작품의 전개는 여전히 이야기의 틀 속에서 이루어지고 있다. 1971년작인 이 시는 앞의 「시골 큰집」과는 달리 그 시적 통사가 한결 정비된 모습을 보이고 있는데, 이와같은 형태의 견고함은 서사의 구체성이 한층 강화되어 나타나는 후기시로 내려올수록 하나의 뚜렷한 경향성을 띤다. 이렇게 볼 때, 신경림 시의 이야기적 성격은 역사와 사회에 대한 시인의식의 성장과 긴밀한 연관을 지니는 것이라 할 수 있다.

두렛일의 흥겨움, 생기발랄한 민중적 축제로부터 힘있게 솟구치는 기쁨 대신 자조적인 한탄과 원한의 감정만이 두드러지는 위의 시에서 농민 화자가 "쇠전을 거쳐 도수장 앞에 와 돌 때/우리는 점점 신명이 난다"고 읊조릴 때 무섭게 번뜩이는 살의의 표정도 그러한 시인의식의 한 반영이 아닌가 한다. 농민의 비애를 갈수록 심화시키는 사회적 계층이나 특정 정치세력에 대하여 그것은 하나의 통렬한 반어로 되기 때문이다.

3

신경림의 고향에 대한 시선은 극히 우울하며, 대개 그것은 강한 자기 질책의 성격을 지닌다. 거의 예외없이 그의 시적 주인공들은 도회적 삶을 영위하는 소시민 지식인으로서 일종의 도덕적 채무감에 깊이 사로잡혀 있다.

을지로 육가만 벗어나면
내 고향 시골 냄새가 난다

질퍽이는 정거장 마당을 건너
난로도 없는 썰렁한 대합실
콧수염에 얼음을 달고 떠는 노인은
알고 보니 이웃 신니면 사람
거둬들이지 못한 논바닥의
볏가리를 걱정하고
이른 추위와 눈바람을 원망한다
어디 원망할 게 그뿐이냐고
한 아주머니가 한탄을 한다
삼거리에서 주막을 하는 여인
어디 답답한 게 그뿐이냐고
어수선해지면 대합실은 더 썰렁하고
나는 어쩐지 고향 사람들이 더 두렵다

—「시외버스 정거장」(1972) 부분(『농무』)

화자가 고향사람들을 오히려 두렵게 생각하는 심리적 근거는 결코
단순한 것이 아니다. 도회를 벗어나고자 하는 행위가 실은 "시골 냄새"
를 기계적으로 확인하려는 형식적 절차에 불과하다는 것, 즉 자신은 농
민들의 걱정과 답답함 따위로부터 멀찍이 비켜서 있다는 부끄러움의 감
정과, "을지로 육가에만 들어서면/나는 더욱 비겁해지고"(같은 시)에서
처럼 여차하면 고향을 쉽사리 배반할 수도 있다는 격심한 자책감이 복
잡하게 얼크러져 있는 것이다. 얼핏 백석의 「고향」을 쉽게 떠올려주면
서도, 바로 이런 점이 양자를 결정적으로 갈라서게 한다. 신경림의 고향
이 푸근한 안식처로서보다 그의 자의식을 송곳처럼 아프게 찌르는 각성
의 시적 매개로 되는 것도 이런 데 기인한다.

―20년이 지나도 고향은
달라진 것이 없다 가난 같은
연기가 마을을 감고
그 속에서 개가 짖고
아이들은 운다 그리고 그들은
내게 외쳐 댄다
말하라 말하라 말하라

―「시제(時祭)」(1972) 부분(『농무』)

　서정 주체가 지닌 '도덕적 채무'의 내용이 자못 구체적으로 또다시
암시되고 있다. 20년 전이나 다름없는 고향사람들의 경제적 궁핍과 정
치적 부자유에 대하여 "아아 나는 아무 말도 할 수가 없다"고 토로하는
데서 잘 드러나듯, 그것은 시인으로서 그가 속해 사는 시대현실에 충실
히 복무하지 못한다는 뼈아픈 자기반성과 정히 동질적이다.

　땀을 식히며
　고향의 헌 거리를 굽어본다

　(…)

　노예들의 헛된 싸움터를 좇아
　산성을 돈다. 머리로 종을 때려
　깊이 잠든 친구를 깨워 세울
　산까치도 될 수 없는 고향 언덕에서

―「산까치」(1977) 부분(『새재』)

여기서 농촌현실은 한낱 굴종적인 삶이나 강제당할 뿐인 "노예들의 헛된 싸움터"로, 농민은 미처 각성되지 아니한 사회적 미숙아로 각각 형상되고 있다. 그런데 간과하지 말 것은, 곧 뱀에게 먹혀 노예의 자리로 떨어질지도 모를 농민을 위해 시적 자아가 "머리로 종을 때려/깊이 잠든 친구를 깨워 세울/산까치"를 꿈꾸고 있다는 사실이다(이 시의 둘째 연은 원주 '치악산 보은 설화'를 기본 모티프로 차용하고 있다). 그러나 그 꿈은, 산까치처럼 자기희생을 당당하게 자임하고 나설 만큼 충분한 사회적 깊이를 획득한 것은 아니라는 점에서 단지 아름다운 꿈일 뿐이다. 그가 여전히 수직적 사고와 소영웅주의에 사로잡혀 있는 한, 그러한 도덕적 채무로부터의 자유는 결코 기대하기 어려운 것이다.

> 산다는 것이 갈수록 부끄럽구나
> 분홍 커튼을 친 술집문을 열고
> 높은 구두를 신은 아가씨가
> 나그네를 구경하고 섰는 촌 정거장
>
> —「군자(君子)에서」(1975) 부분(『새재』)

수인선 협궤열차가 닿는 한 시골역의 쓸쓸한 정경과, 이 궁벽한 곳까지 흘러든 어느 술집작부의 희망없는 삶이 간명하게 점묘되어 있는 이 시는 1930년대 이용악의 절창 「전라도 가시내」나, 김지하(金芝河)의 1970년대 벽두의 작품 「서울길」을 쉽게 연상시켜준다. 그녀의 모습은, 일제강점기에 대규모적으로 발생한 조선이농민의 딸로 지금은 저 북간도 술막의 이름없는 꽃으로 전락한 '전라도 가시내'의 1970년대적 반영이며, 동시에 그것은 "하늘도 시름겨운 목마른 고개 넘어/팍팍한 서울길/몸팔러 간다"고 울먹이며 고향을 뜬 어느 시골처녀의 후속적 형상과 전적으로 동형이다. 그런데 여기서 이채로운 것은, "분홍 커튼을 친 술집" 아가씨에 대한 화자의 시각이 낙관적 믿음으로 충일하다는 점이다. 그에게 그녀의 존재는 무수한 갈등과 다채로운 굴곡을 지닌 생동하는 민중적 삶의 시적 징표로 된다.

> 신새벽에 일어나
> 비린내 역한 장바닥을 걸었다.
> 생선장수 아주머니한테
> 동태 두 마리 사 들고
> 목로집에서 새벽 장꾼들과 어울려
> 뜨거운 해장국을 마셨다.
>
> 거기서 나는 보았구나
> 장바닥에 밴 끈끈한 삶을,
> 살을 맞비비며 사는
> 그 넉넉함을,
> 세상을 밀고 가는
> 눈에 보이지 않는 힘을
>
> ─「편지」부분(『달 넘세』)

여기서 시인이 핵심적으로 드러내고자 하는 것은 민중적 삶의 건강한 자기운동 논리이다. 꿋꿋한 생명력과 넉넉한 정신, 그리고 세상을 밀고 가는 눈에 보이지 않는 힘을 지닌 역사변혁의 주체로서의 민중에 대한 지식인의 도덕적 우월이 전혀 근거없는 관념의 곡예에 불과하다는 것을 분명하게 보여준다.

다들 잠이 든 한밤중이면

몸 비틀어 바위에서 빠져나와
차디찬 강물에
손을 담가보기도 하고
뻘겋게 머리가 까뭉개져
앓는 소리를 내는 앞산을 보며
천년 긴 세월을 되씹기도 한다.

빼앗기지 않으려고 논틀밭틀에
깊드리에 흘린 이들의 피는 아직 선명한데.
성큼성큼 주천 장터로 들어서서 보면
짓눌리고 밟히는 삶 속에서도
사람들은 숨가쁘게 사랑을 하고
들뜬 기쁨에 소리 지르고
뒤엉켜 깊은 잠에 빠져 있다.

　　　　　—「주천강 가의 마애불──주천에서」 부분(『달 넘세』)

　천년 역사의 산 증인인 마애불(磨崖佛)의 눈을 통해 '주천 장터' 사
람들의 활기찬 삶의 모습을 익살맞게 펼쳐 보이고 있는 이 시는 차라리
하나의 민중찬가라고 함이 옳을 것이다. "몸 비틀어 바위에서 빠져"나
온 마애불의, 한밤중부터 새벽까지 계속되는 이 기이한 장터시찰은 그
회화적 성격에도 불구하고 그야말로 의미심장하다. 그의 눈에 잡힌 민
중적 삶은 그저 꾸밈없고 헌거로울 뿐이다. 제 땅을 빼앗기고 장터로 내
몰린 농민들이, 마치 역사의 밤을 일거에 종식시키기라도 하듯 잠자지
않고 숨가쁜 사랑의 축제를 벌이는 데서 그 거침없는 활력은 절정을 이
룬다. 소시민 지식인의 관점에서 민중적 낙관주의의 그것으로 전이되는
시인의식의 발전적 변모를 그대로 보여주는 것이다.

4

　신경림의 주요한 시적 주제 중의 하나로 우리는 짙은 국가허무주의 또는 정치에 대한 뿌리깊은 불신을 들 수 있다. 그런데 이는 민중적 삶을 향한 이 시인의 끈덕진 애정, 간단없는 낙관적 믿음 등과 매우 날카로운 대조를 이루는 것이어서 특히 흥미롭다.

　　목 잘린 교우들의 이름 들을 적마다
　　사기가마 굳은 벽에 머리 박고 울었을
　　황사영을 생각하면 나는 두려워진다
　　나라란 무엇인가 나라란 무엇인가고
　　친구들의 목숨 무엇보다 값진 것
　　(…)
　　불과 칼로 친구들 구하려다
　　몸 토막토막 찢기고 잘리고 씹힌
　　그 사람 생각하면 나는 무서워진다
　　　　　　—「다시 남한강(南漢江) 상류에 와서」(1978) 부분(『새재』)

　여기서 국가의 존재란 "친구들의 목숨" 이하로 그 의미가 크게 격하되어 나타난다. 친구와 고통을 함께하는 일에 계속 머뭇거리기만 하는 자신의 소심하고 무기력한 삶에 심각한 자책을 가하는 시적 화자에게 국가란 고작해야 "몸 토막토막 찢기고 잘리고 씹힌" 황사영(黃嗣永)의 경우처럼 물리적 폭압과 파멸만을 몰아다주는 가해자로 인식된다. 정치적으로는 철저한 외세주의자로 단죄될 수도 있는 황사영을 두고 화자가

"누가 그더러 반역자라 하는가"라고 옹골지게 말하는 뜻은 명백하다. 국가 통치이념에 반한다는 명분 아래 행해진 천주교 박해와는 전혀 무관하게, 그의 죽음은 단지 정파간 파벌싸움의 값싼 희생일 뿐이라는 의미이다.

1948년 '4·3제주민중항쟁'에 가담한 죄로 투옥되는가 하면, 월북해서도 똑같은 징역살이를 되풀이, 급기야는 압록강을 건너 중국 흑룡강성으로 탈주하면서 "다시는 내 땅을 밟지 않으리라"고 다짐한 시적 주인공의 기구한 삶의 역정을 노래하고 있는 다음 시를 보기로 하자.

> 그러나 삼십 년,
> 그는 지구를 멀리 반 바퀴 돌아서
> 내 땅 가까운 일본까지 왔다.
> 들려오는 것이라고는
> 우울한 소식뿐이건만
> 매일처럼
> 바닷가에 나와
> 내 땅을 바라보고 섰다.
>
> 무엇일까 내 땅이란 무엇일까,
> 동경 뒷골목 선술집에서
> 나는 그에게 묻고
> 그는 말없이
> 가슴과 등줄기에 남아 있는
> 채찍 자국을 내보인다.
>
> —「내 땅」 부분(『달 넘세』)

앞의 시에서 "나라란 무엇인가"라고 되뇌는 화자의 어조가 원망과 분노로 가득한 것이라면, 여기서 "무엇일까 내 땅이란 무엇일까"라고 묻는 화자의 목소리에는 끈끈한 애정이 담겨 있다. '채찍'으로 표상된 데서 명확히 드러나듯, 국가란 '그'에게 하나의 흉포한 억압자에 지나지 않는다. 그러나 "내 땅"은 "가슴과 등줄기에 남아 있는/채찍 자국"처럼 외면할 수 없는 운명과도 같은 존재로 된다. 유신체제의 말기적 증상이 극단을 치닫던 1970년대 말엽의 암담한 정치풍속도를 되돌아보게 하는 이 시에서 신경림의 국가허무주의는 새삼 선명한 모습으로 각인되고 있는 것이다.

> 우리는 서로 손톱을 세워
> 동무들의 얼굴에 깊은 상처를 내고
> 돌아서는 야윈 어깨에 칼을 꽂고
> 원수들의 날라리 장단에
> 병신춤을 추는구나.
> 십년 이십년 삼십년을 달려온 걸음
> 추위와 굶주림에 떨면서 협박과
> 꼬임에 뒤뚱대면서 절뚝이면서
> 쓰러지면서 엎어지면서 달려온 걸음
> 그 어려운 걸음 되돌려진다는 걸 모르면서.
> ─「올해 겨울」부분(『가난한 사랑 노래』)

민중역량을 분산시킴은 물론 그 운동노선에 심각한 혼선을 자초, 결국 공동의 힘으로 제압해야 할 "원수들"로 하여금 "번뜩이는 총칼 새로 벼려 든 채/큰길에서 신바람나게 망나니춤" 추게 한, 1987년 겨울 대통령선거에서 그 추악성을 여지없이 드러낸 보수야당의 분열주의를 시인은 엄중하게 꾸짖는다. 그들이 내건 온갖 훌륭한 구호에도 불구하고 마침내 공작정치에 놀아난 꼴이 되고 만 보수야당, 이들에 이끌려 "원수들의 날라리 장단에/병신춤"을 되풀이 재연하는 지식인의 졸렬한 모습, 그리고 역사의 자업자득으로 된 참담한 현실적 패배 등을 지켜보는 화자의 심정은 실로 착잡하다. 그러나 이런 착잡함은 시인의 정당한 입지를 탐색하는 신경림의 기본 시각이 기왕의 시에서 종종 보여주었던 상투성을 시원스레 떨쳐버리고 과학적 인식의 차원으로 이미 진입하기 시작했다는 움직일 수 없는 시적 증좌이기도 하다는 점에서 오히려 믿음직한 착잡함이라고 말할 수도 있다.

5

시인의식의 변모과정을 통해 우리는 신경림이 시인의 사회적 책무를 점차 명료하게 인식하기에 이른 시적 경로를 개략적으로 살펴보았다. 그의 시가 다분히 현실의 기계적 반영 또는 그것의 단순추수로 떨어질 위험성을 간직하고 있음에도 불구하고, '쉬운 민중시'의 시대를 여는 새로운 구실을 톡톡히 해냈을 뿐 아니라, 시의 존립근거와 올바른 시적 방법에 대한 사회적 인식토대를 형성하였다는 점에서도 그 시사적 의의는 자못 큰 것이라 아니할 수 없다.

물론 그의 시에 전혀 문제가 없는 것은 아니다. 서사적 뼈대가 취약할 경우 그 시적 논리가 모호(『농무』의 「눈길」 「동면」 등)해진다거나, 시세계의 결이 너무 단조롭고 음울하다든가, 또는 대체로 그 시적 정조가 '원한'의 직설적 토로에 갇혀 있기 일쑤라는 것, 그리고 시적 호흡의 생생한 현장성에도 불구하고 소재주의로 너무 기울고 있는 게 아닌가 하는 점 등이 그러하다. 유종호의 지적처럼 그의 시가 "내면성의 간구라든가 새 발견의 모색"에 매우 미흡하거나 소극적인 것(앞의 글)도 빼놓을 수 없는 시적 결함이다. 이 시인의 발길을 기다리는 곳으로 아직 북한이 남아 있긴 하지만, 그러한 외적 여행 못지않게 중요한 것이 바로 이 내면성의 모색이라 할 수 있다. 그러나 시 독자의 입장에서 생각할 때 무엇보다도 중요한 문제로 제기되는 것은, 신경림의 독자들이 자칫 '시는 원망과 한탄, 증오의 등치물이다'라는 왜곡된 인식으로 함몰되지 않을까 하는 우려이다. 한마디로 신경림은 발로 뛰는 시인이라 할 수 있는데, 이런 우려가 한낱 부질없는 기우에 불과한 것이 되기 위해서도 이제 그의 발빠른 행보도 그 완급이 엄정한 조정을 거칠 때가 되었다고 판단된다.

〔『한국 현대시 연구』, 민음사 1989〕

인물시의 새로운 가능성

고은 『만인보』론

1

1958년에 등단, 올해로 시력 35년을 맞는 고은(高銀)은 한마디로 자강불식(自彊不息)의 시인이라 할 수 있다. 물론 이러한 규정은 그가 오로지 다작의 시인에 머물러 있음을 의미하지 않는다. 스스로 공언하듯 '항구적인 문학주의자'로서 그동안 휘황한 창조적 변신을 거듭하였을 뿐 아니라, 1970년대 이래 엄혹한 군부독재하의 주요 고비에서마다 극적인 자기갱신의 면모를 명징하게 보여줌으로써 그는 줄곧 문단적 회오리의 중핵으로 자리잡아온 때문이다.

생물학적으로도 실히 한 세대를 넘기는 고은의 긴 시적 행로를 여기서 짤막이 간추리기는 쉽지 않은 일이다. 이 시인의 시적 전개과정은 대략 세 단계로 구분하는 것이 통례이다. 그런데 각별히 주목할 것은 1970년의 '전태일 분신자결'이 이 시인에겐 하나의 결정적인 마딧점으로 되었다는 점이다.

"그 돈오적인 충격으로 하여 내게는 허무로부터 역사로 내달려가야 할 새로운 운명이 열리기 시작했다. 가혹하게 말하면 전태일은 효봉이나 서정주를 나로부터 떼어놓은 것"(고은 「운명으로서의 문학」, 『고은 문학앨범』, 웅진 1993)이라고 한 시인 자신의 언명에서도 잘 드러나듯, 6·25로 입산하고 4·19로 하산한 고은에게 있어 1970년은 '출출세간(出出世間)의 진정한 문학주의자'로 거듭날 수 있는 뚜렷한 현실적 계기를 부여해주었다. 그러나 안타깝게도 그것은 한낱 계기로 머물렀을 뿐이니, '역사'에 지나치게 밀착한 둘째 단계의 고은 시는 종종 정치적 아지프로로 떨어지곤 했던 것이다.

'허무'와 '역사'로 명료하게 갈라서는 1960년대와 70년대의 고은 시는 그리하여 유신체제를 훨씬 앞지른 80년대 신군부체제의 혹독한 정치적 철권 아래서 또 한번의 문학적 대전회를 감행하였으니, 1982년 출옥 후 펴낸 『조국의 별』(1984)은 바로 그 둘째 마딧점에 해당한다. 이 시기의 대표작이라 할 만한 「자작나무숲으로 가서」를 통해 최원식이 적실히 간파했듯, 그 핵심은 "부정에서 출발하여 높은 긍정으로 귀결되는 화엄"(「고은, 서정시 30년의 역정」, 같은 책)정신의 시적 발현이라 할 수 있다.

『만인보』(지금까지 창작과비평사에서 9권이 발간되었는데, 아래에서의 작품인용은 권수만 밝히기로 한다)는 이 셋째 단계에서 숨가쁘게 분출된 시적 활화산들 가운데 하나이다. 시인은 말 그대로 '만인의 삶의 행적'을 일관된 시적 정신 아래 열기(列記)하고자 한 당초 구상을 크게 수정, 3천여 편으로 일단락한다고 한다. 그러나 이미 발표된 작품이 1천 편을 넘어선 현시점에서 볼 때, 그 편수의 과다(寡多) 또는 완결 여부는 별반 중요하지 않다. 문제는 이 대작업이 고은 시에서뿐 아니라 민족문학의 발전적 전개에 있어 얼마만큼의 시적 성취를 이루었는가 하는 점일 터인데, 여기서는 바로 이러한 문제의식에 입각하여 그 시적 성과와 한계를 개괄적으로 짚어볼까 한다.

2

『만인보』는 구체적이고도 싱싱한 삶의 세목들로 충만하다. 아름다운 인간적 덕목을 지닌 사람들, 이와는 전혀 유를 달리하는 구두쇠·거짓말쟁이·게으름뱅이·욕쟁이·노름꾼, 그리고 창녀와 같은 사회하층민들이 함께 얼크러져 하나의 서사적 대하장강을 이루고 있는 것이다. 시대의 고금이나 남녀노소의 구분이 전혀 불필요할 만큼 극히 다양한 인물들이 등장할 뿐 아니라, 거기엔 때때로 현실 속에 과연 이런 유형의 삶이 존재할까 싶을 정도의 실로 드라마틱한 인간상마저 합류함으로써 그 서사적 화폭은 더더욱 생생한 다채로움을 획득하기에 이른다.

『만인보』의 이같은 모습은 언뜻, 일찍이 시인 자신이 깊이 탄복한 바 있는 숄로호프(M. Sholokhov)의 『조용한 돈 강』의 서사적 장엄성을 연상시킨다. 활기 넘치는 재담, 생기발랄한 민중적 비유, 적확한 풍물묘사, 자연경관의 서정적 점묘, 그리고 젊은이들의 불꽃 같은 사랑이야기 등이 어우러져 빚어내는 웅대한 서사가 또렷이 각인돼 있는 듯하기 때문이다. 숄로호프의 작품이 역사의 대격변기인 1차대전과 레닌혁명기의 '코사크의 소설적 혁명사'라 할 수 있다면, 비록 문학적 양식과 규모는 다를지언정 고은의 『만인보』는 주로 간난과 핍박으로 얼룩진 일제강점기 및 '해방기' 조선농민의 파란만장한 삶의 시적 총집(叢集)이라 할 수 있다.

『만인보』의 시적 양식은 한국문학의 역사적 전통에서 그리 낯선 것이 아니다. 무엇보다 일제강점기 임화(林和)의 「우리 오빠와 화로」(1929)를 두고 김기진(金基鎭)이 명명한, 서정시의 한 분파로서의 '단편서사시'나 그 발전적 연장으로서 1930년대 안용만(安龍灣)·이용악(李庸岳)·백석(白石) 등에 의해 괄목할 만한 시적 성취를 이룬 '이야기시'와 맞닿아 있다는 점에서 그러하다. 이들 시는 비교적 선명한 서사적 골격을 지닌 것으로, 악화일로만을 치닫던 당대의 절실한 시대적 요청, 즉 종래의 '서정 단시'로는 급변해가는 서사적 현실의 충실한 반영에 이를 수 없으리라는 시적 인식의 소산이라 할 수 있다. 1980년대 후반부터 우리 시에 폭넓게 형성된 서사적 지향 및 그 이론적 뒷받침에 다름아닌 '리얼리즘 시론' 등도 이런 맥락에서 이해되어야 할 것이다. 좀더 시대를 거슬러올라가보면, 가령 서정과 서사의 절묘한 조화를 통해 조선후기 사회의 체제모순을 가속화시킨 군포(軍布)의 폐해상을 날카롭게 형상한 다산(茶山) 정약용(丁若鏞)의 「애절양(哀絶陽)」 같은 짧막한 서사한시 역시 이 범주에 드는 것임을 알 수 있다.

『만인보』 시편들의 서사구성 방식은 일률로 규정하기 어렵다. 그러나 조선조 후기 한문학에서 민가(民歌)적인 시적 양식으로 두드러졌던 악부시나 다산 등의 서사한시에서 거의 공통적으로 드러나는 '연사이발 (緣事而發)'의 구조, 즉 '사건의 점묘'와 그에 대한 '시인의 감회'라는 양대 부분의 결합 양상을 띠는 것이 보통이다. (임형택은 전자를 '사건구조', 후자를 '정회구조'라 이름한 바 있다.)

> 우리 집안 아낙네와 가시내들과
> 가운데오촌네 집 뒷방에 모였다
> 가마니틀 아래
> 큰집 고모 오복녀 데려다가
> 모시개떡 해서 나눠 먹었다
> 간도가 어디인가
> 간도로 가는 오복녀
> 모시떡은 고사하고 언제까지나 울음바다 이루어서
> 동네가 떠나가는데
> 누가 나서서 말리지도 못했다

그 어여쁜 오복녀 고모
웃으면 오목하니 볼우물 쌍으로 열리는 고모
자주고름 접은 가슴 오복녀 고모
이 땅에서 가지고 갈 것이 무엇이랴
가장 많은 눈물 가지고 간 고모

—「큰집 고모」부분(1권)

일제강점기의 대규모 농민분해가 끝내 '만주행'으로 귀결되는 모습
이 사뭇 약여하다. 시적 주인공의 서러운 처지가 화자의 엄격한 감정통
제 아래 극히 사실적으로 점묘되고 있는 이 시의 경우, 전체적으로 사건
구조는 극대화되고 시인 자신의 정회구조는 마지막 2행에 걸쳐 상대적
으로 극소화됨으로써 작중 현실의 사실성이 강화되고 아울러 밀도 높은
서정성이 확보되는 시적 장치가 돋보인다. 물론, 이 양자가 각기 차지하
는 비중에 따라 작품의 실제는 다양한 변주가 가능하다.

서술 시점의 문제만 하더라도 『만인보』시편들은 작품적 효과의 극대
화를 위해 여러가지 방식을 두루 원용하고 있다. 첫째는 시적 화자의 주
정 토로를 극력 억제하는 대신 객관상관물을 통해 이를 우회적으로 드
러내는 서술방식이다.

천하절색이었는데
일제 말기 아주까리 열매 따다 바치다가
머리에 히노마루 띠 매고
정신대 되어 떠났다
만순이네 집에는
허허 면장이 보낸 청주 한 병과
쌀 배급표 한 장이 왔다

그러나 해방되어 다 돌아와도
만순이 하나 소식 없다
백도라지 피는데
쓰르라미 우는데

—「만순이」 부분(2권)

　시적 대상에 대한 화자의 태도는 애매성의 시적 표현이라 할 수 있는 "허허"라는 반어적 시어에 잘 반영되어 있듯, 객관적 서술의 외피에도 불구하고 잔뜩 뒤틀려 있다. 그런 까닭에 불귀의 객이 되고 만 시적 주인공의 개인사는 한층 애틋한 것으로 되고 있다. 그러나 정작 여기서 우리의 눈길을 끄는 것은, 극도로 절제된 슬픔의 시적 정조가 '백도라지' '쓰르라미' 등의 정서적 등가물에 힘입어 강력한 서정적 환기력을 발하고 있다는 점이다.
　둘째는 시인 자신이 직접 서정 주체로 나서는 경우이다.

옷이 좋았지
항상 단추 다섯 빛났지
도시락에 삶은 달걀 환하게 들어 있었지
그러나 누구한테 손톱발톱만치도 뽐낸 적 없지
수복 직후 아버지 죽은 뒤
동네사람에게 끌려가서
유엔군 흑인 총 맞아 죽었지
봉태야
나는 너 하나 살려낼 수 없었다
네 열일곱 살은 내 열일곱 살이었는데

—「봉태」 부분(2권)

시적 현실의 진실성은 적정한 미학적 거리의 확보 여부에 달려 있음이 여기서 다시 한번 입증되고 있는데, 아마도 어렸을 적 친구였음이 분명함직한 시적 주인공의 참혹한 가족사를 시인은 '6·25 동족전쟁' 회고담 형식을 빌려 직정적으로 노래하고 있다. 그런데 주목할 것은 일종의 '시안(詩眼)'에 해당하는 마지막 행에 집중된 비극적 서정의 무게 때문에 이 시는 한낱 평범한 산문으로 떨어지지 아니하고 시적 품격을 튼튼히 유지하고 있다는 점이다.

셋째는 시적 현실의 실감을 강화하기 위해 '담화'를 삽입하는 경우이다. 다음 작품들이 그러한 예들인데, 첫번째 경우는 화자의 이야기가 일순 끊기면서 제3의 화자가 다시 등장, 인물 형상의 생동성을 더욱 드높이는 방식을 취하고 있다.

> 어느 날 뒤안 대밭으로 순철이 어머니 몰래 들어가
> 그 집 고추장 한 대접 떠가다가
> 목물하는 그 집 딸 덕순이 육덕에 탄복하여
> 아이고 순철아 너 동네장가로 덕순이 데려다 살아라
> 세상에 그런 흐벅진 년 처음 보았구나
>
> ─「딸그마니네」 부분(1권)

> 먼데 옥산면 들 푸른 보리밭 바라본다
> 안경 없으니
> 보리밭인지 뭣인지
> 그냥 푸르뎅뎅한데
> 오로지 코에 스미는 들 냄새라
> 또 보리 팰 무렵이그만

옆집 뜨물 냄새도 나니 깊이 시장하구나

―「임두빈이 어머니」 부분(7권)

뒤 작품은 시적 주인공에 대한 객관적 점묘로 나아가다가, 끝무렵에 이르러 '보리 냄새' '뜨물 냄새' 등의 매개적 사물을 곁들여 그들로 하여금 직접 가난의 실감을 은밀한 독백조로 토로하게 하는 우회적 수법을 사용하고 있다. 이른바 시적 '여미(餘味)'의 효과적인 드러냄이다.

물론 『만인보』의 서술 시각은 반드시 위의 세 가지에 국한되지 않는다. 그들 상호간의 다양한 복합이 한 작품 내에서 혼재되어 나타나는 예 또한 없지 않다. 따라서 문제의 핵심은, 시점의 다양성이 아니라 시의 제반 구성요소가 시적 성취에 얼마나 유기적으로 기여하고 있는가의 여부이다.

3

『만인보』의 시편들 중 압도적 다수는 특정 인물을 시적 대상으로 삼고 있는, '사람 사는 이야기'로서의 실명시(實名詩)이다. 이 가운데 우선 이채를 띠는 것은, 시인에게 삶의 올바른 지향을 감동적으로 일깨워준 사람들에 관한 몇편의 '성장시'이다.

막무가내의 술고래지만 "악아 일본은 우리나라가 아니란다/옛날 충무공이 일본놈들 혼내줬단다 기 죽지 말어라"라고 엄히 훈계할 줄도 아는 적빈한 농사꾼 「할아버지」(1권), "마당 잘 쓸어놓으면/마당이 웃는다/마당이 웃으면/울타리도 웃는다"는 일종의 잠언적 경구를 통해 공생적 삶의 아름다움을 깊이 깨우쳐준 「외할아버지」(4권)가 그런 예에 속한다.

그러나 고은의 개인사에 가장 깊고도 강렬하게 각인된 인물은 '꿈'과

'모험'의 이미지로 각각 대표되는 아버지와 외삼촌이다.

  강 건너 내포 일대
  대천장 예산장 서산장
  아무리 고달픈 길 걸어도
  아버지는 사뭇 꿈꾸는 사람이었습니다

                              ──「아버지」 부분(1권)

  외삼촌은 나를 자전거에 태우고 갔다
  외삼촌은 달리며 말했다
  머슴애가 멀리 갈 줄 알아야 한다
  나의 절반은 외삼촌이었다

                              ──「외삼촌」 부분(1권)

　고통스런 현실 속에서도 결코 포기될 수 없는 '꿈', 미지의 것을 향한
무한한 동경과 '모험'적 충동, 이 상호완결적인 생명적 에너지야말로
지상적 삶에 온몸으로 투신하면서도 거기에 얽매이기를 한사코 거부하
는, 그리하여 어떤 형태의 교조주의도 단호히 반대하는 고은 문학의 정
신적 재화인바, 그 내밀한 원천이 바로 여기서 비롯됨을 감지할 수 있
다. "나의 절반은 외삼촌이었다"는 데서 자못 극명한 고은의 이 탕탕한
정신의 자유로움은, 그러나 서정주(徐廷柱)의 "나를 키운 건 팔할이 바
람이다"(「자화상」)와 날카롭게 구분된다. 서정주의 그것은 육체성을 결
한 정신주의에 근사한 것이기 때문이다.
　시인 고은으로 하여금 '세상에 대한 전율적 개안'을 가능케 한 또하
나의 인물은 '머슴 대길'이다. 그는 단순히 가갸거겨를 깨쳐주어 "장화
홍련전을 주룩주룩 비오듯" 읽게 해준 인물로 머물지 않는, "자다 깨어

도 그대로 켜져서 밤 새우는 불빛"과도 같은 존재이다.

> 새터 관전이네 머슴 대길이는
> 살구꽃 핀 마을 뒷산에 올라가서
> 홑적삼 큰아기 따위에는 눈요기도 안하고
> 지게작대기 뉘어놓고 먼데 바다를 바라보았지요
> 나도 따라 바라보았지요
> 그가 말했지요
> 사람이 너무 호강하면 저밖에 모른단다
> 남하고 사는 세상인데
>
> ─「머슴 대길이」 부분(1권)

　여기서 머슴 대길이는 '더불어의 삶'의 진정한 아름다움을 몸소 가르쳐준 인생의 큰스승으로 아로새겨져 있다. 그러나 이 '더불어의 삶'은 단지 인간 사이에서만 유효한 것이 아니라 우리의 삶의 터전인 대지의 자연 속에 집거(集居)하는 모든 사물들에까지 속속들이 적용되는 매우 폭넓은 개념임을 유의할 필요가 있다. 뒤에서 다시 언급하겠지만, 온전한 의미의 이같은 '대지적 인간주의'야말로 『만인보』를 힘차게 관통하는 시인정신의 한 지류이다.
　'존재의 슬픔'을 비감하게 읊조리고 있는 다음 작품도 빠뜨릴 수 없는 성장시편이다.

> 휘영청 달도 잘도나 밝아라
> 노 저어라 노 저어
> 너울너울 칠산바다
> 노 하나 저어 건너간다

고모네 집 갈대밭에서
나는 컸다
뱃노래 들으며 컸다
크면 눈물이 나오는지
그 노래 멀어져가며
나는 서러웠다

—「고모네 집 뱃노래」 부분(3권)

"슬픔이 시인을 일으킨다"(哀怨起騷人)고 이백(李白)이 말했거니와, 저 고해(苦海) 같은 인생길의 근원적 슬픔을 사무치게 노래하고 있는 배따라기를 통해 시인은 일찍부터 삶의 고통과 기쁨이 결국 어디로 귀일하는 것인가를 깊이 깨달았는지 모른다. 그것은 실로 힘겹지만 바로 그렇기 때문에 즐거운 삶의 내밀한 묘리였을 터이다. 고은 시에 깊숙이 배인 슬픔의 정서가 이미 그 자체에 삶의 기쁨이라는 변증법적 계기를 내재한 이유이다. 따라서 여기서의 '눈물' '서러움'도 결코 허무주의적인 단색적 내포로 낙착될 성질의 것이 아니다.

4

『만인보』 실명시는 주로, 지역적으로는 시인이 태어나 성장한 고향의 이웃들과 고향 부근의 사람들로 구성돼 있으며, 시기적으로는 대체로 일제강점기 말엽부터 '6·25 동란' 직후(「반공포로」, 9권)까지로 집중되어 있다. (지역적 범위도 7권부터는 고향 군산에서 그리 멀지 않은 충남 대천 등지로 다소 넓혀졌다.) 이 방대한 시적 작업의 궁극이 "민족을 개체의 생명성으로부터 귀납"(「작자의 말」, 1권)이라 한 시인의 언급처럼, 이러한 지리적·시대적 한정이 협착하기 이를 데 없는 배타적 지방주의가 아님은 물론이다.

실명시의 주인공 선택에 시인의 도덕적 강제가 작용한 흔적은 별반 찾아보기 힘들다. 아름다운 인간적 덕목의 소유자뿐 아니라, '패덕자'라 이름해 마땅한 인물들이 기묘할 정도로 행복하게 어우러져 있기 때문이다. 마치 시인은, '사람 사는 것의 진정한 모습은 바로 이것이다'라고 선언하기로 작정이라도 한 듯하다. 그만큼 인물 형상이 다양하다.

> 일찌기 면장 마누라로
> 여기저기 대접도 받았지만
> 쟁기꾼 점심도
> 다른 사람한테 시키지 않고
> 곱게 곱게 빗은 머리에
> 왕굴 똬리 받쳐 이고 나온다
> 밭 간 데 새 흙 뒤집혀 나와
> 세상 바람 쏘이는데
> 묻혀 있던 굼벵이도 나와 엉금대는데
> 가는베 적삼 밑 고운 살결 고요하구나
> 고요 고요 숨쉬는구나
>
> —「정두 어머니」부분(4권)

시중유화(詩中有畵)라는 말을 쉽게 연상시킬 만큼 시적 주인공의 개성적 면모가 선명하게 개괄되어 있다. 여기서 시인이 드러내고자 하는 것은 부귀빈천과 무관하게 결코 으스대지 않는 그녀의 고결한 인간적 품성이다. 그것은 마지막 두 행에 놀랍게 형상된, 여인의 그윽히 아름다운 육체성으로 하여 한결 생동적이다.

　『만인보』에는 그러나 이런 시적 주인공과는 여러모로 대비되는 갖가지 인물들로 그득하다. 가령 다음 시를 보기로 하자.

　　　지겟짐 그늘에 들어가 쉬기 시작하노라면
　　　햇빛에 그늘 옮겨가는 대로
　　　옮겨 앉아
　　　일어설 줄 모르는 권오식이

　　　눈앞에 두벌김 맨 검푸른 모 자라
　　　왜가리 따위 앉을 데 두지 않는데
　　　벌써 이른벼 나락 모가지 여무는데
　　　찰벼 사납게 패는데

　　　　　　　　　　　　　—「당북리 혹부리」부분(6권)

　진짜배기 우리말의 생활적 정취가 유감없이 발휘되고 있는 이 시에서 우리는, 시골동네 어디에나 한두 명쯤은 꼭 박혀 있음직한 매우 친근한 이웃과 마주치게 된다. 농사일로 한창 눈코 뜰 새 없는데, 태평스레 지겟짐 그늘 좇아 낮잠만 즐기는 게으름뱅이의 모습이 선명하게 점묘돼 있는 것이다.

　시골 젊은이들의 불꽃 튀는 사랑이야기 또한 여기서 빼놓을 수 없다.

　　　마을 사람들 혀가 짧아
　　　재랭이 재랭이라 부른다
　　　마을 상쇠라
　　　으뜸이라

그런 재랭이 넋잃고 바라보는 처녀
이씨네 집 둘째딸 정란이
거무튀튀한 얼굴에
검은 눈썹 검은 눈동자 불꽃 난다
달려가
재랭이 바짓가랑이 따라
한 바퀴
또 한 바퀴 돌고 싶어라

검은 저고리 속
꽉 찬 가슴팍 불꽃 난다
재랭이 데리고 가
쑥밭에 나뒹굴고 싶어라 붉은 불꽃 난다

—「재룡이」부분(9권)

　　마을 상쇠 재룡이의 신들린 꽹매기 솜씨, 그에 대한 '정란이'의 열화
같은 사랑과 실연, 그리고 초례청에서의 '불꽃 잃은 눈물의 연지 곤지'
의 서사적 줄거리를 지닌 이 시의 둘째 단락을 이루는 위의 인용 부분에
서도, 여성적 형상 창조에 남달리 출중한 이 시인의 솜씨가 어김없이 드
러난다.
　　그런가 하면, 『만인보』에는 창녀와 같은 밑바닥 인생(「신자」, 6권)이나,
시대의 궁핍상에 대한 시적 탐색 또한 깊이있게 이루어져 있다.

　　추운 3월 희뿌연한 하늘 속 아무도 없다
　　종달새!

겨울 난 보리 독야청청한데
쭈그리고 앉은 동네 할아버지들
두 눈 아직 안 감겨
그 눈으로 세상 바라봄이여
메마른 세상이여
추운 세상이여
종달새 울음 밑에서
개만도 못하게 살아온 세상이여
사람보다 짐승이 더 나은 세상이여

　　　　　　　　　　　　　—「종달새」 부분(3권)

　　아직 칼바람 누그러들지 않은 3월의 쓸쓸한 시골풍경이 사뭇 건조하기까지 하다. 말 그대로 죽지 못해 사는 농민들의 간난한 세월이, 하늘 높이 힘차게 치솟는 '종달새'와 '독야청청한 보리'에 대비되면서 한층 또렷이 부각되고 있다. 『문심조룡(文心雕龍)』에 "정감은 사물로 말미암아 흥기한다"(情以物興)고 했으니, '종달새'야말로 정감을 불러일으키는 사물이다. 이 시적 매개를 통해 시인은 "개만도 못하게 살아온 세상"에 깊은 연민의 눈길을 보내는 것이다.

　　이처럼 비참을 극하는 세상살이의 주인공은 단지 시인의 고향사람들에만 한정되지 않는다. 가령 다음 시를 보기로 하자.

겨우 어깨에 멘 자그마한 짐에는
아랫녘에서 해온 한뼘짜리 곰방대 예순 개
밥은 굶고도 먹었다고 하는 사람
이튿날 아침 무서리 내린 날 떠나는 사람
아이들이 졸래졸래

저 사람이 함경도 사람이란다
저 사람이 함경도 사람이란다
하고 따라가며 돌 던져도
그 돌멩이 맞아도
또 온다 그때는 어른이 되겠구나
하고 웃음 남기고 가는 사람
발 한번 가비야운 사람

—「함경도 사람」 부분(5권)

　전국 각처로 떠도는 어느 이름없는 장사꾼의 순직한 사람됨됨이 극히 사실적으로 형상돼 있다. 삽입된 두어 마디의 '담화'가 그러한 사실성을 한층 견고하게 밑받침하고 있는데, 그럼에도 불구하고 이 시의 애잔한 시적 정서는 오히려 안으로 충일하다. 일제강점기에 대규모적으로 발생한 국내 유랑민의 어두운 실상이 새삼 눈앞에 재현되는 듯하다.

　그러나 우리가 『만인보』를 찬탄의 눈으로 바라보게 되는 것은 뭐니뭐니 해도 다채롭기 그지없는, 때에 따라서는 기막히다고밖에는 달리 표현할 길 없는 극적인 인간사의 명료한 시적 형상과 마주할 때이다.

새터 두희봉이 마누라 가사메댁은
울음소리 청승맞기로 으뜸이어요
남원 운봉 지리산 물소리 받아왔다지요
한규 할아버지의 꼬부랑 자당께서
여든여섯에 세상 떠났는데
고씨네 사촌 육촌 팔촌 아낙 가운데
울음소리 하나 변변한 것 없어서

가사메댁 보리 한 말 주고 사다가 울었어요

—「가사메댁」 부분(2권)

　가난의 실감도 함께 되새기게 해주는 시인데, 지난날에는 능히 있을 법했을 '울음 파는 여인'에 관한 이야기이다. 『만인보』에는 이외에도 "투전 놀리는 손 굳을까보아/늘 손가락 까딱거리며/솜씨에 기름"치는 노름꾼(「진골 노름꾼」, 3권), 일찍 청상 된 형수와 사는 시동생(「미제 진필수」, 2권), 의붓아버지와 관계하는 딸(「석금이」, 9권)이 등장하는가 하면, 육촌 오누이 사이의 상피(「생피」, 9권) 이야기도 보인다.

세규 열아홉 때
젊은 서모를 사모하게 되었구나
큰일났구나
아버지 소 풀 뜯기러 나간 뒤
아버지 소 풀 뜯기러 나간 뒤
세규 눈에서 불나며
새어머니!
하고 몸집 조그마하고
늘 자늑자늑한 서모를 껴안아 버렸구나

다음해 6·25가 났다
세규 입대하여 돌아오지 않았다
전사 통지서밖에

—「김세규 서모」 부분(6권)

　시적 주인공의 이룰 수 없는 '서모 사랑'과, 전장에서의 죽음이라는 극단의 대비를 통해 거의 무한대에 가까운 인간사의 다채로움을 여실하게 보여주고 있는 이들 시에서, 우리는 『만인보』를 읽는 묘미가 어디서 나오는 것인가를 확인하게 된다. 백낙청도 지적했듯, 그것은 "운문의 맛은 맛대로 살리면서 그 전체가 한 편의 재미있는 소설처럼 읽힌다는 사실"(「통일운동과 문학」, 『창작과비평』 1989년 봄호)과 관련된다. 아래에서 이 문제를 좀더 깊이있게 검토해보기로 한다.

5

『만인보』의 시적 성취 또는 그 감동의 작품내적 근거는 몇가지로 나누어 제시될 수 있는데, 우리말의 자재로운 구사, 삶의 구체적 세부에 대한 수준 높은 형상력, 제재 및 표현의 민중성 등이 그것이다.

『만인보』 시편들을 읽다 보면, 어느결에 우리는 시인의 풍부한 어휘력과 이를 다루는 능숙한 솜씨에 매료된다. 말할 것도 없이 이는 모국어에 대한 시인의 육친적 애정의 소산일 터인데, 이 작품의 진짜 맛은 사실 여기서 우려진다고 할 수 있다.

> 쇠뜨기
> 바랭이풀 우거진 데
> 나도 있다고
> 잔 가시 돋힌 며느리밑씻개 얽혀 있어
> 그런데
> 나도 있다고
> 오금덕이 내외
> 하루내내 푸나무 서리

그 묵어터진 개활지 햇볕에 달구어진다
어쩌다가 붉은 딸기 익어
그것으로 요기하며
어쩌다가 까마중
그것으로 요기하며

　　　　　　　　　　　—「오금덕이 내외」 부분(7권)

　그새 일손 기다리지 못하고 잡초들만 키운 널따란 밭, 간간이 딸기로
요기하며 뙤약볕 아래 땀흘려 일하는 부부 농사꾼의 호젓한 모습이 한
눈에 들어오는 듯하다. 그런데 시적 통사를 이루는 최소단위로서의 여
러 시어들을 살펴보면, '개활지'를 제외하고는 한결같이 우리의 고유어
임을 알 수 있다(같은 한자어이지만, '내외'는 이미 고유어화된 단어이
다). "시를 통해 사람의 감정이 흥기되며, (…) 짐승과 푸나무의 이름도
많이 알게 된다"(詩可以興, (…) 多識語鳥獸草木之名, 『論語』)고 공자(孔
子)가 말하였거니와, 여기서도 '쇠뜨기' '바랭이' '며느리밑씻개' 등의
풀이름이 특히 싱싱하게 살아있다.
　「나물장수 성산댁」(8권)은, 남편 여읜 한 아낙네가 이른봄 "밭두렁 방
게처럼 싸질러 다니며" 온갖 나물 캐어다가 먼 장터에 내어 팔아 힘겹
게 아들 삼형제를 키워나가는 이야기이다. 이 시에는 무려 열댓 가지의
푸성귀 이름이 나오는데, 중요한 것은 그것들이 전혀 나열적이지 않고
시적 주제의 강화에 효과적으로 기여하고 있다는 사실이다.
　『만인보』는 초목뿐 아니라 생활적 서정을 강력하게 환기하는 생생한
시적 매개로서의 고유한 시어들로 넘쳐난다. 그런데 유독 농민어가 대
부분을 점하고 있는 것은 거개의 작품들이 농촌사회를 시적 배경으로
하고 있기 때문이다. 『만인보』에 고유한 우리말이 얼마나 잘 무르녹아
있는가를 확인하기 위해 아래에 몇가지를 들어보기로 한다.

1. 명사: 가수알바람, 갈마바람, 갓밝이, 갱끼, 계명워리, 너벅지, 며느리고금, 당그레, 대까칼, 덕석, 매갈잇간, 보고리, 빈차리, 사스락담, 산꼬대바람, 송치, 스란치마, 석박지, 시우쇠, 싸다듬이, 쌀고치, 아망위, 얼뚱아기, 연생이, 오줌깨, 왁대값, 외약다리, 용두레, 용수바람, 잡살뱅이, 지껄, 지랑지, 째마리, 치룽, (까작, 끔끔수, 둥글개첩)
2. 동사: 더트다, 뱌슬거리다, 제금나다, 찌뜰다, 타기다
3. 형용사: 성크름하다, 시틋하다, 수삽스럽다, 어금버금하다, 어리마리하다, 여틈하다, 참따랗다, 해읍스름하다, (굴풋하다, 써금써금하다, 얏지다)
4. 부사: 낭창낭창, 섬뻑, 역부러, 워럭워럭, 자냥스러이, (들이당짝, 스란스란)

좀체 들어보기 어려운 시어들만 일부 예시해본 것인데, 모두 사전에 있는 말들이다. 괄호 안의 시어들은 아마도 특유의 지방말인 듯한데, 시적 문맥 속에서 각기 다양한 함축을 자아내는 구실을 톡톡히 해내고 있다.

앞에서도 이미 언급한 바 있지만, 고은의 모국어 인식은 가히 육친적이라 할 수 있다. 그렇다면 그의 탁발한 우리말 구사력은 대체 어디서 온 것일까? 흥미롭게도 이와 관련한 특이한 체험을 그는 다음과 같이 털어놓고 있다.

어떤 유폐기간을 모국어를 담은 사전을 너덜너덜 넘기며 말 하나하나를 익히기 시작 (…) 사면조치에 의해서 나온 뒤 내 말의 풍부함을 은연중 자랑하고 싶었으나, 나는 놀라지 않으면 안되었다. 그렇게도 잘 익혔던 말들이 나로부터 철수해버려서 내 기억 가운데는 백치

같은 것이 들어 있었다. 그러다가 다시 나에게 그 말들이 돌아오기 시작했다. 늦가을의 산수유 열매처럼, 또는 이른봄의 환한 살구꽃처럼. (「운명으로서의 문학」)

얼핏, 날마다 사전 속의 낱말들을 뒤적이며 모국을 확인하곤 했던 구소련의 망명 문인 쏠제니쩐(A. Solzhenitsyn)이나, 자신의 소설 무대를 누비면서 몸소 식물의 생태를 조사하고 그 도록까지 작성하는 열성 끝에 저 낙동강변의 이름없는 농민들의 애환을 훌륭히 묘파하기에 이른 김정한(金廷漢)의 모습을 연상하게 하는 대목이다. 경건한 의식을 치르듯 옥중에서 우리말을 익히는 고은의 거동이 엿보이는데, 여기서 시인이 말하고자 하는 것은, 단지 관념의 대상으로 '있기'를 철저히 거부하고 살아 움직이는 생활 속에 '존재'할 때를 기다려 비로소 시인에게 복귀하는 언어의 사회적 존재성에 관한 것이다. 상식적인 언어관습을 크게 일탈한 초기의 사사롭고 난해한 시적 문법이 『만인보』 시대에는 그만큼 공공성을 띠고 있다는 뜻이다. 말하자면 이 시기의 고은은, 인간 상호간의 의사소통을 원활하게 해주기는커녕 되레 그를 가로막는 사적 언어와의 고리를 끊고, 그들의 공생적 삶에 진정으로 기여하는 광대한 언어의 바다로 나아갔다고 할 수 있다.

두번째로 들 수 있는 『만인보』의 시적 성취는 다양한 삶의 세목들에 대한 고도의 형상력인바, 이는 일반 서정시에서는 쉽사리 이룰 수 없다는 점에서 한결 값지다. 주지하다시피 『만인보』는 특정 인물에 관한 이야기시가 주축을 이루고 있는데, '보여주기'와 같은 소설적 기법을 통하여 시적 대상의 구체적 세부를 명징하게 형상하고 있는 작품 예가 적지 않은 것은 아마도 이 때문일 것이다.   .

상렬이 누이 양금이 댕기 길기도 하다

그 시악씨

첫여름 댕기그네 탈 때

어찌 그리 큰 시악씨더뇨

바람에 옷 붙어 맨몸 우렁차구나

바람에 옷 부풀어 인조 속치마 아득하구나

봄에 나물만 먹고 자랐는데

저렇게 잉어같이 가물치같이

향단이같이

춘향이같이 눈부시구나

—「그네」 부분(2권)

마치 다산(茶山)의 '관극시(觀劇詩)' 한 편을 대하는 듯한데, 그네 타는 주인공에 대한 정확하고 사실적인 묘사가 참으로 생동하다. '댕기그네'라는 표현도 그렇지만, 율동적인 몸놀림과 잘 조화된 시적 가락에 힘입어 네 차례나 연속되는 직유적 표현이 싫증나기는커녕 오히려 싱싱하기만 하다. 이 시가 특히 인상적인 것은 단지 시적 대상의 사실적 묘사에 머물러 있지 않다는 데 있다. '우렁차구나' '아득하구나' '눈부시구나' 등의 일견 절제된 주정 토로를 통하여 시적 주인공의 발랄한 성적 이미지를 한층 강하게 부각시키고 있는 것이다.

이에 비해 다음 시는 전혀 다른 양상을 띠고 있다. 대부분의 시적 언술은 대상의 객관적 서술에 바쳐지고, 주정 토로는 거의 전적으로 배제되고 있다는 점에서 그러하다.

먹밤중 한밤중 새터 중뜸 개들이 시끌쩍하게 짖어댄다

이런 개 짖는 소리 사이로

언뜻언뜻 까 여 다 여 따위 말끝이 들린다

밤 기러기 드높게 날며

앞서거니 뒤서거니 의좋은 그 소리하고 남이 아니다

콩밭 김치거리

아쉬울 때 마늘 한 접 이고 가서

군산 묵은 장 가서 팔고 오는 선제리 아낙네들

시오릿길 한밤중이니

십리길 더 가야지

빈 광주리야 가볍지만

빈 배 요기도 못하고 오죽이야 가벼울까

　　　　　　　　　　　　　—「선제리 아낙네들」 부분(1권)

　　우선, 개 짖는 소리 사이로 틈틈이 들리는 아낙네들의 "까 여 다 여 따위 말끝"과, 밤 기러기의 "앞서거니 뒤서거니 의좋은 그 소리"의 결합 이 놀랍다. 삶의 고달픔에도 불구하고 오순도순 꿋꿋이 살아가는 촌부 들의 정겨운 모습을 적실하게 형상하고 있기 때문이다. 이는 "빈 광주 리야 가볍지만/빈 배 요기도 못하고 오죽이야 가벼울까"에서 드러나는, 시적 대상에 대한 시인의 은근하면서도 한없이 따스한 눈길로 하여 비 로소 가능한 것이다. 이처럼 『만인보』의 '보여주기' 수법은 서술의 평 판성으로 내닫는 무모함이 아니라 때로는 그것에 굴곡을 가하는 융통의 폭을 지니고 있다.

　　『만인보』의 재미와 시적 감동의 또다른 요소는 제재 및 표현의 민중 성이다. 싱싱한 생활적 비유, 속담·욕설·육담, 별명·지명, 그리고 민 속적 풍물 등이 그 주요 세목들인데, 중요한 것은 이것들이 엮어내고 지 향하는 세계상이 복고주의와는 근본적으로 차별되는 현재적 의미를 지 닌다는 것이다.

벽의 거푸집 빈대 끼여 있듯이

그동안 이 세상 천촌만락 한 군데 끼여

잘도 살았구나

흙에 코 박고 살았구나

딴 세상 넘보지도 않고 살았구나

그러다가 첫가을 문 열려

하늘에도 땅에도

먼데 있다

수수몽댕이 무겁고

거치렁이 벼이삭 무거운데

다 놓아두고

쨍그랑 깨어질 듯한 하늘 아래

어디로 가고 싶다

—「병만이 할아버지」 부분(2권)

　평생을 농투성이로만 살아 십리 밖도 나가보지 못한 촌로가 "쨍그랑 깨어질 듯한" 가을날의 소망을 독백조로 담담하게 읊조리는 장면인데, 첫머리의 직유적 표현이 그야말로 생기롭다. '거푸집'의 사전적 의미는, 『우리말 큰사전』(어문각 1991)에 의하면 "풀칠하여 붙인, 종이나 천 따위의 한 부분에 공기가 들어가서 들뜬 자리"이니, '빈대'의 생태를 조금만 곰곰이 생각해보더라도 이 비유가 얼마나 적확한 것인가를 알 수 있다. 여기서 '수수몽댕이' '거치렁이' 등의 시어들이 농사일의 고통스러움을 암유하는 데 일조하고 있음도 눈여겨볼 만하다. 이처럼 『만인보』에는 "무논갈이 소 모가지 고단하듯"(「깽매기 소리」, 2권), "세톨박이 밤 가운데톨같이 홀쭉한 찬밥네"(「찬밥네」, 4권) 등의 살아있는 비유들이 요소요소에 박혀 있어 시적 실감을 더해주고 있다.

별명·지명 및 속담의 적절한 활용 또한 『만인보』를 한층 친근하게 하는 중요한 요인으로 되고 있다. 가령 '야문이·두렁쇠·널순이·문매기' 등과 '남생이언덕·아래뜸·바우배기' 등은 각각 전자에 해당하며, "겨울 방앗간 아버지도 몰라본다더니"(「독점 사돈」, 4권), "흉년에는 도토리도 많이 달리는데/그래서 도토리 들판 내다보고 열린다는데"(「창수네집」, 4권)는 후자의 대표적 사례이다. 또한 혼례 치르는 모습(「초례청」, 1권), 돌에 개살구꽃 매달아 던져 장가드는 민간풍속(「개살구꽃」, 1권) 등을 소재로 한 시편들도 이런 맥락에서 재미있게 읽힌다.

『만인보』를 꿰뚫는 시인정신의 핵심은 한마디로 '대지적 인간주의'라 할 수 있을 듯하다. 앞에서 잠깐 시사했듯, 그것은 대지의 자연 속의 모든 사물들과 더불어 평화롭게 공생하고자 하는 깨끗한 정신의 다른 이름이다.

이러한 정신 앞에서 온전한 예술이란 과연 어떤 것인가? 시인 고은이 극력 경계해 마지않는 것은 어떤 명분으로건 '이름에 부림당하는 것' 즉 허명주의이다. 시적 표현을 빌려 말하자면, "못난 사람이나 제 이름 따라다니느라/죽을 때까지 제 이름 종노릇"(「뒷산 도사」, 8권)한다는 것이다. 이런 관점에서 그는 조선조 전기의 이름난 화가들, 즉 시(詩)·서(書)·화(畵)에 두루 능하여 이른바 삼절(三絶)로 칭송된 안견(安堅)·강희안(姜希顔)·최경(崔涇) 등을 날카롭게 비판하고 나서는 것이니, 요컨대 "예능에 연연"(「삼절」, 8권)했다는 것이다. 아마도 『서경(書經)』의 이른바 '완물상지(玩物喪志)'의 요체를 깊이 체득하고 있는 듯하다.

『만인보』 시편을 통해 일관되이 흐르는 정신적 저류는 '더불어 삶의 아름다움' 혹은 '인간주의'로 요약될 수 있다. 대서(大序)의 "오 사람은 사람 속에서만 사람이다 세계이다"(「서시」, 1권)는 바로 이러한 정신의 전제적 선언이다.

고우열이 아버지야
초생달같이 부지런하여
집 안팎 풀 자라는 데 없고
거미줄 하나 없다
헌데
그 집에는 누가 보리 꾸러
쌀 꾸러 가지 않는다
뒤안 석류 익어 적막한데

       —「윗뜸 우열이네 집」부분(3권)

이 작품에서 시인이 말하고자 하는 것은 '나눔'의 아름다움 또는 공
동체적 삶의 고귀함이다. 고립된 근면주의의 허망함이 "뒤안 석류 익어
적막한데"에서 살아있는 시적 표현을 얻고 있다. 「정자나무」(5권)라는
시에서, "거기 가면/이 세상 혼자가 아니지/이 세상 혼자일 수 없어/혼
자 시루떡 먹고 간 배 부끄럽지"라는 구절이 보이는데, 그 마지막 행의
시적 함축은 바로 이와 동류라 할 수 있다.
 자연물에 대한 고은의 태도 역시 이러한 시적 인식의 연장 위에 있
다. 아래에 그러한 작품 예를 하나 들어본다.

얼레지꽃 한 뿌리 한 뿌리
쉰살 억울하여
그 뿌리 캐어 달여 먹고
예순살까지도 가기도 하고
예순살에 얻다니!
만복이놈 힘차게 기어다니는데

일월산 여우고개 얼레지꽃 여기저기
저 아래 조영감 나오는 것 보고 좋아한다
바람 한 자락 훑어가니
얼레지꽃뿐 아니라
둥글레꽃
앵초꽃
산나리꽃도 히살저으며 좋아댄다

                              —「얼레지꽃」부분(7권)

6

　『만인보』를 얼마쯤 통독하다 보면 그 시적 성취와 실패의 뚜렷한 대극현상을 금세 확인하게 된다. 상당수의 '여성시편'에서 눈부시게 빛나는 고은과, 과거의 역사적 '인물시편'에서 급격히 퇴색하는 또다른 고은의 천양지판이 그것이다. 그러나 주목할 것은 이러한 외적 차별성에도 불구하고 이들 양자는 공히 '인물의 낭만화'에 지배되고 있다는 점이다.

옥정골 왕대밭 안집
대바람소리 그윽한 집
검은 머리 따옥이
검은 저고리에 수박색 치마 수이 여길 수 없어라
언제나 목간하고 나온 듯한 따옥이
이 세상 사납지 않아

저 혼자 쑥 캐러 가도
다북쑥 향긋하여라

—「따옥이」 부분(5권)

  아마도 시인의 고향마을에서 그 시적 주인공을 취해온 듯한데, 그 순결한 형상이 자못 빼어나다. 그러나 이 단순한 아름다움은 발랄한 육체감을 결하고 있다는 점에서 아직은 미완의 것이라 할 수 있다.

옛날 부르던 유끼꼬라 부르는
미제 홍설자

관우 장비 같은 사내한테 시집 보내어
초죽음 몇번이면
유끼꼬
새 인물 나지
허리에 아지랭이 일고
치맛자락에 노을 일기 시작하지

그 고운 입술
그 눈썹
그 부푼 가슴 녹은 땅 뚫고
솟는 새 숨인가
아리아리한 가슴 약 든 가슴
똥지게질로 키운 큰아기 가슴

—「미제 유끼꼬」 부분(5권)

고려가요 「만전춘(滿殿春)」의 한 대목을 곧장 연상시키는 "아리아리한 가슴 약 든 가슴"이라는 빛나는 구절이 특히 인상적이거니와, 어느 의미에서 이 시는 일찍이 김현이 지적한 '누이 콤플렉스'의 변용된 시적 표현이라고도 할 수 있다. 여기서 우리는, 1962년 환속 후 심각한 갈등 끝에 종교를 버리고 예술을 선택한 고은이, 이것이야말로 "금욕보다 성욕을 향해서 내달리는 나 자신의 정신세계"(「운명으로서의 문학」)를 그대로 드러낸 것이라 토로한 사실을 기억해둘 필요가 있다. 프로이트(S. Freud)적 의미의 쾌락원리가 가장 철저히 관철되는 세계가 다름아닌 예술의 세계이기 때문이다.

그 시적 성취 면에서 『만인보』를 통틀어 가장 열세에 놓여 있는 것은, 무려 130여 편에 달하는 역사적 인물시이다. 이들 시편은 한국 고대사에서 근현대사의 주요 인물들을 모두 망라하고 있는데, 김흥규가 적절히 지적한 것처럼 거개 작품들이 일종의 "관념적 도식에 지배되거나 장황한 설명적 서술에 의존"(「개체와 역사」, 『세계의 문학』 1987년 봄호)함으로써 형상성을 결여하고 있다.

조선조 후기에 하나의 시적 경향으로까지 크게 성행한, 과거의 특정한 역사 사실이나 인물 등을 노래한 영사악부(詠史樂府)가 "'옛것'을 끌어들여 '오늘'을 비유적으로 노래"하는 이른바 '차고유금(借古諭今)'적 효과를 겨냥한 것처럼, 고은의 '역사 인물시' 창작에도 이러한 의도가 일정하게 작용했을 것이다. 말하자면, 고전비평의 주요 개념인 '미자(美刺)' 즉 긍정적인 시적 대상은 '명송(銘頌)'하고 그 반대 경우는 '징창(懲創)'하고자 하는 강한 시인의식의 발로가 이처럼 많은 시편을 낳게 한 것이다. 그러나 몇몇 예를 제외한 작품의 실제는 대개 쓸데없는 관념적 사족이 뒤따르기 일쑤여서, 그 어느쪽도 만족할 만한 시적 성과에는 현저히 미달하고 있음을 지적하지 않을 수 없다.

지금까지 우리는 아직도 미완의 상태에 있는 『만인보』 시세계의 특장 및 한계를 주마간산 격으로 더듬어왔다. 좀더 구체적이고 본격적인 평가는 향후의 과제로 남겨놓아야 하겠지만, 현단계에서 몇가지는 정리하고 넘어갈 필요가 있다. 무엇보다 거의 사장되다시피 한 모국어를 수다히 되살려 민족문학의 재보를 한층 풍요하게 한 공은 크게 기려져 마땅할 것이며, 우리 현대시사에서 '인물시'의 새로운 가능성을 작품적 실체로서 확고하게 제시한 점도 아울러 높이 평가되어야 할 것이다. 그러나 고은 문학의 발전적 전개를 염두에 둘 때, 이제 고은은 다시금 '문학주의자' 본연의 자리에 굳건히 발디디고 있는지 스스로 되물어보아야 할 것이다. 너무 단기간에 쓴 탓일지 모르지만, 전체적으로 볼 때 『만인보』 시편들은 필요 이상으로 사설적인 것이 흠이다. 좀더 정심해진 모습의 새로운 『만인보』를 기다려볼 일이다. 자칫 그가 경계해 마지않는 '완물상지'로 함몰될까 저어되는 까닭이다.

[『고은 문학의 세계』, 창작과비평사 1993]

농민공동체 실현의 꿈과 좌절

신경림 『남한강』론

1

신경림(申庚林)의 『농무(農舞)』(1973)는 여러모로 당시 시단에 매우 신선한 자극제로 작용하였다. 순수의 명분 아래 양산된 기왕의 사이비 난해시를 강하게 충격함으로써 시와 독자 간의 바람직한 관계에 대한 근본적인 성찰의 계기를 마련했다는 점, 초역사적 순수서정이 아니라 삶의 무게가 얹혀진 '생활적 서정'을 생생하게 형상하여 서정시의 기존 통념을 크게 창신(創新)하였다는 점, 그리고 시의 소재를 민중적 차원으로 폭넓게 확대시켰다는 점 등이 그것이다.

그러나 어느 의미로는, 바로 이런 점들 때문에 신경림의 시인적 입지가 확고해졌을 뿐 아니라 그의 시가 뒷날 상당수 시인들에게 시적 모범으로 되었다는 것은 분명 기이한 아이러니에 속한다. 훌륭한 예술에 항용 내재돼 있게 마련인 날카로운 사회적 통찰이나 고도의 정치적 함축 등을 고려할 때 특히 그러하다. 그 무렵 한국시의 반역사성을 가히 짐작케 하는 대목이 아닐 수 없다. 곰곰 되돌려보면 역설적이게도 이 시인은, 1950~60년대를 거치면서 냉전이데올로기의 비옥한 토양 아래 온존되어온 '순수시' 프리미엄을 누구보다 톡톡히 누린 셈이다.

『농무』에서 또렷이 부각된 위의 세 측면은 이후 『새재』(1979), 『달 넘세』(1985), 그리고 장시집 『남한강(南漢江)』(창작과비평사 1987)에서 더욱 발전된 형태, 가령 민요나 무가(巫歌)의 창조적 수용을 통한 민중현실의 깊이있는 탐색으로 이어진다. 그런가 하면 『가난한 사랑 노래』(1988)에서는 화자의 발길이 수몰지구 이농민, 영세 어민, 도시 재개발지구 철거민, 민통선 부근 농민 들의 막막한 삶의 현장으로 확장되고, 시적 주제 또한 정치적 민주화, 반외세·통일 문제 등을 광범하게 포괄하는 데까지 나아간다.

그러나 1990년대 들어 신경림 시는, 기본적으로는 여행하는 시적 자아를 통한 이야기시 형식을 견지하면서도 상당한 질적 변모를 겪게 된다. 이러한 흔적은 '기행시집'이란 이름을 달고 있는 『길』(1990)에서는 미세한 편이지만, 『쓰러진 자의 꿈』(1993)에 오면 사정은 크게 달라진다. 시적 자아의 내면탐구, 사물시의 집중적 모색, 균제된 시적 어조 등의 측면에서 종래 작품들보다 현저히 진일보한 모습을 보여주고 있기 때문이다. 이전 작품들에서 간간이 내비쳤던 문제점들, 즉 민요나 무가에의 집착, 인간사 위주의 소재주의 편향, 과도한 서사로 말미암은 서정성의 약화, '미학적 거리'를 일탈한 직정적 토로, 현실의 기계적 반영 또는 그 단순추수적 경향 따위가 눈에 띄게 극복되고 있는 것이다. 무엇보다 주목할 것은, 과거엔 시적 치장물쯤으로 격하되곤 했던 자연과 사물의 모습이 생채(生彩)를 띠고 있다는 점이다. 특정 계층에 대한 극도의 냉소적 시각이 크게 가셔졌다는 것 또한 대단히 흥미로운 현상이다. 시인 자신도 솔직히 인정했듯, "스스로 세상을 끌고 나간다고 생각하고 있는 것들에 대한 미움"(「후기」, 『길』)이 종전의 작품들에서는 실로 역력했던 것이다. 음울하기만 했던 지난날의 단색적인 시적 정조와는 판연히 구분되는, 밝고 다양한 채색이 풍부히 가미된 『쓰러진 자의 꿈』에 와서야 비로소 삶의 전체상을 대하는 듯한 느낌마저 든다.

신경림에게 있어 시는 "괴롭고 슬픈 자들, 쓰러지고 짓밟히는 것들의 동무"(「시집 뒤에」, 『쓰러진 자의 꿈』)로 인식된다. 그가 시의 본령을 "작고 하찮은 것, 못나고 힘없는 것, 보잘것없는 것들을 돌보고 감싸안고, 스스로 낮고 외로운 자리에 함께 서고, 나아가서 그것들 속의 하나가 되는"(「후기」, 『길』) 데에서 추구하는 것은 그러므로 극히 자연스런 일이다. '쉬운 민중시'가 그로선 결코 회피할 수 없는 일대 공안(公案)으로 되는 진정한 소이연(所以然)이다. 이때 그 시적 상상력의 원천은 정히 맹자(孟子)의 '측은지심(惻隱之心)'에 다름아니다.

세 편의 연작 장시 『남한강』은 신경림 시의 전개과정에서 일종의 중간결산의 의미를 지닌다. 『농무』 시절에는 아직 미흡했던 고향사람들의 '얘기와 노랫가락'으로부터 한단계 나아간 것이 『새재』(시집 표제작인 장시 「새재」는 1978년에 발표되었다)라면, 이를 한층 심화·확대시키고자 한 것이 「남한강」(1981)과 「쇠무지벌」(1985)이요, 이 일련의 장시에서 미처 거두지 못한 고향사람들의 곡절 있는 이야기와 사무친 노랫가락들의 총집(叢集)이 『달 넘세』이다. 말하자면, 『남한강』은 신경림의 시세계를 양분하는 분수령 같은 존재인 셈이다. 서정과 서사 및 서경의 효과적 배합, 민요·무가의 도입에 따른 득실, 시적 화자의 적실성, '듣는 시와 읽는 시'의 경계 문제 등을 실험하는 시금석의 성격을 띠고 있는 까닭이다. 여기서는 『남한강』의 이런 측면에 착안하여 그 성과와 미흡점들을 살펴보려 한다.

2

신경림이 즐겨 사용하는 시적 형식이 이야기시임은 주지의 사실이다. 시인 자신도 술회한 바이지만, 아마도 이는 1930년대의 백석(白石)·이용악(李庸岳)·오장환(吳章煥) 등의 영향과 무관하지 않을 것이다. 그가 이 시적 방법에 얼마나 깊이 매료되었는가는 데뷔작「갈대」(1956)에서 이미 그 단초를 드러낸다. 시대의 구체적 삶과 절연된 '순수서정'으로서의 존재론적 슬픔을 노래하고 있는 이 작품조차도 갈대의 개인사를 서술하는 방식을 취하고 있다. 아직은 그 슬픔이 삶의 구체성에 매개되지 않아 그러할 뿐, 일단 그 현실적 계기가 주어지기만 하면 억제된 서사적 욕구가 쉽사리 표면화할 형국이다. 어찌 보면 이는 당시 시단이 강제한 서정시적 관습, 즉 순수서정의 강조나 실존주의적 지향 등과의 갈등과 타협을 동시적으로 예민하게 반영한 것이라 할 수 있다.

기존 서정시와의 이같은 양식적 갈등은, 외형적으론 10여년간의 휴식기를 거쳐 시작활동이 재개되는 1960년대 후반의 '생활서정'을 담은 이야기시로써 웬만큼은 해소된다. 그러나 이야기(또는 서사성이 강한 생활서정)의 무게에 짓눌려 서정은 증발하고, 종종 서사의 형해(形骸)만 있는 기형의 서정시로 떨어진다는 것은 결코 간과할 수 없는 문제이다. 행구분을 무시하고 보면 영락없는 산문적 이야기인데 거기에 무리한 행갈이를 감행, 시행의 길이가 고만고만한 서정시의 외양을 갖추게는 했지만, 형태적으로는 극도의 불안정성을 띠고 있는 「시골 큰집」(1966)은 극단적인 예에 불과할 뿐, 「겨울밤」(1965)「원격지(遠隔地)」(1966) 등이 모두 이 범주에 드는 것들이다.

백낙청(白樂晴)의 지적처럼『농무』의 성공작들, 예컨대 「파장(罷場)」(1970)「농무」(1971)「폐광(廢鑛)」(1971) 등은 거의 예외없이 "훌륭한 리얼리스트의 단편소설과도 같은 정확한 묘사와 압축된 사연"(「발문」, 『농무』)을 담고 있다. 이는 무엇을 의미하는가. 서사적 골격이 허술할 경우 신경림 시의 호소력이 그만큼 반감된다는 것을 반증해주는 것이다. 그의 시적 면모가 한동안 답보와 정체를 감수해야 했던 근본 원인은 필시 이 언저리에 있을 터이다. 사실 『농무』에 각인된 농민적 삶의 세부라는 것도 따져보면 지식인 부류에 속한 퍼스나의 시선에 잡힌 시적 대상으로서의 그것이지, 깊은 '정서적 울림'으로서의 진짜 농민적 서정에 기초한 것은 아니었다.

민요와 무가를 통한 새로운 시형식의 실험은 이러한 침체를 벗고 다양한 문학적 활로를 모색하기 위한 하나의 돌파구로서 적극 채택된 것이다. 1976년에 잇달아 발표된 「목계장터」 「어허 달구」 「백주(白晝)」 등이 그 구체적인 시적 반영이라 하겠는데, 향후 장시의 세계로 나아가는 중요한 길목에 자리하는 작품들이다.

연작 장시 『남한강』은 이야기시의 구조적 확장물이다. 시집 서문에서 신경림은 "내 고장에 흩어져 있는 많은 얘기와 노래를 시로 만들어보자는 것이 꿈"이었다고 토로한 바 있는데, 장대한 서사의 본격적 전개 및 민요 도입의 필요를 절감했던 저간의 사정을 잘 일러준다. 이것이 곧 장시 제작의 근본 동인으로 작용하였음은 물론이다. 그러나 이에 못지않게 중요한 것은, 이 일련의 장시를 통해 그가 서사와 서정의 화해로운 공존을 겨냥했다는 점일 것이다. 아마도 『농무』에서 장시 「새재」에 이르는 시기의 신경림에겐 민요적 정서와 그 가락에 기대어 밀도 높은 농민적 서정을 실현하는 일이 가장 절실한 현안이었던 듯하다.

『남한강』(앞으로 작품인용은 그 면수만 밝히기로 한다)은 주인공·시대 및 서술방식 등이 각기 다른 세 편의 독립된 장시들로 이루어졌지만, 그렇다고 그 단순집합은 아니다. 우선, 서사전개에 있어서 그것들은 비록 느슨한 형태로나마 유기적인 상호관련성을 유지하고 있다. 양반 거스른 죄목으로 처형당한 주인공 '돌배'의 넋을 통해 뒷이야기가 '연이'를 중심으로 서술됨을 일정하게 암시하고 있는 「새재」 마지막 연은 그 좋은 예이다. 「남한강」에서도 속편 「쇠무지벌」과의 연관을 명시하는 대목을 군데군데 삽입하여 서사의 유기성을 살리는가 하면,

> 언제 우리가 나라 덕으로 살았다냐,
> 메꽃이 덮인 돌무덤을 가리키며
> 쳇, 저것은 도둑의 무덤이니라. (59면)

에서처럼, 돌배를 짐짓 도둑으로 또 한번 반어화하여 그 영웅적 죽음을 기리는 방식으로 시적 주제의 연속성을 꾀하기도 한다. 단지 전편과의 서사적 단절을 메우는 데 만족하지 않는다는 뜻이다.

『남한강』은 일제강점기 초엽에서 해방 직후 시기에 이르는 동안의 남한강변 농민들이 겪는 삶의 애환을 주요 얼개로 해서 전개된다. 이 연작 장시에서 서사적 총체의 기본축을 이루는 것은 '농민운동'이다. 이를 매개고리로 하여 『남한강』은 하나의 연속적인 흐름 속에 놓이게 된다. 따라서 이 작품의 서사구조는 그 시대배경을 한국 근현대사의 일대 전환점이 되는 한일합방, 3·1운동, 해방 직후 2~3년간에다 차례로 설정, 당대의 첨예한 사안이었던 의병투쟁·독립운동, 토지개혁 문제들에 대한 농민적 대응을 추적하는 방식을 취하고 있다. 『남한강』의 발표연대가 유신 말기에서 5공 전성기에 해당하는 엄혹한 군사통치 시절이었음을 감안한다면, 이런 시적 구도는 자못 문제적이라 할 수 있다. 신경림 시의 리얼리즘적 성취를 가늠하는 중요한 지표로도 되겠기 때문이다.

『남한강』의 시적 주인공들도 이 연속성 문제로부터 벗어나지 않는다. 「새재」의 돌배와 「남한강」의 연이(뒤에서 다시 언급하겠지만, 이 경우는 '앵금쟁이'와의 결속을 통해 매우 은밀하고도 우회적인 방식으

로 처리된다), 그리고 「쇠무지벌」의 '새 통수'는 그 전력과 행동 유형의 상이점에도 불구하고 모두 체제에 반하는 변혁적인 안타고니스트(antagonist)들이다.

『남한강』의 장시들은 그 서술방식의 차이로 하여 상호 비견되는 몇가지 공통적 특점들을 보여준다. 「새재」「남한강」「쇠무지벌」로 내려갈수록 단일한 시적 화자는 집단화자로, 단수 주인공은 익명의 복수 주인공으로 바뀌는가 하면, 이야기의 뼈대는 점차 취약해지는 반면 시행의 숫자나 민요·무가의 등장 빈도는 늘어나는 방향으로 작품의 전반적 구도가 전이된다. 요컨대 특출한 영웅적 서사에서 이름없는 민중의 노래로 탈바꿈하는 것이다.

3

「새재」(1,032행)의 시대적 배경은 조선이 일제의 식민지로 떨어진 1910년부터 1913년경까지 약 3년간이다. 서장(序章)은 시인 자신임이 거의 분명한 내레이터가, 진달래 흐드러진 4월 남한강변의 나루터와 그 근동의 옛 장터를 돌아본 감회를 몇마디 읊조리는 것으로 시작된다. 그런데 이 극도의 언어적 절제 속에 깊이 감추어진 함분축원(含憤蓄怨)의 한과 설움은 대체 어디서 연유하는가. 고향의 산천과 이웃들이 여전히 그에겐 과거 식민지시대와 전혀 다를 바 없는 "서러운 땅", 구부러진 형상으로 다가온 때문이다.

　누가 알리 그들의 원한을,
　누가 말하리 그들의 설움을. (8면)

여기서 문득 화자는 고향사람들의 간난한 삶의 내력을 밝히는 역사의 정직한 증언자이기를 결단하고, 나아가 그 충실한 대변자를 자임하고 나선다. 이는 다름아닌 시인 신경림의 모습이기도 한데, 이러한 시인적 사명감을 한층 예리하게 촉발한 것이 하나 더 있다. 봉건적 질곡과 외세에 맞서 싸우다 효수당한 젊은이의 묘비명에 기록된 사실과, 영웅적 행적은 줄곧 은폐한 채 오히려 그를 '도적'이라 가르쳐온 억압적 지배체제가 그것이다.

「새재」는 뒷이야기의 대강을 해설하고 있는 짤막한 서두와, 묘비명의 주인공 돌배를 중심으로 전개되는 본격적인 서사가 합성된 액자소설적 면모를 보여준다. 적잖은 형식적 균열을 감수하면서까지, 서장을 제외한 작품 전편이 거의 돌배의 시점으로 일관한 까닭을 이로써 쉽게 짐작할 만하다.

돌배의 형상은 이 작품에서 "워이워이 승천 못한 이무기"로 그려진다. 약간의 변주를 가하면서 몇차례 되풀이되는 일종의 간주곡, "이 억센 가슴을 어디에 쓰랴" 등은 바로 이러한 사정을 실감케 해준다.

> 어머니는 내가 두렵다 한다.
> 내 이 억센 힘이 두렵다 한다.
> 한밤중에 뛰쳐나와
> 강변을 한바퀴씩 휘돌아치는
> 내 미친 짓이 두렵다 한다.
> 먼 산을 향해 늑대처럼 짖는
> 내 울음이 두렵다 한다. (11~12면)

전래의 「아기장수 전설」을 곧장 떠올리게 하는 장면인데, 이미 주인공 돌배의 험난한 삶의 역정이 운명적으로 예고되고 있는 듯하다. 넘쳐

나는 힘과 열정, 세상을 향한 억누를 길 없는 분노와 적개심 등이 일찌 감치 그의 순탄치 못한 미래를 암시해주고 있는 것이다. 말하자면, 가족 부양의 짐으로부터 아직은 자유로운 열혈청년 돌배는 사회계급적 견지 에서도 농민해방 전사(戰士)의 조건을 일정하게 구비한 일종의 '농민 무법자'(outlaw)인 셈이다.

구전민요나 전설 형태로 이런 인물에 관한 이야기가 여항간에 계속 끊이지 않는 것은 무엇 때문인가. 홉스봄(E. J. Hobsbawm)이 명쾌하 게 지적했듯이, 문명사회에서는 이미 상실한 '순진함'과 모험, 자유와 정의, 영웅적 행위 등에 대한 갈망과 동경 등이 복합적으로 투사된 결과 이다(황의방 옮김 『義賊의 社會史』, 한길사 1978 참조). 아마도 시인 신경림이 창조한 돌배의 형상도 이와 동일한 맥락에서 이해될 수 있을 터이다. 신 경림의 "구전적 전통에 대한 동경은 고향 상실로 특징지어진 근대화, 부락공동체나 씨족공동체의 해체를 불가피하게 한 근대화의 동력에 대 한 반작용"이라 지적한 유종호(「슬픔의 사회적 차원」, 『동시대의 시와 진실』, 민 음사 1982)의 견해 또한 같은 연장선상에 놓인다.

돌배 아버지는 본디 떠돌이 방물장수였으나 홀연 집을 나가 돌아오 지 않고, 어머니는 장터를 돌며 개피떡을 팔아 구차한 삶을 연명해나간 다. 끔찍한 돌림병이 창궐했던 저 러일전쟁의 회오리를 용케 이겨낸 그 의 두 이복형은 무신년(1908) 물난리 때 지주 정참판네 첩 세간살이를 건지다가 급류에 휩쓸려 죽는다. 강물 따라 장짐 나르는 사공일을 걸어 치운 돌배는 장터 씨름꾼으로 전전하다 고향길에 올라 귓결에 망국의 소식을 듣는다.

그러나 돌배에게 나라란 오로지 "땅에서 쫓아내고 집을 빼앗는 곳/지 아비를 빼앗아가고 지에미를 짓밟는 곳"으로 인식될 뿐이다. 「다시 남 한강 상류에 와서」(1978)에 명료하게 형상되고 있지만, 신경림 시의 뿌 리깊은 국가허무주의는 여기서도 약여하다. 이제 돌배에게 더욱 소중한 존재로 되는 것은 사랑하는 연인이다.

> 봉당에 쭈그리고 앉아
> 달래 다듬는 터진 손
> 팽팽한 손목.
>
> 그의 몸에서는 비린 물내음
> 그의 몸에서는 신 살구내음
> 취할 듯 진한 살구꽃 내음. (10~11면)

　장터 국밥집 외팔이의 딸 연이에 대한 시적 스케치인데, 그 서정적
처리가 사뭇 빼어나다. 아무튼 이러한 돌배가 어느 봄날 "주린 배 안고/
오줌독 옆에" 우두커니 서 있는 아이들의 가엾은 모습을 통해 봉건체제
의 불합리를 깨닫고, 가난한 사람들끼리 활갯짓하고 모여 사는 삶을 소
망하게 된다. "우리끼리 땅 일구고, 씨 뿌리고,/거두고/밤에는 모여 앉
아 얘기"하는 저 싱싱한 원시 농경사회로의 복귀를 꿈꾸는 것이다.

> 오늘밤 달 뜨걸랑
> 연이 보러 갈거나.
> 문경 새재 넘어가면
> 새세상이 있다는데,
> 가난하고 억울한 사람 모여 사는
> 새세상이 있다는데. (17면)

　연이를 보듬고 새세상에서 살려 하는 열망이 사무치고 있는 위의 부
분은, 특히 그 가락이나 지배적인 시적 정서가 이병철의 「나막신」(1942)

을 쉽사리 연상시켜준다. 무르녹은 서정적 분위기, 흡사 출영(出營) 직
전의 농민병사가 느낌직한 비장감이 기묘하게 엇갈리면서 강렬한 시적
흡인력을 발하고 있는 것이다. 이 처연한 민중적 정한(情恨)은, 돌배 무
리가 강을 건너는 대목에 삽입된 절절한 신민요 가락에 안받침되어 더
더욱 고조된다.

　　물 위에 한 세월
　　구름 위에 한 세월
　　물억새나 휘젓는
　　들오리로 한 세월
　　잠 설치는 갈대밭
　　빈 바람이 되어 가세

　　어기야디야 어기야디야
　　새세상 찾아가세 (27면)

　이 노래에 실린 뜨내기 인생의 한과 슬픔이 가위 인상적이다. 여기서
의 새세상은 단지 봉건적 모순의 혁파를 통한 농민공동체의 실현을 뜻
할 뿐이지만, 뒤의 의병전쟁 과정에서 그것은 제국주의 외세의 격퇴로
써만 비로소 완결될 성질의 것으로 전화된다.

　　어머니 불쌍한 우리 어머니
　　모내기 전에 돌아오리라.
　　굶주려 눈만 있는 모질이 동생들,
　　애기낳이 잘못해서
　　다리 저는 근팽이 형수,

말 많다 논밭 떼었네
짚신 삼아 파는 팔배 아범,
떡보리 나기 전에 돌아오리라. (25면)

　주인공 돌배가 친구들과 운동의 대오를 조직, 정참판네 쌀곳간을 털
고 헌병 보조원을 때려눕힌 뒤 고향을 뜨기 직전에 토로된 구절이다. 그
런데 눈길을 끄는 것은, 그 인물들이 대체로 '불구적 형상'으로 점묘돼
있다는 점이다. 돌배 일행이 새재에서 만난 패잔 의병들 역시 "팔 없는
사람 외눈박이/알몸뚱이에 절뚝발이/하릴없는 떼거지"로 그려져 있다.
물론, 이때 '불구'란 정치경제적 함축을 강하게 내포하는 것이다. 여기
서는 "돌아오리라"에 집약되어 있지만, 그들의 일거수일투족이 철두철
미하게 고향에 긴박되고 있다는 사실도 간과할 수 없다. 마을에서 도망
쳐나와 충주 근방 금점판과 음성의 철길공사판을 떠돌면서도 그들이
"새우젓배 오기 전에 돌아가리라" 절규하고, 연풍·풍기·문경·영해·
괴산·가은 등지를 거치면서 힘겨운 의병투쟁을 벌인 끝에 외톨이가 된
돌배가 "이 눈이 녹기 전에/고향 다녀오리라,/새 싸움 벌이기 전에/내
연이 보고 오리라"고 다짐하는 것이 모두 그러한 예이다.
　철로공사판의 일본인 기사가 한 아낙네의 야윈 젖가슴에 손을 넣는
사건이 발단되면서 「새재」는 새로운 국면에 접어든다. 이 장면을 목격
한 돌배가 그 기사놈을 곤두박질시키자, 공사판은 돌연 싸움판으로 화
한다. 왜놈들은 잠시 최부자 집으로 피신하지만, 쌀곳간을 기습한 군중
들의 힘에 떠밀려 다시 향회당에 숨는다. 이 와중에서 동네의 양반과 지
주들은 왜놈 편에서 되레 그들을 회유하려 드는 자기모순을 드러낸다.
이윽고 사태의 심각성을 깨달은 왜놈 헌병이 들이닥치고, 마침내 돌배
무리는 간신히 총격을 피해 새재를 찾는다. 그들은 이 산채에서, 양반
부류는 모두 자진이탈하고 지금은 도적으로 잔류하고 있는 일군의 의병

들과 조우한다. 이런 일련의 과정을 통과하면서 돌배의 의식은 명징하게 각성되고, 새로이 수습된 의병 대오를 총괄하는 지도자로 우뚝 발돋움한다.

> 지까다비 화약 냄새 저리 치워라
> 양반님네 썩은 상투도 저리 비켜라
> 부정 타면 달도 해도 뜨지 않는다
> 조령관에 양지꽃도 피지 않는다
>
> 세상은 억울하고 원통한 일뿐
> 양반님네 아우성과 매운 채찍에
> 목덜미에 매달리는 피멍든 원한
> 밝아오는 동녘 찾아 꽃길을 열고
>
> 캥매캐캥 캥매캐캥 한바탕 달려가세 (46면)

두 무리는 이처럼 한데 어우러져 술마시고 노래하며 춤판을 벌인다. 새세상을 전취하기 위해 새삼 반제·반봉건의 결의를 굳게 다지는 한편, 버려진 총으로 전열을 가다듬고 충청·경상도 지역에서 의적투쟁을 활발히 전개한다. 팔배와 근팽이가 각기 풍기·영해 전투에서 죽고, 전선이 지리멸렬해지자 이반자가 속출한다. 대다수 병사들은 양반토벌대에 투항하고, 급기야 외톨이로 남은 돌배는 총에 맞고 체포된다. 결국 그는 연풍고을의 향회공당에 얼마 동안 갇혀 있다 '도둑의 괴수 화적떼 두목'이란 죄명으로 효수당하는 비극적인 운명을 맞는다.

앞에서 「새재」의 서술이 주로 돌배의 시점에서 이루어졌음을 잠시 언급한 바 있다. 그러나 단형 서정시가 아닌 장시에서 감정의 세류(細流)

를 곡진하게 드러내면서 동시에 모든 시적 대상들을 통괄해나가기란 무척 난망한 일이다. 그러므로 시인은 돌배를 중심으로 서사를 전개하면서도, 다채로운 서정의 묘미를 극대화하기 위한 시적 방법을 적극 도모한다. 시점의 일관성을 파기하는 위험을 아랑곳하지 않고 자신이 곧 돌배로 되는 방법적 모험을 감행하기까지 한다. 그러므로 엄밀하게 말하자면, 돌배 중심의 서술이란 시인의 섬세한 감수성을 투과한 그것일 뿐이다. 가령 돌배가 목계·가흥·입장·안반내의 씨름판을 쓸고 귀향하는 다음 정경은 어떠한가.

> 송아지 네 마리를 먹고 마시고
> 되 이무기 되어 돌아온 강가는
> 쓸쓸한 가을
> 왜가리떼 억새풀 속에서
> 잔 고기 찾고 있었다. (14면)

늦가을 강변에서 호젓이 잔고기 찾는 왜가리떼의 형상이 실로 생생한데, 간명한 서경을 통한 서정의 강력한 환기에 능한 신경림의 시적 책략이 단연 돋보인다. 언뜻 그 무렵의 농민들이 겪어야 했던 이른바 '풍년기아(豊年飢餓)' 현실을 마주하는 듯하다.

그러나 여기에 문제가 없는 것은 아니다. 잘 톺아보면, 돌배의 눈길에 잡힌 이 선연한 시적 풍경은 사실상 시인의 감각을 그대로 옮겨놓은 것에 불과하다. 따라서 그 자체로선 뛰어난 서정성을 확보하는 데는 성공했을지 모르지만, 독자로 하여금 시인과 화자의 괴리로 인한 형식적 불균형을 느끼게 함은 어찌할 수 없는 것이다. 농민운동 지도자로서의 면모가 점차 두드러지는 작품 후반으로 갈수록 그 형식적 간극은 더욱 벌어지게 마련이다. 모든 시적 대상을 일일이 주인공 돌배의 시점에 맞출 겨를이 없기 때문이다. 이뿐만이 아니다. 출중한 서정적 처리가 서사의 급속한 진행이나 자잘한 디테일의 처리, 위기국면에서의 극적 갈등의 제시 등을 도리어 저해할 수도 있는 것이다. (서정성 실현에 지나치게 집착할 때 양식적 파탄은 필연적이다. '장편 서정시'라는 장르적 명칭 아래 발표된 김해강의 1937년작 「홍천몽(紅天夢)」이 바로 그런 경우이다.)

이 문제에 관한 한 「새재」는 아직은 자유롭다고 할 수 있다. 서정 단시의 맛을 곁들이면서 서사전개에서 드러나는 특유의 재미도 함께 즐길 수 있다는 점에서도, 양식적 파탄을 운위한다는 것 자체가 무리인 것이다. 이 양자의 화해로운 공생에 대한 양식실험의 성격이 그만큼 강하다는 의미이다.

똑같이 서경을 통한 서정적 환기력의 강화를 의도하면서도 다음의 경우는 위의 '왜가리'와는 질적으로 구분되는 처리방식을 보여주기도 한다. 여기서도 그 시적 대상은 돌배의 시점에 의해 파악되고 있는데, 그것 역시 충분한 미학적 거리조정의 결과로서보다는 시인의 섬세한 촉수를 거쳐 나온 것이기는 마찬가지이다. 차별점은 시적 대상으로서의 모든 자연물에 감정이 이입되고 있는 것이다.

> 밤중에 눈을 뜨면
> 문을 때리는 눈바람,
> 산등성이를 쓸고 골짜기에 몰렸다
> 되올라오는 눈바람,
> 박달나무 팽나무가 울고
> 시무나무 흑느릅나무가 흐느낀다. (51면)

양반토벌대와의 마지막 일전을 앞둔 주인공이 독백처럼 읊조리는 장면인데, 마치 시인 신경림의 모습을 대하고 있는 듯한 착시현상을 경험하게 된다. 그만큼 시인이 돌배의 의중을 철저히 장악하고 있다는 이야기이다. 그러나 서정성 발현의 차원에서 볼 때, 자연물상들을 통해 미묘한 시적 정서를 고양시키는 힘은 놀라운 것이다. 유정(有情)한 자연물, 즉 감정이 짙게 착색돼 있는 음산한 눈바람 소리와 나무들의 흐느낌이 유발해내는 다면적인 시적 효과가 예사롭지 않은 까닭이다. 그것들은 돌배가 겪는 내면적 갈등의 심각성, 사건의 비극적 전개, 시적 주제의 강화 등을 일정하게 암시해준다. 이같은 서정적 처리가 시인의 치밀한 계산에 의한 것임은 물론인데, 후속되는 장시의 주요 장면에서도 일관되게 동원되는 시적 기법이기도 하다.

이러한 시적 장치에다 일종의 전위주의적 형식을 가미한 것이 「새재」의 마지막 장면이다. 신경림 시에서 이는 서정·서사 및 서경이 절묘하게 통합된 보기 드문 시적 성취에 해당한다.

가까운 숲에서 늑대가 운다.
빈 들판에 바람이 흙먼지를 일으키고
산 위에 조각달이 파랗게 걸려 떠는
섣달 그믐.

(…)

새재 가파른 벼랑에선가
멀리서 늑대 울음이
낭군 찾아 객지땅
주막거리에 얼쩡대는
피엉킨 연이의 통곡이 되어

높이 걸린 내 머리에 와
부서지고 있다. (55~56면)

목 잘려 높은 종대에 동그마니 매달린 돌배의 혼이 처절하게 뇌까리는 대목이다. 늑대의 울음, 흙먼지 일으키는 바람, 섣달 그믐밤 산 위에 걸린 파란 조각달 등이 얼크러져 자아내는 비극적인 시적 정조가 돌배의 원통한 죽음에 정확하게 상응되고 있다. 비장한 서정의 극치와 뭉클한 서사적 감동을 동시에 맛보게 하는 장면이라 아니할 수 없다. 염무웅(廉武雄)이 날카롭게 통찰했듯이, 여기에 이르러 시인은 "서술의 초점 문제에 대한 일체의 합리주의적 배려를 초월 (…) 크게 형식을 부숨으로써 형식 문제에 대한 작은 논의를 침묵"시켜버린다(「서사시의 가능성과 문제점」, 『한국문학의 현단계 I』, 창작과비평사 1982). 어느 의미에서 이는, 장시의 형식 문제에 대한 시인의 남다른 고투에 따른 값진 성과라 하겠다.

4

「남한강」(1,341행) 이야기는 돌배가 참수된 지 3년 뒤부터 시작된다. '치마소 바위'에서 투신하려다 마음 돌린 연이가 수소문 끝에, "쇠전 높은 막대에 덩그마니 달린/시커먼 머리통,/눈조차 까마귀에게 쪼아먹힌/처참한 몰골"의 돌배를 보고 까무러쳤다가 정신을 수습하고 외팔이 아버지와 목계장터에다 술청을 벌여 장사에 나서는 시점이다. 그러나 그 본격적인 시대배경은 「새재」에서 꼭 10년이 경과한 1920년부터 대략 3년 간이다. 무단통치의 철퇴에 꿋꿋이 맞선 3·1운동의 민족적 열기가 다소 주춤해지자 '문화정치'의 슬로건을 내건 일제가 실질적으로는 이전보다 더욱 강력한 무력주의로 내달으려 한 시기이다. 이런 사정은 작품 첫

머리에서도 뚜렷하다.

> 무심하구나 십년 세월
> 원한도 설움도 잠재우는 것
> 강물은 도도히 흘러가누나
> 물 위에 잔 물놀이만 일구면서.
>
> 허물어진 성벽 곳곳에서
> 남포가 터지고
> 꾀꼴새 두려워 이 골짝 저 골짝으로
> 피해서 우짖는데도. (57~58면)

「새재」 서두와 너무나도 흡사한 장면이다. 여행하는 시적 자아가 바로 그 남한강변 나루와 옛 성터를 다시 둘러보고 새삼스레 비감(悲感)을 술회하는 것이 그렇고, '남포' '꾀꼴새'를 통해 식민지 조선민중의 막막한 삶을 넌지시 내비치는 능란한 시적 기교가 또한 그러하다.

이 작품의 서술방식은 전편과는 매우 다르다. 주인공 돌배가 자신의 이야기를 계기적으로 서술해가는 단일한 선형(線型)구조에 입각해 있는 것이 「새재」이다. 이에 반해 「남한강」은 연이를 구심점으로 하여 서사가 전개되긴 하지만, 반드시 사건발생의 순차를 밟고 있는 것은 아니다. 그 주변인물들을 포함한 모든 시적 상황이 전지적 화자에 의해 통괄되는 입체적 서술구조를 지니고 있는 것이다. 곳곳에 민요가 삽입되고 '치마소 전설'이 차용되는가 하면, '대추나무 시집보내기' 같은 민속놀이 장면이 등장하기도 한다. 연이의 입을 빌려 자주 여러가지 사설을 풀어나가게 하면서도, 다른 한편으로 시적 화자는 식민지시대의 왜곡된 근대화 과정, 다채로운 삶의 풍속도, '독립'에 대한 강렬한 민중적 소망

등을 골고루 포착해낸다. 시적 화자가 전지적 작가 및 해설자의 역할까지 겸하고 있는 셈이다.

> 뱃전에 왜놈 칼소리 절그럭대고
> 장바닥에 게다소리 시끄러워도
> 아닐세, 우리는 겁 많고 순한
> 어리석은 백성들.
>
> 그러나 우리는 본다,
> 온 누리에 새 힘이 솟구치고 있음을. (59~60면)

에서는 절망적인 현실 속에서도 밝은 민중적 전망을 읽어내려는 시인 신경림의 모습이 퉁그러진다. 무가 형식을 빌려 돌배의 혼백이,

> 연이의 귓가에 속삭이누나.
> 못 가겠네 못 가겠네
> 분통해서 못 가겠네
> 도포 입고 갓 쓴 양반
> 팔자걸음 조선 양반
> 왜 은자 천냥에
> 내 중한 목숨 팔았구나 (66면)

라고 노래하는 대목에서는 이승과 저승을 넘나드는 전지적 화자, 해설자의 입장이 동시에 드러난다. 또한 "서속 섬이나 먹자고 산밭뙈기 일궜더니/관가에서 하는 말 개오동이나 심으라네"(109면) 같은 구절에서는 신민요 가락을 원용, 일제의 '남면북양(南綿北羊)' 정책에 대한 농민

의 저항적인 목소리를 아무런 가감 없이 전달하기도 한다. 그런가 하면 1920년대 초의 숨가쁜 세태변화가 관찰자 견지에서 평명하게 점묘된다. 나라의 전역에서 마구잡이 벌목이 횡행하고, 국토 절단이 자행되는 식민지 근대화의 왜곡된 행태가 눈에 잡힐 듯 선명하게 개괄되고 있는 것이다.

장마다 골목마다
새 지전 날고 뛰고 깝치고.
충주장엔 솔표 석유
제천장엔 가오리 인단
주덕장엔 쮸쮸 구리무

곳곳에 금점판이 벌어지고
산판이 벌어지고
계족산이 뚫리고 월악산이 뚫리고
금봉산이 깎이고 백운산이 깎이고 (68~69면)

전반부는 "충주 처녀는 담배 때문에 코끝이 노렇고/괴산 처녀는 숯을 만져 손이 검고"와 같이 지방 특유의 물산을 열거하는 전래 민요「큰애기풀이」(고정옥『조선민요연구』, 수선사 1949에서 재인용)를 금세 떠올리게 하는데, 일제의 상품시장으로 급속히 편입되는 당시의 조선 현실을 생생히 감득할 수 있을 듯하다.

「남한강」에서 연이를 서사 화폭의 중심에 놓은 것은 다각적인 형식적 고려에서 나온 것이다. 이는 전편과의 연관을 중시한 자연스런 결과이기도 하겠지만, 정작 중요한 이유는 좀더 다른 데 있다. 이렇게 처리함으로써 우선 독자에겐 유복자 딸린 아리따운 청상(靑孀) 연이의 후일담

이 풍부한 실감과 재미로 다가올 수 있다. 연이의 술청이 갖가지 풍문을 매개하는 시적 공간이라는 점도 무시할 수 없다. 그러나 가장 핵심적인 것은, '독립의 쟁취'라는 시적 주제와는 전혀 무관한 듯한 연이를 전진 배치함으로써 역설적으로 시적 주제를 강화하려 한 점일 것이다. 이것이야말로 「남한강」의 리얼리즘적 성취를 담보하게 한 주요한 시적 방책이라 할 수 있다. 「남한강」에 반봉건의 내용을 담은 민중의 노래와 반제 항일민요, 성희요(性戲謠) 등이 빈번히 나오는 것도 실은 이런 사정과 긴밀히 연관될 터이다.

'꽃배' 띄워 뗏목꾼 후리고, 금점판·산판 찾아드는 "황토 묻은 지까 다비의 뜨내기"들을 어르고 눙칠 만큼 본때 있는 장사수완을 보여주는 연이는 앵금쟁이와 사랑에 빠진다. 그럴 즈음, 대장간집 둘째아들은 자기 누이에게 아이 배게 한 나가야마를 찌르고 주재소로 끌려가 결국은 사흘간의 모진 고문 끝에 죽는다. 월악산 화적의 장본인으로서 뒤늦게 만주 독립군 자금책으로 밝혀져 체포된 정참판네 큰손주는 압송 도중 동지들의 도움으로 마스막재에서 요행히 위기를 모면하고, 내내 신비의 베일에 싸여온 문제의 "바람처럼 후리훌쩍/물길 따라 돌아오는/그 사람/앵금밖에 모르는 사내"는 바로 이 무리에 합류하여 산길을 오른다. 그러나 이 작품의 끝대목 "바람이 불어 먼지가 일어"에서 충분히 암시되어 있듯이 시적 현실은 비극적인 대단원의 막을 내린다. 시인의 소망이 강렬하게 투영된, "두껍게 얼어붙은 얼음 아래/그래도 한강물은 흐르는구나"라는 마지막 한마디를 남겨놓은 채, 이른바 '열린 끝'(open closure)의 소설적 구성으로 마무리하고 있는 것이다.

이 단순하기 이를 데 없는 서사적 줄거리에서 가장 강력한 무게중심을 이루는 인물은 다름아닌 앵금쟁이이다. 연이가 「남한강」의 외형적 주인공이라면, 앵금쟁이야말로 작품내적인 일차적 주인공이다. 연작 장시 세 편을 그 '운동적 삶'의 관점에서 독해할 때 그러하다.

동산에 뜨는 보름달을 보면서도
산울타리에 열린 올동부를 보면서도
그이만 생각했네

마른 호박잎에 무서리가 내리고
굽은 가죽나무에 된서리가 깔리고
문설주에 눈발 희끗대도
그이만 생각했네

아아 그러나 나는
피가 뜨거운 여자.
강변에서 콩밭에서 어두운 메밀밭에서
헐떡이며 딩굴며 살아온
칠백년이라 노비의 딸.

사랑은 단 하나 범 같은 내 사내.
한 손에 칼을 잡고
또 한 손에 재를 들고
험하고 매운 세상 독하게 헤쳤지만
나는 불처럼 뜨거운 여자
산꿀처럼 달콤한 여자 (78~79면)

　돌배의 주검 앞에서 "갚으리다 갚으리다 낭군 원수 갚으리다" 결의했
어도, 애당초 '헐떡이며 뒹굴며' 살아가게끔 운명지어진 연이의 저 야
생화 같은 이미지가 인상적으로 형상되어 있다. 이런 그녀에게 목로 잡

화점 한구석에 고담책 펼쳐놓고 종일 앵금을 타거나, 가끔 술청 봉놋방에서 새우잠이나 자는 신원불명의 앵금쟁이가 문득 다가선다. 결국 이들은 "당버들 두어 그루/별빛 가린 아기늪"에서 합환(合歡)하기에 이르는데, 다음은 화자에 의해 스케치된 자그마한 서정적 화폭이다.

　　연이는 웃으며 옷고름을 풀었네.
　　비녀를 뽑고 옥양목치마 벗었지.

　　치솟는 힘 하늘 끝에 뻗치고
　　넘치는 기운 깊이 땅을 뚫네.
　　숨막혀 숨막혀서
　　뽕나무 왜닥나무도 땀흘리고
　　힘겨워 힘겨워서
　　물총새 할미새도 헐떡이면 (81~82면)

　'하늘'과 '땅'으로 각기 암유(暗喩)된 연이와 앵금쟁이의 격렬한 성적 행위가 빛나도록 아름다운데, 얼핏 소월(素月) 시의 주요 특장이기도 한 '자연물에 의한 시적 정서의 표출'이라는 고도의 수법이 신경림에게 고스란히 이월된 듯한 느낌이다.
　그럼 앵금쟁이는 대체 어떤 인물인가.

　　바람처럼 후리홀쩍
　　물길 따라 돌아오는
　　그 사람
　　앵금밖에 모르는 사내.
　　서러운 가락에 오동잎 사이로 달이 지면

절터에서 곳집에서 허물어진 향교에서
저승길 늦은 원혼들
우쭐우쭐 모여들어
귀 기울이다 훌쩍이고 흐느낀다.

당신에게는 그의 혼이 씌웠구료.
목 잃고 저승길 못 찾은 원혼
구천계곡 헤매다가
앵금소리 구성진 가락 타고
당신에게 씌웠구료. (88~89면)

한마디로, 앵금쟁이는 돌배의 후신이다. 그러나 동시에 그는 돌배와
똑같은 처지의 "저승길 늦은 원혼"들을 달래고 위무하여 고통스런 지상
적 삶으로부터 발길을 떼게 하는 중개자이기도 하다. 이런 관점에서 보
자면, 「남한강」에서 시종 연이를 강력히 견인하고 있는 이 앵금쟁이야
말로 명실상부한 작품내적 주인공이라 해야 할 것이다.

5

「쇠무지벌」(1,661행)은 농민공통체 실현을 위한 '황밭들' 농민들의 순
직한 꿈과 좌절의 기록이다. 해방 직후 몇년간 쇠무지벌 농민들이 본디
그들 공동의 소유였던 땅을 되찾기 위해 벌이는 눈물겨운 고투의 과정
이 이 작품의 기본적인 줄거리이다. 그 첫머리의 작품명 '쇠무지벌'의
유래에 대한 시인의 설명이 차라리 구차하게 느껴질 만큼 이 시의 배경
은 독자에겐 벌써부터 친숙한 것이다. 그 구체적 지명만 처음 대할 뿐,

이미 그것은 전편들에서 익히 보아온 바이기 때문이다.

시적 현실과 실제 역사사실과의 일치 여부를 가리는 일은 대체로 부질없는 노릇이다. 그러함에도 여기에 이를 적용해보면, 이 작품은 미군정기 남한(충북 중원군 금가면의 '쇠무지벌') 농민현실의 시적 탐색이라 할 수 있다. 그러므로 이 작품엔 이른바 '귀향유이민' 또는 전재민(戰災民), 친일 지주, 빨갱이, 미군 들에 관련한 매우 중요한 시적 주제들이 총망라돼 나온다. 친일 잔재세력의 척결, 토지의 평민적 소유에 대한 농민들의 열망이 분명하게 형상되어 있을 뿐만 아니라 좌우익의 첨예한 대결, 미군정의 무단적 농민정책 등도 상징적으로 암시되어 나타난다.

「쇠무지벌」의 서술방식은 「남한강」과도 상당한 차별성을 지닌다. 똑같이 전지적 화자를 내세우고 있으면서도 여기서는 가급적 내레이터의 주관적 개입을 최소화하면서, 거의 모든 시적 대상들에 대해 균분적 시선을 배려하는 일종의 '이동 시점'을 취한다. 물론 「새재」의 돌배나 「남한강」의 연이에 필적할 만큼 집중적 조명을 받는 인물은 찾아보기 어렵다. 그러나 그 농민운동적 삶을 특히 눈여겨보면, '새 통수'는 비상히 눈길을 끈다. 그를 제외하곤 대개의 경우 복수(複數)적인 형상, 즉 나라 밖으로부터 귀향하는 유이민, 제 땅에 그대로 머물러 있던 사람들, 이른바 '새양반·새부자'로 불리는 지주 및 고급 관리, '군화발·양잡귀' 따위로 제시될 뿐이다. 한마디로 「쇠무지벌」의 전반적 구도는 지배·피지배 계급간의 첨예한 대립과 갈등의 양상을 띠고 있다. 그 시적 주제의 비중이 현저히 '나라'보다 '땅'에 쏠리고 있는 것은 이 때문이다. 이 작품에 농민들의 집단적 노동과 놀이(두레·풍장·굿) 장면이 자주 눈에 띄고, 민요·무가 등이 부쩍 늘어난 것도 전적으로 이와 직결된 것이다.

작품의 서장은 해방 직후의 혼란한 사회상을 선명하게 형상해낸다. '새세상'이 도래한 조국을 찾아 만주·일본 등지로부터 돌아온 유이민,

징용길에서 가까스로 풀려나온 전재민, 그리고 이들을 반가이 맞는 '잔류파'의 모습을 보여주고 있다. 한결같은 '불구적 형상'이다.

> 귀가 찢어진 사람
> 코가 깨어진 사람,
> 도망하지도 못한 채
> 반등신이 다 된 사람들
> 그들을 맞는구나. (122면)

돌아오는 사람들도 이와 진배없으니, 등가죽에 맷자국이 남아 있는 사람, 왜놈한테 맞아 곱추가 된 이가 모두 그러하다. 다른 한편에는, 이들의 설움받던 이야기에는 아랑곳없이, "사람 잘난 게 죄인가/돈 많은 게 죄인가"라고 딴소리하는 친일 잔재세력의 기회주의적 면모가 명료하게 대비된다.

첫 장날, 두 편의 입장은 결정적으로 갈라선다. 결국 어렵사리 의견을 수습, 이십년 만의 굿판을 열기로 하고 젊은 갖바치를 제관으로 뽑는다. 장터에서 농민 회유에 실패한 지주들과 '왜군수, 반쪽발이 검사, 왜형사, 왜면장' 등은 굿판에 헌물을 올리고 농민들과 함께 어우러진다. 걸립과 길굿이 행해지고, 열림굿판에선 동네 이끌어갈 '새 통수'로 제관을 다시 선출한다. 마지막으로, 나룻굿을 벌여 흥취의 고조를 마감한다.

> 배메기라 소작료는 삼칠로 줄이고
> 비료값 금비값은 땅쥔이 물고
> 뒷목은 작인 차지라. (156면)

그러나 지주의 선심은 그냥 선심일 뿐, '십만 평 황밭들'은 포기하지 않는다. 마침 바람결에 들려오는 토지개혁 소문에 마을 장정들이 울근 불근하던 즈음 엉뚱한 데서 동티가 난다. 진삿골 새부자 면장 아들이 백주 대낮에 뱃사공 여편네 홑치마를 들쳤다가 벼르던 동네 젊은 패들에게 발각돼 조리돌림당하는 사건이 터지고 만 것이다.

이를 계기로 지주와 소작인의 못자리 싸움이 본격화된다. 이 과정에서 황밭들의 다섯 마을(흐르늪·사리울·새터·버드래기·가늣게) 장정 열다섯은 '빨갱이' 누명을 쓰고 개머리판에 휘둘려 줄초상 신세가 된다. 이 사이 조리돌림당했던 왜면장네 아들은 "권총 차고 벼슬달고" 금의환향하는가 하면, 왜군수는 국장으로 등용된다.

이 소란통에도 오백년 대물림의 갓바치 '새 통수'는 "멀리 나라에서 소식들려올 때까지"만을 고집한다. 그러던 그가 실로 오랜 갈등 끝에 이윽고 투쟁의 진두에 선다. 그는 지난 이십년간 광산과 공사판, 대처 뒷골목과 바닷가 장바닥을 떠돌며 산전수전을 다 겪은 특이한 이력의 소유자이다.

> 빼앗긴 황밭들 찾으려다
> 단봇짐 싼 일 그 몇번이며
> 왜양반한테 대들다가
> 오라진 일 그 몇번이던가. (146면)

> 내 원한 내 통분 누구에게 지겠는가.
> 너르니 발치기한테 몸도둑 맞은 에미,
> 헌양반네 돌림계집 다 됐던 에미의 아들,
> 새부자한테 대들었다 장독 들어 죽은 애비. (162면)

그 가족사가 실로 참절무비하다. 이러한 그는 패배가 예정되어 있는 투쟁임을 번연히 알면서도, "싸우리라 만년이라도 싸우리라"고 외치며 일각일각 다가오는 죽음의 순간을 기다린다. 「남한강」의 경우와 마찬가지로 작품 결말의 추이를 독자로 하여금 반추하게 만드는 것인데, 농민투쟁에 대한 시인의 확고한 믿음을 엿보게 하는 대목이다.

이 작품의 기본 서사는 이처럼 매우 간명한 것이지만, 외형상 분명한 주인공이 존재하지 않는 것처럼 보이는 까닭에 독자로선 시적 상황을 치밀하게 재구성해야 하는 분외의 공력이 요구된다. 이것은 「쇠무지벌」의 지나칠 수 없는 형식적 결핍의 하나이다.

「쇠무지벌」의 시적 방법은 전편들에서의 그것을 충실히 따르면서도, 집단적 신명을 돋울 뿐 아니라 빠른 시적 템포에 적절히 상응하게끔 민요 및 무가를 요소요소에서 매우 다채롭게 활용한다. "세상은 순리대로 살아야 하느니/왜모시 장구채가 물살에 쓸리듯"과 같은 살아있는 민중적 비유도 주목할 만하지만,

익었구나 익었구나
중문 안 청치마 속이
축축하게 익었구나,
성났구나 성났구나
밭틀논틀 베잠방 속이
팅팅하게 성났구나. (163면)

에서 분출되는 탄력적인 성적 이미지 또한 인상적이다. 새부자네 철부지 귀동딸을 본 총각 일꾼들의 답답하고 한맺힌 가락의 일절인데, 「쇠무지벌」의 삽입 민요가 단순한 장식적 수사로 떨어지지 아니하고 시적 주제화에 유기적으로 관여하고 있음을 잘 일러준다. 다음은 '못자리 싸움'에 배치된 「가래 노래」의 일절이다.

어허 가래여
네 땅 내 땅 가래로 뜨고
네 님 내 님도 가래로 찾고
어허 가래여
왜놈 되놈 가래로 쫓고
양반 부자도 가래로 잡고 (173~74면)

여기서 가래는 땅파는 농기구, 강력한 남성 상징, 그리고 양반과 외
세를 쳐부수는 무기로 되고 있는데, 친일잔재 지주와의 '못자리 투쟁'
장면에 삽입됨으로써 주제의 강화에 큰 몫을 하고 있다. 매우 효과적이
고도 적실한 민요 차용의 사례라 하겠다. 특히 「남한강」과 「쇠무지벌」
에서 두루 산견되는 민요들, 가령 「두레삼 노래」 「늦어오네 노래」 「못방
구 노래」 「지명풀이 타령」 「줄다리기노래」 「배좌수 딸 박명가(薄命歌)」,
그리고 「김통인(金通引) 댕기노래」 등이 모두 이런 경우에 해당한다.
  그러나 간혹 민요의 수용의욕이 지나쳐 시적 흐름을 오히려 차단하
는 경우도 없지 않다. "소금에 절인 후줄근한 배추꼴"의 반등신이 돼 돌
아온 '열다섯 장정들'을 향해 그 아낙들이 통곡하는 다음 장면을 보자.

애고 애고 내 서방아
여주벌 황소처럼 기운 좋던 내 서방아
막흐레기 여울 잉어처럼 펄펄 뛰던 내 서방아
손발 다 꺾였으니 논밭 농사 누가 지며
허리병신 되었으니 아들 농사 누가 짓나
(…)
문경 새재 박달나무처럼 다부지던 내 서방아 (187면)

아무래도 침통하고 어두운 시적 분위기와는 크게 어긋나 있어, 서술 시점의 혼란을 느끼게까지 한다. 각도를 달리해 생각해보면, 이는 아낙 자신의 노래라기보다는 그 역할을 대신한 직업적인 노래꾼의 가락이라 할 수 있다. 『남한강』 서문에 밝혀져 있듯이, 이 작품을 쓸 때 특히 그 시적 방법 면에서 시인에게 크게 영향을 끼친 것으로 알려진 '반박수'가 바로 그런 인물일 듯싶다.

6

앞에서 이미 언급했지만, 『남한강』은 일제강점기 초엽에서 해방 직후 시기까지 남한강변 농민들이 겪는 삶의 애환을 기본 서사로 삼고 있다. 그들 삶은 발랄한 생활어의 거침없는 구사, 그 고장 특유의 빛깔과 토속적 정취가 묻어 있는 지방어의 실감있는 표현, 전래의 농경민요와 구한말·식민지시대의 신민요, 그리고 배따라기와 무가의 적절한 삽입 등으로 하여 아주 생동하게 형상화된다. 사실, 오늘날과 같은 급속한 산업사회에선 이미 그 흔적조차 찾기 어려운 고유의 우리말과 가락을 짚어가며 이 작품을 읽는 재미란 여간만 쏠쏠한 게 아니다. 농민공동체적 삶과 직결된 우리 본디말을 그 쓰임새별로 몇가지만 예시해보기로 한다.

1. 푸나무(식물): 가시여뀌, 검팽나무, 고주배기, 녹다래나무, 당버들, 보득솔, 시무나무, 올동부, 팥배나무, 흑느릅나무

2. 생활어(농기구·행위·자연물 등): 겨끔내기, 기직, 꼬꼬마, 너벅배, 닥걷이, 대궁, 뒷목, 돌메, 되매기질, 딤장질, 등게미질, 만도리, 말강구, 매지구름, 못방구, 물보낌, 배베기, 버덩, 산두벼,

살쭈, 섶에살이, 서드락질, 스슥, 시게전, 실퇴, 이내

3. 놀이: 맞받이춤, 새끼풍물, 새납, 세마치 장단, 쇠가락, 애기씨름, 얼뜨기춤, 조라치춤, 중씨름, 호미씻이

4. 기타: 길카리, 꽃배, 데림추, 발떠쿠, 울뚝밸, 자치동갑, 장기튀김

   이 살아있는 우리말들은 「남한강」과 특히 「쇠무지벌」에 집중되어 있다. 아마도 작품의 전반적 구도와 긴밀히 대응되는 현상일 터이다. 모름지기 시인은 모국어의 섬세한 아름다움의 기미를 포착하고 그를 통해 삶과 세계에 대한 원초적 감응을 드러낼 줄 알아야 한다면, 신경림의 경우 『남한강』이야말로 그 확실한 증표라 할 만하다. 그만큼 이 작품은 우리 모국어가 이룩해낸 가장 휘황한 결실의 보고(寶庫)로서 오래도록 기억되어야 할 것이다.

   그러나 이 작품은 적잖은 곳에서 '농민적 영웅주의'로 치달으려는 서사적 충동을 어쩌지 못한다. 말하자면 과도한 전망을 내보인다는 의미이다. 이는 시적 상황을 앞질러 나아가려는 시인의 관념적 낭만화의 소산에 다름아닌데, 여타의 특점들이 집약해내는 시적 감동을 상당 부분 감쇄시키는 결과를 초래하게 하는 커다란 단처(短處)로 된다. 특히 「쇠무지벌」의 경우, 민요나 무가의 빈번한 삽입으로 말미암아 서사 골격이 여러가지 시적 주제들의 무거운 하중을 더이상 견뎌내지 못함으로써, 작품의 전반적 구도가 지나친 단순성으로 회귀하고 만 것도 문제이다. '읽는 시'보다 '노래하고 듣는 시'에 지나치게 편향된 필연적 귀결이라 하겠다.

   이런 점에서 신경림이 『남한강』 이후 민요에 더욱 깊이 몰입한 것은 그의 시의 발전적 전개에 있어서 오히려 시적 퇴행이라 생각된다. '순수 서정'의 모처럼의 자유로운 발로가 단조롭기 짝이 없는 민요의 세계로 급전직하하는 형국으로 귀결되었기 때문이다. 이는 서정시를 자칫 '한

과 슬픔'의 단순한 동치물로 생각케 하는 위험성도 함께 동반한다. 바로 이런 측면에 대한 진지한 성찰이 요구된다 하겠는데, 이 점에서 『쓰러진 자의 꿈』은 고무적이다.

신경림의 시적 성공과 실패는 시인 개인에게만 국한되지 않는 시사적 교훈을 우리에게 일깨워준다. 지난 1970~80년대의 저 암흑과도 같은 세월에, 과거 역사적 격동기에 우리 선배들이 진정한 농민공동체 실현을 위해 벌인 눈물어린 투쟁과 좌절의 자취를 웅대한 서사적 화폭 속에 펼쳐 보임으로써 순결한 농경사회로의 복귀를 꿈꾸게 해준 것만으로도, 이 작품의 시사적 의미는 올연(兀然)할 것이기 때문이다.

〔『신경림 문학의 세계』, 창작과비평사 1995〕

슬픔 또는 사랑의 변주곡

이가림론

1

우리 시단에서 이가림은 드물게 보는 과작(寡作)의 시인이다. 「빙하기(氷河期)」로 1966년 『동아일보』를 통해 등단한 그는 지금까지 세 권의 시집을 펴냈고 그 뒤에도 적잖은 작품을 발표해왔지만, 그 편수는 통틀어 130여 편을 넘지 않는다. 마치 경쟁이라도 벌이듯 시집 엮어내기에 부산 떨기 일쑤인 요즘의 문단 세태에 비길 때, 하나의 이채가 아닐 수 없다.

자칫 시인의 '창작활동 부진'으로 해석될 수도 있을 이런 현상은 무엇보다 그의 결벽적인 시작태도에 말미암는다. 이가림에게 있어 시쓰기란 틀국수 뽑아내듯 고만고만한 작품을 기계적으로 '생산'함을 뜻하지 않는다. 시조차도 허명(虛名)적인 자기선전 수단으로 전락해버린, 베블런(T. Veblen)적 의미의 '언어의 과시적 소비'가 난무하는 시대에 있어 이같은 면모는 오히려 값지다 할 수 있다. 지금껏 나는 '시인'을 자처하는 이가림을 본 일이 없다. 그것을 무슨 근사한 레테르나 훈장처럼 막무가내로 달고 다니는 가짜 시인들이 너무 흔해빠진 시대에는, 과작이 도리어 고결한 '시인 됨'의 덕목으로 되지 않을까.

여기서 짐짓 도연명(陶淵明)이 17년 동안 지은 시가 고작 아홉 수에 머물렀음을 떠올려봄은 대단히 유익하다. 또한, 단지 기계적으로 글짓기만을 오로지할 때 수반되는 병폐를 날카롭게 간파한 정이천(程伊川)의 이른바 '작문해도설(作文害道說)'의 근본 취의를 남김없이 되살린 듯한 조식(曺植, 1501~72)의 다음 소리에도 깊이 귀기울여봄직하다.

일찍이 시를 읊조림은 완물상지(玩物喪志)하기 쉬운 일일 뿐 아니라 스스로에게 교만한 죄를 한없이 더해주는 것이라 생각한 적이 있었다. 이런 까닭에 시읊기를 그만둔 지가 거의 수십년이나 된다.

(『南冥先生文集』卷之二)

첫 시집 『빙하기』(1973) 시대의 이가림에게 있어 '시를 쓴다는 것'은 자신을 곧추세우기 위한 '존재의 구심(求心)', 달리 말하자면 위압적 현실에 맞서 힘겹게 자신을 지탱하고자 하는 슬픈 자기확인 행위에 다름 아니다. 이런 일을 쉽사리 내칠 수 없음을 시인은 "황량한 삶의 처지 속에서 (…) 굴복해버린 비겁함 또는 거의 기능을 상실한 상상력 마비 증세"(『빙하기』) 때문이라고 말한다. 따라서 그의 글쓰기는 비겁함을 떨쳐버리고 무딘 상상력을 예각화하는 데 집중함으로써 '살아 움직이는 정신'의 굳건한 파지(把持)에 이르고자 한다. 처음 몇년 동안의 작품에 유독 시인 자신의 '실존적 삶'의 비애에 무게중심을 두는 강한 정신주의와 짙은 패배주의가 깊숙이 배어 있는 것도 바로 이에 연유하는 것일 터이다.

이가림이 꿈꾸고 있는 올바른 시쓰기의 방법은 시적 대상으로서의 사물을 깊이있게 통찰, 그 본질에 육박하는 것이다. 기껏해야 사물의 표피적 점묘에 그칠 뿐인 한낱 장식적이고 '소모적인 시'를 그는 단호히 거부한다. 그가 궁극적으로 열망해 마지않는 것은 "사물의 내부를 진정하게, 그리고 전체적으로 바라보려는 도덕적 열정"(『유리창에 이마를 대고』, 1981)을 함축한 시이며, "참다운 사랑과 따스한 상호적 우애의 실제적인 교환"(『슬픈 반도』, 1989)을 가능케 하는 작품이다. 이를 위해 그는 사물 내부의 다채롭고 섬세한 굴곡을 예리하게 감수(感受)하고자 줄곧 동적인 관점을 견지한다. 그의 여러 사물시들은 바로 이러한 시정신의 소산이다.

이가림은 자기 시대를 '인간의 순진성이 고갈된 소음투성이'의 그것으로 규정한다. 그러나 이러한 삶의 외적 조건에 아랑곳하지 않고 그는 선뜻 "자신의 살점을 찢어 새끼들에게 나눠 먹이는 펠리칸의 운명"(『빙하기』)을 자임하고 나선다. 시인의 말처럼, 이때 시인이란 '사랑과 고통의 참다운 대리인'으로 된다.

> 나누어진 두 개의 하늘을
> 가로질러가는
> 가을 기러기떼 그림자
> 창호지에 얼비칠 때
> 시인이라는 자가
> 어찌 무심히 그 행렬을 그리고만 있으랴
>
> 저 들판에 잠든 돌들을
> 깨어나게 해야 하리
>
> 아아
> 저 찢긴 하늘가에 떠도는 아우성들을

소리치게 해야 하리

—「나누어진 하늘 아래서」(1990) 부분

분단의 비애를 격정적으로 노래하고 있는 이 시의 핵심은 '진정한 시인이란 무엇인가' 하는 것이다. 요컨대 사물의 변죽을 그리는 것만으로는 정히 '시인'에 값할 수 없으며, 자기 시대의 역사적 책무로부터 결코 자유로울 수 없다는 것이다. 이 시에서 볼 수 있듯, 이가림이 지향하는 진정한 시인이란 대속자(代贖者)의 형상, 즉 '잠든 돌들'을 일깨우며 구천을 떠도는 원혼을 달래는 '고통의 대리인' 바로 그것이다.

일찍이 이가림은 자책하듯 '상상력 마비 증세'에 대해 언급한 바 있는데, 여기서 우리는 그가 상정한 시인적 상상력의 실체가 어떠한 것인지를 다소나마 구체적으로 가늠해볼 수 있다. 예부터 시를 일러 '흥이비야(興而悲也)'라 하였으니, 특히 이가림 시를 대함에 깊이 새겨둘 만하다. 그에게 있어 상상력이란 물정(物情)의 곡진함에 깊이 감흥되어 '함께 슬퍼하고 아파하는 마음' 즉 동정(同情)에 다름아니기 때문이다. 이는 이가림의 주된 시적 주제인 '슬픔' 또는 '사랑'의 근거이기도 하다.

2

이가림의 첫 시집 『빙하기』에는 그의 시적 방황과 지향이 고스란히 반영되어 있는데, 우선 눈에 띄는 것은 시인의 잔약한 모더니스트적 풍모이다. 물론 이것은 그가 불문학도였다는 사실 이외에도, 1960년대 시단의 전반적인 기류가 모더니즘의 지배적인 영향 아래 놓여 있었다는 점 등이 복합적으로 작용한 결과라고 할 수 있겠지만, 문제는 그것이 이가림 시의 사적 전개에 있어 하나의 시적 특장으로서보다는 대체로 일정한 걸림돌로 기능하였다는 점이다.

시기적으로 볼 때 이러한 부정적 면모는 그의 초기시(1966~68)에 두루 음각되어 있다. 생활적 서정의 관념적 파편화, 생경한 조어(造語)의 돌출, 에그조티시즘에의 경사, 이질적인 시적 정서('서구적'인 것과 '토착적'인 것)의 불협화적 동서(同棲), 시적 통사의 불투명성, 그리고 일찍이 김현이 지적한 바이지만 그의 초기시의 근간 주제라 할 수 있는 '청춘의 실의와 좌절'에 대한 시인의 가벼운 시적 태도의 반영에 다름 아닌 '날렵한 조사법' 등이 그것이다. 특히 마지막 사항은 시적 자아가 자신의 '슬픔과 고통'을 오히려 심미화하는 데 한몫 거드는 빠뜨릴 수 없는 시적 파탄 요인으로 된다.

초기 가림 시에서 가장 밝게 채색된 다음 시조차도 이런 부정적 요소들로부터 온전히 자유롭지는 못하다.

> 해풍이
> 소금기를 실어오고
> 젊은 포풀러 그늘의 잎새마다
> 황금의 화살들이 눈부시게 질러가고
> 언덕에 반쯤 가리어져 익어가는 옥수수밭이 불타며 있고
> 그 위대한 노동의 포도원 가까이로는
> 모딜리아니의 건강한 여자들이
> 비누 냄새를 풍기며
> 왕성한 성욕으로
> 초록 바다에 누워 있고.
>
> ―「여름」(1966) 전문

마치 르누아르(A. Renoir)의 「목욕하는 여인들」과 모딜리아니(A.

Modigliani)의 「앉아 있는 나부」를 결합시켜 한층 간결한 회화적 이미지로 데쌩해놓은 듯한 작품이다. 전자의 충실한 육체감과, 세부묘사의 과감한 생략으로 이루어진 후자의 형식적 절제미가 잘 어우러져 있는 듯하다.

그런데 여기서 특히 주목할 것은, "황금의 화살"로 점묘된 눈부신 '햇살'과 불타는 '옥수수밭', 그리고 '건강한 여자들'이다. 앞의 두 시어는 '포풀러 잎새' '초록 바다'와의 선명한 대비를 통해 한층 휘황한 색채감을 불러일으키고, 거기에 여인의 풍만한 성적 이미지가 배색됨으로써 이 시는 무한한 생명적 역동성을 획득한다. 인간과 자연이 조화롭게 통합된 지극한 평온의 경지, 이것이야말로 이가림이 늘 꿈꾸는 '동정(童情)의 고향'이며, 이 경우 '여인'이란 그러한 낭만적 몽상의 살아있는 실체에 다름아니다. (「푸르스트의 편지」 「포옹의 밤」 「누이를 위하여」 등의 '누님'이나, 「열 일곱 살」의 '여선생'은 모두 같은 예에 속한다.) 그러나 이 시는 무엇보다 그 시적 분위기 면에서 여전히 모더니즘의 시각에 갇혀 있다고 할 수 있다.

그럼 이가림의 이러한 '시적 방황'은 어디서 말미암은 것인가. 그 단초를 우리는 그의 데뷔작에서 어렴풋이 짚어낼 수 있다. 한마디로 그것은 '실존적 비애'로부터 온다.

> 짙은 밤 부둣가 한 모퉁이로
> 내 아무렇게나 혼자서 떠나보네,
> 갈색 머리 흑인여자의 서러운 이빨같이
> 서걱이는 먼 겨울밤바다 살갗은
> 유리의 달에 부딪쳐 바스러지고
> (…)
> 지금은

옷고름처럼 나부끼는 달빛에 젖어

(…)

눈은 내리고

하얀 囚衣입은 천사처럼 잠시 죽어봤으면 생각하다가

咆哮의 거대한 불꽃으로나 멸망하기를 소망하다가,

아아 자꾸만 목이 메이고 싶어지는

내 고단한 木管의 노래는 떨려

오뇌의 회오리바람에 은빛 音階들이 머리칼마다

흩날리며 있네.

—「氷河期」(1966) 부분

까뮈(A. Camus)의 『전락(轉落)』의 주인공 "쟝·바띠스트·클라망스에게"라는 부제를 달고 있는 전 60행에 달하는 이 시의 산문적 골격은 시적 화자 '나'가 일종의 '여행하는 서정적 주인공'으로 등장, 자신의 섬세하고도 미묘한 의식의 추이를 '그대'에게 읊조리는 형식에 토대하고 있다. 그러나 이 시적 인유는 작품의 지배적인 분위기 또는 시적 울림을 강화하는 데 원용된 단순한 아펠레이션(appellation)적 차원의 것에 불과할 뿐, 실제로는 시인의 경험적 기반 속에 자리한 어느 불운한 의사지망생의 비극적 삶에 연관되는 것인 듯하다.

이 시를 온통 지배하는 시적 분위기는 '차가움' 바로 그것이다. 신석정(辛夕汀)은 이를 특히 유념하면서 시인의 "상채기투성인 靑春의 午前을 萬年雪에 뒤덮인 氷河期에 설정"(「또 하나의 소리」, 『빙하기』)하였다고 적확히 지적한 바 있는데, '빙벽(氷壁), 킬리만자로의 눈, 대리석, 겨울, 하얀 수의(囚衣)' 등이 모두 이를 위한 시적 소도구들이다.

여기서 '클라망스'는 죽음으로써 오히려 우뚝한 "킬리만자로의 눈속에 묻혀 있는 표범"으로 제시되고 있으며, 시적 자아는 "마른 갯벌 바닥으로 배회하다/무릎까지 빠지는 맨발의, 괴로운 밤 게(蟹)"와 같은 고통스런 실존으로 형상되고 있다. 그리하여 서정 주체는 깊은 비애를 맛보면서 죽음을 생각하기도 한다. 그러나 간과하지 말아야 할 것은, 시적 주체의 슬픔이나 고통이 이렇다 할 현실적 부피를 지니고 있는 것은 아니라는 사실이다. 여기서는 오히려 그것들이 탐미적 대상으로 전화된 듯한 느낌마저 들 정도인데, 그것은 무엇보다 "옷고름처럼 나부끼는 달빛에 젖어" "오뉘의 회오리바람에 은빛 音階들이 머리칼마다/흩날리며" "갈색 머리 흑인여자의 서러운 이빨같이/서걱이는 먼 겨울밤바다 살갗은/유리의 달에 부딪쳐 바스러지고" 등의 섬세하고 아름다운 감각적 이미지들이 유달리 도드라지기 때문이다. 아직 그 '슬픔'이 사회성을 보유하지 못했다는 증좌이다. 이 시의 제목이 암시하듯, 시적 자아의 좀더 깊은 자기응시를 기다려야 하는 것이다.

위에서 제기한 이가림 시의 방황은 시적 자아가 스스로를 "진정 돌아갈 고향이 없어 배회"(「첫눈」, 1967)하는, "찾아가 묻힐 안식이 없는/한 그루의 위험한 隱花植物"(「비용의 노래」, 1967)이라고 토로한 데서도 어렵지 않게 확인된다.

이 지점에서 이가림은 「빙하기」와는 또다른 「겨울 이야기」(1986)를 발표한다. 이를 계기로 그는 경건한 통과의례를 예비하는데, 그 시적 정조는 「빙하기」의 그것보다 한결 감미롭고 안정적이다. '새벽의 다스한 마을' "흰 만나처럼 풍부한 눈" '처녀들의 소근거림' '한가롭게 놀고 있는 외양간 건초 더미 속의 갈색 망아지들', 그리고 아내의 가슴에 얼굴을 묻고 "혼곤한 꿈에 잠긴 마부" 등이 한데 어우러져 사뭇 낭만적인 시적 분위기를 연출해 보이고 있는 것이다.

氷板의 늪에서는 계속해서 눈보라가 불어와
온 마을을 뒤덮어 수없이 날아다니고

눈부신 의상으로 감싼 지붕마다
많은 銀翼의 겨울새들이 떨고 있었다.
그리고 찬 어둠이 도사리고 있는 헛간에서
쓰린 추위를 견디어내는 모성의 감자들은
각자가 다른 냉혹한 침묵을 지키며
땅의 滋糧을 마시고 살찌기를 몽상하는 것이지만
흉악한 곰팡이와 생쥐들의 침식으로
겨울 씨눈만 남아 죽음에 대항하고 있었다.
—「겨울 이야기」 부분

　여기서 "씨눈만 남아 죽음에 대항"하는 '감자'는 시인에게는 명징한
자기각성을 촉구하는 하나의 강력한 시적 매개로 되고 있다. 이 때문에
그는 「빙하기」에서처럼 쉽사리 슬픔과 고통에 빠져들지 아니하고, 자기
삶의 '소생의 싹'을 발견해내기에 이르는 것이다. 그러나 안타깝게도
그 자각은 아직 철저한 것이라 하기 어렵다. 앞서 이미 언급한 '이질적
인 시적 정서의 불협화'뿐 아니라 시적 논리의 애매성을 염두에 둘 때
특히 그러하다.

　　3

　깊은 자기응시 끝에 시인은 '시적 방황'의 근본 원인이 황폐한 도시
적 삶에서 비롯된다고 파악한다. 그에게 도시란 모든 것이 상품적인 교
환가치로 저울질되는 숨막히는 공간이다. 거기서는 인간의 따스한 정리
마저도 한갓 '계산'의 대상으로 전락한다. 「서울의 우울」(1968), 「떠나
라, 떠나라」(1969) 등은 바로 이러한 시적 인식의 소산이다.

떠나라 숫말이여 늠름하게
흉악한 밤에 갇혀있는 나를 위하여
총살 당하지 않는 교활한 자를 위하여
한번도 당당히 손들어 보지 못한 자를 위하여
숫말이여 늠름하게 떠나라

떠나라 모든 틀, 모든 질서, 모든 벽 너머로
떠나라 때에 닳아진 문명 너머로
떠나라 아우성의 거품 너머로

—「떠나라, 떠나라」 부분

이는 제2기(1969~71) 이가림 시의 결절점을 이루는 매우 중요한 작품이다. "총살 당하지 않는 교활한 자" "똥 같은 자유"(같은 시 제3연) 등에서도 암유된바, 어느 의미로는 다분히 정치적 메씨지로 비칠 수도 있는이 시에서 시인은 '숫말'이라는 시적 퍼스나를 통해 "썩어 있는 도시"(같은 시 제2연)와 메별(袂別)할 것을 엄중하게 촉구하고, 이때의 고통스러움을 "마치 굴렁쇠를 굴리는 여름 아이와 같이/빨간 열기를 뿌리며물을 향한 움직임으로/두려움도 지혜도 없이 칼날 같은 풀들 사이"(「뱀에게」, 1969)를 헤쳐온 '뱀'에 견주어 노래한다.

그러면 위의 시 후반부에 명시적으로 언급된 "문명 너머"의 세계, 즉시인이 복귀해야 할 낙원이란 어떤 것인가. 우선 그것은 '여인', 유년기의 '동정(童情)' 이미지 등으로 나타난다.

이가림 시에는 '누님'이 여러 차례 등장한다. 이 시인에게 누님이란"순결한 스카트 깊숙히 아네모네 같은 비밀"(「푸르스트의 편지」, 1966)을 간직한, 프로이트(S. Freud)적 의미의 성적 금기의 대상일 뿐 아니라, "유년의 허물어지기 쉬운 꿈을/흠없이 자라게 보살펴 주며/고된 생활의 사슬을 한번도 욕하지 않은"(「누이를 위하여」, 1967) '신비의 등불', 말하자면 언제고 시인이 돌아가 평안히 휴식할 수 있는 이른바 원형적 여인 (archetypal woman)이기도 하다.

　이에 상응하는 또하나의 시적 대상은 화해로운 삶의 요람이라 할 수 있는 유년기의 동화적 세계에서 찾아진다.

　　　전라도 정읍 산성리의
　　　우리 외할머니네 집 굴뚝 밑에
　　　묻어 놓았던 옥색 구슬은
　　　순수하게 빛나며 아직 있을까.
　　　(…)
　　　무척이나 높아 보이던
　　　한쌍 까치의 둥우리는 남아 있을까.
　　　손 안 닿는 頂上의 가지새에
　　　오늘도 태연히 그냥 있을까.
　　　(…)
　　　매마른 腦髓에 파인 생명의 샘처럼
　　　생각 속에서만 간직되어 있는
　　　내 소년의 童情이여.

　　　　　　　　　　　　　　　　—「어떤 安否」(1968) 부분

　아마도 시인 자신에게 돌려져야 할, 보들레르(C. Baudelaire)의 잠언과도 같은 시구 "다시는 되찾을 수 없는 것을 잃어버린 사람에게"라는 부제를 달고 있는 이 작품에서 우리는 초기시에서 흔히 볼 수 있었던 모더니즘적 폐해가 비교적 말끔하게 가시어져 있음을 발견하게 된다. 분명 이가림 시의 진전의 한 징표라 아니할 수 없다.

　이 시는 김종철(金鍾哲)의 지적처럼 "사회변화의 소용돌이를 겪으며 고향과 안식처를 잃어버린 사람들 누구든지 공감할 수 있는 살아있는 보편적 경험"(「이가림의 시에 대하여」, 『유리창에 이마를 대고』)을 다루고 있다. 이 시를 통해 시인은 단지 어렸을 적의 구슬놀이와 숨바꼭질, 그리고 그때 마치 "귓속말 주고받는 내외같이/정정하게 서 있던 銀杏나무"와 "한쌍 까치의 둥우리"에 대한 추억을 떠올리려는 것이 아니다. 그가 정작 드러내고자 하는 것은, 비록 도시 소시민 지식인의 시선에 갇힌 한계를 지니고 있긴 하지만, 농업을 고작 공업자본의 축적을 위한 수탈의 대상으로 전락시킴으로써 유례없는 대규모 농민분해를 야기한 1960년대 후반의 암울한 사회적 축도이다. 그것을 시인은 "소년의 童情"을 촉발하는 여러가지 시적 대상을 통하여 함축적으로 노래하고 있다.

　그러나 그의 시적 경험의 주요 기반을 이루는 유년기적 체험이 그저 풍요로운 행복의 추억으로만 다가오는 것은 아니다. 따라서 이 시기의 이가림은 초기와는 달리 자신의 개인사를 곰곰이 되짚어본다. 뿐만 아니라 그는 점차 자신과 이웃을 하나의 공동체적 고리 속에서 깊이 응시하고, 그들이 처한 현실과 정직하게 조우한다. 이제 그의 시에는 외래적 시어가 거의 사라지고 사회적·정치적 성격이 짙게 반영된 '비애'가 두드러지는가 하면, 견고한 생활적 서정이 폭넓게 자리잡는 등 그야말로 괄목할 만한 시적 변모를 보여주는 것이다. 또한 빼놓을 수 없는 것은, 그의 시에 일제강점기 정지용(鄭芝溶)·이용악(李庸岳)·오장환(吳章煥)과 동시대의 김지하(넓게는 김수영·신동엽도 포함시킬 수 있을 것이다) 등의 영향이 짙게 배어들어 있다는 점이다.

　　사철 석탄가루를 싣고 오는
　　열하승덕(熱河勝德)의 바람 속에 서서 엄마는

紅巾賊같이 무섭기만 한 호밀들의 허리를
쓰러넘기며 쓰러넘기며
부끄러운 달을 맞이하였다 멀리
보일듯 말듯 움직이는 외길따라
눈물나는 행주치마로 가고 있었다
마른 말똥거름 따위 검불 따위
꺼멓게 널리운 모닥불의 방천뚝을 지날 때마다
어쩌나 키큰 송전선주가 잉잉 울었던지
귀신처럼 무서웠다 紙鳶이 목매달고 있었다

—「北」(1971) 부분

　이용악의 「북쪽」의 영향(김지하의 「남쪽」 역시 마찬가지이다) 아래
씌어졌음직한 이 시는 이가림이 다름아닌 일제강점기 만주 조선유이민
의 후예임을 명시적으로 보여준다. 필시 어머니를 통해 전해들은 이야
기를 토대로 한 것이겠지만(이가림은 1943년생인데, 아마도 중국 동북
부 열하성熱河省의 '열하승덕熱河承德'에서 태어나 해방되기까지 그
곳에서 생장한 듯하다), 제 땅을 잃고 쫓겨나듯 속절없이 남의 나라 땅
으로 떠밀려간 당시 만주유이민의 간고한 삶의 형상이 자못 빼어나다.
　이 시에는 마적의 횡행, 중국인 지주와 만주국 관헌의 압박, 일본 관
동군 및 일제 무장이민의 횡포 등으로 오욕의 세월을 살아야 했던 당대
조선유이민의 비극적 삶이 역설적이게도 사뭇 서정적인 구도로 점묘되
어 있다. 그것은, "부끄러운 달"이 암시해주듯 첫아이 가진 몸으로 밤이
이슥하도록 힘겹게 일한 끝에 "눈물나는 행주치마"로 가는 어머니를 통
해 형상된다. 무엇보다 "紅巾賊같이 무섭기만 한 호밀들의 허리" "키큰
송전선주", 그리고 그 소나무 전봇대에 목매달듯 걸려 있는 종이연 등이
만주유이민의 눈물겨운 삶의 정황을 생동하게 드러내주고 있다.

이제 이가림의 시는 여기서 한발짝 더 나아가, 일찍부터 선언적으로 언명한바 "지나온 累積的 역사의 두께를 파헤쳐 미지의 길을 열어주는 건널목지기, 지금 눈앞에 있는 사물의 움직임을 말로써 드러내는 現場 證人으로서의 點火者"(『빙하기』)로의 실질적 원대복귀를 꾀하고자 한다. 스스로 "모든 사물들의 잠"을 지키는 '야경꾼'(「야경꾼 1」, 1970)임을 새삼 천명하고 나서는 것이다. 말할 것도 없이 이는 그의 시인의식이 비로소 리얼리즘적 지평을 획득했음을 의미한다.

> 한 가마니씩 무거운 가난을 지고
> 무명옷 입은 고무신들이 지나간 발자욱에
> 빗물이 고인다 한없이 죽고 싶은
> 법이 없는 내 고향 필생(畢生)의 논
> (…)
> 어린 달래들은 어려서 구겨지고
> 힘의 남근(男根)도 모두 병든 뿌리 뿐인 것을
> 짐승같이 털난 맨가슴의 싸움
> 그 퍼런 쟁기날은 어디에도 보이지 않는다
> 나는 엎드린다 하나의 풀잎으로
> 빈 들녘 어스름 속에서
>
> ─「야경꾼 3─만경강에서」(1970) 부분

시의 전체 맥락 속에서 유난히 튀는 첫행이 다소 걸리기는 하지만, 황폐한 불모의 땅이 일련의 '불임' 이미지(꺼져버린 발동기, 노란 안개, 죽은 강물, 능욕당하는 농민의 딸들, 병든 남근 등)를 통해 오히려 힘있게 형상된 것은 매우 인상적이다. '털난 맨가슴, 퍼런 쟁기날'과의 팽팽한 시적 긴장의 결과라 할 수 있다.

이 시에 형상된 농민의 모습은 한마디로 '거세된 노예'의 그것이다. 정권의 엄혹한 지역차별정책에 의해 더더욱 속수무책으로 스러져가는 전라도땅을 시인 김지하는 일찍이 "강물도 담벼락도/돌무더기도 불이 붙는/반란의 나라"(「남쪽」)로 명명한 바 있지만, 이가림에게 그것은 "염병같은 뙤약볕"(「뙤약볕」, 1973)의 땅으로 인식된다. 마치 도스또예프스끼(F. Dostoyevsky)의 『죄와 벌』의 청년 주인공 라스꼬리니꼬프가 '세상의 죄'를 대신하여 쏘냐에게 엄숙하게 무릎꿇어 절하듯, 서정 주체는 이 땅 앞에 "엎드린다 하나의 풀잎으로/빈 들녘 어스름 속에서"

4

제3기(1972~80) 이가림 시는 1972년을 분수령으로 하여 새로운 면모를 보여준다. 이 무렵의 이가림 시세계는 한마디로 시인이 뿌리내리고 사는 동시대 현실의 다양한 생활적 세부들로 충만하다. 시적 형태가 한층 단단해지고 주제의 밀도를 강화하는 구체적 시어들이 부쩍 늘어나는 등 앞시기 작품들과는 일정하게 차별되는 시적 진경을 보여준다. 「닫힌 방에서 나는 움직인다」(1972)는 그 마딧점을 이루는 작품인데, 아래에 그 전문을 인용한다.

　　　닫힌 방에서 나는 움직인다
　　　죄없는 조랑말처럼 눈물어린 날의 저녁 무지개
　　　아무도 보는 이 없는 창의 틈새를 통해
　　　바라본다 새로 태어난 듯 벗어버린 나라
　　　밖은 바람이 지배하고 내가 부를 돌 하나 없다
　　　이 미쳐 날뛰는 심장이 멈추기 전에

이 웅크린 침묵이 쓰러지기 전에 소리쳐야 한다
타인들의 발소리가 놀라 눈치채도록

제2기의 출발작이라 할 수 있는 「떠나라, 떠나라」와 견주어볼 때, '자
기결의'의 시적 주제를 다루고 있다는 점은 동일하다. 그러나 전자가 대
체로 좀 수다스럽고 쉽게 털어놓는 쪽이라면, 이 시의 경우 그것은 간결
한 시적 형식 속에 힘찬 도약을 위한 "웅크린 침묵"처럼 매우 견고하게
내면화되어 있다. 이가림은 이 시의 서정 주체 '나'가 토로하듯 자신을
위요하고 있는 칙칙한 현실의 실체를, "아무도 보는 이 없는 창의 틈새
를 통해/바라본다 새로 태어난 듯"이라고 비장하게 읊조린다.
여기서 우리는 이가림이 초기부터 줄곧 '돌'의 이미지에 집착해왔음
을 주의깊게 헤아려볼 필요가 있다. 「돌의 언어」(1964) 「돌」(1973) 「또 하
나의 돌」(『유리창에 이마를 대고』) 「선돌」(1991) 등이 그것인데, 이 일련의
사물시를 통해 그가 줄기차게 노래하고자 한 것은 무엇인가.
때로 그것은 "스스로의 무게를 미칠 듯이, 괴로운 極光을 향하여 소
리치다 소리치다 굳어간 形姿"의, 그러나 "젊은 날개가 새로이 퍼덕이
려는 라잘루스의 찬란한 內部"(「돌의 언어」)를 지닌 '부활'의 이미지로,
혹은 "떠돌다 떠돌다가 내리 꽂힌/한 사나이의 피묻은 외침"(「선돌」)으로
형상되기도 한다.

끝없는 밤의 추위에
온몸을 할퀴며 목말라 쓰러질지라도
나는 버리지 않는다 기다리는 힘
새벽을 기다리는 힘

—「돌」 부분

나는 바라본다 슬픈 증인처럼

어둠과 망각의 밑창에 잠들 수 없는

강한 바람을 향해 싸우는 나날

이마에는 그림자 깊게 파이고

살면서 부서져가는 것

나는 껴안는다 다만 나 자신의 죽음을

—「또 하나의 돌」 부분

　이가림 시에서 '돌'은 한결같이 어두운 상황 속에 처해진, 깊은 한(恨)을 지닌 존재로 드러난다. 「돌」의 경우 그것은 "끝없는 밤의 추위"에 온몸을 내맡긴 채 "바람이 불 때마다 뜨겁게 우는 것"(같은 시 제3연)으로 표상되고 있으며, 「또 하나의 돌」에서는 그것이 "강한 바람"을 맞으면서 임진강변의 군인들을 넋없이 바라보는 역사의 '슬픈 증인'으로 나타난다.

　그러나 '돌'에서 시인이 직관하는 것은, "기어이 태어날 꿈/더욱 큰 삶으로 일어설 뿌리"(「돌」)이다. 「또 하나의 돌」의 시적 상황에서 희미하게나마 유추할 수 있듯, 그것은 어두컴컴한 고래 뱃속에서 일상의 삶을 절연하고 새로이 거듭나는 요나(Jonah)적 의미의 '부활의 꿈'의 실체이기도 하다. 이를 앞의 「닫힌 방에서 나는 움직인다」의 "아무도 보는 이 없는 창의 틈새를 통해/바라본다 새로 태어난 듯 벗어버린 나라"와 다시 연관시켜본다면, 그것은 '새로 태어남'의 시적 표상이다. 요컨대 이가림에게 있어 '돌'은 삶의 악조건에 결코 굴복할 수 없는, 아니 그에 결연히 맞서고자 하는 시인 자신의 '견고한 정신' 그 자체이다.

　이러한 시인정신이 간단없이 마주하는 현실의 벽은 그러나 높고 두텁기만 하다. 그것은 우선 고향에 대한 「어떤 안부(安否)」가 궁금증에서 부정적 현실로 낙착되었음을 비감하게 읊조리는 '상실의 노래'로 나타난다.

> 동구 밖 왕골논에 지는 땅거미
> 한 뼘씩 따먹어 들어가던 황토 길바닥 떠오르네
> (…)
> 쉰 삘기같은 계집애들 나부껴
> 깡마른 노래의 고무줄이나 넘고 있는 동구 밖
> 25,6년도 전에 곱돌로 그어둔 땅은
> 지워지고 지워진 흔적마저 없네
>
> ―「땅뺏기」(1973) 부분

　제목이 잘 말해주듯, 여기서의 주요한 시적 대상은 1970년대 들어 가히 약탈적이라 할 정도로 강도 높게 진행된 대규모 이농현상이다. 이를 시인은 어릴 적 '땅따먹기' 놀이를 통해 일견 동화적인 풍경으로 아로새기고 있는데, "동구 밖 왕골논에 지는 땅거미/한 뼘씩 따먹어 들어가던 황토 길바닥" 또는 "곱돌로 그어둔 땅" 등이 바로 그런 예에 속한다. "호박넝쿨 뒤엉킨 담장아래/꿈틀거리며 기어가던 나방이"(같은 시)는 온데간데없고, 그리하여 "쉰 삘기같은 계집애들 나부껴/깡마른 노래의 고무줄이나 넘고 있는 동구 밖"에 멈추는 시인의 눈길은 한없는 연민의 정으로 가득하다.

　"박넝쿨 담장을 허물어뜨리는 불도자"(「强敵」, 1972), 뒤엎어진 "꿀벌레 잉잉대던 자운영 논"(「井邑紀行」, 1972), 그리고 고향을 뜨는 '흰 바지들'을 지켜보는 시인의 심경은 실로 참담하다.

> 어린 수수들이 뙤약볕에 엎드려
> 소리친다 몸살같이 밀려오는 바람을 가누지 못해

아파서 아파서 맨몸으로 소리친다
끝끝내 끊어지지 않는 두멧길
한 뭉텅이 恨을 지게에 얹어
백제의 짚신 자욱 따라 흰 바지들이 간다

—「뙤약볕」 부분

'어린 수수들'과 '바람'은, 주지하는바 『맹자(孟子)』의 고전적 형상
("草尙之風, 草必偃也")일 뿐 아니라 우리 시의 전통에서도 결코 낯설지
않은 '풀과 바람' 이미지의 현대적 패러디(김수영의 「풀」이나, 이 시인
의 「고부에 머무르며」 「풀」 등이 모두 이런 예에 드는 작품들이다)라 할
수 있다.

   그런데 여기서 주목할 것은 "백제의 짚신"이다. 앞서 논한 대로 '고
향'은 시인이 마침내 돌아가 자신을 의탁할 영원한 안식처, 즉 "멧방석
의 햇보리보다/더 무식하고 팔팔하게 살아있다"(「사투리」, 1972)라고 찬상
해 마지아니한 전라도 '사투리'와도 같은 존재이다.

   「오랑캐꽃」 연작은 제 땅에서 유리되어 도시하층민으로 전락한 이
'백제의 짚신'들의 서글픈 생활사에 다름아니다.

   나를 짓밟아 다오 제발
   수세식 변소에 팔려 온 이 비천한 몸
   억울하게 모가지가 부러진 채
   유리컵에나 꽂혀 썩어가는 외로움을
   이 눈물겨운 목숨을, 누가 알랴.
   말라비틀어진 고향의 얼굴을 만나면
   죽고 싶다 다시는 돌아갈 수 없는
   슬픈 전라도 계집애의 죄,

풀꽃들만 흐느끼는 낯익은 핏줄의 벌판은
이미 닳아진 자를 받아주지 않는다.

―「오랑캐꽃 1」(1973) 부분

　시사적으로 이 작품은, 1930년대 후반 저 북간도의 어느 허름한 술집 작부로 전락한 전라도 이농민의 딸의 애처로운 생활사를 노래한 이용악의 절창 「전라도 가시내」(1939)의 연장선에 놓이는, 그리고 김지하(金芝河)의 「서울길」(『黃土』, 1970)의 후속 작품이라 할 만하다. 사실 이 무렵 이가림의 시세계는, 특히 『농무』(1973)로 하여 지금껏 과분하리만큼의 집중적인 조명을 받아온 신경림(申庚林) 시에 못지않은 시적 성과를 내놓았음에도 불구하고 이렇다 하게 변변한 평가조차 받은 일이 없다.

　동명(同名)의 작품으로서 이미 이용악에 의해 고난받는 가엾은 여성적 형상으로 제시된 바 있는 '오랑캐꽃'은 여기서 "맥주잔에 넘치는 비애의 거품"(같은 시)을 마시는 '슬픈 전라도 계집애'의 시적 등가물이다. 가림 시에서 그것은 가발공장 여공(「오랑캐꽃 2」)이나 방직공(「오랑캐꽃 5」)으로, 때로는 "살결에 찍힌 수없는 발자욱의/메이드 인 U.S.A"의 창녀(「오랑캐꽃 6」)로 변주되어 나타난다. 그만큼 시인의 현실인식은, 어느 한 군데에 붙박이지 않고 날래게 움직이는 날카로운 시선에 강력히 밑받침되고 있는 것이다. 또하나 이 시에서 우리가 특히 주목하게 되는 것은 "유리컵에나 꽂혀 썩어가는" 그녀의 자조적 어조이다. 앞서 말한 '꿈의 실체'로서의 고향이 이제 그녀에겐 더이상 존재하지 않는다는 의미이다. 이는 처음과 마지막 행에 되풀이 강조된 시인의 율독적 고려에 의해 한층 요지부동의 현실로 되고 있다.

　시인의 정치적 언명은 바로 이 지점에서 감행된다.

　기러기여, 눈물나게 아름다운 우리나라의

푸른 하늘에서 소총에 맞은 기러기여
울어다오 자유의 이마가 깨어져
반절의 지도보다 커다랗게 얼룩지는 것을.
보이지 않는 朝廷의 뒤뜰에서는 날마다
더러운 무소들의 싸움이 들려오고
딴 아픔 딴 목소리의 털보들에게 밟혀
젊은 보리들은 배에 실려 팔려 간다 모르는 곳
캄캄한 자본의 구렁으로 죄수들처럼
아아 모가지여, 저당 잡힌 모가지여

—「半島의 눈물」(1972) 전문

　냉전이데올로기의 차꼬와 분단의 슬픔, 외세의 강제, 정치모리배들의 복마전 같은 이전투구, 제국주의 자본의 무서운 운동논리 또는 노예처럼 싸구려 용병으로 기약없이 팔려가는 '월남 참전용사'의 쓸쓸한 뒷모습 등 여러 이미지들이 적절히 교융(交融)한 듯 깔끔한 균형을 이룬, 1970년대 한국시의 한 수준을 보여주는 탁월한 작품이다. '유신(維新)'으로 얼룩진 당대의 암울한 정치상황이 생동한 시적 표현을 얻고 있는 듯하다.

　퍼스나의 싸늘하기 이를 데 없는 냉소적인 시적 어조와 과감하리만큼 간결한 시적 생략 등에 힘입어 이러한 정치적 주제는 한층 명징하게 부각되고 있는데, "딴 아픔 딴 목소리의 털보들에게 밟혀/젊은 보리들은 배에 실려 팔려 간다"와 같은 싱싱한 비유는 참으로 빼어나다. 여기서 '젊은 보리'가 건강한 남성 이미지임은 물론이다.

5

제4기(1981~현재)의 이가림 시는 동시대인들의 슬픔 및 그에 대한 사
랑의 노래가 주류를 이루고 있는데, 이 기간중 그는 시집 『유리창에 이
마를 대고』와 『슬픈 반도』를 펴낸다. (재수록 작품을 제외한 신작만 헤
아린다면 전자에 27편, 후자에 11편이 각각 실려 있다. 여기에 그 이후
발표작 30여 편을 합친다면 이 시기의 작품은 모두 70편 미만이다.) 한
마디로, 이 시기의 작품세계는 앞시기의 시적 성과를 한층 정심(精深)
하게 확대한 것이라 할 수 있다.

전반적인 특점으로 드러나는 것은 무엇보다 '작은 것'에 대한 시인의
따뜻한 눈길이다. 「오랑캐꽃」 연작이 그러하고 「풀」과 「모래알」 노래가
또한 그러하다. 어느 의미로는 '쉽게 사라져가는 것'들, 예컨대 「봄 눈」
「눈」 「이슬의 꿈」 등이 그 동류라 할 수 있다. 이 시기 이가림은 부쩍 사
물시에 기울고 있는데, 위에 든 작품들은 거의 예외없이 이에 속한다.
그리고 보면, 「달걀」 「팽이」 「석류」 등의 사물시도 모두 이 범주에 드는
작품들이다. '사라지기 쉬운 작은 것'의 '슬픔'과 그에 대한 '사랑', 이
것이야말로 이가림 시의 일관된 주제라는 사실이 여기서 잘 드러난다.
그러나 우리가 특별히 유념해야 할 것은, 그의 사물시는 어설픈 존재론
적 지향을 드러내지 않는다는 점이다. 그만큼 그 사물들에는 인간의 따
스한 온기와 투명한 도덕적 품성 및 강렬한 사회성이 짙게 배어 있다는
의미이다.

먼저 '풀'의 이미지를 간략히 살펴보기로 하자.

벌거벗은 칼날처럼
나 그렇게 꽂혀서 살으리,

어디쯤인가 발짝 소리 울리며
더 가까이, 더 가까이
다가오는 그대 봄이여,
한아름 껴안고 싶은 이 목메인 그리움
너무나 커다란 맨살이기에
이 언 살결로는 기댈 수 없구나
이 메마른 눈물 바칠 수 없구나

　　　　　　　—「풀」 부분(『유리창에 이마를 대고』)

　우리 시사에서 풀을 이처럼 눈물겹도록 힘찬 아름다움의 시적 표상
으로 형상한 예를 찾기 힘들거니와, 삶의 봄을 열망하는 풀의 이미지가
율동적인 시적 가락으로 하여 그야말로 새록새록 묻어나는 듯하다. 그
러나 이가림 시에서 풀의 소망은, 가령 "캄캄한 들녘 어디선가/녹두장
군의 발짝 소리 발짝 소리 들려온다/하늘에게 直訴하듯 치켜든/말없이
젖어 있는 풀들의 머리"(「黃土에 내리는 비」 부분)에서 보듯 번번이 좌절된다.
　이러한 시적 양상은 「오랑캐꽃」 연작에서 한층 선연하다.

　밤으로 빠져나온 곳
　이끌리어, 다시 이끌리어
　예까지 몰래 왔다

　범인이 현장에 다시 찾아가듯
　지금 갈꽃 날리는 방죽가에 돌아와
　숨어서 바라본다
　엎드린 게딱지 지붕들의
　촉수 낮은 불빛을

성큼 들어서지 못하고
문 밖에서만 엿보는 마당
퀴퀴한 청국장이라도 끓이고 있는가
어둑한 부엌에서
새어 나오는 어머니의
밥그릇 달그락거리는 소리

　　　　　　—「오랑캐꽃 10——슬픈 귀향」(1991) 부분

　이 시는, 도시로 흘러들어 기구한 역정 끝에 미군기지촌 창녀로 떨어
진 어느 전라도 처녀의 노래인 「오랑캐꽃 6」의 후속편, 즉 서정적 주인
공인 어느 '전라도 가시내'의 슬픈 귀거래사라 할 수 있다. 언뜻 오장환
의 「고향 앞에서」(1940)를 연상케 하는 이 작품은 시어의 생동성, 시적
대상의 간명한 점묘에 따른 물경(物境)의 곡진함, 짤막짤막한 시행들에
의한 발빠른 시적 템포와 서정 주체의 '서두른' 귀향의 상응 등으로 뛰
어난 수준의 형상력을 획득하고 있다. 그런데 그녀의 귀향은 저 신약성
서의 '탕자의 귀향'과는 엄격히 차별되는 것이니, "엎드린 게딱지 지붕
들"에서 분명해지는 것처럼 이제 고향엔 따뜻이 맞아줄 그 아무것도 더
이상 존재하지 않기 때문이다. 이런 정황은 「황토길 가면」(『유리창에 이마
를 대고』)에서 되레 그윽하고도 부드럽게 노래되고 있다.

　온 세상 햇빛뿐인
　내 고향 황토길 가면
　떠나신 님 그리워 그리워라
　솔바람 타고 떠나가신 님
　아지랭이 아른아른 날 부르는데

정다운 목소리 간 곳 없어라
정다운 목소리 간 곳 없어라

—「황토길 가면」 부분

어디론가 멀리 사라져버린 '떠나신 님'에 대한, 결코 한시도 거둘 수
없는 그리움의 눈길과 사랑이 지극히 순정한 목소리로 표백된 시가 다
음 작품이라 할 수 있다.

유리창에 이마를 대고
모래알 같은 이름 하나 불러본다
기어이 끊어낼 수 없는 죄의 탯줄을
깊은 땅에 묻고 돌아선 날의
막막한 벌판 끝에 열리는 밤
내가 일천번도 더 입 맞춘 별이 있음을
이 지상의 사람들은 모르리라
날마다 잃었다가 되찾는 눈동자
먼 不在의 저편에서 오는 빛이기에
끝내 아무도 볼 수 없으리라
어디서 이 투명한 이슬은 오는가
얼굴을 가리우는 차가운 입김
유리창에 이마를 대고
물방울 같은 이름 하나 불러본다

—「유리창에 이마를 대고」 전문(『유리창에 이마를 대고』)

정지용 또는 엘뤼아르(P. Eluard)의 영향 등이 뚜렷이 각인된 이 시
의 지배적인 시적 정조는 극도의 절제된 청렬(淸冽)한 슬픔과 그리움,

그리고 사랑의 복합이다. 서정 주체는 겨울밤의 유리창을 통해 이미 이 세상 밖의 존재로 된 '모래알·물방울 같은 이름 하나'를 나직하게 부르고 있다. 여기서 후자는 앞서 말한바 '쉽게 사라져가는 작은 것들'의 시적 표상이며, 차갑게 절연된 유리창은 이들의 가뭇없는 모습을 새삼 명징하게 떠올려주는 시적 대상이다. 이 한없는 연민의 정을 자아내는 존재, 즉 "끊어낼 수 없는 죄의 탯줄"을 향한 서정 주체의 사랑은, "내가 일천번도 더 입 맞춘 별이 있음을/이 지상의 사람들은 모르리라"에서 보듯 깊고 은밀한 것으로 드러난다.

여기서 우리는, "날마다 잃었다가 되찾는 눈동자" "먼 不在의 저편에서 오는 빛"으로 은유된 '별'을 노래함이 이가림에게는 동시대의 이름 없는 삶들에 대한 열렬한 사랑의 확인에 다름아님을 깨닫게 된다. 이 자잘하지만 싱싱한 삶의 세부는 이 시인에게 있어 거의 움직일 수 없는 지속적인 시적 대상으로 되는데, 우리 시사에서 가장 아름다운 사물시의 하나로 기억될 「석류」(1992)는 그 전형적인 예라 할 수 있다. 여기서 그것은 "잉걸불 같은 그리움" 또는 "영혼의 가마솥에 들끓던 사랑의 힘"으로 노래되고 있다.

특히 근년에 이르러 드러나는 이가림 시의 또하나의 특점은, 본질적으로는 앞의 사항과 관련될 터이지만 인간의 삶과 자연의 긴밀한 연관을 강조하는 일종의 '생태시'적 경향이다. 「영종도」(1991)와 「가물치」(1991)를 비롯, '전기 톱날'에 베이고 "맨살로 서서 산성비 맞는/머리없는 불구자"로 형상된 나무에의 헌사 「내 친구 나무를 생각함」(1991) 등이 이 부류에 드는 작품들이다.

　　매초 일만 오천톤의 흙탕물이
　　밀어닥치는 하구에서
　　한사코 하늘로 향해 튀어오르는

가물치 한마리

투망 던지는 눈을 조롱하며
물살보다 빨리 내닫는 힘
까마득한 낭떠러지 거슬러 올라
기어이 가야 할 먼 강물의 뿌리 그리워
온 비늘로
삶의 독 내뿜고 있다

—「가물치」 부분

『맹자』의 이른바 '백성 그물질'(罔民)을 떠올리게 하는 이 시의 '가물
치와 투망' 이미지는 여기서 새로운 모습으로 나타난다. 애초의 시적
용사(用事)가 지닌 정치적 의미에다 인간적 삶의 분위기를 근본적으로
손상하는 '현대 산업사회의 환경적 폐해'라는 새로운 또다른 의미를 덧
붙이고 있는 것이다. 이가림 시의 리얼리즘적 지평이 더욱 확대되고 있
다는 작품적 증거라 할 수 있다.

지금까지 우리는 이가림 시의 사적 전개를 몇단계로 나누어 고찰하
였는데, 미확정성의 '슬픔' 또는 '사랑'이 점차 사회적·역사적 의미를
획득하면서 다양하게 변주되어왔다는 것이 그 대요(大要)이다.
이가림은 목청 높여 구호시적인 민중시를 열렬히 부르짖는 강골한
시인도 아니며, 허울좋은 '순수'의 이름으로 그럴싸한 말놀음에 저 혼
자 탐닉하는 한가로운 음유시인은 더더구나 아니다. 엄정히 말해 그는
일찍부터 순수시의 헛된 미망을 과감히 떨쳐버리고, 사회과학적 편향이
우리 시를 거의 무차별적으로 강타할 때도 그는 의연히 자기 시의 영역
을 탄탄히 굳힌, 그리하여 양자를 통일적으로 조화시킨 시인이라고 나

는 생각한다. 그러나 근년의 그의 시가 사물시적 경향으로 너무 바짝 다가가는 것이 아닌가 저어된다. 자칫 그것은 사회성을 함축하지 아니한 또다른 형태의 '순수시'로 가라앉을 수 있기 때문이다. 포스트모더니즘의 명분 아래 폭넓게 양산되는 소모적인 시들이 난무하는 이 '시의 졸부들'의 시대에 있어, 그것들을 간단히 제압하는, 이가림 시의 더욱 생신한 모습을 또 한번 기대해본다.

[『시와 시학』 1993년 여름호]

리얼리즘의 시적 성취

정희성의 시

정희성(鄭喜成)의 데뷔작 「변신」(1970)에는 이제 막 20대 후반에 들어선 시인의 고통스러운 현실인식이 사뭇 혼돈스러운 모습으로 음울하게 각인되어 있다. 강변에 나아가 논개에게 "흐르는 물처럼 그렇게/마디를 풀고 흐를 수 없는" 답답한 민족현실을 절절히 호소하는 형식을 취하고 있는 이 시에서 서정 주체 '나'는 일제강점기의 간난, 해방 직후 친일잔재의 발호, 4·19의 참상, 군부통치하의 억눌린 삶 등을 극히 어두운 어조로 노래한다. 그런데 주목할 것은, 그 시적 주제 및 표현의 유사성 면에서 이 작품은 뒷시기의 「노천(露天)」(1974), 「불망기(不忘記)」(1974), 「어두운 지하도 입구에 서서」(1978)의 원형적 태반을 이루고 있다는 점이다. 말하자면 아직은 산만한 형식과 불투명한 시적 인식에 머물러 있는 이 「변신」을 계기로 고전적 상상력을 통한 새로운 "출발을 기약"(「流頭」, 1971)하면서 모험어린 출항(「海歌詞」, 1972)을 결행한 끝에 어렵게 다다른 중간 지점에서 태어난 것이 바로 위에 예시한 작품들인 셈이다.

평명한 시어, 꼿꼿한 지사적 목소리, 비교적 견고한 시적 형식, 그리고 명료한 현실인식 등에 뒷받침된 「불망기」의 '압핀이 꽂혀 있는 꿈'

'포르말린 냄새' '조국의 이름에 붙은 관형사' 등의 정치적 함의는 무엇인가. 그것은 저 서슬 퍼런 유신독재 시절의 혹독한 민중압제와 암울한 사회적 축도를 암유(暗喩)하는 강력한 시적 소도구들이다. 물론 이 작품이 당대 현실의 명징한 시적 개괄이라는 점에서 그 리얼리즘적 성취는 매우 값진 것이기는 하나, 지식인의 수동주의적 시선에 갇혀 있는 것은 지나칠 수 없는 문제이다. 이런 사정은 「어두운 지하도 입구에 서서」의 경우도 마찬가지이다. 그러나 다행스럽게도 거침없는 풍자를 통한 예언자적 목소리와 탄력적인 민중적 가락에 힘입어 한결 툭 트인 시적 전망을 보유하는 데 성공하고 있는 「8·15를 위한 북소리」(1984)에서 다소 해소된다.

정희성 시의 가장 빛나는 리얼리즘적 성취는 「저문 강에 삽을 씻고」(1978)에서 비로소 두드러진다. 바야흐로 역사발전의 주도적 계층으로 부상하기 시작한 노동자를 막바로 주인공으로 내세워 그 곤핍한 삶을 시적 소재로 다뤘다는 점에서 이 작품은 외형상 「노천」의 연장선상에 놓이는 것으로 보일지 모르지만, 본질적으로 이 둘은 현격한 차별성을 지니고 있다. 무엇보다 이 작품은 「노천」과는 달리 '지식인 화자에 의한 시적 어조의 불균형' 문제가 말끔히 해소됨으로써 미학적 거리를 균형감 있게 확보하기에 이른 것이다. 이는 시인 자신의 감정을 엄격히 통제하고 스스로를 노동자의 처지에 전적으로 밀착시킴으로써 획득한 시적 승리라 할 수 있다.

언뜻 '샛강' 취로사업장의 날품팔이 노동자의 출구 없는 삶을 그저 평면적으로 노래한 것처럼 보이는 「저문 강에 삽을 씻고」의 구조는 의외로 간단치 않다. 시적 통사 면에서 이 시는 정확히 4행씩 네 단락으로 구분되는데, 그 두번째 단락의 지배적인 시적 정서는 화자가 자신의 무능력을 깊이 질타하는 모습 즉 강한 자책감의 성격을 띤 것으로 비치기도 한다. 그러나 제2~3행과 13~14행에 각각 두 번씩 반복되는 "우리가 저와 같아서"와 '삽을 씻다'의 문맥적 의미를 잘 살펴보면, 이 작품을 관통하는 시적 분위기는 그와는 정히 상반된 것임을 쉽사리 깨닫게 된다.

제2행이 함축하는 바는 무엇인가. 삶은 쉬임 없는 물의 흐름과 같이 생동하는 것이므로 거기에는 한시도 슬픔과 좌절이 끼여들 수 없다는 뜻이다. 그런가 하면, 제13행의 그것은 '저문 샛강바닥에 떠오르는 달'의 휘황하면서도 비극적인 낭만적 이미지로 표상된다. 이는 절망 속에서도 마침내 희망을 투시해내려는 시적 자아의 건강한 모습을 쉽게 연상시킨다. 이런 맥락에서 보자면, 강력한 남성상징으로서의 '삽'을 '씻는다'는 것은 삶의 무기를 한층 날카롭게 벼리어 밝은 미래를 앞당기고자 하는 거룩한 통과의례에 다름아니며, 이때 제8행과 16행의 '돌아가다'는 문득 하나의 역사적 당위로 전화되기에 이른다.

이 작품이 1970년대 시사에 뛰어난 절창으로 되는 또다른 이유는, 왜곡된 근대화 과정에서 반드시 수반되게 마련인 자연과 인간의 괴리 또는 환경파괴의 위험성을 앞질러 통찰한 이른바 생태시의 전위적 존재로 넉넉히 자리매김될 수 있겠기 때문이다. "저물어서/샛강바닥에 썩은 물"에 얼비친 이그러진 달의 형상이야말로 다름아닌 파행적인 근대화의 모습이 아니고 무엇인가.

시적 현실의 간고함과는 딴판으로 그윽한 서정적 분위기를 연출해 보이고 있는 「한 그리움이 다른 그리움에게」(1979)에서 화자는 자신과 전혀 다를 바 없는 연약한 이웃에 대해 한없는 연민과 동정을 나지막한 목소리로 은밀하게 토로한다. 「불망기」에서처럼 여전히 압핀에 꽂혀 있는 꿈의 해방을 위하여 "나는 기다리리, 추운 길목에서"라고 결연히 다지는 대목에서 우리는 곧장 민중적 삶에 따스한 연대감을 표하는 시인 정희성과 마주하게 된다. 이는 시대의 궁핍에 힘겨워하는 이 시인의 비순응주의적 삶의 모습이 가장 생생하게 점묘되어 있는 「길」(1984)의 한 대목, "평생에 죄나 짓지 않고 살면 좋으련만/그렇게 살기가 죽기보다 어렵구나/어쩌랴, 바람이 딴 데서 불어와도/마음 단단히 먹고/한치도 얼굴을 돌리지 말아야지"에서 한층 약여한 바가 있다.

'6·29 선언'이라는 희대의 정치적 사기극 위에서 위태로운 존명을 내디딘 노태우정권 첫해에 행해진 '갑오농민전쟁 전적지 답사' 보고서라 할 수 있는 「황토현에서 곰나루까지」(1989)는 시인의 이같은 준엄한 역사인식에서 솟구쳐나온 하나의 시적 백미이자, 지금도 구태의연한 지역 차별주의의 횡행 속에서 이전투구의 형국으로 치닫기만 하는 오늘의 어지러운 정치판에 대한 서릿발 같은 경고이기도 하다.

〔『한국대표시인선 50: (2)』, 중앙일보사 1995〕

제3부

일제강점기 만주지역 조선유이민 시와 '오랑캐령'

1

    중국의 56개 소수민족 중 가장 탁월한 자치능력과 최고 교육수준을 견지하면서 오늘날 주로 중국 동북지방(옛 만주)에 집거하고 있는 180여만 명의 조선족 동포[1]들의 과거 만주이주사는 크게 3단계[2]로 나뉘는데, 한마디로 그것은 간고한 한국 근대사의 기형적 전개에 다름아니다. 그 첫단계는 넓게는 조선조 후기(17세기)부터 1905년 '을사보호조약' 이전까지의 '월경이민 시대'이다. 1626년에 체결한 조청(朝淸)간의 강도회맹(江都會盟)은 청태조의 발상지라는 이유로 만주 동남북 일대를 봉금(封禁), 조선인들이 국경을 넘어 땅을 일구는 것을 엄금하였다. 그러나 봉건관료의 혹심한 가렴주구 때문에 두만강·압록강 연안에 인접해 살던 많은 조선인들은 죽음을 무릅쓴 '사월범금(私越犯禁)'을 결코 그

---

1) 이채진 『중국 안의 조선족』(청계연구소 1988), 2~4면 참조.
2) 임종국 『일제침략과 친일파』(청사 1982), 229~68면 참조.

치지 아니하였다.[3] 정부의 엄격한 금압책에도 불구하고 조선 북부의 적빈한 농민들은 목숨과 맞바꾸는 월강(越江)을 감행, 중국 국경에 "아침에 들어와 일하고 저녁이면 돌아가며" "봄에 들어와 씨를 뿌리고 가을에 거두어가며" "영이 엄하면 잠시 돌아가고 영이 늦추어지면 또 들어오는" 변칙적인 방법, 이른바 '간도농사'로 근근이 목숨을 부지[4]해갔던 것이니, 지아비를 애타게 그리는 아낙의 '애절한 사랑노래' 형식을 취하고 있는 「월강곡」 「기다림」 등은 이 봉금시기 조선유이민의 비참한 생활상의 명징한 시적 반영이라 할 수 있다.

　　월편에 나붓기는 갈대잎 가지는
　　애타는 내 가슴을 불러야 보건만
　　이 몸이 건느면 월강죄래요

　　　　　　　　　　　　　　　—「월강곡(越江曲)」 부분

　　세 봄이 다 가도록 기별조차 없는 님
　　가을밤 안신(雁信)까지 또 어찌 참으래요
　　두만강 눈얼음은 다 풀리어갔다는데

　　　　　　　　　　　　　　　—「기다림」 부분

　　살길을 찾아 월강한 남편을 "사뭇 그리며 혹여나 님의 신변에 불상사나 생기지 않는가 하여 애간장을 태우는 농촌부녀의 순정을 절절하게 토로"하고 있는 이들 시편에서 그러한 모습은 약여하다.[5]

───────────────
3) 김준엽·김창순 『한국공산주의운동사 4』(청계연구소 1986), 18면.
4) 연변조선족자치주 개황 집필소조 『연변조선족자치주 개황』(연변인민출판사 1984; 서울: 한울 1988), 54면.
5) 조성일·권철·최삼룡·김동훈 『중국조선족문학사』(연변인민출판사 1990), 41~42면.

청조의 국위가 점차 쇠미해지면서 1845년 쇄국금령이 폐지되고, 월경금압의 실효를 거두지 못한 조선정부도 1883년 변방정책의 개방적 전환을 꾀하면서, 지난날의 봉금지대로의 조선인 이주 규모는 급속하게 확대되었다.[6]

그러나 그러한 법제적 정책변화 못지않게 결정적 계기를 이룬 것은 조선 봉건통치의 혹정에 겹쳐 1860년대 후반 조선 북부지방을 잇따라 강타한 큰 물난리와 가뭄이었다. 그즈음의 사정은 민요 「이사길」에서,

　　늙다리 황소 느린 걸음
　　쪽수레는 덜컥덜컥
　　누데긴 다 버리고
　　안해는 질그릇만 이고 가네

　　우리네의 무거운 발길
　　리조(李朝)건 당조(唐朝)건 알게 뭐랴
　　우리는 땅 있는 곳 찾아가네

　　　　　　　　　　　　　　　　　　　　—「이사길」 전문[7]

라고 노래되고 있다.

만주이주사의 둘째 단계는 조선이 일본제국주의의 반식민지로 전락하게 되는 '을사보조호조약' 체결(1905) 이후부터 만주사변(1931) 직전까지의 '망명·유랑이민 시대'이다. 이 시기 조선민중은 군대해산(1907),

6) 고승제 「만주 농업이민의 사회사적 분석」, 윤병석 외 편 『한국근대사론 1』(지식산업사 1977), 337~39면.
7) 조성일 외, 앞의 책 46~47면에서 재인용.

한일합병(1910), 3·1운동(1919) 등의 정치적 대격변을 거치면서 대거 만주·시베리아 및 일본 등지로 유리해갔는데, 그 압도적 다수가 만주유이민이었다.[8] 중국 관헌의 압박, 봉건지주의 가혹한 소작료 징수 및 경제외적 착취, '마적'의 폐해 등으로 이들 만주유이민의 생활상은 비참을극하는 것이었다. 당시 만주지역 조선유이민 사이에서 폭넓게 노래된다음과 같은 민요,

    금방 조세 물었는데
    또 꿔야 하누나
    헤아릴 수 없는 가렴잡세(苛斂雜稅)
    그칠 줄 모르는 빚이야
    일가 로소(老少) 주렴에 모대기니
    한해 농사 헛수고로구나

에서도 분명하듯, "강 저쪽은 땅이 많아 힘자라는 대로 부치고 배불리먹을 수 있으며, 강냉이 이삭이 지게다리 사이를 건너고 조이삭이 허리

___

8) 이 시기 만주이민의 정치적·경제적 동기를 아울러 적실하게 보여주는 가장 전형적인 예는, 1928년 4월 나운규(1902~37)가 감독·주연한 영화 「두만강을 건너서」(이 작품은 일제의 검열에 걸려 제목이 「저 강을 건너서」로 바뀌었다가, 「사랑을 찾아서」라는 제목으로 다시 둔갑한 끝에야 가까스로 상영이 허가되는 우여곡절을 겪었다)가 아닐까 한다. 함경북도 회령에서 출생, 한때 만주독립군 지하운동에 연루되어 뒷날 옥고를 치르는가 하면, 노령으로 가 멘셰비끼 용병에 가담하기까지 한 열혈청년이기도 했던 나운규의 「두만강을 건너서」는 구한국군 나팔수의 비극적인 개인사를 다룬 것으로, 한국영화사의 획기를 이룬 작품으로 평가되는데, 함경북도 두만강, 간도 용정촌 등 현지에서 촬영되었다. 군대가 해산되자 가족을 이끌고 북간도로 망명한 주인공은 독립군으로 활약하나 잇달은 마적의 습격으로 가족을 잃고, 나팔과 함께 자신의 시체를 고국에 묻어달라는 유언을 남기고 그 자신도 숨을 거둔다는 줄거리이다(임종국, 앞의 책 239면; 이영일 「활동사진에서 시네마로」, 『신문화 100년—한국현대사 6』, 신구문화사 1971, 414면 참조).

를 돌아온다"는 이야기, 즉 "방칫대 같은 강냉이에 개꼬리 같은 조이삭"
은 한낱 이루지 못할 꿈에 지나지 않았던 것이다.[9]

만주이민사의 마지막 단계는 만주사변 이후부터 해방(1945)되기까지
의 '정책이민 시대'이다. 당대 만주유이민들에게 가해진 현실적 질곡은
앞시기의 그것에 비할 때 훨씬 엄혹한 것이었으니, 힘들여 개간한 땅을
'입식 일본인 무장이민단'에 빼앗기는 등 계속적인 유랑생활의 악순환
에 직면해야 했던 것이다. 사정이 이러하였음에도 1943년 현재 재만조
선인 수가 140만 명을 상회[10]했던 것은, 1930년 전후의 농업공황에 따
른 대규모적인 농민분해, 중일전쟁·태평양전쟁에 돌입한 일제 전시체
제에의 즉각적 편입 등으로 국내 문제가 악화일로를 치달은 때문이다.
오장환(吳章煥)의 「북방의 길」(『헌사』, 1939)의 시적 주인공처럼, 특히 이
시기에 무수한 이농민들이 '이민열차'를 타고 만주행을 택했던 것이다.

    가고오는 사람들이
    갑자기 보고 싶어
    내 오늘 창량히
    저녁 정거장으로 나가다
    이제 또다시
    고향을 찾으렵니까
    칠순

---

9) 리광인 「압록강아 말하라——압록강 유역 조선민족의 이주와 그 실태」, 『문학과 예술 2』
(연변문학예술연구소 1991), 50면. 1920년대에 만주유이민들에게 널리 보급된 것으로 전
해지는 민요 「헛농사」도 동궤에 드는 작품인데, 그 전문을 아래에 적는다. "풍년이라 좋은
곡식/입쌀 한말 넉낭하고/좁쌀 한말 5각이니/세금 물고 변돈 두고/키만 들고 나앉으리/
추운 겨울 어찌하며/긴긴 여름 어찌할고"(조성일 외, 앞의 책 138면에서 재인용).
10) 이채진, 앞의 책 20면.

때묻은 마을을 버리고 오시고
할머니

—김조규 「3등대합실」 전문[11]

함경선을 타고 청진(淸津)을 출발하여 회령(會寧)에 닿고, 회령서부
터는 두만강변을 에도는 국경 경편차를 타고 상삼봉(上三峰)역을 마지
막으로 조선을 하직, 두만강 건너 중국 개산둔(開山屯) 역참을 향하는
천도열차로 일찍이 용정(龍井)을 찾았던 시인 김기림(金起林)이 검푸른
두만강을 굽어보면서, "무거운 침묵 속에 영원의 하상(河床)을 10년을
1일같이 미끄러지는 너 두만강이여! 나는 너를 나의 북방의 애인이라
부를까? 모두 고요한 죽음과 같은 분위기다. 말할 수 없는 우울! 우리의
귀에는 누더기보 꾸러미를 둘러메고 남부여대(男負女戴)하여 이 강을
건너는 유랑민들의 어지러운 호곡 소리가 들리는 것 같다"[12]고 쓴 바
있는데, 이민열차를 타고 낯선 만주땅으로 떠나온 위 시의 '칠순 할머
니'야말로 그 전형적인 시적 형상이라 할 만하다.

조선인의 만주이민사에서 일찍부터 핵심적인 관문 역할을 해온 '국
경도시 회령'은 무엇보다 이곳이 두만강 건너 삼합(三合)·'오랑캐령'을
거쳐 드넓은 용정벌로 직통하는 만주유이민의 가장 확실한 이주통로[13]
였던 때문이기도 하겠지만, 일제강점기 만주지역 조선유이민 시에서도

---

11) 이 시는 필자가 1991년 8월 중국 연변대학 주최 '제2차 조선학 국제학술대회'에 참석했
    다가, 권철 교수(연변대학 조문학부)로부터 입수한 것이다. 1950년 연변대학 재학시절에
    즐겨 읊던 작품으로서, 권교수는 이를 암송하고 있었다. 시인 김조규는 『재만조선시인집』
    (김조규 편, 간도 예문당 1942) 및 『만주시인집』(박팔양 편, 길림시 제일협화구락부 문화
    부 1942)에 「연길역 가는 길」 「호궁(胡弓)」 등의 작품을 발표한 바 있다.

12) 「간도기행」, 『조선일보』(1930. 6. 13~26) 참조.

13) 1927년의 경우, 이곳으로 몰려드는 '간도행 나그네'는 매일 300여 명에 달하였다(『조선
    일보』 1927. 3. 1 참조).

매우 중요한 시적 현실을 제공해준다. 여기서는 이 부류에 드는 한명천(韓鳴泉)의 서사시『북간도』서시, 윤해영(尹海榮, 1909~48?)의「오랑캐고개」, 천청송(千青松)의「선구민(先驅民)」, 그리고 이용악(李庸岳)의「낡은 집」등의 시적 성취를 간단히 검토해보기로 한다.

2

한명천의『북간도』(1948)[14]는, 19세기 후반에서 '해방' 직후까지 100여년간을 시대적 배경으로 하고 있는데, 만주유이민인 주인공 김덕보 일가의 3대에 걸친 비극적인 가족사가 주요한 서사적 뼈대를 이룬다. 그러나 이는 하나의 장식적 외형에 불과할 뿐, 이 작품의 내용을 압도하는 것은 시적 긴장을 심각하게 손상시키면서까지 과도하게 개입되는 '김일성 장군의 영웅적인 항일빨치산투쟁의 위업'이다. 이러한 '영웅성'이 작품내적 현실법칙을 철저히 압박, 대부분의 시적 성격들이 한 개인에 기계적으로 종속되는 상투적 인물로 평판화되고 만 것이다. 그럼에도 불구하고 이 작품의 '서시'는 월경이민 시대 만주유이민 시의 상황적 전형성을 빼어나게 형상하고 있다는 점에서 주목을 요한다.

덕보 할아버지가

---

14) 이 작품은 '8·15 2주년 기념 북조선중앙예총 예술축전' 장편시 당선작이다. 한명천은 "북간도에서 다년간 다간(多艱)한 생활"(『북간도』, 평양: 문화전선사 1948, 2면)을 한 바 있는데, 북한문학사에서 흔히 김일성의 항일혁명투쟁을 생동하게 형상한 것으로 평가되는 「장백산」(북조선문학동맹 중앙삼임위원회 편『전초(前哨)』, 평양: 문화전선사 1947)과, 김일성의 항일혁명투쟁의 위대성을 격동적으로 노래한 「송(頌) 김일성 장군」(북조선예술총연맹 편『우리의 태양』, 북조선예술총연맹 1946)의 시인이다.

회령(會寧)을 거쳐 두만강을 건너
북간도로 봇다리를 짊어지고 와서
해란강(海蘭江)가에 백양(白楊)나무를 심고
밭을 일구던 머언 옛날
—관북(關北)
너 관북의 산들아 너희들은 알리라
이 땅 백성들이
밤마다 밤마다
육진(六鎭) 68개 파수막을 몰래 빠져
북간도(北間島)로 북간도로 떠나던
눈물겨운 사실(史實)을 너는 알리라
무산령(茂山嶺)은 언제부텀 한숨의 고개더냐
너 관북의 산들아 너희들은 알리라
날마다 날마다 죄 없이 잡혀가는
향아대청(鄕衙大廳) 마당에선
푸른 하늘 아래 형장(刑杖)이 쩡 쩡 울리고
거게 반주검이 되어 나오군 하던
이 땅 백성들이
아우성치던 원성(怨聲)을
너희들은 기억하고 있으리라
바로 1862년(철종 13년)이라고 한다
드디어 관헌들의 매서운 압제와
착취를 반대하여 일어난
삼남민란(三南民亂)이
거센 파도처럼
이 관북까지 밀려 왔을 때

번개같이 날뛰던 사나이
그러나 어찌 맨주먹들이
극악한 관헌들의 총칼앞에 견디랴
드디어 하로밤 봇다리를 짊어지고
안해의 팔목을 이끌며 이끌며
두만강을 건너 오랑캐령에서
동성용(東城湧) 황무지벌 바라보며
이 해란강(海蘭江)가에 백양나무를 심어놓고
밭을 일궈 일년 이년 오년 십년
조국의 관헌을 저주하고
세상을 원망하면서
이방(異邦) 하늘 밑에서 태어난 외아들
덕보 애비를 이 거츠른 간도 벌판에 남겨두고
끝끝내 이역 청산에 뼈를 묻은 지도
어언간 40년
아! 너 관북의 산들아 너희들은 알리라 북간도 100년!
너 두만강아 해란강아 너희들은 알리라[15]

극악한 세도정권의 탐학과 삼정문란의 폐해에 대한 민중적 항거의
구체적 표현으로서 '진주민란'을 필두로 삼남지방 전역에 급속하게 확
산된 임술농민봉기(1862)의 여파가 관북지방[16]에 미쳤을 때를 시발점으
로 하여 전개되고 있는 이 시는, 화자가 만주유이민의 간난어린 삶의 궤

---

15) 『북간도』, 7~13면에서 발췌 인용.
16) 관북지방의 경우 '함흥봉기'(1862. 10. 24)가 대표적이다(한국민중사연구회 편 『한국민중
사 2』, 풀빛 1986, 45면). 이로 미루어보면 이 시의 김덕보 일가는 함흥 출신이 아닌가 한다.

적을 속속들이 꿰뚫고 있는 역사의 산 증인으로서의 '관북의 산들, 두만강·해란강'에게 비장한 어조로 말을 건네는 방식을 취함으로써 시적 주제화에 일정한 효과를 거두고 있다. 그러나 여기서 보다 근본적인 것은, 월경이민 시대의 만주유이민 현실을 가장 명료하게 집약시켜주는 '회령·오랑캐령' 등 그 무렵 만주이주민의 전형적인 루트[17]를 '지명의 시화' 차원에서 적절히 차용하고 있는 것이다.

회령은 지리적으로 두만강 건너편 중국의 삼합(三合)과 머리를 맞대고 있는 형국이어서 일찍부터 청인(淸人)들과 문물교역이 성행한 곳이었다. 홍양호(洪良浩, 1724~1802)의 시 「회령장(會寧市)」[18]에 이러한 사정이 잘 드러나 있다.

회령의 장거리 어찌나 번화한지
말과 소들 삼대처럼 그득히 들어섰네
한 마리에 둥글소 네댓 값 나가는
꼬리 검은 절따말, 푸른 빛의 부루말
입 언저리 흰 점백이 공골말들
회초리 바람에 떼지어 마천령 향해 뛰니
저 모두 한양성 재상 집으로 가는 거라네

---

17) 회령과 마주한 두만강 건너편의 삼합(三合)을 거쳐 오랑캐령까지는, 윤해영의 「오랑캐고개」의 일절 "회령 팔십리 황혼에 떠나면/령마루 풀숲에 식은 땀 씻을 땐/북두칠성도 기울어져서"에서 보듯 팔십릿길이다. 일명 '아흔아홉 굽이'라고 일컬어질 만큼 이주자들의 눈물과 한숨이 깊게 배어든 통한의 고개라 하겠는데, 여기서 대납자(大拉子, 현재 智新鄕)를 지나면 곧 선바위(立岩)에 당도하게 된다. 이 길로 곧장 나아가면 용정(龍井)이며, 오른쪽으로는 드넓은 동성용(東城湧)벌로 통하게 된다.
18) 홍양호 『耳溪集』 卷2, 「北塞雜謠」 참조.

會寧開市何繁華
馬蹄牛角簇如麻
大牛四五易一馬
紫瑠靑驄白鼻蝸
揚鞭作隊驅向摩天嶺
盡歸長安卿相家

　한때 경흥부사(慶興府使)를 역임한 바 있는 이 시인에 의하면, "매년 11~12월이면 청인들과 서로 물건을 교환하며 장사했는데, 처음에는 회령에 개설하였으니 이를 단시(單市)라 하였으며, 경원(慶源)에는 2년에 1회씩 개설했으니 이를 쌍시(雙市)라 하였다. 함경남북도 모든 곳에서 소·가래·소금·해삼 따위를 가져오고 (···) 청상(淸商)은 말을 가져오는데 많을 때는 천여 필이나 되었다. 조선인들은 좋은 말을 소와 바꾸었는데, 때로는 소 대여섯 마리와 말 한 필을 맞바꿨다."[19] 이런 사정으로 미루어보건대, 이미 이때부터 관북인들에게는 회령이 중국으로 가는 직통로로 인식되었을 것으로 생각된다.
　이쯤에서 윤해영의「오랑캐고개」[20]를 살펴봄이 좋을 듯하다.

　삼십년 전!

---

19) 홍양호『耳溪外集』卷12,「北塞記略」참조. "每歲十一二月, 與淸人交市, 初設會寧, 謂之單市, 間年倂設於慶源, 謂之雙市, 南北關列邑皆以牛鍬鹽海蔘等物, 入市, (···) 商胡持獺馬來, 多至千餘匹, 我人以牛易之駿者, 或以五六頭, 換一匹."

20)『만주시인집』, 10~12면 참조. 시인 윤해영은 1920년대 후반 용정 등지에서 교편을 잡는 한편 사회활동도 활발히 전개하다가, 1932년 흑룡강성으로 거처를 옮긴 후 문화사업에 종사하였다. 주요 작품으로는 가곡으로 많이 알려진「선구자」(일명「용정의 노래」, 1932),「해란강」등이 있다(조성일 외, 앞의 책 192~93면 참조).

아버지 등뒤에 보따리 뒤에
바가지 두짝은 방울이 커서
나는 제법 나귀등의 귀공자(貴公子)인 양
고개ㅅ길 삼십리에 행복은 철없더니
그때 그 고개는
두만강(豆滿江) 건너 북간도(北間島) 이사꾼들의
아람찬 한숨의 관문이었다.

십년 전!
떡벌어진 두 어깨에
소금 서말이야 무거웠스랴만
회령(會寧) 팔십리 황혼에 떠나면
령마루 풀숲에 식은 땀 씻을 땐
북두칠성도 기울어져서

(…)

그때 이 고개는
밀수꾼 젊은이들의
공포의 관문이드니—
오늘 이 고개엔
오색기(五色旗) 날부ㅅ기고,
목도군 젊은이들의
노래ㅅ소리가 우렁차서
두만강 나루ㅅ터엔 다리가 걸리고
남쪽으로 연(連)한 길은 넓어져…

이 봄도 나의 족속들이
무데기 무데기 이 고개를 넘으리
한숨도 공포도 다 흘러간 뒤
다―만 희망의 기쁜 노래 부르며 부르며
무데기 무데기 이 고개를 넘으리

　　　　　　　　　　　　―1938년 4월 용정(龍井)에서

　자신의 경험적 구체가 주요한 시적 기초를 이루는 것으로 보이는 이
시인의 작품경향을 감안할 때, 아마도 윤해영 일가의 만주이주 시기는
1900년대 후반, 즉 시인의 나이 예닐곱살 적의 유년기가 아니었던가 한
다. 서두에 '오랑캐령'에 얽힌 전설을 간략히 소개하면서 전개되고 있
는 이 작품 첫연에서 시인은 문득 30년 전에 넘은 삼십리 고갯길 '오랑
캐령'이야말로 다름아닌 만주유이민의 눈물과 한이 굽이굽이 서려 있는
"한숨의 관문"임을 깨닫는다. 그러나 "떡벌어진 두 어깨"의 건장한 '소
금밀수꾼'21)의 모습으로 변모한 둘째 연의 20대 시적 주인공에게 '오랑
캐령'은 "공포의 관문"으로 회상된다. 나귀등에 얹혀 삼십릿길 오랑캐고
개를 넘으며 귀공자인 체했던 철없던 시절의 꿈과 낭만의 시적 대상이
아니라 이제 오랑캐령은 엄혹한 현실의 벽으로 다가서고 있는 것이다.22)

---

21) 함경북도 경성(鏡城) 태생인 김동환의 『국경의 밤』(한성도서주식회사 1925)의 "소곰실
　　이 밀수출마차"나, 동향(同鄕) 시인 이용악의 「두메산골 4」(『오랑캐꽃』, 아문각 1947)의
　　"소곰토리" 마차의 시적 주인공들, 천청송의 「선구민」에 나오는 "짭짜리 지러 간 아배" 등
　　이 모두 이 부류에 들 것이다.
22) 이 당시 조선유이민들을 압박한 것은 중국 관헌, 봉건지주, 마적 등에 국한된 것이 아니
　　었다. 각지에 주둔하고 있던 군인·지주 통솔하의 지방무장조직인 단련(團練), 그리고 변
　　방을 순찰하며 소금밀수꾼을 단속한다는 구실로 탐관오리들과 결탁하여 도처에서 갖은
　　행패를 부리며 걸핏하면 재물을 약탈하기 일쑤였던 이른바 무장집사대(武裝緝私隊) 등의

만주국 치하의 조선유이민 현실을 사뭇 낙관적으로 노래하고 있는
후반부에 이르러 작품의 지배적 어조는 급전직하, 이른바 '오족협화(五
族協和), 왕도낙토(王道樂土)'의 슬로건을 내건 만주국의 통치이념을
예찬하고 있다.[23] 지금은 만주국의 '오색기'가 힘차게 펄럭이는 오랑캐
령을, 조선유이민들이 "다―만 희망의 기쁜 노래 부르며 부르며/무데
기 무데기" 넘으리라고 읊조리고 있는 것이다.[24]

　　3

　　만주지역 조선유이민사의 시적 전개라 할 수 있는 천청송의 「선구민」[25]
은 '이주민(移住民)·주막·설야(雪夜)·강동(江東)·묘지' 등 전5부로 되
어 있는데,[26] 그중 「이주민」 「설야」 전편을 아래에 적는다.

　　　다투어 묏부리가 솟은 뫼
　　　흰구름은 둥둥 령(嶺)을 넘다.
　　　태고연(太古然)한 숲엔

횡포가 자심했던 것이다(『연변조선족자치주 개황』, 57면 참조).
23) 여기서 『만주시인집』의 발행인·편집인이 모두 일본인이며, 발행소가 당시 길림시 소재
　　의 '제일협화구락부 문화부'라는 사실, 그리고 이 시집 간행에 참여한 시인들 중 상당수
　　(유치환·김조규·함형수·천청송 등)가 만주국 기관지라 할 수 있는 『만선일보』와 긴밀히
　　관련되어 있었다는 점 등을 명기할 필요가 있다.
24) 이런 점을 감안할 때, 이용악의 언급처럼 이 시집에 수록된 작품들의 전반적 수준이 "이
　　미 감상(感傷)에의 결별이 지어졌다"고 말하기는 어려울 것이다(이용악 「감상에의 결별」,
　　『춘추』 1943. 3 참조).
25) 『만주시인집』, 60~64면 참조.
26) 이 시의 제5부 「묘지」는 『재만조선시인집』에 단독 작품으로 수록되어 있다.

전설이 칡넝쿨처럼 얼키고
무지개 뻗친다는 샘엔
암노루가 물마시러 다니었단다.
나귀 탄 족속 있어
오랑캐령을 넘어오던 날
아름드리 나무는 찍히고
키넘는 쑥밭엔 불길이 펄펄 높았었느니라.

—「이주민」 전문

저릅대 겨등은
옛말같이 조으는데
한웃방 클아바이는
옥쉬 속갱이로 등을 긁으시며
대통만 문턱에 터신다.

무섭디 무서운 범얘기에
큰아매 무릎엔 장손이 취해 코골고

닭이 두 홰를 쳤건만
짭짜리 지러 간 아배는 안 와
제미랑 곱새등 누님은 삼만 삼는다

작년에도 그러께도 이런 날 밤
호우적이 마을에 들어섰드라오.

—「설야」 전문

「이주민」은 '월경이민 시대' 만주유이민 제1세대의 삶의 모습을 생동하게 개괄해 보이고 있으며, 「설야」는 그 훗날 3대를 이룬 한 가족의 생활 화폭을 선명하게 제시하고 있다. 간고하기 이를 데 없던 초창기 만주개척사의 한 단면을 그려 보이고 있는 이 시에서도 '오랑캐령'은 하나의 시적 전형, 즉 만주지역 조선유이민 현실의 비극성을 집약적으로 드러내주는 중요한 시적 표상으로 되고 있다. 「설야」의 시적 퍼스나에 의해 세밀하게 포착된 '옥수수(玉高粱) 농사와 삼삼기의 고달픔, 불안한 소금밀수, 불시에 들이닥칠지도 모를 호적(胡賊)에 대한 두려움' 등과 어우러져 만주유이민의 비극적 현실을 생생하게 점묘하는 데 강력한 시적 구심으로 기능하고 있는 것이다.

이러한 예로서 우리 근대시사에서 가장 주목되는 작품이 바로 이용악의 「낡은 집」(『낡은 집』, 동경: 삼문사 1938)이다.

　　재를 넘어 무곡을 다니던 당나귀
　　항구로 가는 콩실이에 늙은 둥글소
　　모두가 없어진 지 오랜
　　외양간엔 아직 초라한 내음새 그윽하다만
　　털보네 간 곳은 아모도 모른다

　　찻길이 놔이기 전
　　노루 멧돼지 쪽제비 이런 것들이
　　앞뒤 산을 마음놓고 뛰어다니던 시절
　　털보의 세째아들은
　　나의 싸리말 동무는
　　이 집 안방 짓두광주리 옆에서
　　첫울음을 울었다고 한다

"털보네는 또 아들을 봤다우
송아지래두 불었으면 팔아나 먹지"
마을 아낙네들은 무심코
차그운 이야기를 가을 냇물에 실어보냈다는
그날 밤
저릎등이 시름시름 타들어가고
소주에 취한 털보의 눈도 일층 붉더란다

그가 아홉살 되던 해
사냥개 꿩을 쫓아다니는 겨울
이 집에 살던 일곱 식솔이
어데론지 사라지고 이튿날 아침
북쪽을 향한 발자옥만 눈 우에 떨고 있었다

더러는 오랑캐령 쪽으로 갔으리라고
더러는 아라사로 갔으리라고
이웃 늙은이들은
모두 무서운 곳을 짚었다

—「낡은 집」 부분

　　튼튼한 서사적 골격을 지닌 이 시는 식민지시대 조선농민의 몰락상
을 "마을서 흉집이라고 꺼리는 낡은 집"(같은 시 제1연)에 견주어 명료하
게 형상하고 있다.[27] 시적 대상과의 '미학적 거리'를 적절히 유지, 불필

27) 윤영천 「민족시의 전진과 좌절―이용악론」, 『이용악 시전집』(창작과비평사 1988), 215

요한 감정유입을 엄격히 통제하는 시적 어조에 힘입어 만주·시베리아
등지로 기약없는 유랑의 길을 떠나가는 일제강점기 조선세궁민의 참상
이 리얼하게 노래되고 있는 이 시에서 특히 우리의 이목을 끄는 것은 인
용시 마지막 연의 '오랑캐령·아라사(俄羅斯)'이다.

레닌혁명의 시베리아 제압으로 극동 러시아령의 쏘비에뜨화가 구체
화될 조짐을 보이자 이를 크게 우려한 일제에 의해 국경봉쇄가 한층 삼
엄해지면서, 1922년경부터는 이 방면으로의 조선인 집단이주가 사실상
불가능하였음을 고려한다면, 시적 현실 속의 털보네 일가의 국외이주
시기는 바로 이 무렵으로 보아 무방할 듯하다. 그런데 이 시기엔 만주이
주도 결코 용이한 것이 아니었으니, 치밀한 사전조작 아래 일제에 매수
된 중국 마적으로 하여금 훈춘(琿春) 소재 일본영사관 분관을 습격하게
한 '훈춘사건'(1920. 10. 2)을 도발, 이를 간도출병의 빌미로 삼아 아베(阿
部) 소장 휘하의 일본군은 만주지역의 조선유이민 및 항일투쟁단체에
대한, 이른바 '참빗질토벌'이라 일컬어지는 '경신(庚申)년 대토벌'(1920)
을 야수적으로 감행하였던 것이다.[28] 이처럼 급격하게 악화된 당시의
정황으로 미루어볼 때 털보네 일가가,

　　　더러는 오랑캐령 쪽으로 갔으리라고
　　　더러는 아라사로 갔으리라고
　　　이웃 늙은이들은
　　　모두 무서운 곳을 짚었다

　～16면 참조.
28) 연길현(延吉縣)에서만 조선민간인 1,124명이 살해되고 76명의 부녀가 강간당했으며,
　　식량 15,580섬이 불태워졌다. 현룡순 외 『조선족백년사화』 1 (료녕인민출판사 1984), 202
　　～12면 참조.

라고 한 마지막 대목의 시적 상황이야말로 1920년대에 이르러 전조선적으로 발생한 국내 유랑민과 국외 유이민 현실의 전형성을 명징하게 드러낸 것이라 할 수 있다. 일곱 식솔의 털보네 일가가 겪는 불행은 한 가족 단위의 그것이 아니라 당대 민족모순으로 어김없이 확장되는 집단적 비극임을 여실하게 형상하고 있으니, 일제 식민지수탈의 가장 명징한 시적 표상인 '항구'를 쉴새없이 드나들랴 너무 일찍 늙어버린 '둥글소', 건장했던 옛날 모습은 이제 온데간데없이 늙고 쇠잔한 '털보'의 일그러진 형상 등이 '낡은 집'의 퇴락한 이미지와 기묘하게 어우러지면서, 만주·시베리아 등지의 "무서운 곳"으로 유리해간 털보네 일가의 결코 심상치 않은 운명적 미래를 간명하게 짚어냄으로써 극적인 시적 효과를 성취해내고 있는 것이다.

4

지금까지 일제강점기 만주지역 조선유이민들의 전형적 행로를 이루는 '회령―오랑캐령' 등을 주요한 시적 소재로 끌어들인 몇몇 작품들의 시적 성취에 대해 간략히 살펴보았다. 한명천의 『북간도』 서시는 임술농민봉기에 가담했다가 실패하자 솔가, '회령―오랑캐령'을 거쳐 만주 용정의 드넓은 동성용(東城湧) 벌판으로 망명도생하는 주인공(김덕보 조부) 일가의 가족사, 특히 '월경이민 시대' 만주유이민의 간고한 삶을 압축적으로 리얼하게 형상하고 있다. 이런 측면은 윤해영의 「오랑캐고개」 전반부에서도 엿볼 수 있으나 작품 후반에서는 '만주국 예찬'으로 급경사, 그 시기 만주유이민의 냉엄한 역사적 현실을 가늠케 해준다.

이에 비할 때 천청송의 「선구민」의 시적 성취는 특히 돋보인다. 초창기 만주개척사의 핵심적 단면들, 예컨대 옥수수 농사와 삼삼기의 고달픔, 소금밀수, 마적의 폐해 등에 대한 시적 묘파가 균형적으로 노래되고 있다는 점에서 그러하다. 그러나 일제강점기 만주유이민 시에서 단연 빼어난 수준의 시적 형상력을 보유하고 있는 것은 이용악의 「낡은 집」이다. 당대의 가장 절실한 현안이었던 대규모의 국내 유랑민과 국외 유이민 문제에 대하여, '털보네 일가'의 비극적인 가족사를 통한 깊이있는 시적 통찰을 보여주고 있기 때문이다. 한국 근대시사에서 매우 중요한 위치를 점하고 있는 만주유이민 시의 사적 전개에 있어 최고봉을 이루는 하나의 시적 전형이라 일컬을 수 있는 소이이다.

〔『도곡 정기호 박사 화갑기념논총』, 1991〕

중국 조선족 시문학의 형성과 전개

1940년대~60년대 전반기

1

오늘날 주로 동북3성에 집거하고 있는 192만여 명의 중국 조선족[1] 사회에서는 1990년대에 들어 자못 심각한 '조선족 위기설'에 휩싸이고 있다. 이는 1978년 이래 전개된 '개혁개방'의 도저(到底)한 파고 속에서 특히 1980년대 후반을 경과하면서 새롭게 부각된 하나의 민족문제이다. 그것은 단지 '개방'의 물결을 타고 유입된 서구 퇴폐문화에 의한 정신오염의 차원을 훨씬 넘어선다. 근년에 이르러 무섭게 가속화되고 있는 "금전만능주의에 빠져버린 가치관의 대두는 민족의 정체성과 긍지심을 뒷전으로 몰아내고, 선대들이 이룩한 영광도, 우리 세대가 실현

---

1) 1990년 7월 1일 현재 중국 조선족은 1,920,597명으로 중국 총인구의 0.17%에 해당하는데, 이는 한족(1,042,482,187명)을 제외한 55개 소수민족 중 제13위에 드는 규모이다. 주요 분포지역은 길림성·요녕성·흑룡강성 및 내몽고자치구이다. 彭英明 編『新編民族理論與民族問題敎程』(中央民族大學出版社 1995), 382~85면 참조.

한 '제일'의 영예"도 일거에 퇴색시켰기 때문이다.[2] '대학진학률 1위'의
상실, 조선족 마을의 공동화(空洞化), 조선족 학교의 감소, 윤락녀의 속
출 현상과 인구문제 등은 그야말로 조선족의 생존 자체를 위협하기에
이르렀다는 것이다.

이 가운데서도 특히 간과할 수 없는 두 가지 사항은 다름아닌, "사회
주의 건설에 필요한 여러 유형과 차원의 실용인재들을 배양해내는 데
큰 저애"로 되고 있는 교육·인구 문제이다.[3] 조선족 교육의 가장 심중
한 병폐는 무엇보다도 각급 학교교육을 오로지 대학입시에만 주력하는
데서 빚어진다. 이에 덧붙여 지적하지 않을 수 없는 것은, 조선족 지식
인 대다수가 사회주의 시장개방경제 시대에 있어 공동의 교제도구 또는
정보교류 도구인 한어의 구사력이 현저히 미급하다는 사실이다. 바로
여기서, 앞으로 조선어가 맞게 될 위기를 미리 예견하여 그에 적확히 상
응하는 올바른 언어정책을 실시하는 것이야말로 향후 조선족의 운명과
직결된 핵심적 과제로 제기된다 할 것이다. 특히, 현하 조선족 인구문제
는 결코 예사로운 것이 아님을 명념할 필요가 있다. 중국 조선족의 최고
밀집지역인 연변조선족자치구(현재는 '연변조선족자치주')의 인구변화
추세가 이 문제의 심각성을 단적으로 드러내는바, 1990년 7월 현재 연
변 조선족 인구비율이 자치구 출범(1952. 9. 3) 초기보다 약 34%나 감소
했다는 사실[4]이 이를 잘 입증해준다. 이는 그만큼 '연변조선족자치구'

2) 황유복『중국 조선족 사회와 문화의 연구』(북경: 민족출판사 1996), 2면.

3) 리홍우「중국 조선족의 지속과 발전 문제」, 김동화 외 편『중국 조선족 문화현황 연구』
   (흑룡강조선민족출판사 1995), 38~47면 참조.

4) 1953년 연변조선족자치구 총인구는 926,207명으로, 그 분포는 조선족이 557,279명
   (60.1%), 한족이 346,427명(37.4%)이었다. 그러나 이 비율은 그 이후 점차 감소돼가다가
   1990년에는 마침내 뒤바뀐다. 즉 1990년 7월 1일 현재 연변조선족자치구 총인구는
   2,079,902명으로, 조선족이 821,479명(39%), 한족이 1,187,626명(57%)으로 역전된 것이
   다. 같은 글 38~39면.

가 하나의 허명(虛名)일 뿐 아니라 중국 조선족의 대내적 영향력 또한 극히 미미하다는 것을 웅변적으로 말해준다.

개혁개방 이전 시점에선 줄곧 "앞으로도 중국 소수민족의 으뜸가는 민족으로서 민족적 명성과 발전을 과시할 것"[5]으로 높이 평가됐던 그들, 우리의 말과 글을 엄중하게 수호하고 민족적 순결성을 온전히 간직한 채 여타 소수민족들의 추종을 불허하는 탁월한 자치능력과 고도의 문화능력을 유감없이 발휘하였던 중국 조선족[6]의 휘황한 형상이 20년 내에 이처럼 급속하게 와해된 것이다.

이러한 사정은 중국 조선족문학의 경우라고 예외일 수 없다. 사회와 문화 전반에 걸친 극히 우울한 진단 또는 비관적 전망과 무관하게 유독 문학분야에만 행복한 치외법권이 허용되고 있는 것은 아니기 때문이다. 아니, 문학창작 또는 문학연구 분야야말로 오히려 더욱 강력한 비판의 표적으로 떠오르는, 비상하게 예사롭지 않은 상황이 도래하였다 함이 옳을 것이다.

문학예술작품, 특히 명소설·명시가는 시대의 맥박을 짚어 사람들에게 앞길을 비쳐줄 수 있으며, 사람들의 정신세계를 부각하여 그것을 더 높은 차원으로 끌어올릴 수 있는 것이다. 우수한 민족문학작품은 민족정신·민족성격을 반영할 뿐만 아니라, 민족을 더 높은 차원으로 떠밀어줄 수 있는 것이다.

우리의 문학의 영향력은 크지 않으며, 또 국가수준급의 작가는 없는 것이다. 지금까지 우리 민족정신·민족성격을 깊이있게 부각하여

---

5) 이영희 「소수민족정책과 중국 속의 한민족」, 『중공 어제와 오늘』(동아일보사 1977), 382∼426면 참조.

6) 윤영천 『한국의 유민시』(실천문학사 1987), 5면.

우리 민족을 진감하고 중국의 55개 민족 앞에 민족의 떳떳한 형상을 수립해놓은 작품은 별로 없는 것이다. 우리 민족의 진취적 정신을 노래하고, 창업의 시각을 연변에만 두는 것이 아니라 중국에로, 세계에로 개척자를 부각하는 작품은 거의 없다. 전국의 앞자리에 설 수 있는 민족문학예술가를 양성해야 한다. (…) 우리에게는 우리 민족의 성격과 가치관을 심각하게 묘사하고, 우리를 더 높은 차원으로 부상시켜줄 수 있는 그런 문학예술작품이 수요된다.[7]

조선족문학의 진로에 대한 한 정치학자의 참으로 애정어린 충고이다. 이는 단순히 당대 조선족 작가들에게만 뼈아픈 고언으로 국한되지 않는, 그 본질적 취지를 다각적으로 음미해볼 만한 가치를 지니고 있다. 우선 앞에서 제기된 중국 '조선족 위기설'과 관련하여, 작금의 조선족문학이 과연 중국의 55개 소수민족 앞에 떳떳이 내놓을 수 있을 만큼 '국가수준급'인가 하는 문제부터 살펴보기로 하자.

사실 중국 조선족 시문학에서는 오늘날 중국 당대문학사에서 대단히 높게 평가되는 싸니족(撒尼族)의 『아스마(阿詩瑪)』(1953), 몽골족의 『까다메린(嘎達梅林)』(1950), 그리고 장족(壯族) 시인 웨이 치린(韋其麟)의 『빠이뇨우이(白鳥衣)』(1955) 등에 필적할 만한 웅대한 민족서사시를 찾아볼 수 없다. 이들 작품은 한결같이 소수민족에 대한 중국공산당의 적극적인 정책지원의 소산인바, 특히 운남성 이족(彝族)의 한 부족인 싸니족의 민간서사시 『아스마』는 서정과 서사의 절묘한 통합, 강렬한 낭만주의적 색채, 아름다운 민족언어의 성공적 운용 등으로 하여 여타 소수민족에게는 특유한 민족문학 유산의 현대적 재발굴을 강력히 추동하는 하나의 시적 전범으로까지 되었다.[8] 이에 비할 때 중국 당대문학사

---

7) 리홍우 『조선족의 전망』(흑룡강조선민족출판사 1997), 95~96, 157면.

에서 조선족문학은 고작해야 김철 시인의 『변강의 마음(邊疆的心)』 (1957), 리근전의 단편소설집 『과일꽃 필 무렵(果樹開花的候)』(1956) 정도가 극히 단편적으로 언급되고 있을 뿐이다.[9]

그런데 여기서 결정적으로 고려해야 할 사항이 있다. 다름아니라, 중국 조선족이 한족을 제외한 여타 54개 소수민족들과는 근본적으로 차별된다는 것, 즉 "중국의 거의 모든 소수민족들이 중국 토착민족인 데 비하여 중국 조선족은 근대 이래 조선으로부터 이민해온 민족"[10]이라는 사실이다. 이러한 토대 위에서 형성·전개된 특수한 역사적 성격을 고려할 때 현단계 중국 조선족문학의 상대적 빈곤 현상에 대한 위와 같은 지적은 그 예리함을 발휘하기 어려울지 모른다. 중화인민공화국 창건(1949. 10. 1) 이래 조선족문학의 전반적 노정이 "중국공산당 사회주의 문화정책"에 따른 사회역사적 상황의 등가물,[11] 즉 조선족 시문학의 형성과 변화 양상은 당의 문예정책에 대한 즉각적이며 추호의 차착 없는 반응일 수밖에 없었다는 점을 일정하게 감안할 때 더욱 그러하다. 또 가

---

8) 王慶生 主編 『中國當代文學』 1(上海文藝出版社 1988), 361~62면; 김종수·최건 『중국당대문학사』(연변인민출판사 1996), 84면 참조.

9) 王慶生 主編, 앞의 책 494면. '문화대혁명' 시기에 발간된 『少數民族詩歌選』(人民文學出版社 1975)에는 황상박·남영전 등 6명의 조선족 시인들의 작품이 수록돼 있는데, 한결같이 '무산계급 문화대혁명'의 위대성을 노래한 이른바 '혁명시가' 일색이다. 吳重陽·陶立璠 編 『中國少數民族現代作家傳略』(青海人民出版社 1982)의 경우, 시인으로 리욱·리성휘(설인)·임효원·김철, 소설가로는 김창걸·이근전, 그리고 희곡작가 황봉룡 등 7명이 소개되고 있다. 같은 책 1992년판에는 시인 박화·김경석·남영전, 소설가 김학철·류원무, 그리고 번역문학가 리철준 등 7명의 약전이 실려 있는데, 이채로운 것은 『로신선집』 1(북경: 민족출판사 1987) 및 이른바 '항미원조(抗美援朝)' 전쟁을 본격적으로 다룬 위외(魏巍)의 대하소설 『동방』 상·중·하(료녕인민출판사 1980)를 번역한 리철준이 끼어 있다는 점이다.

10) 황유복, 앞의 책 14면.

11) 김준오 「중국 사회주의 문화정책과 조선족 시가전통의 변모 양상」, 『중국 조선족문학의 전통과 변혁』(부산대학교 출판부 1997), 97면.

령 '작품은 훌륭한데 이를 적기(適期)에 한어로 번역하여 중국 인민대
중의 수요에 바르게 대응하지 못했다'는 등의 다소 궁색한 이유를 덧붙
일 수도 있을 것이다.

　그러나 문제는, 그 어느 경우를 막론하고 '중국 조선족문학 현상'이
그러한 비판의 화살로부터 결코 자유로울 수 없다는 데 있다. 이제는 제
법 공론화되어 있는 실정이지만, 이같은 관점을 조선족 문학평론 또는
문학연구 분야에 적용할 경우, 그 사정은 한층 심각한 것으로 논의된다.
무엇보다도 지난 시기처럼, '작가·작품의 실제'에 근거한 꼼꼼한 귀납
적 논의에 의거하지 않고 몇개의 "간단한 정치개념과 공식으로부터 출
발, (…) 한 면을 틀어쥐고 전면을 부정"하는 오류[12]를 범해서는 곤란할
것이다. 물론, 개혁개방 이후 중국 문학연구자들에게서 공통적으로 드
러나는 '향내전(向內轉)'의 경향은 중국 조선족 문학연구자들에게 그대
로 이어져, 특히 1980년대 후반부터 과거와 같은 '정치참조계통'의 통제
로부터 벗어날 수 있었던 것[13]은 매우 다행한 일이다. 그러나 아직도 광
범하게 둥지를 틀고 있는 부정적 사례들, 예컨대 엄격한 작품주의 정신
과는 무관하게 그 작품적 성취를 실제보다 과대평가하는 일종의 정실비
평, 실증주의적 치밀성이 결여된 허술한 원전비평, 그리고 작가·작품
에 대한 사실들의 평면적 나열로 시종하는 저급의 역사전기비평 등은
여전한 문제로 남는다.

　중화인민공화국 건국 이래 개혁개방이 실시되기까지 30여년간, "문학
은 정치투쟁의 파생물로 인정됐으며, 문학사는 정치투쟁사의 문학판으

---

12) 정판룡 「30년래의 조선족 문학평론 사업을 회고하면서」, 중국작가협회 연변분회 편 『연
　　변조선족자치주 성립 30돐 기념 문학평론집』(북경: 민족출판사 1982), 3~9면 참조.
13) 김관웅 「중국에서의 조선문학의 전파와 연구의 어제와 오늘과 내일」, 『조선-한국문학연
　　구회 제3차 국제학술심포지엄 논문집』(중국 연길: 1999. 8. 14~15), 32면.

로 인정됐다."[14] 이 길고 지루한 비문학적 연대기를 경과하면서 현시점에서, 과거의 그 부끄러운 자화상을 고통스럽게 떠올리고 있는 한 시인·비평가의 다음 고백은 그런 뜻에서 매우 값진 것이 아닐 수 없다.

오랫동안 자기의 혼을 통째로 어느 신에게 저당잡히고, 남이 만세를 부르면 따라서 만세를 부르고, 남이 '타도'를 부르면 함께 타도를 부르던 자신의 모습을 생각하면 얼굴이 뜨거워지는 것을 금할 수 없다. 다행스러운 것은 개혁개방의 물결 속에서 나의 영혼과 의식도 점차 각성되었다는 점이다. 주체의식이 각성되었고, 예술문학의식과 창작방법 다양화 의식이 각성되었다.

그런데 영혼은 각성되면서부터 곤혹에 빠지는 법이다. 워낙 평화와 불안, 행복과 고통, 웃음과 울음이 교차되어 있는 인생살이에서 영혼은 각성되기 전에 더 행복했을지 모른다. 그 시기 천안문광장에서 목이 터져라 만세를 부르며 눈물을 흘리며 어록책을 흔들던 홍위병과 동질적인 영혼과 의식의 소유자였던 나는 그 시기에 오히려 행복하였다고 생각되는 때가 많다.[15]

'민중' 그 자체가 하나의 프리미엄으로 통했던 1980년대 한국시의 정황과 너무나도 방불한 목소리를 듣는 듯하다. 시인이 그토록 열망해 마지않던 '개혁개방'의 신천지 앞에서 되레 방황하는 모습, 그러나 진정한 고뇌자의 풍모를 고스란히 보여주고 있는 것이다.

쥐마, 라지오에서 네 노래를 듣는다

---

14) 같은 글 32면.
15) 최삼룡 『각성과 곤혹』(흑룡강조선민족출판사 1994), 2면.

'주무랑마' 봉의 기상을 타고
'야루쟝브' 강의 격정을 담아
힘차고 맑게 흐르는 너의 노래

무대가 떠나갈듯한 박수소리
박수를 보내는 관중속에는
아, 위대한 수령이신
모택동 주석님도 계시였지

쥐마,
네 노래에서 나는 듣는다
서장(西藏) 인민들의 맘속의 노래를
당중앙 두리에 굳게 뭉치여
줄기차게 나아가는 발구름소리를

쥐마, 나의 전우, 나의 형제야
우리 목청 다해 노래부르자
천년만년 노래부르자
어머니 조국을 노래부르자. (1977. 12)[16]

'문화대혁명'(1966. 5~1976. 10)의 엄중한 문화독재주의의 철퇴가 종언
을 고한 직후, 개혁개방의 법제적 공식화라 할 수 있는 당중앙 제11기 3

---

16) 최삼룡 「천만년 노래부르자——장족 가수 쥐마에게」 부분, 『연변우수작품선집: 1982~
1992』(연변인민출판사 1992). 이하의 모든 작품인용은 해당 면수를 별도로 제시하지 않
고 작품집만 밝히기로 한다.

차 전원회의(1978. 12. 22) 직전 시기에 발표된 이 작품에서도 물론 임표·강청 등에 대한 강력한 정치적 탄핵, "'4인무리'의 마수는/사정없이 뻗치였더라/너에게도, 나에게도/너도나도 노래부를 권리마저/빼앗기지 않았더냐"(제8연) 등의 열혈적 성토가 어김없이 등장한다. 그러나 그 목소리는 한낱 주체의식의 곤핍과 개성의 소멸을 강제하는 전성관(傳聲管)의 '시늉소리'(擬聲)일 뿐이다. 대상을 향한 시인의 몰주체적 질주가 종국적으로는 시적 파산으로 귀결될 수밖에 없다는 사실의 뼈아픈 자기확인이 뒤늦게나마 평론가의 각성된 주체의식에 의해 비로소 가능하게 된 것이다.

물론, 조선족문학사 서술에서도 이와같은 가성(假聲)은 시급히 불식될 필요가 있다. 엄정한 객관적 평가의 측면에서 보더라도, 대개는 작품의 "실제로부터 출발하지 않고 간단하고 조포한 방법을 취하였기 때문에, 있어서는 안될 소극적인 후과가 산생"되었던 과거의 잘못된 문학비평 풍토[17] 또는 고도의 정밀성이 결락된 거친 연구풍토는 한시바삐 교정되지 않으면 안되는 것이다.

이 글은 이러한 문제의식 아래 우선 중국 조선족문학의 실질적 형성기라 할 수 있는 1940년대 초엽부터 이른바 '문화대혁명'이 발동하기 직전 시기인 1960년대 전반기까지의 중국 조선족 시문학의 역사적 전개과정을, 특히 '중국 조선족문학사의 시기구분 문제'와 관련하여 개괄적으로 검토하고자 한다.

---

17) 정판룡, 앞의 글 3면.

2

진주만 기습으로 도화된 대미선전포고를 계기로 일본제국주의가 본격적인 전시체제에 돌입한 1941년 12월 이래 1945년까지 약 5년간의 한국문학사는 그야말로 "수치에 찬 '암흑기'요, 문학사적으로는 백지로 돌려야 하는 '브랑크의 시대'"로 간주된다.[18] 전쟁협력을 위한 것 이외에는 모국어로 발표된 그 어떤 작품도 '검열'을 통과하는 것이 지극히 난망하였기 때문이다. 그런데 바로 이 문학사적 '암흑의 공백', 특히 시의 빈자리를 다름아닌 "일제강점기 말의 한국 시문학을 지킨 마지막 교두보"라 할 수 있는 『재만조선시인집』(김조규 편, 간도 예문당 1942)[19] 등이 충분히 메워준다는 식의 관점이 한때 제기된 바 있었다.

그러나 이러한 논의는 무엇보다도 그 구체적인 작품적 실체에 의해 튼튼히 뒷받침될 수 없다는 근본적 제약성 때문에 이렇다 할 설득력을 동반하기 어렵다. 더욱이 이 논의 시각은 '중국 조선족문학의 기원' 문제와 관련시킬 경우 한층 섬세한 고찰을 요구한다. 중국 조선족문학의 역사적 전개에 있어서 특히 1940년대 전반기는 여러모로 매우 중요한 의의를 지니는 까닭이다.

아직까지 통사체계를 갖춘 것으로는 유일한 『중국조선족문학사』(1990)의 '시기구분'[20]에서 주목되는 것은, 그것이 거의 중국문학사의

---

18) 백철 『조선신문학사조사 ─ 현대편』(백양당 1949), 399면.
19) 오양호 『한국 현대문학사와 간도』(일지사 1988), 19면.
20) 조성일·권철·최삼룡·김동훈 『중국조선족문학사』(연변인민출판사 1990) 참조. ① 근대문학(18세기 초~1920), ② 현대문학(1920~49): 1920~1931년의 문학, 1931~45년의 문학, 1945~49년의 문학, ③ 당대문학(1949~86): 1949~66년의 문학, 1966~76년의 문학, 1976~86년의 문학.

골격[21]을 그대로 좇고 있다는 것이다. '근대문학'은 청조(淸朝)의 봉금정책(封禁政策)이 완화되면서 조선인의 만주이주가 비교적 본격화된 1845년부터 5·4운동이 결속된 1920년으로 획정하였다. 물론 여기에는 한국의 3·1운동(1919)도 함께 고려되었다고 할 수 있겠는데, 아편전쟁(1840)부터 5·4운동(1919)까지를 '현대문학'으로 잡고 있는 중국문학사의 경우와 대체로 동궤이다. 다만 이 시기를 만주사변(1931)과 '일본 패전'(1945)이라는 양대 사건을 마딧점으로 하여 다시 3분하고, 앞의 두 단계는 한국사의 전개에 각별히 유념하되 마지막 단계(1945~49)는 중국사의 '제3차 국내혁명전쟁시기'로 구획하는 절충적 방식을 취하고 있다는 점이 주목될 수 있다. '당대문학'으로 통칭되는 1949년 이후는 중국문학사와 전적으로 동일하다.

중국 조선족문학사의 이와같은 시대구분은 그 논의의 축적이 이루어지면서 부분적으로 수정된다. 중국 조선족문학이 "중국문학의 한 조성부분" 즉 중국 소수민족 문학의 한 구성체라는 대전제 아래, "새 중국이 건립되기 전은 '조선문학'으로, 건국 후는 '중국 조선족문학'"으로 보아야 한다는 양분법적 절충론이 제기[22]되고 있는 것이다. 명백한 한족(漢

---

21) 중국에서 간행된 몇몇 문학사서의 '시기구분' 사례를 아래에 들어둔다.
　① 리승매 『중국문학사』 3(연변대학출판사 1997): 근대문학(1840년 아편전쟁~1919년 5·4운동); ② 리명학 『중국당대문학사』(연변대학출판사 1996): 17년시기의 문학(1949~66), '문화대혁명' 시기의 문학(1966~76), 새 시기의 문학(1976~89); ③ 游國恩 外 『中國文學史』 4(北京: 人民文學出版社 1989): 근대문학(1840~1918); ④ 劉綬松 『中國新文學史初稿』 上·下(北京: 人民文學出版社 1983): 구(舊)민주주의혁명시기의 문학(1898~1917), 5·4운동기의 문학(1917~21), 제1차 국내혁명전쟁시기의 문학(1921~27), 제2차 국내혁명전쟁시기의 문학(1927~37), 항일전쟁시기의 문학(1937~45), 제3차 국내혁명전쟁시기의 문학(1945~1949); ⑤ 楊桂欣 外 『中國當代文學史草稿』 上·下(北京: 人民文學出版社 1984): 건국후 17년의 문학(1949~66), 문화대혁명 10년의 문학(1966~76); ⑥ 王慶生 主編 『中國當代文學』 1~2(上海文藝出版社 1988): 개척시기의 사회주의문학(1949~56), 곡절 속에 전진하는 사회주의문학(1957~65).

族)중심주의의 실질에도 불구하고 그 외형적 구성은 56개 소수민족 문학의 총합으로 이루어져 있는 중국문학의 일개 '소수민족 문학으로서의 조선족문학'을 논함에 있어 시대구분 문제보다도 선차적인 것은 중국 조선족문학의 역사적 성격을 분명히함으로써 그 개념의 정밀성을 기하는 일이다.

앞서 언급했듯, 중국 조선족의 주축은 20세기 초엽 조국이 일제에 강점되면서 삶의 근거를 박탈당한 채 만주지역으로 유리(流離)해간 대규모의 유이민(流移民)들이다. 따라서 중국 조선족문학은 역사적으로 엄정히 규정할 때, 1945년 8월 일제로부터의 해방 이전 시기의 그것은 명백히 한국문학의 연장으로서의 '일제강점기 만주유이민 문학'[23]으로서 애당초 논의의 범주를 벗어나는 것이라 할 수 있다. 즉, 중국 조선족문학의 본격적 성립은 1945년 이후에야 비로소 가능했던 것이다.[24]

주지하다시피 중국 조선족의 이주사는 크게 3단계로 구분된다.[25] 첫째는 '월경이민' 시대(1626~1905)이다. 이 시기는 1626년에 체결한 조청(朝淸)간의 강도회맹(江都會盟)으로부터 '을사보호조약' 이전까지이다. 청조의 국위가 점차 쇠미해지면서 1845년 쇄국금령이 폐지되고, 월경금압의 실효를 거두지 못한 조선정부도 1883년 변방정책의 개방적 전환을 꾀하면서, 지난날의 봉금지대로의 조선인 이주 규모는 급속하게 확대되었다. 그러나 이러한 정책변화 못지않게 결정적인 계기를 이룬

---

22) 권철 「중국조선족문학사연구에서 제기된 몇가지 문제」, 『조선민족문학연구──해외 우리민족문학 심포지엄 논문집』(흑룡강조선민족출판사 1999), 61면.

23) 윤영천, 앞의 책 25~26면 참조.

24) 오늘날 중국 조선족 문학연구자들이 '중국 조선족문학의 구체적 형상'을 멀리는 청조(淸朝)에까지 소급시키려는 강한 충동과 미련에 갇혀 있음은 매우 비역사적인 태도이다. 사실 1945년 '해방' 이전의 그것은 향후 중국 조선족문학의 사적 전개에 있어 중요한 '형성'적 부분 또는 전사(前史)적 의미를 크게 벗어나기 어려운 것이다.

25) 임종국 『일제침략과 친일파』(청사 1982), 229~68면 참조.

것은 조선 봉건통치의 극에 달한 혹정에 겹치어, 1860년대 후반 조선 북부지방을 강타한 큰 물난리와 가뭄 등의 엄청난 자연재해였다.

둘째는 '망명·유랑이민' 시대(1905~31)이다. 조선이 일제의 반식민지로 전락하게 되는 '을사보호조약' 체결 이후부터 '만주사변' 직전까지이다. 군대해산(1907), 한일합병(1910), 3·1운동 등의 정치적 대격변을 겪으면서 특히 민족구성의 절대다수인 농민들이 토지로부터 이탈되어 대거 만주·시베리아 및 일본 등지로 유리해갔는바, 그 압도적 다수는 만주유이민이었다. 셋째는 '정책이민' 시대(1931~45)이다. 1930년 전후의 농업공황에 따른 대규모적인 농민분해, 중일전쟁·태평양전쟁에 돌입한 일제 전시체제에의 즉각적 편입 등으로 대다수 조선민중은 정책이민으로서 만주 등지로 내몰리었다.

그런데 현하 중국 조선족의 역사적 존재형성 문제와 관련시킬 때 셋째 단계에서 특기하지 않으면 안될 사항은 다름아닌 일본 관동군 괴뢰정부인 만주국(1932. 3~1945. 8)의 성립이다. 1860년대 후반부터 본격화된 조선민중의 만주이주 형태가 '자발적 이주'(free migration)와 망명이민(exiled migration)·관리이주(controlled migration)의 복합[26]이긴 하지만, 일제강점기의 그것은 기본적으로 유이민으로 규정될 수밖에 없으며, 더욱이 만주국 출범을 계기로 그 형태가 점차 정주형(定住型)으로 탈바꿈했기 때문이다.

이들 정주형 이민에게 있어 절체절명의 문제는 이념선택의 문제가 아니라 삶의 논리 그 자체였다. 재만조선인 소설집 『쌌트는 대지』(신형철 편. 1941) 앞머리에서 들리는 사뭇 우렁차고 당당하기까지 한 목소리, "어둡고 막혔던 권리는 기어코 밝게 열리고야 말았습니다. '민족협화(民族協和)·왕도낙토(王道樂土)'를 목표로 하고 새 출발을 한 '만주(滿洲)

---

26) 황유복, 앞의 책 16면.

건국'이 그것 (…) 궁핍과 신산에서 새 숨을 내어쉬게 된 것이 우리의
선주(先住) 동포들이요, 그 속에서 50년간 터를 잡은 그들의 뒤를 따라
갑자기 홍수 밀리듯이 진출한 것이 현재 200만을 헤이고 있는 수효에
달한 것"(신형철)이라는 발언은 그 전형적인 예에 속한다. 다음 경우도
사정은 마찬가지다.

　　만주는 우리를 길러준 어버이요, 사랑하여 안아준 안해이다. 이 나
　　라의 단조로운 퍼언한 지평선, 홍시(紅柿)같이 새빨간 저녁해, 모양
　　새 없는 우리 부락의 토성(土城), 머언 백양나무 숲, 작은 개울물 하
　　나, 하잘것없는 돌덩이 흙덩이 하나하나에도 우리네 역사와 전설과
　　한없는 애정이 속속들이 숨어 있다.[27]

　　현재 중국에 거류하고 있는 조선족의 실체적 기원은 바로 이러한 역
사적 토대 위에서 형성되었으며, 그 구체적인 시적 상응물은『재만조선
시인집』과『만주시인집』(박팔양 편, 길림시 제일협화구락부 문화부 1942)이다.
이 시집들의 주요 필진이 만주국의 기관지인『만선일보』를 중심으로 활
동한 데서도 대체로 분명한 바이지만, 이 무렵 '만주 문단'의 주류가,
염상섭(廉想涉)·박영준(朴榮濬)·유치환(柳致環)·백석(白石)·강경애
(姜敬愛) 등 활동 중심을 서울에 둔 채 잠시 만주에 머물러 있던 "문화
부대"(신형철)가 아니라, '현지파'인「선구자」(일명「용정의 노래」, 1932)의
윤해영(尹海榮)이나『북원』(1944)·『북간도』(1967)의 안수길(安壽吉) 등
이었다는 사실은 여기서 특히 주목을 요한다.[28] 일단 그 문학적 성취는

---

27) 박팔양「서」,『만주시인집』(길림시 제일협화구락부 문화부 1942).
28) 윤동주(1917~45)는 "해방전 조선족 시문학의 최후를 아름답게 장식한 (…) 조선족 시
　　문학을 한결 높은 단계로 끌어올린 조선족 시문학사에서 빛나는 한 페지"(조성길 외, 앞
　　의 책 252면)를 화려하게 장식한 시인으로 높이 평가되고 있으며, 그 절정은『민족시인

차치하고라도, 특히 1940년대 전반기야말로 작품적 실물을 통해 중국 조선족문학의 이념적 지향을 실감으로 가늠해볼 수 있는 관건적인 시기인 까닭이다.

요컨대 일제강점기 한국 유이민문학의 사적 전개에 있어 1940년대 전반기의 이들 시집의 출현은 오늘의 중국 조선족문학의 실질적 개시를 선언한 하나의 문학사적 사건이며, 특히 위의 두 시집은 향후 중국 조선족 시문학의 역사적 성격을 예단케 해주는 시금석적 존재라 할 만하다. 이런 뜻에서도 윤해영의 「오랑캐고개」「낙토만주」 등을 '친일시'로 못박거나,[29] 안수길·윤해영·박팔양(朴八陽) 등을 "일제통치에 순응하고 괴뢰만주국 이념과 시책을 미화·선양"[30]한 작가로 매도하는 것은 사태의 일면성을 섣불리 확장하는 기계주의적 오류가 아닌가 한다. 오히려 윤해영은 "친일파이기보다는 '만주국문학'을 한 만주 국민 (…) 그가

윤동주 50주기 기념학술토론회론문집』(룡정시문학예술계련합회 1995) 및 『윤동주와 '별'의 만남』(한정길 편, 룡정중학 『별』 잡지사 1997)에 집약되어 있다. 그러나 여기서 간과할 수 없는 것은, 만주유이민의 후예이자 현지파라 할 수 있는 윤동주 시인이 '간도 문단'에 대해 줄곧 싸늘한 관망파 또는 국외자로 일관하였다는 점이다. 그는 '만주유이민 시인'(오늘의 중국 조선족 시인)으로 남아 있기보다는, 일제 식민지로 전락한 당대 한국의 암흑적 현실에 예민한 시적 촉수로 정직하게 반응하는 '진정한 시인'의 길을 결단했던 것이다. 윤동주 문학에서 만주유이민 시로 분류할 수 있는 것은, 시인적 자질이 미처 숙성되지 않은 초기의 「고향집—만주에서 부른」(1936. 1. 6)·「오줌싸개 지도」(1936 초)·「거리에서」(1935. 1. 18)·「조개껍질」(1935. 12)과, 후기 대표작으로 일컬어지는 「별 헤는 밤」(1941. 11. 5) 등 고작 5편 정도에 불과하다는 사실이 이를 잘 밑받침해준다(윤영천 「윤동주 소고—일제강점기 만주유이민 시의 사적 전개와 관련하여」, 『조선민족문학연구』, 흑룡강조선민족출판사 1999, 172~73면 참조). 지금까지의 연구성과에 의거하더라도, 만주 문단과 윤동주의 친연관계는 발견되지 않는다. 룡정 광명중학교를 졸업하고 곧장 서울 연희전문 문과로 유학(1938. 4. 9)한 이후 윤동주는 그곳 문단과 전혀 무연한 것으로 되었다.

29) 오양호 「윤해영의 '선구자'와 친일시 '낙토만주'」, 『전망』(대륙연구소 1991. 8).
30) 권철 「'용정의 노래'의 작사자 윤해영과 그의 광복전 시작」, 『광복전 중국 조선민족문학연구』(서울: 한국문화사 1999), 373면.

'왕도낙토'를 노래한 것은 만주 건국이념에 찬동한 것"이며, 따라서 그야말로 "가장 순수한 조선족 중국인"이라는 논리[31]가 더 설득력을 지닌다. 이들을 한갓된 체제순응주의자로 몰아붙일 수 없음은, 1949년 이래의 중국 조선족 당대문학을 일관하는 중국 정부 및 공산당에 대한 과도한 경사를 단순히 '친중문학'이라 규정할 수 없는 것과 유사한 맥락에서이다.

　　삼십년 전!
　　아버지 등뒤에 보따리 뒤에
　　바가지 두짝은 방울이 커서
　　나는 제법 나귀등의 귀공자(貴公子)인 양
　　고갯길 삼십리에 행복은 철없더니
　　그때 그 고개는
　　두만강(豆滿江) 건너 북간도(北間島) 이사꾼들의
　　아람찬 한숨의 관문이었다

　　십년 전!
　　떡벌어진 두 어깨에
　　소금 서말이야 무거웠스랴만
　　회령(會寧) 팔십리 황혼에 떠나면
　　령마루 풀숲에 식은 땀 씻을 땐
　　북두칠성도 기울어져서

　　머-ㄴ 마을에 개만 짖어도

---

31) 김윤식 『설렘과 황홀의 순간』(솔 1994), 82, 133면.

캄캄한 공간에 어른거리는
부유데기의 환영(幻影)!

(…)

오늘 이 고개엔
오색기(五色旗) 날부ㅅ기고,
목도군 젊은이들의
노래ㅅ소리가 우렁차서
두만강 나루ㅅ터엔 다리가 걸리고

(…)

이 봄도 나의 족속들이
무데기 무데기 이 고개를 넘으리
한숨도 공포도 다 흘러간 뒤
다—만 희망의 기쁜 노래 부르며 부르며
무데기 무데기 이 고개를 넘으리. (1938. 4. 용정에서)[32]

　단재(丹齋) 신채호(申采浩)의 '만주영토론'과 흡사한 시적 모티프를
통해, 시인은 대륙의 저 광막한 중원(中原)을 통치한 선조들의 야성적
기상을 작품 앞머리(제1연)에 전진배치한다. 이 용의주도한 시적 구도야
말로, 일찍이 레닌(V. I. Lenin)이 '농노제적·아세아적'인 혹독한 검열
을 피하기 위해 사용한 "우화적인 표현, 노예적인 언어"[33]와 동류라 할

---

32) 윤해영 「오랑캐고개」 부분, 『만주시인집』.

수 있다.

'노예언어'란 무엇인가.

  이 소책자(『자본주의의 최고단계로서의 제국주의』)는 짜리정부의 검열을 고려하여 쓴 것이다. 그러므로 나는 전혀 이론적인 분석에 엄격히 국한하지 않을 수 없었을 뿐만 아니라, 불가결한 몇가지의 정치적인 지적까지도 최대의 주의를 가지고서 '암시적인 말'로써, 짜리즘 밑에서는 모든 혁명가들이 어떤 '합법적'인 저술을 하려고 붓을 들 때에 반드시 쓰지 않으면 아니되었던 저 '이소프(Aesop)적인 말'로써 서술하지 않을 수 없었던 것이다. 짜리정부의 검열에 대한 고려 때문에 왜곡된, 철압기에 압착되고 압축된 이 소책자의 구절들을 자유로운 오늘에 또다시 읽어보는 것은 고통스러운 일이다. 자본가들이 어떻게 몰염치하게 영토합병에 관하여 거짓말을 하며 (…) 영토합병을 '은폐'하고 있는가를, 검열이 허용하는 형태로써 독자에게 설명하기 위하여, 나는 예로서 일본을 들지 않을 수 없었다. 주의깊은 독자는 일본 대신에 러시아를, 조선 대신에 핀란드·폴란드·우끄라이나 및 대러시아족이 아닌 사람들이 거주하는 기타 여러 지역을 용이하게 바꾸어놓을 수 있을 것이다.[34]

러시아 부르주아에 의한 사할린 섬의 혹심한 경제적 착취와 극도의 정치적 억압을 생생히 묘사하기 위해 레닌은 러시아 대신 일본을, 사할린 대신 일제강점하의 한반도를 끌어들였다. 이른바 '지배언어'에 대항

33) 레닌 「당 단체와 당적 문학」(1905), 『문화와 예술에 대하여』(모스끄바: 외국문서적출판사 1958), 50~58면 참조.
34) 레닌 『자본주의의 최고단계로서의 제국주의』, 『레닌 저작선집』 제1권 제2분책(모스끄바: 외국문서적출판사 1952), 503~504면.

하기 위하여, "위장·비유·간접표현·잠복적 진술" 등을 적극 활용함으로써 당국의 검열을 피해 그 본뜻을 독자들에게 교묘히 전달하는 전술(戰術)적 언어, 즉「진실을 쓰는 다섯 가지 어려움」(1935)에서 브레히트(B. Brecht)가 "진실을 유포시킬 수 있는 책략"이라 명명했던 독특한 언어운용 방식이 다름아닌 노예언어이다.[35]

물론 여기서 필자는 시인 윤해영이 혁명가라거나 이 작품의 시적 성취가 유달리 뛰어나다는 점을 강조하려는 것이 아니다. 떠돌이 유랑민('부유데기')[36]의 전범적인 시적 형상, 작품 뒷전에서 밝은 채색의 시적 정서를 어둡고 음울한 것으로 급전시키는 화자의 반어적인 시적 어조, 그리고 이용악의 「낡은 집」(1938)에도 훌륭히 묘파된 바이지만 월경이민 시대 이래 줄곧 만주유이민의 대표적 이주통로였던 '회령(會寧)—오랑캐령'의 도입을 통한 전형적인 시적 상황의 연출[37] 등 레닌이 말한 일종의 "암시적인 말, 이소프(Aesop)적인 말"들을 예리하게 분별해 들을 줄 아는 '귀 있는 자', 즉 "주의깊은 독자"의 중요성을 강조하고 싶을 따름이다. 그럼으로써만 작품 행간에 스며 있는 미세한 사회적 의미들을 포착, 작품 오독의 폐해를 최소화할 수 있다.

올봄에도 어김없이 떼를 지어 회령땅으로부터 저 두만강 건너편 '삼합(三合)→오랑캐령→용정(龍井)→연길(연변)' 등지로 몰려드는 무수한 "나의 족속들"을 향한 시적 화자의 눈길은 지극한 연민과 전적으로 동질적이다. 그가 견지하고 있는 '미적 거리'는, 만주국의 이념('五

---

35) 김숙희 「노예언어와 지배언어──독일 제3제국의 언어」, 『오늘의 책』(1984년 가을호, 한길사), 217~18면.

36) '부유데기'의 시적 의미는 분명치 않다. 아마도 이는 삶의 근거를 잃고 떠돌이처럼 '부유(浮游)하는 사람들'을 사뭇 경멸적으로 지칭한 것이 아닌가 한다.

37) 윤영천 「일제강점기 만주지역 조선유이민 시와 '오랑캐령'」, 『도곡 정기호 박사 화갑기념논총』(인하대 국어국문학과 1991), 490면.

族協和, 王道樂土')적 상징인 오색기의 힘찬 펄럭임, 만주국의 건설역군
인 "목도군 젊은이들"의 우렁찬 노랫소리, 험준한 오랑캐령을 넘으면서
"희망의 기쁜 노래"를 합창하는 저들 만주유이민의 밝은 이미지 등을
일거에 전복시키는 고도의 비판적 냉소주의를 함축하는 것이기 때문이
다. 바로 이 점을 간파한 '귀밝은 독자'라면, 분명 그는 이 작품으로부
터 적잖은 위안과 희망, 새삼스런 '자기존재의 확인'을 선사받았을 것
이다.

3

　일제강점기 만주유이민의 '정주형 이민화' 현상이 공고화되면서 그
사회경제적 기반은 '1945년 8월'의 국체(國體) 변경에도 동요하지 않을
만큼 굳건한 것으로 되었다. 이를 시발로 중국대륙은 쟝 졔스(蔣介石)
국민당정부군과 마오 쩌뚱(毛澤東) 공산당정부군 간의 4년여에 걸친
'제3차 국내혁명전쟁시기'에 돌입했지만, 중국 조선족사회의 역사적 토
대는 대체로 건재했던 것이다.
　1945년 6월 1일 현재 만주유이민(재만동포) 총수는 216만 3,115명이
었다. 통계수치가 다소 유동적이긴 하지만, 일본제국주의로부터 '해방'
되자 80여만 명이 귀국, 1947년 5월경 현재 '잔류동포'는 140여만 명으
로 추산되고 있다.[38]

　①"해방된 조국으로, 선조가 살던 조국으로!" 하고 귀국을 하였으
나, 한겨울 추위와 굶주림에 견디다 못하여 그들은 다시 만주로 가지

---

38) 김승식 편 『조선년감』(1948년판, 조선통신사 1947. 12. 1), 350~56면.

않을 수 없는 형편, (…) 이 봄을 맞이하면서 38도선 이북의 만주귀환 농민은 벌써 가서 농지를 경작하는 중에 있으며, 38선 이남의 만주농민 귀환자들도 매일같이 38선을 돌파하여 무리를 지어 북으로 북으로 떠나간다고 한다. 만주 동삼성(東三省)은 100만 이상의 조선농민이 개척한 기름진 땅, (…) 만주 당국은 우리 농민을 오히려 환영 (…) 이 소식을 접한 만주귀농 농민은 속속 (만주로—필자) 출발한다고 한다.[39]

② 국민군이 진주한 지대는 봉천·안동·신경·사평(四平) 등인데, 여기에는 약 16만의 동포가 있다. 그중 3만 내지 5만은 귀국을 희망하고 있으나 대부분은 동북에서 살겠다고 한다.[40]

③ 재만동포들은 될 수 있으면 현지에 잔류할 의사인 듯하고, 또는 고혈(膏血)로 개척한 땅을 최후까지 고수하고 생존권을 확보함이 필요할 것이다.[41]

④ 해방후 만주로부터 80만의 동포가 귀환하였으나, 아직도 130만의 동포가 여전히 거주하고 있다. 8월 말 현재 중앙군지구 내 88,488인(17,821호)을 제외하면, 대개 중공군지구 내에서 비교적 안정한 생활을 하고 있다.[42]

---

39)「왜 도로 가지 않으면 안되나──만주전재민의 재도만자(再渡滿者) 일증(日增)」,『조선인민보』(1946. 5. 11).

40)「재만동포의 귀국 문제」,『독립신보』(1946. 12. 17).

41)「재만동포 원호책 성안(成案)」,『한성일보』(1947. 3. 13).

42)「재만동포 생도(生途) 막연──북교포 국내파견단 호소」,『한성일보』(1947. 9. 28).

위에 그 몇가지 사례들을 다소 장황하게 인용하였지만, 해방 직후 주요 신문의 만주지역 귀향유이민 관련기사들을 통해 우리는 다음 사실들을 어렵지 않게 확인할 수 있다. ① "지역적으로 전 만주의 8할 이상을 점거"했던 마오 쩌뚱의 중공군 점령지구[43] 산하의 만주유이민 대다수는 현지에 그대로 머물렀다는 것, ② 쟝 졔스 중앙정부군 산하의 재만동포들은 대부분 귀환[44]하였지만 원래 그들도 잔류의사가 강했다는 것, ③ 상당수의 '귀향유이민'이 또다시 도만(渡滿)했다는 것 등이다.

중국 조선족의 실질적 기반을 이루는 이들 잔류파의 절대다수가 농민이었으며, 그들에게 토지문제는 그 무엇보다도 가장 절실한 현안이었다. 따라서 이들에게는, 조국의 정치적 해방보다는 '토지로부터의 해방'이 훨씬 더 중요한 의미로 다가갈 수밖에 없었다. 중국사에서 흔히 '제3차 국내혁명전쟁시기'(1945. 8. 15~1949. 10. 1)로 불리는 기간에 이와 관련된 시적 주제를 다룬 작품들이 조선족 시단의 주류를 이루고 있었던 것도 이 때문이다.

당시 재만조선인들에게 '8·15 해방'이란 무엇이었던가.

일본천황이 떨리는 목소리로
두 무릎 꿇었음을 선포하자
"왜놈은 망하고
우리는 해방됐다!"

---

43) 김승식 편, 앞의 책 354면.

44) 쟝 졔스 국민당정부 소수민족정책의 핵심이 "봉건통치계급과 소수민족의 분할통치(分而治之), 즉 '오랑캐로 오랑캐를 다스리는'(以夷治夷) 간접 혹은 직접적인 통치방식"이었음을 감안한다면, 이러한 사정은 쉽사리 이해될 수 있다(祝啓源 「中華民國時期的民族政策」, 『中國歷代民族政策研究』, 青海人民出版社 1993, 401면).

일밭에 나가셨던 아버지
정갈한 냉수에 조밥을 말아
무배추 김장에 시장기를 더시더니
무릎을 탁 치시며 일어나 부르는 만세소리 (1945. 8)[45]

그 인적 구성의 압도적 다수가 농민이었던 그들에게 조국의 '8·15 해방'은 "아프고 쓰리던 한 많던 매듭이/영영 풀리던 날"(「환호성」 마지막 연), 즉 다름아닌 '땅으로부터의 해방'을 의미하는 것이었다. 중국의 '항일전쟁승리'(1945. 9. 3)의 의미 또한 이러한 역사인식과 동질적인 것이다.

항일전쟁승리를 계기로 계급관계의 중대변화가 뒤따르자 중국공산당은 서둘러 토지문제 해결에 착수하였다. 항일전쟁시기(1937~45)의 '소작료 및 이자 인하정책'을, 지주의 토지를 몰수하여 농민에게 분여하는 정책으로 변경하는 노선[46]을 좇아 실시된 연변지역의 토지개혁은 1948년 봄에 이미 완료되었다.[47]

월강죄는 무서워도
하나 둘 한떼 두떼 주린배를 안고
높은산을 넘어서 남강 북강 서강이라는 곳
진동나무속 귀틀집 막사리에

---

45) 설인 「환호성」 부분, 북경대학조선문화연구소 편 『중국조선민족문학선집 6——해방후 시문학편』(북경: 민족출판사 1992).

46) 류소기 「토지문제에 관한 지시」(1946. 5. 4), 민족어문번역국 옮김 『류소기 선집』(북경: 민족출판사 1983), 475~82면 참조.

47) 朝鮮族簡史 編寫組, 『朝鮮族簡史』(延邊人民出版社 1986), 181~85면 참조. 연변지역과 흑룡강성의 노(老)해방구에서는 1948년 봄에 '토지분배'를 완료하였으며, 흑룡강성 원송강(原松江) 지구의 경우 40,548호의 조선족 농민은 매 호당 1.3헥타르의 논을 분여받았다.

솔깡불을 켜고 묵은데를 떠서
감자씨를 박았단다
보리씨를 뿌렸단다

이렇게
이웃은 이웃을 이어 오달진 마을이
십리평에 줄지어 앉았다

그처럼 고달프게 고달프게도
천번 다루어 밭이
만번 다루어 논이 된 줄
농군이야 모르랴마는
제것 될 줄 꿈엔들 생각했으랴
오늘에야 진정 옛말이지
이것 두고 하는 말이 옛말이구나. (1948)[48]

　이 시인은 일찍이 『재만조선시인집』에 이학성(李鶴城, 1907~84)이란
필명으로 주로 자연물상을 노래한 시편들(「별」「낙엽」등)을 발표한 바 있
는데, 여기서는 그 시적 소재 및 주제가 만주유이민 현실 쪽으로 대폭
옮겨지고 있어 사뭇 특징적이다. "기사년 류진에 큰 흉년이 들어서 남
녀로소 샛섬을 건너는 적"(제2연)의 옛날이야기, 즉 1868년 이래의 만주
유이민의 간고한 삶의 역정을 이야기시(총 12연) 형식에 담고 있는 이 작
품은 특히 실감나는 농민어의 적실한 운용으로 하여 한결 생동한 느낌
을 자아내고 있다.

---

48) 리욱 「옛말」 부분, 『중국조선민족문학선집 6──해방후 시문학편』.

이 작품은 일차적으로 "검은 구름이 떠돌던 날/입적령(入籍令)은 내려서"(제10연) 변발역복(變髮易服)과 노예적인 굴종적 삶을 강요당했던 이들 농민에게 손수 일군 그 땅이 "제것"으로 된 기쁨을 노래하고 있다. 그런데 여기서 유의할 것은, 화자의 적절한 감정절제로 하여 비교적 견실한 시적 성취에 도달하였음에도 불구하고 이 작품이 근본적으로 지향하는 이면적 주제는 공산당정부군에 의해 성공적으로 수행된 '토지개혁의 빛나는 성과'라는 정치적 주제라는 사실이다.

이런 면모는, 일제의 반식민지로 떨어진 1905년을 전후하여 일찍이 만주로 흘러든 '유랑이민' 세대를 시적 주인공으로 설정하고 있는 다음 작품에서도 동일하게 드러난다.

숟가락 꾹꾹 눌러 밥 뜨는 남편 보고
눈웃음 지으며 조이단 나르는 안해
고추장을 묻혀먹는 무생추맛도
이날따라 별다른 맛을 돋우어.

쉬이 탈곡하여 공량도 바쳐
안해는 무명짜기 나는 가마니 짜어
부업생산으로 전선도 지원하려
다시금 힘주어 매끼 틀어묶고

어스름한 늦은저녁
래일의 군렬속 가을방조 련상코
꽁무니에 찬 낫을 어루만지며
보금자리 향해 돌아서는 나. (1948)⁴⁹⁾

"공산당이 갖다준 해방도/인민정부 나눠준 땅과/가난뱅이에게 안겨준 권세도/꿈으로만 여겼던"(제2연) 일인칭 시적 화자가 힘찬 생산역군으로 탈바꿈하는 모습을 일종의 '이동 시점'에 입각하여 산뜻하게 점묘하고 있다. 총 3부로 구성되어 있는 이 작품에서 희곡적 구성을 통한 인물형상의 객관화는 위에 예시된 제1연에서 비교적 뚜렷하다. 옛 유랑이민 출신의 늙은 농부가 농민이기주의에 함몰하지 않고, 미래의 역사발전 주체는 인민대중이라는 사실을 점진적으로 자각해가는 과정을 '공량(公糧)·전선(戰線)·군렬(群列)·낫' 등의 공적·투쟁적인 시어들을 통해 넌지시 암시하는 시적 방책 또한 눈여겨볼 만하다. 아직은 단순한 아지프로의 위험수위와 먼 거리에 있는 것이다.

그런데 가령 다음 시는 어떠한가.

> 능구렝이 왕가놈의 성가신 건드림에
> 피해 돌며 애만 타던
> 그 안해마저
> 호랑이나 물어갈 놈
> '만주사변' 란서(난세—필자)통에
> 왜놈들의 폭격으로 죽은 그뒤로
> 홀애비 딱한 신세
> 황소의 영각에도 울고싶던 그 세월—
>
> 고역의 50평생에
> 공산당과

---

49) 채택룡 「내 땅에 내 곡식—신세 고친 농민의 하루」 부분, 『중화인민공화국 창건 30주년기념 시선집』(연변인민출판사 1979).

모주석의 올바르신 그 영도로

(…)

심봉사 눈이 밝듯

활짝 앞이 환해진

고농살이 리영감도

춤췄다오. (1947. 4)[50]

여기서 작품의 구체적 실감은 사실상 사라지고 만다. 특정의 이념적 구호가 시적 형상력을 압도하는 형국, 말하자면 해방 이래 북한문학에서 지속적으로 맹위를 떨친 이른바 '송가'류의 부정적 폐해가 중국 조선족 시문학에도 그 불길한 징후를 내보이고 있는 것이다.

제3차 국내혁명전쟁시기의 중국 조선족 시문학에서 또하나 이채로운 존재는 '국내혁명시편'이라 통칭할 만한 것이다.

겨울이 한창일 때

동토우에 삭풍이 얼어붙을 때

다음 계절은 언제인고 봄이 도사리고 있었다.

어제는 동북(東北)에서 오늘엔 화중(華中) 래일엔 화남(華南)에서

시대 세균은 질식되고 환희로운 새살림은 움터오나니

이제 수천년 긴긴 어둠의 력사도 길이 사라져

이 나라 남북만리 방방곡곡에

새봄은 찾아오리, 이 땅 5억의 새봄은 찾아오고야 말리.

---

50) 김례삼 「고농살이 리영감이 춤췄다오」 부분, 같은 책.

오오,
저기 양자의 강가에 봄이 온다
곤륜의 지붕에도 5억의 가슴속에도
끝없는 래일과 악수하는
실로 기나긴 수천년 무거운 쇠사슬 끊어버리는 우리들의 봄이
저기 파도와 같이 늠실늠실 걸어온다. (1949. 1)[51]

　"침략자 양코배기"를 끌어들여 민중을 유린하는 '장개석 국민정부
군'에 심중한 타격을 가함으로써, "시대 세균은 질식되고" 해방군의 "승
리 날마다 엽록소처럼 뻗어가"는 혁명전쟁 마지막 단계의 드높은 열기
와 기필코 도래할 인민 대오(隊伍)의 희망찬 삶을 격동적으로 노래하고
있는 이 작품은, '조선민족' 아닌 엄연한 중국인으로서 '국내혁명전쟁'
에 바친 하나의 찬가라 함이 차라리 마땅할 것이다. 이미 시의 행간 어
디에도 '조선민족, 조선적인 것'이 틈입할 자리는 존재하지 않기 때문
이다.[52]

가슴에 품은 멀리 강남에서 날아온
인민해방군의 편지
"그대여 후방에서 생산모범 되라"
그 말씀 못내 마음속 맴돌아…

한겨울 내내 지성들인 가마니

---

51) 설인 「양자강가에 봄이 오면」 부분, 연변문련 편 『해란강』(연변교육출판사 1954).
52) 이런 중국적·비(非)조선적인 시적 의식은 김순석의 「승리의 감격」(1948. 12), 채택룡
　　의 「공량차는 늘어난다」(1949. 1) 등에서도 완연하다.

한밤 며느리와 시부모 달구지에 실어
윗방에서 잠드신 시부모 가실세라
역전을 향하여 눈길 이십리
마을의 사내들의 앞장에 섰어라

멀—리 남녘 땅 강남으로
거세게 달리는 축원의 마음
남몰래 기쁜 마음 가슴 울렁거리고
대생산의 새봄을 마음속 마련하는
인민해방군의 아내 (1950. 2. 17)[53]

　시적 상황으로 미루어 실제로는 '국내혁명전쟁'이 막바지에 달한 시
기에 씌어진 듯한 이 작품은, 인민해방군으로 참전하여 저 머나먼 강남
땅에서 간고분투하는 한 청년과 후방에서 '대생산'에 일로매진하는 그
의 아내, 즉 "새 중국이 낳은 위대한 신형 여성"(제4연)을 주된 시적 전형
으로 내세우고 있다. 비록 명시적이진 않지만 아마도 젊은 조선족 부부
임이 거의 분명한 이들을 통해, '새 중국 건설을 위한 재만조선인들의
소임'이라는 정치적 메씨지를 은밀하게 추동하고 있는 것이다.

　　4

　중화인민공화국 창건 이후 조선족문학의 사적 전개는 중국 정치투쟁
사의 문학적 재현 그 자체라고 해도 결코 지나친 말은 아니다. 중국 조

---

53) 김순기 「새벽 이십리 길」 부분, 『해란강』.

선족문학사에서 '건국 후 17년(1949~66)의 문학'을 "보은문학"으로, '1966~78년 시기의 문학'을 "정치설교문학"이라 통칭54)한 것은 이런 의미에서 매우 적실하다. 그런데 흔히 앞의 시기는 정치사상사적으로 다시 '사회주의적 개조를 기본적으로 완성한 7년'(1949. 10~1956. 12), '사회주의를 전면적으로 건설하기 시작한 10년'(1957. 1~1966. 5) 등으로 세분된다.55) 결국 이와 불가분의 관계에 놓이는 것이지만, 바로 이 지점에서 왕왕 심각한 시적 사태가 발생하곤 한다. 애정시에서조차도 사회주의 이데올로기의 정론적 성격을 우위에 두는, 그리하여 사물과 세계의 본질에 육박하고 때론 그것과 길항하는 치열한 정신의 드라마가 결락된 미숙성의 '무갈등시'가 태어나는 것이다. 이는 중화인민공화국 창건(1949)으로부터 특히 개혁개방(1978) 이전까지 국한한 '중국 당대문학'의 일반적 현상이라는 것이 통설인바, 동시기 중국 조선족 시문학 또한 이에서 예외가 아니다.

　여기서 잠시 '중국 조선족의 실질적 성립' 문제를 언급할 필요가 있다. 주지하는 바대로 중국 '소수민족구역자치'의 법제적 보장은 공화국 창건 직전에 채택된 「중국인민정치협상회의 공동강령」(1949. 9. 29)에 명시되었으며,56) 이 민족구역자치제도의 보편적 실시를 뒷받침하는 「중

---

54) 전국권 「중국 조선족문학의 성격 문제」, 『조선언어문학론문집』(동북조선민족교육출판사 1996), 381면. 여기서 문화대혁명시기를 구태여 '1966~78년'으로 다소 늦추어 설정한 이유를 필자는 "우리 조선족은 내지와 거리가 멀고 정보가 늦었던 원인으로 한족 문단보다 문학발전이 좀 더디었기 때문"(381면)이라고 설명하고 있다.

55) 中共黨史事件人物錄 編寫組 編 『中共黨史事件人物錄』(上海人民出版社 1983)에는 이를 '사회주의 기본개조 완성시기'(1949. 10~1956. 12), '사회주의 전면건설 개시시기'(1957. 1~1966. 4)로 각각 칭하였다(10~11면).

56) 이 「공동강령」은 "중국공산당의 영도 밑에 각 민주당파, 각 인민단체와 각 민족 및 각계 인민의 대표자들이 공동으로 제정한 '건국강령'으로서 전국 인민의 '일정한 기간의' 공통한 투쟁목표와 통일적인 행동의 정치적 기초"였다. 이는 「중화인민공화국헌법」(1954)이

화인민공화국 민족구역자치 실시요강」(1952. 2. 22)이 뒤이어 반포되었
다.[57] 이 원칙에 따라 마침내 1952년 9월 3일 '연변 조선민족자치구 인
민정부'가 정식출범하기에 이른다.[58]

> 백발이 성성한 쇠돌 할아버지
> 六十평생을 두고 두고
> 처음으로 끌어보는 내 소곱지에
> 장마당 五十리길 발걸음도 건정 건정
> 마을 앞 마지막 고갯마루 잡아오른다
>
> 마을 윤지서의 알뜰한 주선
> 한겨울에도 모닥불처럼 타오르는 일손과 일손들
> ─아들애의 아람드리 목재 채벌
> 짱 짱 채곡채곡 며늘애의 가마니 짜기

반포되기까지 하나의 임시헌법으로 역할하였다. 일찍이 등소평은 이 「공동강령」에 규정
된 '민족정책'이 대한족주의(大漢族主義)가 빚어놓은 폐해, 즉 한족과 소수민족들 사이의
깊은 알력을 제거하는 유력한 제도적 장치임을 역설한 바 있다. 등소평 「서남지구 소수민
족 문제에 대하여」(1950. 7. 21), 『등소평선문집』 제1권(북경: 민족출판사 1995), 233~
34, 531면 참조.

57) 전국인민대표대회 민족위원회 편, 중앙인민방송국민족부 조선어조 옮김 『민족구역자치
법 강좌』(북경: 민족출판사 1985), 2면. 그러나 이는 '10년 동란'(1966~76) 시기의 "림
표·강청 반혁명집단"에 의해 엄중하게 파괴되었다가 개혁개방 시대의 새로운 「민족구역
자치법」(1978. 12. 22)으로 소생하였다. "민족자치지방의 자치기관은 민족형식과 민족적
특성을 띤 문학·예술·방송 등 민족문화사업"을 비로소 자주적으로 발전시킬 수 있게 된
것이다(같은 책 3, 76면 참조).

58) 연변당사학회 편 『연변40년 기사: 1949~1989』(연변인민출판사 1989), 37~38면 참조.
1952년 8월 29일부터 9월 2일까지 5일간 연길시에서는 '길림성 연변조선민족자치구 제1
차 각민족·각계 인민대표회의'를 개최, 「길림성 연변조선민족자치구 인민정부조직조례」
를 채택하고, 주덕해(朱德海)를 주석으로 선출하였다.

나와 손자 쇠돌이의 이글이글 숯구이
이 모든 것이 뭉치고 싸여
오늘엔 이렇게 둥글소까지 사게 되었다네

오! 할아버지의 치솟는 기쁨이여
이 기쁨 속에 살림은 하냥 나래를 펴고
승리의 새봄 맞은 대생산의 거창한 힘
콸 콸 솟구쳐 나오리!
끝없이 끝없이… (1950. 3. 20)[59]

시적 주인공에 대한 객관적인 점묘(제1연)와 그 가족의 생활적 세부
(제2연)를 균형있게 교직함으로써 토지를 분여받은 '쇠돌 할아버지의 기
쁨'의 형상을 선명하게 개괄해 보이고 있는 작품이다. 특히 고갯마루 비
탈길도 기운차게 성큼성큼 내닫는 그의 날랜 이미지가 "건정 건정"에
힘있게 집중되고 있음은 매우 인상적이다. 그러나 이 작품의 진정한 의
의는, 비록 제한적이기는 하나 문학이 당의 단순한 이념적 전성관(傳聲
管)이기를 방법적으로 거부하는 일종의 미학적 고려에서 찾아진다.

그 시적 현실에 대한 꼼꼼한 분석에 근거하지도 않은 채, 설인의 「밭
둔덕」(『동북조선인민보』1949. 11. 5)의 시적 정서가 농민적 삶에 튼튼히 기
반하기보다는 한낱 시인 자신의 "소자산계급 지식분자의 감정"으로 분
식되어 있다고 비판하는 등의 '좌적 오류'가 널리 횡행[60]했던 그 무렵
의 조선족 문단상황을 다소라도 유념한다면, 이 작품이 그러한 '좌적
화살'을 피할 수 있었던 것은 매우 다행스런 일이다.

---

59) 서헌 「할아버지의 기쁨」 부분, 『해란강』.
60) 조성일 외, 앞의 책 257~58면.

1950년대 전반기 즉 시기적으로는 대체로 앞서 언급한 '사회주의적 개조를 기본적으로 완성한 7년' 동안의 조선족 시문학에서 우선 눈길을 끄는 것은 '새 중국, 위대한 지도자'에게 바치는 열렬한 찬가이다.

> 이 땅에
> 다섯별 붉은 깃발 눈부시게 솟아오르고
> 10월의 샘솟는 기쁨 철철 넘쳐만 가는
> 건국 한돐맞이를 지척에 두고
> 북경으로 띄워보낼 결심문에
> 내 이름을 쓴다
> 「리덕수」
>
> 좀먹은 동발나무처럼 찌들어만 가던
> 이 광산 막벌잇군들의 캉캄한 신세를
> 누더기 벗어내치듯 폐굴속에 처박고
> 따사로운 햇발—새 행복을 찾은지도
> 벌써 다섯해!
>
> 쇳장 같은 돌벽 짓쫓기는 마치끝에
> 화포의 불찌마냥 튕기는 불꽃속에
> 박아넣은 쌍심지로 터져나는 남포의 폭음
> 날파람 싣고 갱도를 달리는 도록코에 (1950. 9)[61]

과거 일제하의 무망했던 한 금광노동자가 "끼마다 차려지는 흰빛 소

---

61) 서헌 「내 이름을 쓴다」 부분, 『해란강』.

붓한 기름진 밥상"(제5연)을 대하기에 이른 '신생 중국'에 감격하여 "업여(業餘—필자)학교 틈틈이 배운/서투른 글씨"(제6연)로 "거룩하신 그 이름—모택동" 주석을 향해 새삼 조국건설의 증산의욕을 결단하는 일종의 정론시이다. 그러나 날품팔이 광산노동자의 압착된 형상을 후락한 갱의 받침목, 즉 "좀먹은 동발나무"라는 싱싱한 시적 비유로 처리한 것은 참으로 신선하다.

　　그리운 '뽀라트'
　　이처럼 안개 걷히는
　　청량한 아침에
　　너 역시 어느 초원으로 나가겠지.

　　아, 우리의 조국은 얼마나 넓으냐
　　너는 먼 서쪽 '이—레' 초원에서
　　나는 또 동쪽 해란강반에서
　　오매에도 그리던 북경으로 모여갔었지.

　　그리운 뽀라트 그대는 들으리
　　여기 논뚝에 쭉 늘어선
　　우리 젊은 돌격대의 자랑의 노래
　　"타마샤! 타마샤!" (1956. 4. 연길)[62]

　저 중국 북서부 '신강(新疆) 위구르자치구'(1955)의 일족인 까자흐족의 민요 「타마샤」('유쾌한 심정'이란 뜻—시인 자신의 주석)를 제목으로 하고

---

62) 임효원 「타마샤」 부분, 『어머니 품이여』(연변인민출판사 1979).

있는 이 작품의 시적 정조는 사뭇 이국적이기까지 하다. 북경 천안문 광장에서 잠시 마주쳤던 까자흐족 청년 '뽀라트'를 향한 화자의 핵심적 발화는 그러나 이러한 낭만성과는 판연히 다른 시적 정서를 지향한다. 모든 소수민족국가들은 '하나의 중국'이라는 것, '우리'가 마침내 귀착해야 할 곳은 "자애로운 수령님의 품속"(제5연)이라는 것, '우리 젊은 돌격대'의 "손으로 가꾼 지경없는 논판우에/지금 행복의 새싹은 푸르러가고 있다"(제8연)는 것 등의 정치적 메씨지가 그것이다.

　이는 다음 작품의 경우도 똑 마찬가지다.

　동무여 차창을 활짝 열어라,
　벽돌 쌓는 아낙네의 흙칼이 번쩍인다.
　동발은 지심으로, 광석은 용광로로
　찻간에선 붉은 레루 꿈틀거린다.

　울울창창한 대자연의 밀림속에도
　공화국의 뜨거운 심장은 고동치나니
　자연을 정복하는 벌목부의 아침이여
　달아오른 톱날에도 노을이 비꼈는가,

　위글족 광부는 '크라마이' 대유전을
　몽골족 처녀는 '포두' 강철공장을
　오르쫀족 신혼부부는 잃었던 춤을
　아, 나는 '합작화의 연변'을 자랑하노라. (1957. 12)[63]

---

63) 김성휘 「달려라 열차여——제1차 5개년계획 승리적 완성을 노래한다」 부분, 『나리꽃 피였네』(료녕인민출판사 1979).

그 부제에서도 분명하듯, 이 작품은 1953년부터 57년까지 5년간 중국 전역을 휩쓸었던 '사회주의적 개조 및 사회주의 계획경제 건설' 운동의 시적 반영물이다. 도시·공장·광산의 충천한 사회주의건설 노력, 농촌의 줄기찬 농업합작화 열기[64]는 조선족사회에도 어김없이 불어닥쳤다. 위의 시적 현실로 미루어볼 때, 인민대중의 그같은 노력투쟁은 내몽고자치구 및 흑룡강성의 삼림지역에 흩어져 사는 극소(極少)한 규모의 오르쫀족(鄂倫春族)이라고 예외일 수 없었던 것이다.

1950년대 중반기 조선족 시문학에서 특히 우세를 지켰던 주요 흐름은 위에 이른바 농업합작화의 중요성을 강조한 시편들이다. 이러한 시적 경향이 지배적이었던 것은 무엇보다 연변 조선족자치구가 '농민·농업 집중구역'이었던 데 연유했을 터이다. 머나먼 북륙땅 송화강반(松花江畔)까지 내달아 '집체농민·합작사 사원' 들과 함께 '뜨락또르'를 몰아 황막한 벌판을 개간하는 조선족 처녀들의 씩씩한 기상을 노래하고 있는 임효원의 「처녀들은 노래를 부른다」(1954),[65] 한여름의 농업합작화 대열에 가세한 어린 학생들을 "풀과 싸우는 과감한 전사"라 칭송하며 그들에게 기꺼이 뜨거운 악수를 청하는 설인의 「조국은 그대 심장으로 하여—친애하는 중소학 졸업생 여러 동무들에게」(1954. 7. 20),[66] '집체화 작업'의 기쁨을 소박하게 읊조린 이상각의 「아침」(1956. 8)[67] 등은 그 좋은 예이다.

해란강 이십리 길

64) 김종수·최건, 앞의 책 82~83면; 리명학, 앞의 책 4~5, 40면 참조.
65) 『어머니 품이여』.
66) 『해란강』.
67) 리상각 『샘물이 흐른다』(연변인민출판사 1980).

방울소리도 요란히,
늙은이는 갓 사오는 둥글이 타고
기쁨에 앞서며 마을에 들어섰네.

햇볕 쨍쨍한 남향받이에
마중나선 할머니,
희색도 만면에
소잔등을 쓰다듬는데…

늙은이는 타이르듯
소더러 말했다네
그곳이 적적하리라곤 생각도 말게
네또래 많기란 이만저만 아니다.

늙은 내외 그길로 나섰네
토지집조는 할머니가 쥐고
귀여운 손자나 앞세운 듯
소 몰고 주임 찾아 합작사로 떠났다네. (1955. 12. 가야반하에서)[68]

시적 대상들에 대한 객관적 거리의 확보, 간접화법적인 시적 어조, 액자적 구성(제3연) 등은 전체적으로 이 작품의 시적 점묘력을 한층 돋보이게 해준다. 천신만고 끝에 비로소 한식구가 된 둥글소와 한몸 이루어, 용정(龍井) 동성용(東城湧)의 드넓은 벌을 갈라 굽이쳐 흐르는 해란강(海蘭江) 이십릿길을 가벼이 내달아 흡사 개선장군처럼 당당하게 동

---

68) 임효원 「큰집으로!」 전문, 『어머니 품이여』.

구로 들어서는 '늙은이', 이들을 따사로이 맞는 할머니, 둥글이를 향한 소몰이 노인의 한결 친근하고 생동감있는 이야기, 그리고 "귀여운 손자나 앞세운 듯" 그야말로 기꺼운 심정으로 둥글이와 함께 '또래'들의 집 (합작사)으로 귀가하는 두 늙은 양주(兩主)의 모습이 실로 또렷한 색채감으로 아로새겨져 있는 것이다. 그 무렵 농업합작화의 현실정치적 필요가 모종의 이데올로기적 군더더기 없는 시적 형상으로 명징하게 각인된 우수작이라 할 만하다.

　　그러나 이 부류의 것으로 단연 빼어난 시적 존재는 김철의 「지경돌」이다.

　　　해토무렵 두 령감
　　　지경돌을 뽑는다.

　　　물싸움에 삽자루 동강나던
　　　지난 일을 생각하여 얼굴이 붉었는가,

　　　아니 지경없는 이 밭을
　　　임경소(賃耕所) 뜨락또르 척척 갈아엎으리니

　　　오늘부턴 한집식구 두 령감
　　　오, 행복의 노을이 비꼈노라! (1955)[69]

　　속도감 있는 시적 전개, 고도의 감정절제, 농민어의 실감나는 운용,

───────────────

69) 김철 「지경돌」 전문, 최용린·최건 편 『조선족문학선문집』 제1책(연변대학 중문계 조선
　　어강좌 1979).

이미지의 적절한 배합, 작품적 주제와 긴밀히 조응하는 시적 통사, 그리고 시간적 계기(繼起)에 따른 문제의 자연스런 해소 방식 등이 균형적으로 결합됨으로써 결국 총 4연 8행의 이 짤막한 서정 단시로 하여금 밀도 높은 시적 성취를 가능케 했다는 점이 우선 주목된다.

여기서 '지경돌'은 케케묵은 인습의 정신적 부산물에 다름아닌 고질화된 농민이기주의 또는 공동체적 삶의 열린 지향을 저애하는 시적 표상, 다시 말해 "소농경제의 산물이며 소생산자의 토지사유의 상징"[70]이라 할 수 있다. 그런데 흥미로운 것은, 이를 좀더 선연하게 드러내기 위해 암암리에 그것을 상반된 '열 이미지'(thermal image), 즉 동토(凍土)와 해토(解土)에 자연스럽게 연결시키고 있다는 점이다. 꽁꽁 얼어붙은 긴 겨울의 동토야말로 지경돌이 온존할 수 있는 굳건한 물적 토대이다. 이미 제1연의 간명한 시적 통사가 충분히 암시해주고 있는 바이지만, 그러므로 성숙한 시대적 정황이 도래했을 때 그것은 서슴없이 제거해야 할 대상인 것이다.

전술했듯이, 토지개혁이 성공적으로 완료되자 중앙당과 정부에서는 지주의 땅을 몰수하여 농민들에게 분여하였다. 그러나 이것만으로 농민대중의 경제적 빈곤이 근본적으로 퇴치되는 것은 아니었다. 얼마 가지 않아 상당수 농민들은 제 땅을 팔고 이전 시기처럼 다른 사람의 임차농으로 전락했던 것이다. 그 출로는 오직 농업집체화에 있었으니, 시인 김철은 바로 이 문제의 본질을 명료한 시적 형상으로 제시하였다고 볼 수 있다. 즉, 그는 "각계각층 농민들의 다양한 생활과 구체적인 현상 속에서 농업집체화의 본질과 합법칙성을 가장 잘 반영해줄 수 있는 사실과 인물을 틀어쥐고 그것을 전형화"한 것[71]이다.

---

70) 최삼룡, 앞의 책 20면.
71) 최응구 『김철과 그의 시』(흑룡강인민출판사 1981), 80면.

5

1950년대 중국 조선족 시문학에서 특히 각별한 존재는 이른바 '항미
원조 전쟁시편'들이다. 이 특이한 전쟁에 투입된 '지원군'들은 당시 "가
장 사랑스러운 사람"으로 명명[72]되었으며, 그중에서도 「승리는 우리에
게——어느 전사의 편지에서」(김창석, 1951. 6)와 「그 한놈에게도 죽엄을
주리라」(김례삼, 1951. 12)[73] 및 「들국화 피네」[74] 등이 특히 주목할 만하다.

1950년 10월 8일, '항미원조(抗美援朝), 보가위국(保家衛國)'의 기치
아래 "조선인민의 해방전쟁을 원조 (…) 조선인민과 중국인민 및 동방
각국 인민의 이익을 수호"한다는 명분[75] 아래 약 8년간(1950. 10. 19~
1958. 10. 24) 한국전쟁에 투입된 '중국인민지원군'[76] 활동은 중국 조선
족문학뿐 아니라 중국문학 및 북한문학에 적지 않은 자취를 남기었다.[77]

---

72) 이는 '항미원조전쟁'에 몸소 참전한 중국작가 위외(魏巍)의 『누가 가장 사랑스러운 사
    람인가』(1951. 10, 연변인민출판사 1974) 및 조선족 시인 리욱(李旭)의 「'가장 사랑스러
    운 사람'에게——인민들은 중국인민지원군을 '가장 사랑스러운 사람'이라고 부른다」
    (1954. 7, 『해란강』) 등에서 명료한 시적 표현을 얻고 있다.
73) 『해란강』 참조.
74) 리삼월 「들국화 피네」(1957. 4), 『중화인민공화국 창건 30주년 기념 시선집』.
75) 모택동 「중국인민지원군에 대한 명령」(1950. 10. 8), 『모택동선집』 5(북경: 민족출판사
    1977), 38면.
76) 解力夫 『朝鮮戰爭』 下(世界知識出版社 1993), 740~42면.
77) (1) 중국 작품(조선족사회에 번역출판된 경우): '실화문학'으로 가장 대표적인 것은
    『지원군의 하루』 1~4(류수창 외 옮김, 북경: 민족출판사 1958)이다. 마치 "생오이나 풋
    고추 먹은 것처럼 정말 청신"하기 이를 데 없는 이 저작을 "위대한 집체적 창작"으로 못박
    은 꿔 모뤄(郭沫若)는, 지원군 전사들의 이 전쟁실기는 "나에게 아랍민족의 위대한 문학
    작품 『천 하룻밤』을 연상시킨다"고 쓰고 있다(곽말약 「『지원군의 하루』에 대하여」, 『지원
    군의 하루』 1, 2~4면 참조.) 이외에도 ① 항미원조 실상을 현지취재한 중국기자들의 글

'6·25 남북동족전쟁'이 한창 치열하게 전개되던 시기에 씌어진 다음 작품을 보기로 한다.

　　이 손에 총을 주소
　　그렇지 않으면 폭탄을 주소
　　늙은이라 념려 말고
　　이 손에 총을 쥐게 해 주소

　　피에 굶은 원수는
　　우리의 하늘에 쳐들어
　　그렇게 웃으며 근심없이 자라던
　　철부지 손자를 죽였쉐다
　　희디흰 가슴팩에 폭탄을 던져
　　글쎄 짓찢어 죽여버렸쉐다. (1950. 11)[78]

을 편집·번역한 『싸우는 지원군』(연변교육출판사 1951), ② 위외(魏巍) 외 『조선통신문집』(민족출판사 1954), ③ 위외 『누가 가장 사랑스러운 사람인가』 등이 있다. 소설로는 ① 양패근 『검』(중앙민족학원어문계 옮김, 연변인민출판사 1976), ② 위외 『동방』 상·중·하 (리철준 옮김, 료녕인민출판사 1980), ③ 맹위재 『어제날의 전쟁』 제1~2부(전4책, 조철사 외 옮김, 료녕인민출판사 1980) 등을 들 수 있다.

(2) 북한 시집: 북한 시인들의 '항미원조전쟁종합시집'으로는, ① 『한 태양 아래서』(문예총출판사 1953), ② 『전우의 노래』(조선작가동맹출판사 1953), ③ 『친선의 손길』(조선작가동맹출판사 1956), ④ 『전우에게 영광을』(조선작가동맹출판사 1958) 등이 있다. 이들 작품집에서의 주요 성과물로는 민병균의 「과수원에서」와 안룡만의 「고향의 창가에」 등이 대표적이다. '중국항미원조번역시집'으로는 『항미원조시집』(국립출판사 1955)이 있다. 여기에 곽말약의 「영광과 사명」 「진리의 빛 속에서」 및 애청(艾靑)의 「새로운 연대가 풍설을 무릅쓰고 온다」 「핏물로 씻는 섬들」 등이 수록되어 있다.

78) 임효원 「이 손에 총을 주소」 부분, 『해란강』.

본디 그의 땅이었던 '조국 강산'이 외래의 말발굽에 마구 유린되는 비극적 현실을 강도 높게 탄핵하는 시적 화자의 목소리가 자못 처창(悽愴)하다. 중국 당대문학사에서 "항미원조전쟁을 적극 탄원해나선 조선족 인민들의 헌신적인 투쟁모습을 시적으로 훌륭히 형상화"한 것으로 높이 평가[79]되고 있는 이 작품에는 당시 중국 조선족사회에서의 항미원조전쟁의 열기가 잘 반영되어 있다.[80]

조선족 청년으로서 당시 중국인민지원군의 일원으로 직접 6·25전쟁에 참전한 바 있는 김철의 「고개길」을 보기로 한다.

아들에게 열당부—
배낭을 메워주고
어머니는 오래오래
고개길에 서 계시다

다치면 아픈
어머니 신경마냥
오솔길은 멀리
남으로 사라진다

다름아닌 바로 이 길이었다—
각시때 남편이 떠나갈 제도

---

79) 김종수·최건, 앞의 책 82면.
80) 1950년 11월 4일 중공연변지위는 18,000명에 달하는 대규모의 '항미원조, 보가위국' 선전활동을 전개하였다. 1950년 12월 15일 1,400여 명(제1차)의 조선청년들이 중국인민지원군에 지원하여 마침내 '조선전쟁'에 출정하였다. 연병당사학회 편, 앞의 책 13~14면 참조.

유복자 씨동이 품에 떨구고
백두봉을 찾아서 북으로 향한 길로 (1950. 11. 강계에서)⁸¹⁾

　　항미원조전쟁에 투입된 한 조선족 지원군이 객관적 관찰자의 시점에
서 바라본, 남편과 아들을 항일투쟁의 본거인 백두산 밀영과 한국전쟁
남부전선으로 각각 보내는 한 어머니의 비극적 슬픔에 관한 시적 조감
도이다. 오솔길로 가뭇없이 사라져가는 아들의 모습을 오래도록 지켜보
는 어머니의 고통스런 심경을 직유적 이미지로 생동하게 묘파하고 있는
제2연은 특히 인상적이다. 6·25의 역사적 참상을, 특정의 이데올로기적
관점을 배제하고 비교적 객관적 시선으로 파악하고 있는 이 작품은 분
명 항미원조문학의 예외적 존재라 할 수 있다. 이 부류에 드는 대개의
작품들은 그야말로 철저히 '중국적 시각', 즉 중국 조선족문학의 관점
또는 북한문학의 그것을 고스란히 견지하고 있기 때문이다.
　　휴전(1953. 7. 27)으로 중간결산한 3년간의 '조선전쟁'은 그러나 항미원
조전쟁의 종결을 의미하는 것은 아니었다. 1958년 10월 24일의 '조선
철수'가 단행되기까지 중국인민지원군의 원조(援朝)는 간단없이 진행
되었던 것이다.

우리 지원군부대
조선인민의 건설 도우려
벌목장으로 가는 길,
불탄 곳은 아직 숲이 성그런
회억도 새로운 모진 싸움터
상감령 기슭, 마음놓고 지나는데

---

81) 김철 「고개길」 부분, 『인간세상』(연변인민출판사 1985).

평화 위해 우리들 탄알로 뚫은
죽은 원수의 녹쓸어버린
철갑모우의 작은 총구멍으로
스미는 햇빛 딛고 발돋움하며
한떨기 또 한떨기
아름다운 들국화 피네. (1957. 4)[82]

통상적으로 북한문학사에서 '전후복구건설과 사회주의기초건설을 위한 투쟁시기'(1953. 7~1960)[83]로 논의되는 시기의 작품이다. 전후복구건설에 동원된 중국인민지원군의 일원이 시적 화자로 등장하여 전쟁이 휩쓸고 간 뒤의 고통스런 상흔들을 차분한 어조로 일깨워주고 있다. 훼파된 산야의 황량함, 옛 격전지에 대한 남다른 회억, 녹슨 철모와 아름다운 들국화의 아이러니컬한 대비 등이 전후 북한사회의 참상을 생생하게 복원해놓은 듯하다.

1950년대 후반, 좀더 구체적으로 말하면 '사회주의 기본개조 완성시기'(1950. 10~1956. 12)를 마감하고 '사회주의 전면건설 개시시기'(1957. 1~1966. 4)에 들어선 조선족 시문학은 한때 마오 쩌둥(毛澤東)이 제기한 '백화제방, 백가쟁명'의 방침(1957. 2. 27)에 따라 과도한 정치적 영향으로부터 얼마간 자유로워지는 듯하였다. 마오 쩌둥에 의하면 이른바 이 '쌍백방침'은 "예술의 발전과 과학의 진보를 촉진하는 방침이며, 우리나라 사회주의 문화의 번영을 촉진하는 방침이다. 예술상의 각이(各異)한 형식과 풍격은 자유로이 발전할 수 있으며, 과학상의 각이한 학파는 자

---

82) 리삼월 「들국화 피네」 전문, 『중화인민공화국 창건 30주년 기념 시선집』.
83) 박종원·류만 『조선문학개관』 2(평양: 사회과학출판사 1986), 2면.

유로이 논쟁할 수 있다. 그러므로 과학 및 예술상의 시비에 대하여는 경솔하게 결론짓지 말고 신중한 태도를 가지며 자유토론을 하여야 한다."[84]

임효원의 「길짱구」, 조룡남의 「기러기—사랑하는 그에게」 등은 아마도 이러한 시대적 분위기에 고무된 시적 소산이라 해야 할 것이다.

> 한평생
> 이름없이 살아도 좋다
> 넓은 땅 지심깊이
> 내 뜨거운 량심을 묻었노라
>
> 돌이 타면 삼복이지
> 설풍인들 두려울가
> 고난을 겪어온 대지여, 내 넋이여
> 생활은 언제나 무성하여가리. (1957. 4)[85]

광대한 벌판의 한낱 보잘것없는 '들짱구'를 시적 퍼스나로 내세워 시대적 삶의 설한풍, 즉 고통스런 내면적 풍경을 극히 조심스럽게 토로하고 있는 이 작품은 일종의 사물시라 할 수 있다. '삼복, 설풍(雪風)'에 굴하기는커녕 '고난의 대지'에 오히려 더욱 깊이 뿌리내리려는 시적 자아의 늠름한 기개와 단호한 결의가 한결 돋보인다.

> 벌써 이틀째 날건만

---

84) 모택동 「인민 내부의 모순을 정확히 처리할 문제에 관하여」(1957. 2. 27), 『모택동선집』 5, 579면.
85) 임효원 「길짱구」 전문, 『중국조선민족문학선집 6—해방후 시문학편』.

사방은 바다 출렁이는 물결뿐
아픈 날개 쉬어갈
바위 하나 없구나!

희미한 달빛 아득한 수평선
갈곳은 어덴가? 구름과 파도…
그러나 무엇을 슬퍼할 것인가
날아가누나 한쌍의 기러기

울음도 없이
용기와 신념도 잃지 않고
오, 그들은 아직 굳세다
그 하나 꺾지 못할 사랑의 힘으로! (1957)[86]

　시적 대상으로서의 '기러기'는 여기서 다름아닌 시인 자신의 형상이
라 할 수 있으니, 한시의 오랜 전통인 탁물기흥(托物起興)·탁물우정(託
物寓情)의 시적 방법을 현대적으로 차용한 것이다. 그런데 주목할 것
은, "무리에서 외로이/길잃고 헤매이는"(제2연) 기러기의 형상은 어디까
지나 '자발적 이탈자'의 그것이라는 점이다. 그에게 중요한 것은 손쉬
운 안착이 아니라 몽상과 자유의 공간이며, 그것은 견고한 "사랑의 힘"
으로 획득될 수 있을 따름이다.
　그러나 1957년 하반기에 진행된 문예계의 '반우파투쟁'은 조룡남의
위 작품을 곧장 "반당사회주의의 독초"로 내몰았으며, 이로 인해 이 시
인은 '우파'로 낙인찍혀 20년간의 혹독한 정치풍파를 겪지 않으면 안되

---

86) 조룡남 「기러기—사랑하는 그에게」 부분, 최삼룡, 앞의 책 172~73면에서 재인용.

었다. 이들 작품 특히 "그때 벌써 '대상의 감정화'가 아닌 '감정의 대상화'를 깨닫고, 그것을 시창작에서 성공적으로 실천"[87]한 조룡남의 시적 성취는 오늘날의 관점에서도 심도있게 재검토될 필요가 있다.[88] 아울러 이데올로기적 성격을 거의 전적으로 여과시키는 반면 일상적 삶의 세부를 상대적으로 크게 부각시킴으로써 높은 시적 성취에 도달한 황상박의 「꽃피는 공소부」(1962)에 대해서도 새삼스런 논의가 뒤따라야 할 것이다.

6

여기서 필자는 문화대혁명 시기부터 개혁개방 직후 시기까지, 즉 1960년대 후반부터 1970년대까지의 중국 조선족 시문학사를 일별함으로써 이 글을 마감하고 그 후속작업의 대강을 미리 제시해두고자 한다.

문화대혁명 시기(1966~76)의 중국문학, 특히 "신시는 이 10년간의 재난 속에서 거의 창녀의 예술로 변절"[89]하였다. 이 '10년동란' 시기는 중국 조선족문학의 역사적 전개에 있어서도 엄혹한 암흑기였다. "우리 민족의 사회주의 문학을 매국주의적 '혈통문학'이라고 모독"하는가 하면, 당시 조선족 문단 내부에서 크게 호평된 상당수 작품들은 모두 "'민족

---

87) 최삼룡 「우리 서정시의 가능성——조룡남의 경우」, 같은 책 173면. 이는 이른바 개혁개
    방시기인 1981년에 발표된 이 시인의 「해빙기의 강반에서」(『연변우수작품선집: 1982~
    1992』)에도 똑같이 적용된다.
88) 이러한 관점은, 남녀간의 애정문제를 시적 자아의 개인적 고뇌와 사회적 억압과의 관련
    아래 특유의 시적 방법으로 노래한 윤광주의 「쓰지 못한 사연」(1955)에 대해서도 유효할
    것이다. 요컨대 이런 유의 작품들에 대한 '노예언어'적 접근이 긴절하다.
89) 쉬 쩡떠우(徐敬亞) 「솟아오르는 시들——우리나라 시가의 현대적 경향을 평하여」, 성민
    엽 편, 김의진 외 옮김 『중국문예논쟁사 1: 사상해방운동』(실천문학사 1988), 211면.

혈통론'을 설교한 '대독초'"로 단죄[90]되었던 것이다.

그러나 저우 언라이(周恩來) 총리의 서거(1976. 1. 8)에 대한 추모와 애도가 절정을 이룬 1976년 청명절을 계기로 분출된 중국민중의 '4인무리'에 대한 분노는 "봉건파쇼적 통치를 대대적으로 실시하였으며 모든 진리를 철저히 금지하고 인민들의 사상을 속박한 '문화대혁명'"의 타도로 귀결되었다.[91] 그들 인민의 소박한 사상적 지향은 그당시 '천안문 대자보'의 주종을 이루었던 무수한 시들에 그대로 반영되었으니, 아래에 그 일례를 들어둔다.

> 제집에서 심어가꾼 많지 않은 꽃
> 청명날 눈물머금고 꺾는다네
> 한묶음의 생화(生花) 온 집안의 마음이려니
> 총리는 천추만대 인민의 마음속에 살아있으리라.[92]

결국 그 이후의 '개혁개방' 및 '현대화' 과업은 누구도 거스를 수 없는 역사적 대세로 되었다. 이는 1978년 12월의 제11기 제3차 전원회의에서 공식적으로 선포되었으며, 그 결과 "당의 민족정책에 대한 재교양사업이 진행 (…) 조선족 문예계의 사상이 크게 해방되었으며, 지난날 감히 말할 수 없었던 문제에 대하여 대담하게 의론"할 수 있게 되었다.[93] 문학정책에 있어서도 떵 샤오핑(鄧小平)은 지난 시기 마오 쩌뚱의 「연안문예좌담」(1942)의 기본 노선, 즉 '문학예술은 가장 광범한 인민대중, 무

---

90) 정판룡, 앞의 글 6면.
91) 리명학, 앞의 책 296면.
92) 일가노소(一家老少) 「꽃에 곁들인 시」, 童懷周 편, 김영무 외 옮김 『천안문시초』(북경: 민족출판사 1979), 241면.
93) 정판룡, 앞의 글 7~8면.

엇보다도 먼저 노동자·농민·병사들을 위하여야 한다'는 문예정책 기조 및 1957년의 '쌍백방침'을 재확인하였다. 그는 "개인의 창발성이나 개인적 기호의 자유, 사색과 환상, 형식과 내용의 자유가 많이 보장되도록 하는 것이 절대로 필요하다"고 한 레닌의 견해를 인용한 뒤, "4개 현대화를 실현하는 공동의 목표를 둘러싸고 문학예술의 창작범위를 점점 넓혀야 하며, 올바른 창작사상의 지도 밑에 문학예술의 제재와 표현수법을 더욱 풍부화하고 다채롭게 하며, 새것을 과감히 창조 (…) 단조롭고 기계적인 도식화·개념화의 경향을 방지하고 극복"할 것을 제안[94]하였다.

이러한 상황에서 창작된 박화의 「북대황 서정」(1978)[95]과 임효원의 「내 고향 오림천」(1960)[96]은 '농업현대화' 문제의 시적 반영이며, 김경석의 「사랑하는 노래」(1978)[97]는 '문화대혁명' 기간에 행해진 '하방(下放) 지식인'의 울분과 "네 개 현대화의 령마루" 등정의 필요성을 아울러 노래한 것이다. 이들 작품은 한결같이 시인 특유의 개성적인 목소리가 충분히 발현되지 못했다는 공통적 제약점을 지니고 있다. 그런데 특히 김경석의 경우, 그것이 과연 농촌으로 내려간 '하방 지식청년'들의 "고난과 비참, 분노와 비애, 회의와 고민 등"을 적실하게 반영[98]했는가는 실로 의문이다. '문화대혁명'의 비극을 소설을 통해 정면으로 다룸으로써 훗날 "'상처문학'의 길잡이"라고까지 높게 평가된, 즉 "문혁이 사람들의 마음에 남긴 아물기 어려운 상처"를 훌륭하게 묘파[99]한 루 신화

94) 등소평 「제4차 중국문학예술일꾼대표대회에서 한 축사」(1979. 10. 30), 『등소평선문집』 제2권(북경: 민족출판사 1995), 311면.

95) 『중화인민공화국 창건 30주년 기념 시선집』.

96) 중국작가협회 연변분회 편 『연변조선족자치주 성립 30돐 기념 서정시집』(북경: 민족출판사 1982).

97) 같은 책.

98) 리명학, 앞의 책 441면.

99) 吉田富夫 「문예——정치와 예술 사이에서」, 이영희 편역 『10억인의 나라——모택동 이후

(盧新華)의 단편소설 「상흔」(『인민중국』 1978. 8)에 상응하는 문학적 성과를 보여주는 데는 크게 미달하기 때문이다.

앞으로, 특히 '문화대혁명' 시기 이래의 다양한 시적 경향을 대표하는 많은 작품들에 토대한 깊이있는 논의가 후속돼야 할 것이다. 그래야만 중국 조선족문학의 사적 전모가 제대로 드러날 뿐 아니라 중국 조선족문학사 서술의 시기구분 문제가 바르게 정립될 수 있겠기 때문이다.

〔『민족문학사연구』 17호, 2000〕

의 중국대륙』(두레 1983), 296면.

윤동주 소고(小考)

일제강점기 만주유이민 시의 사적 전개와 관련하여

1

일찍이 정지용(鄭芝溶)은 '시·시인의 본령' 문제와 관련하여 윤동주(尹東柱, 1917~45) 시의 본질을 다음처럼 지적하였다.

그의 시로써 그의 시인됨을 알기는 어렵지 않은 일이다. (…) 무시무시한 고독에서 죽었고나! 29세가 되도록 시도 발표하여본 적도 없이! 일제시대에 날뛰던 부일문사(附日文士) 놈들의 글이 다시 보아침을 배앝을 것뿐이나, 무명(無名) 윤동주가 부끄럽지 않고, 슬프고, 아름답기 한이 없는 시를 남기지 않았나? 시와 시인은 원래 이러한 것이다.[1]

그의 시에 명료하게 각인되어 있는 고도의 언어절제, 간단없는 자기

---

1) 정지용 「서(序)」, 『하늘과 바람과 별과 시』(정음사 1948) 참조.

반성과 결단, 말과 행동 사이의 팽팽한 긴장, 그리고 시대의 아픔과 질곡 등을 염두에 둘 때 실로 날카로운 통찰이라 아니할 수 없다.

윤동주에게 있어 시는 철두철미 나날의 자기성찰적인 기록, 즉 일성록(日省錄)의 성격을 띤다.[2] 비유해 말하자면 그것은 무수히 갈등하고 고민하는 시인의 고통스런 내면의식에 가까스로 평형을 유지시켜주는 저울추 같은 것이다. 이 점에서 언뜻 그것은 저 구한말의 시대적 풍운을 생생하게 기록하고 순절한 황현(黃玹)의 『매천야록(梅泉野錄)』의 의연한 대결정신을 연상시킨다.

특히 주목할 것은 무엇보다도 '시인 윤동주'는 시가 한갓 자신의 이름을 드러내는 방편이기를 단호히 거부하였다는 점이다. 그는 오로지 '무명시인'으로 일관하였다. 그에게 있어 시는 한갓된 교언영색(巧言令色)이나 장식적 수사일 수 없었다. 그의 시인적 면모가 생동하게 아로새겨진 「간(肝)」(1941. 11. 29)에서도 분명한 바이지만, 자신의 나약성을 새삼 확인하면서도 거대한 폭압적 실체의 시적 전형이라 할 수 있는 '용궁(龍宮)'을 향해 오히려 "끝없이 침전(沈澱)하는 프로메테우스"이기를 선택한 시인 윤동주의 고결한 정신이야말로 과연 생채로운 것이다. '시'가 하나의 매명(賣名) 수단 또는 상업주의적 레테르로 격하되는가 하면, '시인'이 매문가(賣文家)로 전락하기 일쑤였던 당시의 문단풍토 등을 감안할 때 윤동주의 이런 면모는 더없이 고귀하다. 요컨대 윤동주는 '말의 과소비'를 일삼지 않았던 것이다.[3] 널리 알려진 사실이지만

---

2) 1948년의 정음사 초판본 『하늘과 바람과 별과 시』에 수록된 31편 중 창작연대 또는 창작년월일이 명기되지 않은 작품은 2편이며, 1976년 이후의 판본에 등재된 116편을 통틀어 보더라도 고작 그것은 15편에 불과한 실정이다.

3) 이 시인의 오랜 친구였던 문익환이 윤동주는 "시를 쓴다고 야단스레 설치는 것을 본 일이 없다"고 술회(「東柱兄의 추억」, 『하늘과 바람과 별과 시』, 정음사 1968)한 것이나, "시집 앞뒤에 '군것'이 붙는 것을 퍽 싫어하였다"고 한 윤일주의 언급(「先伯의 生涯」, 『하늘

이 점과 관련하여 우리가 반드시 유념할 것은, 1941년 12월 27일 연희전문학교 문과 4학년 졸업기념으로 윤동주가 '자선 시집' 『하늘과 바람과 별과 시』를 출간하려 했을 때 오롯이 19편만 간추리었다는 점이다. 사실 윤동주 시 특유의 시적 지향 또는 그 전체상은 이 19편에 압축적으로 고스란히 반영되어 있다.[4] 아마도 윤동주야말로 "그저 관습적으로 '글을 지어내는 것'은 종당에는 삶의 정도(正道)에 장애일 뿐"이라고 언명한 정이천(程伊川)의 '작문해도설(作文害道說)'의 입장에 누구보다 깊이 공감했을 법하다. 이는 그가 외숙인 '북간도의 대통령'[5] 김약연(金躍淵)으로부터 『시경(詩經)』을 배웠을 뿐 아니라[6] 그의 어머니 김용(金龍)이 "한문·한학을 잘했던 지식인"이었던 점[7]으로 미루어 가학(家學)으로서 한학을 일찍부터 접했을 가능성이 짙기 때문이다.

여기서 하나 첨언해둘 것은, 윤동주에게 있어 유교적 교양은 기독교적 세계관과 상충하지 않는다는 사실이다. 세간에 널리 알려져 있듯이 윤동주는 강한 기독교적 분위기 속에서 성장하였으며, 이런 관점에서 볼 때 그는 분명 "예언의 시인"이자 "어두운 역사의 밤에 빛나는 '별'"[8]이라 말할 수 있다. '슬픔'의 사회적 성격에 남달리 민감했던 그로서는 필연적으로 세계를 향해 솟구쳐오르는 정직한 자기연소(自己燃燒)를 어찌할 도리가 없었던 것이다.

과 바람과 별과 시』, 정음사 1955) 등은 이 시인의 이런 면모를 여실하게 드러내준다.
4) 앞서 언급한 「肝」과 일본 유학시절의 작품 「懺悔錄」(1942. 1. 24), 그리고 이 시기의 또다른 시적 성과물로서 사실상 윤동주에게는 하나의 절명사(絶命詞)로 되고 만 「쉽게 씌어진 시」(1942. 6. 3)를 덧붙인다면 그야말로 금상첨화일 것이다. 어느 의미에서 100여 편의 여타 작품들에 대한 장광설은 되레 이 시인의 참모습을 왜곡시키는 것일지 모른다.
5) 문익환 「동주, 내가 아는 대로」, 『문학사상』(1973. 3) 참조.
6) 「윤동주년보」, 최문식·김동훈 편 『윤동주 유고집』(연변대학출판사 1996. 12) 참조.
7) 오오무라 마스오(大村益夫) 「윤동주의 사적 조사 보고」, 『문학사상』(1987. 5) 참조.
8) 백철 「암흑기 하늘의 별」, 『하늘과 바람과 별과 시』(정음사 1968) 참조.

2

　1948년 윤동주의 유고시집 『하늘과 바람과 별과 시』가 간행된 이래 윤동주 문학에 대한 논의는 특히 한국에서 매우 활발하게 전개되어왔다. 그간의 연구 진행상황을 보다 정확하게 표현하자면 '활발하게'라는 말보다는 '확대재생산'이라는 말이 훨씬 적실할 것이다. 1995년의 한 저작[9]에 의하면, 윤동주 시에 대해 지금까지 한국에서 씌어진 글들만 헤아려보더라도 무려 234편에 달한다. 정말 엄청난 분량이라 아니할 수 없다. 특히 1972년의 박정희 유신정권의 출범 이래 한층 엄혹해진 군부 통치 시대에 들어 윤동주가 이른바 '저항시인'으로 숭앙되면서 이 시기에 봇물 터지듯 윤동주 연구에 가속도가 붙기에 이른 것은 자못 흥미로운 문학적 현상이라 할 만하다. 요컨대 윤동주 연구는 상당 부분 정치적 고려에서 행해졌던 것이다.

　이런 면모는 특히 중국 조선족사회에서 더욱 예각적으로 드러난다. 필자로서는 지금도 안타까운 느낌을 금할 수 없는 바이지만, 중국 조선족문학 연구자들이 시인 윤동주를 접하게 된 계기가 다름아닌 일본인 오오무라 마스오(大村益夫)에 의해 비로소 가능하게 되었다는 점이다. 주지하다시피 한국문학 연구자인 이 일본인 학자는 지난 1985년 5월 14일 윤동주 묘소를 찾아내었으며, 이는 한국학계에 하나의 커다란 파문을 안겨다주었다.[10] 물론 이러한 사정이 전적으로 이곳 조선족학계의

---

9) 권영민이 엮은 『서거 50주년 기념 윤동주 전집 (2): 윤동주 연구』(문학사상사 1995) 말미의 부록 「윤동주 관련 단행본 및 논문 목록」 참조.
10) 오오무라 마스오(大村益夫), 앞의 글 참조.

게으름 탓으로 돌릴 수 없음은 물론이다. 무엇보다 생존 당시 윤동주가 발표한 작품이 고작해야 동시 몇 편으로 한정되었을 뿐 아니라 그가 스스로 시인임을 크게 내세운 적이 없었기 때문이다.

둘째는 1949년 중화인민공화국 창건 이래 중국 내부의 정치적인 상황 전개와 밀접하게 관련된다. 권철(權哲) 교수의 지적처럼 여기에는 "장기간 폐쇄적이었던 중국의 국정, 그리고 한국과의 내왕과 문화교류가 금지당하였던 사회정치적 여건"11) 등이 크게 작용했던 것이다.

1985년 윤동주가 중국 조선족사회에 널리 알려지면서 이곳 매스컴뿐 아니라 특히 연구자들 사이에서 윤동주는 결코 빼놓을 수 없는 존재가 되었다. 그리하여 그의 시는 "해방전 조선족 시문학의 최후를 아름답게 장식한 시문학이며, 조선족 시문학을 한결 높은 단계로 끌어올린 시문학으로서 우리 조선족문학사에 빛나는 한 페지로 남아 있을 것"12)이라는 찬사를 받기에 이르렀다. 이는 중국 조선족문학에서의 윤동주 시의 높은 위상을 상징적으로 드러내주는 단적인 사례이다.13)

그러나 여기서 우리는 지극히 평범한 사실, 즉 윤동주는 무엇보다 '한국의 시인'이라는 점을 강조할 필요를 느낀다. 중국 조선족의 국문학 연구자들이 앞으로도 계속 '중국 조선족문학의 구체적 형성'을 멀리는 청조(淸朝)에까지 소급시키려는 강한 충동과 미련에 갇혀 있는 한, 윤동주 시의 존재가치는 하나의 인위적인 울타리를 벗어나기 어렵다는 점이다. 무엇보다 이는 윤동주 자신이 원하는 바가 아니었다. 여하한 의

---

11) 권철 「시인 윤동주 50주기를 맞이하여 근년래 시인을 추모하여 한 일들에 부쳐」, 리문선 편 『민족시인 윤동주 50주기기념 학술토론회론문집』(용정시 문학예술연합회 1995), 148면.

12) 조성일·권철·최삼룡·김동훈 『중국조선족문학사』(연변인민출판사 1990), 252면.

13) 중국 조선족문학 연구자들의 '윤동주 편향'은 『민족시인 윤동주 50주기기념 학술토론회론문집』에서 그 절정을 이룬다.

미에서도 그는 한낱 "천막 같은 하늘"(「창공」, 1935. 10. 20), "텐트 같은 하늘"(「山上」, 1936. 5), "하늘만 보이는 울타리"(「한난계(寒暖計)」, 1937. 7. 1)를 거절했던 것이다. 즉 그는 단순히 일제강점기 만주유이민 시인으로 억류돼 있기를 원하지 않았으며, 말의 엄정한 의미에서 진정한 시인이고자 하였다. 사실 윤동주 문학에서 만주유이민 시로 분류할 수 있는 작품은 「고향집——만주에서 부른」(1936. 1. 6)과 「별 헤는 밤」(1941. 11. 5)의 두 편에 불과하며, 여기에 「거리에서」(1935. 1. 18)와 「조개껍질」(1935. 12)을 첨가한다 해도 고작 4편에 지나지 않는다. 더욱이 그것들은 그의 시인적 자질이 미처 충실히 숙성되지 아니한 초기시라는 점에서 그 문학적 비중 역시 미미한 것이라 아니할 수 없다.

북한에서의 윤동주 연구도 심각한 정치적 고려에서 나온 것이기는 마찬가지이다. 김일성이 『세기와 더불어』에서 윤동주를 가리켜 "재능있는 애국시인"이라고 언급한 뒤부터 그는 "우리 민족문학의 귀중한 유산"[14]으로 곧장 편입된 사실이 북한에서의 그러한 경향을 잘 일러준다.

'지금 여기'서 우리가 분명히 해두어야 할 것은, 시인 윤동주를 단지 높이 떠받들고 기리는 것만으로는 부족하다는 것이다. 생각건대, 다른 누구보다도 저 용정의 야트막한 동산에 누워 있는 윤동주가 이를 달갑게 여기지 않을 것이다.

바로 이런 점에서, 시인 윤동주의 고향땅에 뿌리박고 사는 한 초급중학교 학생이 요마적에 읊조린 다음의 아련한 노래가 실로 우리의 가슴을 서늘케 해준다.

> 우리와 멀어져
> 바람에 스쳐가버린 별

---

14) 은종섭 「순결한 애국정신의 시화——윤동주와 그의 시세계」, 『통일문학』(평양: 1997. 3).

오늘밤에 문뜩
하늘의 꿈으로 나타났구나.

하지만 아직은
별도
꿈도
다 가지기에는 이른 것 같아
우리는 자기를 반성하지 않을 수 없다.[15]

　　앞으로의 윤동주 시 연구에 새로운 전기 모색이 참으로 절실하다 아
니할 수 없다.

〔『조선민족문학 연구』, 흑룡강조선민족출판사 1999〕

---

15) 김권 「별과 꿈」 부분. 한정길 편 『윤동주와 '별'의 만남』(룡정중학 『별』 잡지사 1997),
　　147면.

안용만 소론(小論)

생애 및 일제강점기 시의 개작 문제에 대한 예비적 검토

1

한국 근대시사에서 시인 안용만(安龍灣, 1916~?)은 무엇보다 일제강
점기에 식민모국(植民母國) 일본으로 유리해간 조선유이민 현실을 생
생하게 개괄해 보여주었다는 점에서 매우 이채로운 존재이다. 그는 특
히 토오꾜오(東京)의 몇몇 지역에서 최하층의 사회경제적 천민 부락을
형성하며 집거했던, 이른바 '지구(地區)'에 근거를 둔 조선인 노동자들
의 삶의 세부를 또렷한 시적 형상으로 아로새기었다.[1]

일찍이 김기진(金基鎭)에 의해 '단편서사시'로 명명[2]된 바 있는 임화
(林和)의 「우리 오빠와 화로」(『조선지광』 1929. 2)와 근사하게, 일정한 서
사적 골격을 지닌 '이야기시'의 양식적 계보에 속하는 「강동(江東)의
품—생활(生活)의 강(江) 아라가와(荒川)여」(『조선중앙일보』 1935. 1. 1)

---

1) 윤영천 『한국의 유민시』(실천문학사 1987), 163~172면.
2) 김기진 「단편서사시의 길로—우리의 시의 문제에 대하여」, 『조선문예』(1929. 5).

는 명실공히 그의 대표작이라 할 만하다. 위의 임화 시를 "프롤레타리아 서정시의 일 전형"이라고 백철(白鐵)은 높이 평가[3]했지만, 그러나 그것은 극히 단조롭고 건조한 서사에 머무는 명백한 제한성을 지니고 있었다.[4] 시인 스스로 일호의 차착 없이 자기비판했듯, 이 작품은 단지 "일개의 낭만적 개념을 형성"하는 단계에 머물고 말았던 것[5]이다. 여기에 비해 안용만의 이 시는, "조선 프롤레타리아 시의 최초의 발전"적 면모를 보여주었을 뿐 아니라 "진실한 낭만주의의 전형적 일례 (…) 자연·인간·감정 모두가 골수에까지 밴 '생활의 냄새'로 용해되고 시화(詩化)"된 작품[6]이라고 임화는 극찬하였다. 시의 본령인 서정성을 서사와 절묘하게 통합시킨 하나의 시적 전범으로 본 것이다.[7] 물론 이 작품에 대한 비판적 논의가 없는 것은 아니다. 시적 화자의 강렬한 노동체험에 근거함으로써 전체적으로는 매우 구체적인 시적 실감을 확보하고 있음에도 불구하고 이를 뒷받침할 만한 계층적 갈등 양상이 존재하지 않는다는 것이다.[8]

일제강점기 안용만 시에 대한 단편적인 언급은 이외에도 김윤식(金允植)[9]·최두석(崔斗錫)[10]·윤여탁[11]·박윤우[12] 등에 의해 행해졌으며,

---

3) 백철 『조선신문학사조사──현대편』(백양당 1949), 355~57면.

4) 윤영천 「한국 '리얼리즘 시론'의 역사적 전개와 지향」, 『민족문학사연구』 제2호(민족문학사연구소 1992), 131~33면.

5) 임화 「시인이여! 일보 전진하자──시에 대한 자기비판·기타」, 『조선지광』(1930. 6).

6) 임화 「담천하(曇天下)의 시단 1년──조선의 시문학은 어디로」, 『신동아』(1935. 12).

7) 윤영천 「민족시의 전진과 좌절──이용악론」, 『이용악 시전집』(증보판: 창작과비평사 1995), 259면.

8) 김윤식 『한국근대문학사상사』(한길사 1984), 495면.

9) 김윤식 「한국문학에 있어서의 마르크스주의의 충격──프로문학에 관하여」, 『동아연구』 제7집(서강대학교 동아연구소 1986).

10) 최두석 「1930년대 후반의 낭만적 시경향」, 『시와 리얼리즘』(창작과비평사 1996), 259~63면.

그의 해방후 작품세계에 관한 것으로는 이인영의 글[13]이 거의 유일하다. 그런데 그의 문학에 대한 총체적이고도 균형적인 논의가 이루어지려면, 우선적으로 그의 개인사 및 작품연보가 정확하게 작성되어야 할 것이다. 더욱이 북한에서 간행된 그의 개인시집이나 일반 문학사서(文學史書)에 수록된 일제강점기 작품은 거의 예외없이 여러 차례에 걸쳐 개작된 것이어서 특히 정밀한 논의를 요한다.[14] 그러므로 여기서 필자는 그 예비적 작업의 일환으로, 북한에서 발간된 몇몇 저작물들을 토대로 하여 이 시인의 전기적 면모를 살펴보고, 일제강점기 시의 개작 양상을 구체적으로 보여주는, 북한에서 간행된 몇몇 주요 텍스트의 간기(刊記)만을 간략히 소개하고자 한다. 이를 계기로 향후 안용만 문학 연구에 하나의 발전적인 전기가 마련되었으면 한다.

2

안용만의 전기적 사실은, 1935년 1월 「저녁의 지구(地區)」와 「강동의 품──생활의 강 아라가와여」가 각각 『조선일보』와 『조선중앙일보』 신

---

11) 윤여탁 「1920~30년대 리얼리즘시의 현실인식과 형상화 방법에 대한 연구」, 『리얼리즘 시의 이론과 실제』(태학사 1994), 116~20면.

12) 박윤우 「1930년대 후반 프로시론의 현실성 인식」, 『한국 현대시와 비판정신』(국학자료 원 1999), 318~21면.

13) 이인영 「서정과 이념의 간극──해방후 안용만 시 연구」, 한국문학연구회 편 『1950년대 남북한 시인 연구』(국학자료원 1996), 333~67면.

14) 한 논자는 이런 관점이 1945년~67년 시기 북한문학 연구에도 그대로 적용되어야 함을 강조하고 있다. 1967년 이른바 '주체문학'이 성립되기 이전 작품들은 그 이후 새로 간행 될 때 거의 예외없이 개작됐기 때문이라는 것이다. 김재용 『북한문학의 역사적 이해』(문 학과지성사 1994), 14~15면.

춘문예 당선작으로 동시에 발표되면서 그 약력이 극히 단편적으로 소개
된 바 있으며, 지난 노태우정권 출범 초기인 1988년 7월에 단행된 이른
바 '월북작가 해금'을 계기로 하여 월북 후 그의 행적이 다소 구체적으
로 언급[15]되기도 하였다. 지금껏 북한에서 간행된, 현재 필자가 확보한
안용만 관련 저작물 중 그나마 그의 작가·작품연보가 비교적 상세하게
언급된 것은 『안룡만 시선집』(조선작가동맹출판사 1956)에 작성된 김우철
(金友哲, 1915~?)의 「발문」에서이다.[16] 여기서는 주로 이 글과, 『현대조
선문학선집 11』(조선작가동맹출판사 1960)에 소개된 안용만의 「략력」 사항
에 의거하여 그의 시인적 행적을 재구성[17]해보기로 한다.

- 1916년 1월 18일 평안북도 신의주시 진사리에서, 구한국 시대
  변호사(안병찬) 집안에서 출생.
- 1919년 3·1운동 이후, 직업적 혁명가인 아버지 안병찬은 이후
  해외에 망명하여 투쟁하다가, 1922년 소련·중국의 국경도시인
  '만주리'에서 왜경에 피살됨. 이러한 가정환경 속에서 그는 국경
  도시의 특이한 자연 정서를 체험하면서 생장.
- 1928년, 신의주에서 보통학교 졸업 후 신의주 '삼무중학교'에
  입학하였으나, 1929년 11월 광주학생사건의 여파로 발생한 '동
  맹휴학사건'에 연루되어 동 학교 중퇴.
- 1931년 봄, 신의주에서 김우철·이원우(李園友) 등과 함께 '프

---

15) 『북한을 움직이는 100인』(『월간 경향』 별책부록, 경향신문사 1989. 1), 102면.
16) 시인 김우철은 1931년경 평안북도 신의주에서 안용만·이원우 등과 더불어 '프로레타
   리아 아동문학 연구회'를 결성, 초기에는 아동문학 창작활동에 종사하였다. 이원우 「저자
   (김우철) 약력」, 『김우철 시선집』(조선작가동맹출판사 1957), 135~37면.
17) 이에 곁들여 『현대조선작가선집 11』(조선작가동맹출판사 1960)의 작가 「략력」도 함께
   참조한다.

로레타리아 아동문학 연구회'를 결성, 동인지 『별탑』을 발간(4 집까지 발행)하는 한편, 신의주 지방의 '적색노동조합'과 연계하여 활동. 이 시기 이들의 작품은 주로 당시 카프의 영향 밑에 있었던 『별나라』 『신소년』 등에 발표됨.

- 1932년 일본 토오꾜오로 건너가 '적색구원회' '일본 전국산별노조협의회' 등의 조직에 참여하여 활동하면서 문학수업에 정진함.

- 1934년 2월 신병치료차 귀향하여 창작활동중 5월에 '카프 사건'으로 전라북도 경찰부에 피검되어 전주로 압송되었다가 가을에 출감.

- 1935년 1월, 전주감옥에서 출감 후 일본체류 체험에서 시적 소재를 취한 「강동의 품——생활의 강 아라가와여」 「저녁의 地區」 등이 『조선중앙일보』 『조선일보』 신춘문예에 각각 당선.

- 1935~38년, 「生活의 꽃포기」(『조광』 1937. 10) 및 「꽃繡 놓던 요람(搖籃)」(『만선일보』 1938. 1) 등 수편의 서정시와, 「장미와 축제」 「국경 단상」 등의 수필 발표.

- 1936년 1월, 「봄의 '커터' 部」가 『조선중앙일보』 신춘문예에 당선됨.

- 1938년, 혹심한 일제 탄압으로 자유로운 창작의 길이 막히자 재도일, '니혼(日本)대학 예술과'에서 수학하였으며, 한때는 '메이지(明治)대학 신문과'에 적을 둔 일이 있음. 실질적으로 이 시기(1938~44)에 그는 서울·토오꾜오 등지에서 방랑생활을 하였음.

- 1944년 귀국(일시 미상).

- 1945년 해방 직후, 신의주에서 김우철 등과 함께 『서북민보』 창간에 관여.

- 1946년 2월부터 조선공산당 평안북도 위원회 기관지 『바른 말』

편집사업에 관여. 동년, 해방 전후의 시편들을 모아 제1시집『동
지에의 헌사』펴냄.

• 6·25 전쟁기간(1950~53), 북조선문예총 평안북도위원회 위원장
으로 사업하면서 제2시집『나의 따발총』을 펴냄.

• 1956년 제3시집『안룡만 시선집』펴냄.

• 1964년 제4시집『새날의 찬가』펴냄.

3

북한문학사에서 안용만의 「강동의 품——생활의 강 아라가와여」는 당
시 "프로레타리아 국제주의 사상으로 일관된 훌륭한 서정시 (…) 사실
주의적 묘사와 결합된 혁명적 낭만주의로써 관통"된 뛰어난 시적 성과[18]
로 손꼽혀진다.

시인은 혁명적 투쟁과정에서 부절히 장성하고 있는 새로운 인간의
모습을 보여주었으며, 그러한 혁명적 노동자들이 국제적 단결 밑에
조직의 재건에 헌신하고 있는 세계를 노래하였다. 이 서정시는 당대
현실에 있어 가장 첨단적이며 전형적인 사상적 특질이 선명하고 강
력하게 표현되었다는 점에서와, 그것이 구체적으로 감촉될 수 있는
생동하는 성격 속에 나타났다는 점에 있어 우수하다. 그러한 성과는
시인이 사회현상들 속으로 깊이 침투하며, 현실의 사회적 갈등의 심
장부에로 확실히 들어가는 때에만 가능하다. (…) 여기에는 사회주의
의 내일을 지향하는 한 성격의 피끓는 심장으로부터의 웨침이 있다.

---

18) 안함광『조선문학사: 1900~ 』(연변교육출판사 1957), 194~95면.

생활에 대한 명확하며 정당한 그의 태도, 생활의 발전을 위한 불같은 투지와 정열, 이런 것들이 심히 개성적인 깊은 서정을 통하여 잘 표현되어지고 있다. (…) 시인은 자기 작품에 격정적인 정열과 앙양된 음조와 그리고 명료한 색채를 부여하고 있으며, 첨예로운 경향적 체험을 통하여 약속되어진 미래에로의 지향을 강하게 표시하고 있다.[19]

그런데 문제는, 여기에 언급되고 있는 "구체적으로 감촉될 수 있는 생동하는 성격"이 원작을 통한 귀납적 해석이 아니라는 것이다. 이같은 문제제기는, 가령 이 작품을 "일본 노동계급의 운동이 점차 앙양되던 1930년대의 강동 지구의 투사들의 투쟁이 아라가와(荒川) 강의 정서와 결합되어 독특한 색조와 서정을 자아내는 시적 분위기로서 특징지어지고 있다"[20]고 보는 경우에도 그대로 해당하는 것이다. 아래에 그 일례를 들어둔다.

> 강동혼을 지켜 가려
> 휩쓰는 폭풍에 흩어진 진영을 두 번 이어 가는 일
> 나는 아라가와의 봄노래가 스며드는
> 금속의 젊은 직공으로
> '오야지' 그에게 키워 상임에까지 올랐다.
> 곤난한 몇 해를 겪어서…[21]

위 인용문은 원작과는 물론 『1920~1930 시인 선집』(조선작가동맹출판

---

19) 같은 책 194~96면.
20) 「해제」, 『현대조선문학선집 11』(조선작가동맹출판사 1960), 29면.
21) 안함광, 앞의 책 195면.

사 1955)에 실린 「안용만 시편」[22]의 경우와도 다르고, 『안룡만 시선집』이나 『현대조선문학선집 11』(조선작가동맹출판사 1960)의 해당 부분과도 일정하게 차별된다. 아직 확인된 것은 아니지만, 이 인용 시편은 해방 전후의 시편들을 모아 1946년에 펴낸 것으로 알려진 그의 첫 시집 『동지에의 헌사』[23]에서 취한 것이 아닌가 생각된다. 행과 연 구분 등이 각기 상이한 양상으로 처리된 것도 쉽사리 간과해선 안될 것이다. 앞으로 이런 문제들에 대한 치밀한 검토가 요구된다.

일제강점기에 씌어진 작품(7편)의 연보를, ①원작, ②『안룡만 시선집』, ③『현대조선문학선집 11』 등을 토대로 작성, 아래에 간단히 소개해둔다.

1. 「강동(江東)의 품──생활의 강(江) 아라가와여」, 『조선중앙일보』(1935. 1. 1): 신춘문예 당선작
2. 「저녁의 地區」, 『조선일보』(1935. 1. 1): 신춘문예 당선작
3. 「봄의 '커터'部」, 『조선중앙일보』(1936. 1. 1): 신춘문예 당선작
4. 「生活의 꽃포기」, 『조광』(1937. 10): 원작에는 '長篇敍事詩 中의 一節'이라 밝힌 바 있으나, 일제강점기에는 실제의 장편서사시 제작이 이루어지지 않은 것으로 생각된다. 『1920~1930 시인 선집』에는 그 제작연도가 '1937년 봄'으로 되어 있다.
5. 「꽃繡 놓던 요람」, 『시건설』(1939. 10): 『1920~1930 시인 선집』에는 그 제작시기가 '1937년 5월'로 명기되어 있다. 이 작품은

---

22) 참고로 『1920~1930 시인 선집』에 실린 그 해당 부분(233면)을 아래에 밝혀둔다. "강동 혼을 지켜가려 휩쓰는 폭풍을 뚫고/흩어진 진영을 두 번 이어가는 일…//나는 '아라가와'의 봄 노래가 스며드는/금속공장의 젊은 직공으로/'오야지'──그에게 키워 상임에까지 올랐다./곤난에 찬 싸움의 몇해를 겪어서──".
23) 『안룡만 시선집』(조선작가동맹출판사 1956), 239면.

원래 1938년 1월 『만선일보』 발표작으로 알려졌으나, 아직 미확인 상태에 있다.

6. 「살구 딸 六月」, 『안룡만 시선집』: 작품의 말미에는 '1937년 5월 작'으로 되어 있다. 실제로는 『문화전선』 1946년 7월호 발표작으로 알려져 있으나, 미확인 상태에 있다.

7. 「옥의 능금볼」, 『안룡만 시선집』: 작품 말미에 '1938년작' (『1920~1930 시인 선집』에는 '1937년작'으로 되어 있음)으로 명기하고 있으나, 실제로는 해방후 발표작으로 추정된다.

[『국어교육연구』 8집, 인하대학교 1999]

시와 교육

중등학교 문학교육현실 단상

1

문학교육에 관한 논의의 방향은 그 주안점을 어디에 두느냐에 따라 크게 두 가지로 나눌 수 있다. '문학'의 특수성에 대한 강조가 상대적으로 두드러지는 문학주의적 관점이 그 하나요, 문학을 '교육'이라는 대승적 이념의 실현을 위해 없어선 아니될 수단으로 적극 고려하는 교육주의적 시각이 다른 하나이다. 전자가 문학을 어떻게 가르칠 것인가라는 문제 해결에 선차적 의미를 부여하는 다소 전문적인 입장이라면, 후자는 문학을 통한 온전한 인간교육의 성취에 궁극적 가치를 두는 일종의 교양주의의 반영이라 할 수 있다.

물론 이 두 가지 방향은 대립적인 관계에 놓이는 것이 아니다. 단순한 문학교육 방법론의 모색으로 한정되기 쉬운 전자의 편협성이 뒤의 관점에 의해 발전적으로 극복될 수 있다는 점에서 본다면, 양자간의 상호관련이 오히려 절실하다고 하겠다.

현단계 중등학교 교육현실의 통폐는 원천적으로 무한경쟁적인 대학

입시에서 비롯한다고 보아도 과언이 아니다. 결코 비껴갈 수 없는 운명과도 같은 이 성스러운 전쟁에 한묶음으로 동원되는 교사·학생·학부모 들의 숨막히도록 일사분란한 모습, 이것이 오늘의 우리 교육의 슬픈축도이다. 여기서 '학습'이란 단지 대학입시에 필요한 지식의 저장 외에 아무것도 아니다. 이는 일찍이 공자(孔子)가 『논어(論語)』 첫머리에 언급한바 "배우고, 시대의 추이에 맞게 현실사회에 나아가 몸소 실행에 옮긴다면 또한 즐겁지 아니한가"(學而時習之, 不亦說乎)에서의 실천적 개념인 '학습(學習)'과 무관할 뿐 아니라, 끊임없는 자기변혁과 시대적 과제의 정당한 해결을 동시에 꿈꾸는 존재, 즉 진정한 자유인의 양성을 역설한 프레이리(P. Freire)의 '해방의 교육'과도 거리가 먼 것이다. 삶의 진정성에 대한 창조적인 대화통로를 절연당한 채, 오로지 교사의 수직적 '지도'에 의한 지식의 단순저장만을 끊임없이 채근당하는 오늘의 우리 중고등학생들이야말로 '억압의 교육'에 무차별적으로 노출되어 있다고 해야 옳을지 모른다.[1] 독서라고 해봐야 교과서나 입시참고서 따위에 국한되기 일쑤이고, 문학작품도 마치 무슨 의무방어전 치르듯 '읽어치워야' 하는 고역의 대상으로 전락한 지 이미 오래이다. 한 논자가 적실하게 지적했듯, 이런 경우의 독서란 한낱 '지루한 장례식'에 다름아니며, 따라서 "입시 위주의 교육은 대학을 준비하는 교육이 아니라 대학에서의 수학능력을 오히려 박탈"하는 교육[2]으로 곤두박칠치고 만 것이다.

우리 개개 삶의 역사에서 중등학교 교육과정은 성과 자아, 그리고 자신을 둘러싸고 있는 세계에 대해 극히 조심스럽지만 매우 왕성한 눈길

---

1) P. 프레이리, 채광석 옮김 『교육과 의식화』(새밭 1978), 127~38면; 小澤有作, 백산서당 편집부 옮김 『민족해방과 교육운동』(백산서당 1985), 64~68면 참조.
2) 도정일 「문화의 몰락과 비평의 위기」, 『창작과비평』(1993년 봄호), 181면.

을 던지기 시작하는, 말하자면 일종의 예비 '입사식(入社式)'에 해당하는 시기라고 할 수 있다. 따라서 이 무렵 학생들의 정신세계는 '해결을 지향하는 혼돈, 의미있는 갈등'의 양상을 띤다. 존재의 자각에 이르고자 하는 모험적인 투신, 격렬한 성충동의 발로, 사물에의 정직한 반응, 세계에 대한 순수한 감수(感受) 등이 이 시기 정신활동의 중추이다.

비유해 말하자면, 문학은 이같은 역동적인 삶의 에너지의 자재로운 발현을 너그러이 허용하는 널푸른 대지 바로 그것이다. 요즘처럼 단순계량적인 기술주의가 횡행하는 고도의 산업사회에서 무엇보다 절실히 요청되는 주요한 인문문화적 가치들, 예컨대 비판적 사고라든가 창조적 상상력, 날카로운 심미적 감수성 등은 모두 여기서 싹튼다. 이 비옥하고 광대한 문학의 대지 위를 거침없이 활보할 때 문득 자아와 세계의 갈등, 존재의 슬픔은 눈녹듯 사라지고 삶은 새로운 활력으로 충만하게 된다. '눈녹듯 사라진다' 함은 무슨 뜻인가. 그것은 문제의 근본적 해결을 가리키는 것이 아니라 문제해결의 창조적 방법을 주체적으로 발견한다는 의미이다. 훌륭한 예술이라면 반드시 지니게 마련인 이러한 고통치유 능력을 프로이트(S. Freud)는 일찍부터 예리하게 간파하고 있었다. "욕망에 시달리는 사람이 만족감에 흡사한 것을 얻을 수 있는 것은 오직 예술을 통해서이다. 그리고 예술적 환상의 덕분으로 이 놀이는 현실적인 것을 대할 때와 마찬가지의 감정적 효과를 산출하는 것이다."[3]

오늘의 한국교육은 학생들에게 단지 규격화된 사고를 강제하는 데 그치지 않고, 자아의 저 깊숙한 내부에서 힘차게 솟구치는 여하한 정신적 에너지도 차단하는 하나의 커다란 장애로 기능하고 있다. 물론 문학교육도 그 예외가 아니니, 사실상의 공범관계를 형성하고 있는 때문이다. 물론 사태의 원인적 해결은 구조적인 교육개혁을 통해서만 비로소

---

3) 정명환 『문학을 찾아서』(민음사 1994), 365면에서 재인용.

가능할 터이지만, 현단계에서 정작 중요한 것은 현장 문학교육의 문제점을 반성적으로 되짚어보고 그 실제 대안을 찾는 일이다. '교육의 질은 교사의 질을 능가할 수 없다'는 말도 있지만, 특히 이 경우 교사의 역할은 가히 절대적이다. 프레이리도 말한 바이지만, 진정한 의미에서의 교사란 훌륭한 '정치가·예술가'[4]여야만 하기 때문이다. 논의의 편의상 여기선 주로 시의 경우를 중심으로 이 문제를 검토해보기로 한다.

2

현실문학교육이 안고 있는 가장 큰 병폐는 과도한 분석주의이다. 그러나 그것은, 엄밀한 의미에서 '분석'이라기보다는 차라리 '해부'라는 표현이 더 잘 어울릴 법한 이 관점은 철저한 형식환원주의를 지향한다.

아마도 이 방법론이 우리 문학교육에서 큰 비중을 지니게 된 것은 1950년대 후반 미국의 신비평이 이 땅에 도입·소개되면서부터인 듯하다. 일본 제국주의로부터 헤어나자마자 또다른 제국주의 국가들에 의해 분단이 강제되고, 급기야 1950년 남북동족전쟁의 소용돌이에 속절없이 말려들어야만 했던 역사적 재난의 시대에 있어서, 그것은 모든 '깨어 있는 의식'들을 잠재우는 하나의 비평적 수단으로 쉽게 틈입하였다. 이 철저한 비역사주의적 비평이 온존하는 데 당시 문단을 풍미했던 거센 모더니즘 기류와 완강한 냉전이데올로기는 문자 그대로 안성맞춤이었던 것이다. 그 이후 이 방법론은 결과적으로는 입시산업의 극대화를 부추기는 데 크게 기여한 꼴인, 1970년대 전반기의 고교평준화 시행을 계기

---

4) P. 프레이리, 김조년 옮김 「교사는 정치가며 예술가다」, 『민중교육』 1(실천문학사 1985), 337~48면 참조.

로 한층 커다란 위력을 발휘하기에 이른다.

물론 이 비평적 관점의 특장과 한계, 그 역사적 공과에 대해서는 그것이 출현한 1940년대 초반 이미 미국 내에서도 광범한 논의가 있었을 뿐 아니라, 이를 수용한 우리 경우에도 저쪽의 사정을 전혀 헤아리지 못했던 것은 아니었다. 문제는 신비평의 방법론적 강점이라고 할 수 있는 '정밀한 작품해독'(close reading)이 자습서·참고서·문제집 등에 그대로 연결되지 않고, 비평적 독서와는 전혀 무관한 '얼치기 분석' 또는 가히 '난도질'이라 불러 마땅한 싸늘하기 그지없는 작품해부가 문학교육의 이름으로 대체되었다는 데 있다. 어느 유능한 시연구자는, 1974년 현재 중고등학교 국어교사용 지침서의 "시의 해석 및 주제설명이 대체로 불충분하거나 부적당하거나 잘못되어 있는 것"이 놀랍게도 전체의 80%에 이른다는 충격적인 보고[5]를 한 바 있다. 지금부터 꼭 20년 전의 일이다. 그런데 우리가 그것을 마음 편하게 단지 지난 과거사로 그냥 돌려버리고 말 수 있을까? 결코 그렇지 않다. 사정이 개선되기는커녕 난마처럼 더욱 복잡하게 얽크러져 있는 것이 오늘의 문학교육 현실이기 때문이다.

자아와 세계에 대한 작가의 개성적 비전이 독특한 방식으로 각인되어 있는 작품은 여기서 개개 형식들의 평면적인 단순집적으로 이해될 뿐이다. 그러므로 시적 주제의 강화에 유기적으로 관여하는 여러 미학적 장치들, 가령 어조나 운율, 이미지, 시적 자아 등의 비평적 개념들도 작품에 형상된 삶의 실체와 유리되어 각기 겉놀게 된다.

지난 1994년 1학기에 필자는 한국 근현대시 감상에 주안점을 둔 교양과목 강의를 통해, 수강 학생들에게 중고등학교 시절에 받은 문학교육에 대한 소감을 적어내게 한 바 있다. 현실문학교육이 지닌 제반 문제

---

5) 김종길 「시를 어떻게 읽을 것인가」, 『심상』(1974. 4) 참조.

점들이 한치의 가감도 없이 고스란히 드러난 듯하여, 아래에 그 몇가지 사례를 들어본다.

(1) 문득 고등학교『문학』시간, 시대별로 나열된 유명한 시인들의 시를 몽땅 '먹어치우던' 기억들이 떠오른다. 선생님은 우리들의 접시 위에 커다란 고깃덩어리를 하나씩 얹어주셨고, 우리에게는 조금은 어색하게 느껴지는 포크와 나이프를 두 손에 쥐여주셨다. 그리고 우리들 앞에서 시범을 보이셨다. "자, 얘들아! 준비됐지? 그럼 이렇게 나이프로 고기를 잘게 써는 거다, 알겠지?" 고기냄새를 킁킁거리며 맡고 있던 우리들에게 선생님께선 '빨리 빨리!'를 재촉하셨고, 우리는 선생님과 똑같이 고깃덩어리를 잘게 썰었다. 곧바로 선생님은 시계를 보시더니, "어이쿠, 다음 음식이 나올 시간이 되었군. 얘들아, 시간 없으니 그냥 삼켜라, 삼켜!"
고기를 자르되 좀 큼직하게 자르도록 가르칠 것. 부자연스런 식기들은 다 치우고, 나름대로 먹기 좋은 방법을 스스로 터득하도록 인도하여 천천히 고기맛을 음미할 시간적 여유를 줄 것. (노경아, 통계학과 1학년)

(2) 같은 시라고 해서 모든 사람들에게 공통된 정서가 전달되기를 바라는 것은 무리이다. 물론 비슷할 수도 있지만, 각자의 살아온 과정이나 사고방식이 다르기 때문에 읽은 시에 대한 느낌도 꼭 같을 수는 없다. 그러나 오늘날 학교에서의 시교육은 획일적 분석만을 강요하고 있다. 특히 고등학교 시절은 감수성이 풍부할 뿐 아니라 창조적인 생각을 많이 할 때이다. 이런 시기의 학생들에게 규정된 분석은 참으로 고통이다.
고등학교 1학년 때 유치환의 「깃발」이라는 시를 배운 적이 있다.

'깃발'의 상징적 의미는 '이상향에 대한 강한 열망과 자신의 현실과의 괴리에 대한 갈등'이다. 이 시를 읽고 감동을 받았었다. 내 자신이 깃발처럼 느껴졌기 때문이었다. '멀리 바다로 날아가고 싶지만 깃대에 묶여 있는 내'가 보이는 듯했다. 그래서 중간고사 주관식 문제, "'깃발'이 상징하고 있는 것은 무엇인가?"에 대한 답으로 '나 자신'이라 썼으나, 그건 정답이 아니었다. (채승연, 수학과 3학년)

(3) 지금 생각하면 고등학교 수업에 충실하지 못했던 게 무척 후회스럽다. 비록 수학시간에는 꾸벅꾸벅 졸기도 잘했지만, 그래도『문학』시간만은 꽤나 재미있었던 기억이 난다. 그렇지만, 솔직히 말해 뭔가를 얻은 듯해서 뿌듯했던 기억은 거의 없다. 항상 수업진도에 쫓긴 탓인지, 아니면 선생님이나 배우는 학생이나 모두가 마음 한구석에 언제나 대학입시만을 염두에 두고 있었기에 소설을 그냥 소설로서, 시를 단지 시로서 가만히 놓지 못하고 '도마 위의 생선'처럼 그 모든 작품을 하나의 시험문제로서만 여기고 이리저리 재보고 마구 헤쳐놓았던 듯하다.

작품에 대한 단편적인 지식사항들만 머릿속에 집어넣기 바빠『국어』나『문학』교과서에서 시들을 발견할 때엔 왠지 편치 못한 감정들이 생기곤 했다. 정말 수업시간뿐만 아니라 문제집, 모의고사 시험지 등에서 발견되는 천편일률적인 시에 대한 해석들은, 사실 시 자체는 훌륭한 작품임에도 불구하고 식상한 느낌을 갖게 하여 교과서 밖의 생소한, 어찌 보면 살아있는 시들을 대하면 사고가 정지되어 오히려 답답함을 느꼈던 기억이 난다.

시라는 것은 마음과 시간의 여유를 가지고 그 시에 푹 빠져서 시어 하나하나가 자신의 내면에 숨어 있는 감정의 실오라기들을 당기어 온몸에 그 시에 대한 느낌이 퍼져들 때, 비로소 감동도 생기고 기쁨도 느낄 수 있다. 그런데 불행하게도 내가 중고등학교 시절에 받았던 시교육은 시를 느껴볼 충분한 시간의 여유를 주어 독자적인 시각으로 그 시를 바라보고, 스스로가 그 시에 깊이 공감할 수 있는 기회를 마련해주지 못했던 것 같다. 무한한 상상력을 키워주기는커녕, 마치 어떤 틀 속에 우리 학생들을 가두어버린 것이 아닐까 한다. (전혜진. 불어불문학과 3학년)

인용이 꽤 길어졌지만, 현실문학교육의 참모습이 다름아닌 학생들에 의해 적나라하게 개진되고 있다.

일찍이 리이드(H. Read)는 문학과 예술 교육의 중요성을 다음과 같이 역설한 바 있는데, 향후 우리 문학교육의 올바른 진로를 모색함에 있어 크게 참고할 만하다.

'마음의 동일화'라고 하는 말은 다른 사람들 사이에 이룩되는 정서의 결합을 나타내는 말이다. (…) 도덕의 본질은 상호간에 대등하다는 것, 공통된 이상을 나누어갖게 되는 과정, 바로 프로이트가 가리킨 과정, 말하자면 보편적이고 건전한 예술작품 속에서 서로 만남으로써 동포들과의 사이에 '공감의 관계'를 창조한다는 것을 말하는 것이라 할 수 있다. 이와같은 심리학적인 관점으로 보아서 예술의 사회적 기능은 하나의 중요성을 갖는 것이 된다. 그것은 한 사람의 '지도자'가 강요하는 '마음의 동일화'로부터 인간을 구해내준다. 예술은 폭군을 추방한다.[6]

그런데 오늘의 우리 문학교육은 도리어 무자비한 '폭군'으로 군림하

---

6) H. 리이드, 안동림 옮김 『평화를 위한 교육』(을유문화사 1959), 139~40면.

고 있는 형국이니, 정말 어처구니없는 노릇이다.

글 (1)은, 개개 작품의 독특한 면모는 제쳐둔 채 기계적 분석만을 능사로 여기는 오늘의 왜곡된 문학교육을 날카롭게 꼬집고 있다. 이 글을 통해 우리는 단순한 수동적 존재로 전락하기를 거부하고 자신의 주체적 참여가 자유로이 허용되는 진정한 문학교육을 열렬히 소망하는 학생들의 새된 육성을 직접 대할 수 있다. 글 (2)의 필자는, 작품과 학생 사이의 창조적 교감을 근원적으로 봉쇄하는 '분석' 일변도의 문학교육이 얼마나 참기 어려운 고통인가를 토로하고 있다. 위대한 문학작품이라면 으레 지니고 있게 마련인 월등한 교육적 기능, 즉 작품을 매개한 구속적 현실로부터의 '해방'이 문학교사에 의해 되레 훼방받는 기막힌 현실이 목도되고 있는 것이다.

작품을 바로 눈앞에 닥친 대학입시 출제대상으로서만 바라보는 천박하기 이를 데 없는 현실주의적 관점을 신랄하게 비판하는 한편, 지식주의 편향의 기형적인 문학교육 때문에 정작 '살아있는 시'를 대했을 때 오히려 사고가 경직되더라는, 실로 뼈아픈 자기 경험을 진솔하게 털어놓고 있는 마지막 글은 독서행위에 있어서의 '감동' 또는 '공감'의 중요성을 한층 실감하게 해준다.

문학교육에 거는 학생들의 이같은 다양한 희망사항들을 특히 유념할 때, 가령 다음 시는 어떻게 가르쳐야 할까.

> 그립고 아쉬움에 가슴 조이든
> 머언 먼 젊음의 뒤안길에서
> 인제는 돌아와 거울앞에 선
> 내 누님같이 생긴 꽃이여
>
> ―서정주 「菊花옆에서」(1947) 부분

생명의 신비와 세계의 경이를 노래한 작품인데, 우선 국화라는 시적 대상에 대한 서정 주체의 육친적 애정이 작품 제목에 명료하게 반영돼 있어 눈길을 끈다. 띄어쓰기를 무시하고 일부러 내리닫이로 표기함으로써, 시적 자아와 사물 사이의 친근감이 형태적으로 살아나게끔 처리하고 있는 것이다. 자칫 사무적으로 느껴지기 쉬운 표준말을 피하고 생활적 정서가 그대로 배어든 "조이든"으로 표현한 것도 결코 예사롭게 보이지 않는다.

젊은날의 고통과 번민·좌절·방황·절망·고독 등을 한데 뭉뚱그려 함축하고 있는 "뒤안길"의 적실한 내포도 인상적이지만, 이러한 시적 의미를 튼튼히 뒷받침하는 운율적 구조도 눈여겨볼 필요가 있다. 이 시를 이른바 '뒤가 무거운 3음보'(조동일), 즉 '층량3보격(層量三步格)'(성기옥)으로 찬찬히 율독(律讀)해보면, 시적 대상이 겪어온 오랜 고난의 역정에 상응하는 역동적 이미지가 자연스레 감지된다. 흔히 '형식은 정신의 등가물'이라고 종종 말하곤 하는데, 그 참뜻을 여기서 한번 되새겨봄직하다. 그러나 뭐니뭐니 해도 이 시에서 단연 돋보이는 대목은 국화를 "내 누님같이 생긴 꽃"으로 생채롭게 비유한 마지막 행이다. 서정적 자아에게 있어 과연 누님이란 어떠한 존재인가. 가깝지만 함부로 범접할 수 없는 금단(禁斷)의 이성, 즉 심리학에서 '성적 금기'(sexual taboo)라고 일컫는 바로 그것이다. 친근감과 외경감을 동시에 충격하는, 외형상으로는 전혀 보잘것없어 보이는 저 이름없는 국화 한 송이를 통해 시인은 삶의 본질을 날카롭게 통찰하고 있는 것이다. 『예기(禮記)』「악기(樂記)」편에 이르되 "사람의 마음을 감동시키는 것은, 사물이 그렇게 만드는 것이다"(人心之動, 物使之然)라고 한 것이나, 6세기 초엽의 중국 문예비평가 유협(劉勰)이 『문심조룡(文心雕龍)』에서 "정감은 만물에 흥기되고, 만물은 정감으로써 보여진다"(情以物興, 物以情觀)고 말한 것 등이 모두 이러한 이치를 두고 한 말임을 알 수 있다. 시인 서정주의 마음이 국화라는 '사물에 감응하여 움직인'(感于物而動) 감동(感動)의 소이연(所以然)인 것이다. 이러한 점들을 유념할 때, 문학교사는 이 작품이 제시하고 있는 시적 현실의 제반 디테일을 깊이있게 파악하고 있으면서, 그것들이 이룩해내는 세세한 삶의 연관들을 학생들 스스로 떠올릴 수 있도록 적극 역할해야 할 것이다.

'평가'를 전제하지 않는 분석이란 본질적으로 가치중립적일 수밖에 없다. 그런데 전문적 비평가가 아닌 평범한 독자의 경우에조차 시적 현실에 아로새겨진 삶의 진정성 여부에 대한 가치평가가 뒤따르지 아니하는 작품이해를 우리가 과연 상정할 수 있을까. 결코 그럴 수는 없을 것이다. 하지만 딱하게도 오늘의 우리 문학교육이 바로 그런 처지에 놓여 있다. 작품의 주된 알맹이라 할 수 있는 삶은 쏙 빠져버리고 주로 문학이라는 환영 또는 앙상한 형식적 잔해만 무성한, 주객이 전도된 얼치기 분석에 머물고 있는 것이다. 작품은 입시 출제대상으로 꽁꽁 묶이어 무참하게 이리저리 난도질당하고 있다고 한다면 좀 지나친 표현일까?

둘째로 지적할 것은 우리 문학교육이 역사주의 비평에 지나치게 의존하고 있다는 점이다. 물론 작품의 표현 주체인 시인 특유의 개인사나 그가 산 시대의 특수한 역사적 상황 등 작품외적인 사실들에 대한 적절한 고려가 작품의 해석에 유익하다는 점은 부인할 수 없으며, 또 이를 부인해서도 안될 것이다. 단지 문제가 되는 것은 그 '정도'이다. 이를 지나치게 되면 삶의 깊이있는 이해에는 정히 위배되는 지극히 상투적인 해석으로 끝나버리기 쉬운 까닭이다.

　　푸른 하늘에 닿을듯이
　　세월에 불타고 우뚝 남아서서
　　차라리 봄도 꽃피진 말아라

　　　　　　　　　　　　　—이육사 「교목(喬木)」(1940) 부분

불의와 결코 타협하지 않으려는 굳은 결의와 고결한 정신적 품격을 우뚝한 나무에 비기어 노래한 일종의 사물시이다. 학생들에게 만약 시인 이육사의 이름과 그의 남다른 이력, 그리고 그가 몸담고 살다 간 시대적 배경 등을 일러주지 않은 상태에서 이 작품을 감상하게 할 경우 어떤 현상이 빚어질 것인가. 마땅히 기댈 만한 외적 정보가 없는 까닭에 다소라도 '꼼꼼한 텍스트읽기'가 이루어질 것이고, 엉뚱한 '자의적 해석'(arbitrary interpretation)도 상대적으로 줄어들 것이다. 비평적 독자로서 시적 현실에 진지하게 몰입할 때, 칼날 같은 혹한을 의연히 견뎌내는 시적 퍼스나의 처지에 깊이 공감하게 되고, '푸른 하늘, 세월, 봄' 등의 시어가 거느리는 속뜻도 자연스레 떠올릴 수 있다. 더 나아가 일상적인 언어용법으로부터 일탈한 파격적인 시적 표현, 즉 일종의 '시적 허용'(poetic license)이라 할 수 있는 3행의 "말아라"라는 명령법적 표현은 시적 자아의 어떤 태도를 반영하는 것인가, 여기서 왜 시인은 직접 서정 주체로 나서지 아니하고 교목(喬木)이라는 상징적 매개를 통해 노래하는 것일까 등의 자못 의미심장한 질문도 던져보기에 이른다. 어떠한 형태의 불온한 체제저항도 결코 용납지 않았던, 1940년 작품발표 당시의 제국주의 일본의 엄혹한 지식인 탄압을 염두에 둔다면, 정공법(正攻法)적인 시적 방법은 통하기 어려웠을 것이며, 설혹 그것이 가능했다 하더라도 그 시적 성취도에 있어서는 평상적인 기대수준을 밑돌았을 공산이 더 컸을지 모른다. 이육사의 처지에서 말하자면 그것은 이같은 이중의 효과를 치밀하게 겨냥한 고도의 시적 책략의 소산이라고 해야 할 것이다.

그러나 미리 주어진 작품외적 사실들을 매개하여 연역적으로 시적 현실에 접근할 경우, 학생들은 거의 예외없이 '조국 광복을 위해 일본 제국주의 식민통치에 꿋꿋이 맞서 투쟁하는 저항시인 이육사'의 모습을 찾는 일에 골똘하게 될 것은 불을 보듯 뻔한 노릇이다. 영국의 비평가 리처즈(I. A. Richards)가 말하는 '상투적 반응'(stock response)에 쉽게 빠져들 것이기 때문이다. 이렇게 될 때 학생들의 창조적 상상력은 쉽게 고갈되고, 종국적으로 그들이 저급한 소모적 공상에 지배되고 말 것은 정한 이치이다. 문학적 현실과 실제 사실의 일직선적인 짝짓기 버릇에 깊이 중독된 학생들을 바르게 향도해야 할 문학교사의 책임이 정말 절실하다 하겠다.

그런데 이 지점에서 유의할 것은, 오늘의 문학교육을 파행적으로 결과한 위의 두 가지 방향이 본질적으로는 상호배척적 관계에 있다는 사실이다. 우리 문학교육이 당초부터 양립 불가능한 두 요소의 기이한 동서(同棲) 현상에 별다른 저항감 없이 오랫동안 길들여져왔다는 증좌이다. 그렇다면, 이제라도 일선 교육현장에선 문학작품에 정당하게 접근하는 올바른 교육적 시각이 어떤 것인지를 새삼 진지하게 되물어보아야 할 것이다.

3

작품(作品)이란 무엇인가. 문자 그대로 푼다면 작가 특유의 상상력에 힘입어 공교하고도 이채롭게 '만들어진 물품'이라 할 수 있겠는데, 대체로 그것은 자신의 속내를 호락호락 드러내지 않는 속성을 지니고 있다. 이런 사정을 명석하게 통찰한 하우저(A. Hauser)는 작품을 '쉽사리 점령할 수 없는 고지'라는 일종의 전쟁용어에 견주어 흥미롭게 설명한 바 있다. 그만큼 작품에 내재한 불가해성 또는 결코 단순치 않은 그 구조적 특성에 대해 독자의 깊은 주의력이 요청된다는 의미이다.

영국의 문학비평가 이글턴(T. Eagleton)은 문학작품에 대한 세 가지 접근시각을 제시한 바 있다. "상상적인 글"과 "일상언어의 특수한 변형"으로 파악하는 길이 있는가 하면, 독자가 그것에 "자신을 관련시키는 어떤 방식"으로 이해하는 방법이 있을 수 있다는 것이다.[7)]

첫째 관점은 작가의 창조적 상상력을 중시하는 입장인데, 작품이 과연 생활적 진실에 밀착된 것인가를 판별하는 일이 무엇보다 긴요하다. 현실의 내적 논리와는 무연한 위조된 형상을 만들어내기 쉽기 때문이다. 둘째는 작품을 언어의 특수한 조직으로 보는 태도이다. 여기서 중요한 것은, 다양한 문학적 장치들은 주제를 극적으로 드러내기 위한 수단일 뿐 그 자체가 목적이 아니라는 점을 분명하게 인식하는 일이다. 그런데 지금까지의 문학교육은 작품을 우리네 삶의 현실과는 동떨어진 한갓된 허구(虛構) 또는 '언어적 치장물' 정도로 평가절하해온 감이 없지 않다. 바로 여기서 마지막 시각의 현실적 필요가 상대적으로 크게 부각된다.

독자가 작품과 자신을 관련시킨다는 것은 대체 무엇을 의미하는가. 작품을 매개하여 자신의 삶을 각성적으로 인식하는 쪽으로 나아간다는 뜻이다. 중국의 시인 백거이(白居易, 772~846)가 "사람의 마음을 감화시키는 것으론 시만한 것이 없다"(感人心者, 莫先乎詩)고 이른 것도 아마 이런 취지에서였을 것이다.

> 시는 성정에 뿌리를 두고, 그 쓰임은 사람을 감동시킴을 위주로 하며, 그 효능은 풍속을 바꾸는 데까지 이른다. (…) 공자도 시를 논하면서 첫째로 '흥기할 수 있다'고 하였으니, '흥기한다'는 것은 '감발한다'는 뜻이다(詩之爲文, 本乎情性, 詩之爲用, 主於感人, 其效至於移風易俗. (…) 夫子論詩, 首言可以興, 興也者, 感發之謂也).

---

7) 김명환 외 옮김 『문학이론입문』(창작사 1986), 7~19면 참조.

조선후기 문인 홍석주(洪奭周, 1774~1842)의 언급[8]인데, 시의 본질과 그 교육적 효과를 극명히 지적하고 있다. 시란 희로애락과 같은 감정의 순정한 발로, 즉 개성적 주체의 정서를 펴내는 '서정(抒情)'이라는 것, 그리고 바로 이런 특점 때문에 독자의 정서에 미치는 심미적 영향이 심대하다는 사실을 요령있게 강조하고 있는 것이다. 주자(朱子)가 『논어』 주해를 통해 언급한바, "시의 쓰임은 사람으로 하여금 성정의 바른길을 얻게 하는 데로 돌아갈 따름"(凡詩之言, 其用, 歸於使人得其情性之正而已)이라는 요지이다.

바슐라르(G. Bachelard)의 지적처럼, 진정한 시인에게 있어서 작품이란 그를 우주적 몽상의 길로 인도하는, 휴식과 어린시절과 세계의 행복을 다시 되찾게 해주는 갖가지 환상들의 요람과도 같은 것이다.[9] 그러나 독자의 견지에서 보면 그것은, "가장 소박하고 '허약한 영혼들'조차 맞아들이는 터전, 행복한 아나키즘이 펼쳐질 수 있는 특권적인 터전"[10]으로 된다. 과중한 입시부담 때문에 일찍부터 창조적인 상상력 계발의 기회를 여지없이 박탈당한 요즘 학생들의 처지를 생각할 때, 새삼 문학교육의 중요성을 실감하게 된다.

> 그만큼 행복한 날이
> 다시는 없으리
> 싸리빗자루 둘러메고
> 살금살금 잠자리 쫓다가

---

8) 정우봉 「19세기 詩論의 연구」(고려대 박사학위논문 1992), 141면에서 재인용.
9) 정명환, 앞의 책 370면 참조.
10) 같은 책 373면.

얼굴이 발갛게 익어 들어오던 날
여기저기 찾아보아도
먹을 것 없던 날

　　　　　　　　—심호택 「그만큼 행복한 날이」(1992) 전문

　인간의 근원적 행복이 결단코 물질적 풍요에 있지 않음을 역설적으로 노래하고 있는 이 시가 가난과 끼니걱정을 체험해보지 않은 오늘 이 땅의 대다수 학생들에게 과연 어떻게 받아들여질까 궁금해진다. 정신없을 정도로 급속히 진행되는 반인간적 산업화와 농약공해, 환경오염 등으로 '싸리빗자루' '잠자리'조차 발견하기 어려운 삭막하기 그지없는 현실이 먼저 떠올려질 것이다. 그러나 조금만 사려깊은 학생이라면 이 시를 통해 사뭇 특이한 경험을 맛볼 수 있을 것이다. 인간과 자연의 조화, 가난의 의미, 행복의 본질, 산업화가 몰고 올지도 모를 공동체적 삶의 전면적 위기 등이 그것이다.
　이같은 새로운 체험을 가능하게 하는 것이 다름아닌 상상력이다. 함석헌은 이를 '동정(同情)'이란 말로 대신한 바 있는데, 매우 그럴듯한 용어라 여겨진다. 하우저가 작품독해에서 강조한 '교감'(交感, communication)이란 것도 이와 유사한 개념이라 할 수 있으니, 동정이란 독자가 시적 자아의 처지에 깊이 공감함에 다름아닐 것이기 때문이다. 이런 점에서 보자면, 상상력은 독자에게도 시인 못지않게, 아니 오히려 시인 이상으로 중요하다 아니할 수 없다.

　소곰토리 지웃거리며 돌아오는가
　열두 고개 타박타박 당나귀는 돌아오는가
　방울소리 방울소리 말방울소리 방울소리

　　　　　　　　—이용악 「두메산골 4」(1947) 전문

이 작품의 창작시기는 1940년대 초엽으로 추정되는데, 1947년 간행된 이용악의 제3시집 『오랑캐꽃』에 수록돼 있다. 주인의 행상길을 따라나섰다 오랜만에 동구 밖을 들어서는 나귀의 힘겨운 모습이 손에 잡힐 듯 선연하다. 물론, 이런 시적 형상을 통해 시인이 드러내고자 하는 것은 두메마을 소금행상의 삶의 애환이다. 그러나 이쯤에서 작품읽기를 그친다면, 이 시 특유의 뛰어난 음악성으로부터 빚어지는 그윽한 시적 정서는 간과되고 말 것이다. 첫행 3보격에서 뒤 2행의 4보격으로의 율격적 변주야말로 삶의 고달픔과 휴식, 불안감과 안도감 등의 시적 의미를 날카롭게 반영하는 것이기 때문이다.

여력이 있다면, 물론 독자는 이에서 한걸음 더 나아가보는 것도 좋을 것이다. 시적 현실을 역사적 층위 속에서 신중하게 살펴보는 일인데, 우선 함경북도 경성(鏡城) 태생인 시인 이용악의 집안은 할아버지대부터 소달구지에 소금을 싣고 러시아를 넘나들었다든가, 일제강점기 두만강 인접지역에서는 만주 방면으로의 소금밀수출이 성행했다든가 하는 사실들을 들어 한층 깊이있는 작품해석을 꾀해볼 수 있을 것이다. 좀더 적극적으로, 한국 근대시사에는 이런 사실이 다양한 시적 표현을 얻고 있다는 점을 참고한다면 더욱 금상첨화일 것이다. 가령 김동환(金東煥)의 "소곰실이 밀수출마차"(『國境의 밤』, 1924), 천청송(千靑松)의 "짭짜리 지러 간 아배"(「이주민」, 1942) 등이 그러한 예이다. 그러나 명념할 것은, 이같은 작품외적 정보가 곧바로 심층적인 작품이해를 보장해주지는 않는다는 것, 이런 작품외적 정보는 학생들로서는 좀체 입수하기 어렵다는 사실, 그러므로 결국 그것은 작품 전반에 관한 교사의 총괄에서 다뤄질 수밖에 없다는 것 등이다.

4

　오늘날처럼 분리주의적 사고가 판치는 시대일수록 자아와 세계의 평화로운 공생을 꿈꾸는 문학, 자신이야말로 러브조이(A. O. Lovejoy)적 의미의 '존재의 대연쇄'(The Great Chain of Being) 속의 장엄한 일부임을 생생히 감득시켜주는 문학의 존재는 더없이 고귀하다. 입시 일변도로만 치닫는 오늘의 교육현실에서 문학교육이 얼마나 중요한 것인가에 대해서는 그러므로 달리 언급할 필요조차 없을 것이다.

　현장 문학교육에선 무엇보다도 교사에 의해 일방적으로 이루어지는 수직적인 억압의 교육이 지양되고, 학생들의 주체적인 참여 기회가 폭넓게 허용되어야 한다. 그래야만 교사와 학생의 역할이 적정하게 분담되는 것이다.

　교사는 작품에 대한 기계적인 분석주의와 과도한 역사주의적 접근을 엄격히 자제하면서, 비록 서툴더라도 학생 스스로가 작품을 요모조모로 따져 읽고 그 나름의 평가에 도달할 수 있게끔 그냥 내버려두는 일종의 용기가 필요하다. 왜 그런가. 싸르트르(J. P. Sartre)의 지적처럼, "문학적 예술작품은 자유에 호소함으로써 독자로 하여금 자신의 삶을 걸머지게 한다. 그것은 독자의 교화를 통해서가 아니다. 작품을 재구성하는 미학적 노력을 요청함으로써 그렇게 하는 것이다."[11] 이렇게 되려면 우선 작품외적 정보는 가급적 작품해석에 유익한 범위 내로 엄격히 최소화하고자 하는 교사의 노력이 절실하게 요청된다. 이에 덧붙여 문학교사는, 꼼꼼한 분석과 이를 토대한 평가가 학생들의 자발적 관여 아래 자연스레 진행되게끔 끈기를 갖고 기다릴 줄도 알아야 한다. 바로 위에서 부분

---

11) 같은 책 125면.

적으로 언급한 사항이지만, 학습의 마지막 단계에서 작품에 대한 교사의 '총괄적 평가'가 행해져야 함은 물론이다. 만약 이러한 방식의 문학교육이 현장에서 제대로 이루어진다면, 학생들도 훌륭한 작품과 수준미달의 저급한 작품을 바르게 가려낼 줄 아는 비평적인 안목도 아울러 정립할 수 있을 터이다.

그런데 학생들이 예외없이 의무적으로 접해야 하는 '국어' 교과서는 무엇보다 그 수록 작품의 적절성 여부에 있어 지금껏 적잖은 문제점이 제기되어왔다. 그중 핵심적인 것은 작품선정 기준이 애매하다는 것이다. 그 때문에 '작품주의 정신'에도 투철하지 못할 뿐 아니라 통제이데올로기에 꼼짝없이 갇혀버렸다는 것, 현상적으로는 지난 시대에 비해 다소 개선된 것으로 보일지 모르나 그건 단지 정도 차이에 불과할 뿐, 지금의 국어교과서 체재(體裁) 또한 '친일·반공·분단·순수 문학'의 테두리에 그대로 머물러 있다는 것 등이 주요한 지적 사항들이다.

부끄럽게도 우리나라는 지구상에 유일하게 남아 있는 분단국가이다. 그리고 우리에게는 이 오욕적인 당면 현실을 혁파해야 할 지상적 책무가 짐지워져 있다. 그러나 요즘 우리가 맞부닥뜨리고 있는 국내외적 현실은 결코 낙관할 수 있는 것이 아니다. 밖으로는 소련 및 현실사회주의가 일거에 몰락함으로써 세계는 미국을 중심으로 한 자본주의 체제의 전일적 지배 아래 들어갔으며, 우리는 정치경제적 측면에서뿐 아니라 특히 문화의 모든 부면(部面)에서 냉전시대를 훨씬 능가하는 강박에 시달리고 있다. 그런가 하면, 안으로는 30여년간의 혹독한 군부통치가 마감되고 이른바 문민정부가 새로이 등장하는 대격변을 겪었다. 이제 새 정부가 출범한 지 겨우 한 해 남짓밖에 안됐지만 근자의 정치적 상황으로 미루어보건대, 오릿길 앞도 내다볼 수 없는 짙은 안개 속 같으니, 답답하기는 여전히 마찬가지이다.

사정이 이러하매, 문학교육은 과거 그 어느 때보다도 오늘의 역사적 추이를 한층 예각적으로 주시해야 한다. 실추된 민족의 자존을 회복하기 위해서뿐 아니라, 통일을 앞당기고 또 그것이 실현된 그날의 '통일교육'을 튼튼히 대비할 필요 때문에도, 우리는 아직도 교묘한 형태로 큰 둥지를 틀고 있는 '친일·반공·순수'의 반문학적 외피를 시급히 제거해야 할 것이다. 그래야만 문학교육이 특정의 통제이데올로기에 예속되거나 그 시녀로 전락하는 불상사를 막을 수 있으며, 문단주의의 검은 손으로부터도 자유로워질 수 있게 될 것이다. 물론 필자는 이 계열에 드는 모든 작가와 작품을 모조리 청소하자고 주장하는 것이 아니다. 가령 일제강점기에 친일 경력을 지녔거나 분단시대 이래 불의한 정치체제에 굴종하고 기생하는 등의 미덥지 못한 삶의 행로를 걸은 작가·시인의 작품이라 하더라도, 시적 완결성을 지닌 다양한 면모의 성공작들은 엄선하여 가르치되 그 허실을 분명하게 밝히는 일이 더없이 중요하다는 생각에서이다. 필자가 보건대, 오늘의 국어교과서는 지난 '6공' 시절에 하나의 역사적 필연으로 우리 교육계에 도도히 밀어닥친 전교조운동을 지나치게 역방향으로 의식한 나머지 '친일문인의 명편'까지도 무원칙하게 제외시키는 눈치보기 식의 관료주의적 오류를 범하였다. 1988년 7월에 '해금'된 월북작가들의 작품에 대해서도 종전과는 무언가 차별되는 좀더 적극적인 자세로 대응했어야 했는데, 전혀 그러하지 못했다는 아쉬움을 남기고 있다.[12] 월북작가를 포함하여, 철두철미 작품성에 입각한 또 한번의 전면적인 교과서 재편이 절실하다 하겠다.

그런데 이에 못지않게 중요한 것이 원문주의(原文主義, textualism)를 고수하는 일이다. 시인이 당초 의도한 시적 의미는 행·연의 구분 및 띄어쓰기 등이 원래 발표된 대로 수록될 때라야만 고스란히 전달될 수

---

12) 현행 『문학』 교과서(8종)의 경우도 이 점에 있어서는 분명한 차별성을 보여주지 못하고 있다.

있는 것이니, 이는 아래에 든 만해의 시를 일독해보면 크게 실감될 것이다. 그 원전과 교과서 수록분에 나타난 차이점들을 통하여, 실제 작품감상 과정에서 빚어질 수 있는 문제점을 간단히 짚어보기로 한다.

남들은 自由를사랑한다지마는 나는 服從을조아하야요
自由를모르는것은 아니지만 당신에게는 服從만하고십허요
服從하고십흔데 服從하는것은 아름다은自由보다도 달금합니다 그것이 나의幸福임니다

그러나 당신이 나더러 다른사람을服從하랴면 그것만은 服從할수가 업슴니다
다른사람을 服從하랴면 당신에게 服從할수가업는 까닭임니다
　　　　　　　　　　　　　　　　　　　—「服從」, 『님의 沈默』, 1926

남들은 자유를 사랑한다 하지마는, 나는 복종을 좋아해요.
자유를 모르는 것은 아니지만, 당신에게는 복종만 하고 싶어요.
복종하고 싶은 데 복종하는 것은 아름다운 자유보다도 달콤합니다. 그것이 나의 행복입니다.
그러나 당신이 나더러 다른 사람을 복종하라면 그것만은 복종할 수 없습니다.
다른 사람을 복종하려면 당신에게 복종할 수가 없는 까닭입니다.
　　　　　　　　　　　　　　　　　　　—「복종」, 『국어』 중 2-2, 1990

얼핏 보아 위에 예시된 작품들은 이렇다 할 차이점을 별로 드러내지 않는 것 같다. 그러나 자세히 살펴보면 미세한 것에서부터 큼직한 것에 이르기까지 그것은 다양하다. 탈자(脫字), 구두점의 첨가, 한자의 제거,

띄어쓰기와 맞춤법의 현대화, 연구분 무시 등의 현상이 두드러져 보이는 것이다.

이렇게 되면 작품독해의 실제에서는 어떤 결과가 야기되는가. 우선, 원작에서와는 달리 "좋아해요" "싫어요"로 바뀜으로써 서정 주체의 간절하고도 내밀한 정서 대신 경박한 느낌이 불거지게 된다. "달금합니다"를 "달콤합니다"로 고친 것도 분명한 개악에 속한다. 임에 대한 그윽한 사랑의 깊이와 품격을 결정적으로 훼손시키고 있기 때문이다. 이 작품을 단련시로 만든 것도 간과하기 어렵다. 첫 연과는 선명하게 대비되는 둘째 연의 단호한 시적 어조가 상대적으로 약화되는 까닭이다. 곰곰이 살펴보면 원전의 띄어쓰기에는 그 나름의 원칙이 지켜지고 있음을 쉽사리 간취할 수 있으니, 띄어쓴 어절들 하나하나가 시적 주제를 강화시키는 하나의 의미소(意味素) 역할을 톡톡히 해내고 있는 것이다. 이처럼 미묘한 시적 의미작용이 철저한 현대식 띄어쓰기로 말미암아 손상당하고 마는 것이다. 심하게 말하자면, 교과서에 수록된 「복종」은 원작과는 전혀 무관한 또다른 모습의 「복종」이라 해야 옳을는지 모른다.

여기서, 특히 시교육에 있어 강조되어야 할 게 또하나 있다. 다름아닌 암송의 중요성이다. 발생론적 관점에서 보더라도 시는 본래적으로 강한 구비문학적 전통의 자장 아래 놓여온 '귀글'(韻文)이었다는 점을 각별히 상기할 필요가 있는 것이다. 형태적으로는 단순한 '줄글'(散文)처럼 보이는 만해의 「복종」도 그 예외가 아니라는 사실이 이를 잘 말해준다. 더군다나 오늘날 숱하게 양산되는 단지 '눈으로만 읽어치우는' 소모적인 시들이 난무하는 기형적인 문학적 풍토에서 간간이 빼어난 시적 면모를 보여주는 작품들이 거의 한결같이 이런 경향에 든다는 사실은 퍽이나 시사적이다.

현행 문학교육의 위기에 대한 국어교사들 개개인의 철저한 인식과 반성적 자각, 그리고 이에 토대한 체계적인 논의가 활발해질 때, 우리

문학교육은 오랜만의 부진과 침체를 벗고 새로운 도약의 단계로 진입하리라 확신해 마지않는다. 그런 날이 하루빨리 도래하기를 간절히 소망해본다.

〔『황해문화』 1994년 겨울호〕

찾아보기